FENJA LÜDERS
Der Glanz der neuen Zeit
Speicherstadt-Saga

Weitere Titel der Autorin:

Der Duft der weiten Welt – Speicherstadt-Saga

Titel auch als Hörbuch erhältlich

FENJA
LÜDERS

Der Glanz der neuen Zeit

SPEICHERSTADT-SAGA

Roman

Lübbe

Dieser Titel ist auch als Hörbuch und E-Book erschienen

MIX
Papier aus verantwortungsvollen Quellen
FSC® C014496

Originalausgabe

Textredaktion: Anna Hahn, Trier
Umschlaggestaltung: Sandra Taufer, München
Einband-/Umschlagmotiv: © shutterstock: Olga_C | Andrekart Photography | powell'sPoint | wernermuellerschell | Nanisimova | lafoto | Ruth Swan; © Richard Jenkins Photography, London
Satz: hanseatenSatz-bremen, Bremen
Gesetzt aus der Adobe Garamond Pro
Druck und Einband: GGP Media GmbH, Pößneck

Printed in Germany
ISBN 978-3-7857-2685-3

5 4 3 2 1

Sie finden uns im Internet unter: www.luebbe.de
Bitte beachten Sie auch: www.lesejury.de

Für meinen Bruder Reinhard,
in liebevoller Erinnerung

EINS

Hamburg, Sommer 1919

»Ich begreife dich einfach nicht, Kind. Dass du ins Kontor fährst, ist doch völlig überflüssig.«

Großmutter Hiltrud musterte Mina von oben bis unten und schüttelte missbilligend den Kopf, ehe sie sich eine Scheibe von Frau Kruses frisch gebackenem Graubrot aus dem Korb nahm und es auf ihren Frühstücksteller legte. »Ich verstehe ja, dass du während des Krieges gearbeitet hast, auch wenn ich nie begeistert davon war, aber inzwischen ist Frieden, und es ist nur noch eine Sache von Tagen oder wenigen Wochen, bis dein Mann nach Hause kommt. Dann wird er doch die Leitung der Firma übernehmen. Dein Platz ist hier zu Hause, Wilhelmina. Du bist jetzt Mutter, aber du benimmst dich wie ein gewöhnliches Bürofräulein.«

Seufzend griff die alte Frau nach dem Rübensirup in einem edlen Konfitürenglas aus Bleikristall und tauchte mit angewiderter Miene ihr Messer in die zähflüssige dunkelbraune Masse.

Mina antwortete nicht. Sie presste kurz die Lippen zusammen und zählte in Gedanken bis zehn, um ihren aufwallenden Ärger in den Griff zu bekommen.

Jeden Montag war es das gleiche Theater. Sobald Mina in ihrer Bürokleidung – einem knöchellangen dunkelblauen Rock und einer hochgeschlossenen weißen Bluse – am Frühstückstisch erschien, machte Großmutter ihr Vorwürfe, weil sie daran festhielt, wenigstens für ein paar Stunden ins Kontor der Firma *Kopmann & Deharde* in die Speicherstadt zu fahren, um nach dem Rechten zu sehen, auch wenn außer ihr niemand dort war.

Gleich würde sicher wieder die Frage kommen, warum Mina denn nicht einfach das Kontor schließen könne, sie habe ja sogar schon dem einzigen noch verbliebenen Mitarbeiter, dem alten Herrn Becker, kündigen müssen, weil es keine Arbeit für ihn gab. Wenn sie sich richtig in Rage redete, würde Großmutters Litanei in dem Vorwurf gipfeln, ihre Freundinnen und die Nachbarn aus der Heilwigstraße, die zur ehrwürdigen Hamburger Kaufmannschaft gehörten, hätten Hiltrud Kopmann bereits auf Minas seltsames Verhalten angesprochen. Man munkele, dass Mina die Erziehung ihrer Tochter Ella wohl lieber dem Kindermädchen überlassen würde.

Etwas zu erwidern wäre zwecklos, das wusste Mina aus leidvoller Erfahrung. Großmutter hörte nur das, was sie hören wollte, und war Vernunftgründen gegenüber unempfänglich. Alles, was Mina erreichen würde, wäre, dass Hiltrud ihre schlechte Laune an den Enkeltöchtern und Hausangestellten ausließ.

Vorsichtig warf Mina ihrer Großmutter einen Seitenblick zu, doch die war damit beschäftigt, den zähen Rübensirup auf ihr Brot zu streichen und dabei leise Verwünschungen zu murmeln. »Wenn man wenigstens wieder einmal vernünftige Konfitüre oder Honig bekommen könnte! Dieses Rübenzeug ist einfach fürchterlich.«

»Also ich esse es eigentlich ganz gern«, ließ sich Minas

jüngere Schwester Agnes vernehmen, die Mina gegenübersaß und gerade herzhaft in ihre Brotscheibe biss. »Ist nicht so klebrig süß wie Honig oder Marmelade«, fügte sie mit vollem Mund hinzu und zwinkerte Mina lächelnd zu.

»Gott, Agnes!« Mit einem entrüsteten Schnalzen runzelte Hiltrud die Stirn. »Du bist doch kein Kind mehr und solltest wissen, wie man sich als junge Dame bei Tisch benimmt. Sitz bitte gerade.«

Agnes, die vor ein paar Wochen neunzehn Jahre alt geworden war, richtete sich kerzengerade auf, ohne sich am Stuhl anzulehnen. Sie schob sich den letzten Bissen ihres Brotes in den Mund, griff nach der Serviette und tupfte sich damit übertrieben geziert die Mundwinkel ab, ehe sie sich wieder ihrer Großmutter zuwandte und ihr ein strahlendes Lächeln zuwarf. »So besser, Euer Majestät?«, fragte sie unschuldig und legte dabei den Kopf ein wenig schief.

Großmutter schien gegen ihren Willen lachen zu müssen und winkte ab. Sie konnte Agnes einfach nicht böse sein, egal was sie anstellte. Jeder mochte das bildhübsche brünette Mädchen mit den grünen Augen, aus denen ihr Humor und ihre Intelligenz hervorblitzten, aber ihr Verhältnis zu Großmutter Hiltrud war besonders eng. Mina mutmaßte, es lag daran, dass Agnes ihrer Mutter Elise so ähnlich war und Hiltrud sehr an die früh verstorbene Tochter erinnerte. Mina hingegen kam sehr nach ihrem Vater Karl. Sie hatte seine blauen Augen und sein lockiges blondes Haar geerbt, das so störrisch war, dass es sich weigerte, sich zu einer der üblichen voluminösen Frisuren hochstecken zu lassen. Zudem hatte Mina Karls hochgewachsene, kräftige Statur und überragte ihre Schwester beinahe um Haupteslänge.

Es hatte Zeiten gegeben, da war Mina auf Agnes neidisch,

ja sogar eifersüchtig gewesen, aber inzwischen betrachtete sie sie als Freundin und Verbündete, und die beiden kamen gut miteinander aus.

»Ich habe übrigens mit Mina besprochen, dass ich sie künftig öfter in die Speicherstadt begleite und ihr bei der Arbeit im Kontor ein bisschen zur Hand gehe«, verkündete Agnes. »Ich habe doch im Moment nichts weiter zu tun, und ich weiß ja, wie sehr du den Gedanken hasst, dass Mina ganz allein im Auto in die Hafengegend fährt.« Sie griff nach der Kaffeekanne, die neben ihr auf dem Tisch stand. »Darf ich dir nachschenken, Großmutter?«

Mina warf ihrer Schwester einen verblüfften Blick zu. Kein Wort davon war wahr. Agnes hatte noch nie auch nur den Hauch von Interesse für die Arbeit im Kontor gezeigt, geschweige denn Mina gefragt, ob sie sie begleiten könne. Aber an Hiltruds erleichtertem Gesichtsausdruck sah sie, dass Minas Fahrten in die Speicherstadt wohl schon des Öfteren Gesprächsthema gewesen waren.

Sie wartete ab, bis Agnes Hiltruds Kaffeetasse gefüllt hatte. »Ich hoffe, du bist einverstanden, dass Agnes mit mir fährt«, sagte Mina dann. »Sie wäre mir wirklich eine große Hilfe, und ich würde mich sehr freuen, Gesellschaft zu haben.«

Hiltruds zweifelnder Blick ging zwischen den beiden Enkeltöchtern hin und her. »Also ich weiß nicht recht …«

»Ich verspreche, ich passe gut auf sie auf«, fügte Mina hastig hinzu.

»Wir passen gegenseitig gut auf uns auf«, ergänzte Agnes. »Ach, komm schon, Großmutter, gib dir einen Ruck und sag Ja. Außerdem ist es ja nicht für lange. Nur bis Frederik wieder da ist. Und du hast selbst gesagt, dass das nur noch ein paar Wochen dauern kann.«

›Bis Frederik wieder da ist …‹ Der Satz klang unheilvoll in Minas Ohren nach. Ihre Miene verdüsterte sich für einen Moment. Frederik Lohmeyer. Ihr Ehemann …

Sie hatte Frederik kurz vor dem Krieg geheiratet, als ihr Vater Karl im Sterben gelegen hatte. Die Ehe war sein Wunsch gewesen, und Mina hatte nach langem Zögern eingewilligt. Vater hatte gehofft, auf diese Weise die Firma in der Familie halten zu können, auch wenn Mina und er beide gewusst hatten, dass Frederik jeglicher Sinn für den Kaffeehandel fehlte. Aber dafür war ja Mina da. Sie hatte im Hintergrund die Fäden in der Hand gehalten, und Frederik hatte die Firma *Kopmann & Deharde* nach außen vertreten, besonders aber an der Kaffeebörse, wo die Anwesenheit von Frauen nicht erlaubt war. Für ein paar Monate war auch alles gut gegangen. Sie hatten gute Umsätze und noch mehr Gewinn gemacht, und beide Seiten hatten begonnen, sich in die Bedingungen ihres Ehevertrages einzufinden. Frederik spielte den perfekten Ehemann, wenn er Publikum hatte, und blieb auf Distanz zu ihr, sobald sie allein waren. Immer häufiger ging er abends allein aus und traf sich mit Freunden, wie er sagte. Dann kam er so spät zurück, dass Mina längst schlafen gegangen war. Nach ein paar Monaten schlug er vor, eines der Gästezimmer als sein Schlafzimmer einzurichten, damit er sie nicht aufweckte, wenn er nach Hause kam. Mina war es ganz recht, in Ruhe gelassen zu werden, auch wenn sie wusste, dass sie über kurz oder lang für einen Erben sorgen mussten, aber sie sagte sich, dafür sei später noch Zeit. Zuerst müssten sich die Mitglieder des Vereins der Kaffeehändler daran gewöhnen, eine Frau in ihren Reihen zu haben, ehe sie daran denken konnte, für eine Weile ihren Schreibtisch zu verlassen.

Dann jedoch, im August 1914, war der Krieg ausgebrochen. Noch am selben Tag, als Frederik am Frühstückstisch die Rede des Kaisers aus der Zeitung vorgelesen hatte, in der der Monarch sein Volk zu den Waffen rief, hatte er ein Telegramm an seine alte Einheit geschickt und sich freiwillig zum Dienst zurückgemeldet. Am nächsten Tag hatte Mina ihn zum Kaiserbahnhof gefahren, wo er sich am Bahnsteig von ihr verabschiedet hatte. Es sei ja nur für ein paar Wochen, dann sei der Krieg vorüber, hatte er gesagt. Spätestens zu Weihnachten hätten sie die Franzosen und die Russen besiegt, das sei so sicher wie das Amen in der Kirche.

Mina hatte genickt, hatte ihn gebeten, heil zurückzukommen, und ihm alles Gute gewünscht. Und weil auf einmal die Zeit zusammengeschmolzen war und sie sich wieder an jenen grauen Novembertag zurückversetzt gefühlt hatte, als sie von Edo Abschied genommen hatte, waren ihr die Tränen gekommen, obwohl sie doch gar nicht hatte weinen wollen. Da hatte Frederik sie in den Arm genommen und sie auf die Stirn geküsst. »Nicht traurig sein, Mina«, hatte er leise gesagt. »Bald bin ich wieder da, und alles wird gut werden.«

Von wegen, dachte Mina bitter. Gar nichts ist gut geworden.

Die helle Stimme ihrer Schwester holte sie in die Gegenwart zurück. »Wie bitte?«, fragte sie.

»Ich habe dich gefragt, ob du auch noch etwas möchtest.« Agnes hielt die Kanne in die Höhe und schwenkte sie ein wenig. »Eine Tasse sollte noch darin sein.«

Mina zwang sich ein Lächeln ab. »Gern!« Sie hielt Agnes ihre Kaffeetasse entgegen und sah zu, wie diese schwungvoll den Rest aus der Kanne einschenkte.

»Soll ich noch einmal Kaffee nachkochen lassen?«, fragte Agnes.

»Nein, besser nicht«, erwiderte Mina. »Wir werden unseren Kaffeeverbrauch sowieso in Zukunft sehr einschränken müssen. Als ich gestern in der Küche war, um Bohnen zu rösten, habe ich gesehen, dass der letzte Sack so gut wie leer ist.«

»Dann musst du wohl noch einen aus dem Lager mitbringen, Kind.« Hiltrud runzelte die Stirn und drückte das Kinn gegen ihren Kragen, wie sie es immer tat, wenn sie verärgert war. Und sie war oft verärgert.

»Wenn noch welcher dort wäre, würde ich das gern tun«, sagte Mina niedergeschlagen. »Aber ich habe sogar schon sämtliche Proben, die noch im Kontor waren, mitgebracht. Tut mir sehr leid, aber wir haben nichts mehr.«

»In was für Zeiten wir leben, es ist nicht zu fassen.« Hiltrud schüttelte entgeistert den Kopf. »Eine Kaffeeimportfirma, die nicht mal mehr über eine einzige Bohne Kaffee verfügt? Gut, dass dein Großvater das nicht mehr erleben muss.«

»Oder Vater …«, setzte Mina leise hinzu. »Aber derzeit ist einfach nicht an Kaffee heranzukommen.«

»Ich verstehe das nicht.« Agnes sah Mina fragend an. »Jetzt, wo der Krieg vorbei ist, ist doch auch die Seeblockade der Engländer vorbei.«

»Das schon, aber mit dem Friedensvertrag sind so gut wie alle deutschen Handelsschiffe an die Siegermächte gegangen, und die wenigen, die Hamburg im Moment anlaufen, haben wichtigere Güter an Bord als ausgerechnet Kaffee. Kaffee ist nun einmal Luxusware.«

»Wenn es so ist, begreife ich erst recht nicht, warum du darauf bestehst, jeden Tag ins Kontor zu fahren, Wilhelmina«, rief Hiltrud. »Das ist doch Zeitverschwendung, wenn es ohnehin nichts zum Handeln gibt.«

Wieder zwang sich Mina, ruhig zu bleiben. Sie atmete tief ein, um nicht die Fassung zu verlieren. »Nein, ich halte es nicht für Zeitverschwendung. Ganz im Gegenteil! So zeige ich, dass *Kopmann & Deharde* noch da ist und zur Verfügung steht, sobald wieder Kaffee am Markt angeboten wird oder die Börse öffnet. Ich hoffe nur, dass unsere Finanzen so lange durchhalten«, fügte sie leiser hinzu.

»Da besteht ja nun wahrhaftig kein Grund zur Sorge.« Hiltrud nahm die Serviette vom Schoß und legte sie neben ihren Teller. »Die Villa ist unbelastet, und dein Großvater hat immer dafür gesorgt, dass genügend …«

»Der Krieg hat uns eine ziemliche Durststrecke beschert«, sagte Mina finster. »Und die Apanage für Frederik hat ein Übriges getan.«

»Die wirst du doch hoffentlich nicht weiterbezahlt haben? Er war in den letzten fünf Jahren immer nur für ein paar Tage auf Fronturlaub hier und hat außerdem die ganze Zeit sein Majorsgehalt bezogen.«

Mina zuckte mit den Schultern. »Was wäre mir denn anderes übrig geblieben? Die Summe ist vertraglich zugesichert.«

»Apanage?«, fragte Agnes verständnislos. »Was denn für eine Apanage?«

Mina warf ihr einen warnenden Blick zu. »Später!«, formte sie lautlos mit den Lippen. Agnes schien sie verstanden zu haben und nickte nur.

Mina sah auf ihre Armbanduhr und erhob sich hastig. »Schon acht Uhr vorbei. Wenn ich pünktlich um neun Uhr im Kontor sein will, um den Postboten abzupassen, muss ich mich jetzt auf den Weg machen. Ich habe gestern ein paar Briefe geschrieben, die er gleich mitnehmen soll. Bist du fertig, Agnes?«

Die Angesprochene erhob sich ebenfalls. »Fertig und abmarschbereit.« Damit trat sie auf Großmutter Hiltrud zu, beugte sich zu ihr hinunter und küsste sie auf die Wange. »Bis heute Mittag!«, sagte sie. »Wir sind pünktlich wieder hier, dafür sorge ich schon.«

Auch Mina verabschiedete sich von ihrer Großmutter mit einem Kuss auf die Wange und beeilte sich dann, das Esszimmer zu verlassen, ehe die alte Frau protestieren konnte.

»Das ging besser, als ich geglaubt habe«, sagte Agnes mit gedämpfter Stimme, nachdem Mina die Tür zum Esszimmer hinter sich geschlossen hatte. »Sie hat es anstandslos geschluckt.«

»Wie bist du denn überhaupt auf die Idee gekommen?«, fragte Mina, während sie neben Agnes zur Garderobe ging und ihren Mantel vom Kleiderbügel nahm.

»Keine Ahnung«, erwiderte Agnes achselzuckend. »Vielleicht war es so etwas wie ein Geistesblitz. Großmutter jammert jeden Morgen, dass sie sich Sorgen macht, wenn du mutterseelenallein unterwegs bist. ›Was, wenn wieder Plünderer durch die Straßen ziehen oder es einen Matrosenaufstand gibt?‹, sagt sie dann immer. Du weißt ja, wie sie ist.«

»Die Unruhen sind über ein halbes Jahr her und sind nicht einmal bis in die Speicherstadt gekommen. Dort ist es immer sicher gewesen.«

»Aber es hat Großmutter einen Heidenschrecken eingejagt.« Agnes schlüpfte in ihren Mantel und griff nach ihrem Hut. »Sie kann sich einfach nicht mit der neuen Situation abfinden. Dass wir keinen Kaiser mehr haben und die Sozialisten in der Bürgerschaft sitzen, will ihr immer noch nicht in den Kopf. Für sie bedeutet das den Untergang der Welt. Dabei ist es doch spannend, finde ich.« Sie drehte sich zu Mina um und breitete die Arme aus, während sie sich einmal um die eigene Achse drehte. »Nimmst du mich so mit oder bin ich zu fein für die Speicherstadt?«

Unter dem geöffneten Mantel trug sie einen knöchellangen, schmalen Rock aus dünner karierter Kammwolle und eine weiße Rüschenbluse. Einen Moment lang war Mina versucht, sie darauf hinzuweisen, dass sie viel zu elegant gekleidet war, doch dann lächelte sie. »Genau richtig.«

»Mama!«

Von oben erscholl eine helle Kinderstimme, und Mina wandte sich um. Am Kopf der Treppe stand Fräulein Brinkmann, die schon Minas und Agnes' Erzieherin gewesen war. Sie trug Minas Tochter Ella auf dem Arm, die nun die dicken Ärmchen nach ihrer Mutter ausstreckte. Ella war jetzt zwanzig Monate alt und ein aufgewecktes Kind mit einem ausgeprägten Willen, den sie schon gut durchzusetzen wusste. »Genau wie du früher«, wurde Großmutter Hiltrud nicht müde zu sagen, wenn Ella sich nicht auf den Schoß der alten Dame setzen wollte, bockig mit dem kleinen Fuß aufstampfte und den blonden Lockenschopf schüttelte.

»Siehst du? Ich habe dir doch gesagt, dass Mama noch da ist. Jetzt kannst du ihr Auf Wiedersehen sagen, und dann frühstücken wir bei Frau Kruse in der Küche«, sagte Fräulein Brinkmann zu dem Mädchen, während sie die Treppe hinunterkam. Als sie das Kind auf dem Boden absetzte, lief die Kleine strahlend auf ihre Mutter zu, die in die Hocke gegangen war und lächelnd die Arme ausbreitete.

»Mama. Arbeit«, stellte Ella mit wichtiger Miene fest. »Auto fahren.«

»Ja, genau.« Mina drückte den kleinen Körper an sich und gab ihrer Tochter einen Kuss auf die Wange. »Ich fahre jetzt mit dem Auto zur Arbeit. Aber bald komme ich zurück, und dann gehen wir spazieren.«

»Jetzt spazieren.« Ellas Gesicht verdunkelte sich, und sie löste sich aus der Umarmung ihrer Mutter.

»Nein, mein Schatz, wenn ich wieder zurück bin.«

»Tante Aggi spazieren?« Die Kleine wandte sich zu Agnes um und strahlte sie an.

»Tante Agnes kommt mit mir. Sie arbeitet heute auch. Du bleibst bei Fräulein Brinkmann und gehst jetzt frühstücken. Wir sehen uns etwas später.«

Fräulein Brinkmann schaute Agnes fragend an. »Du fährst mit ins Kontor?«

Agnes nickte. »Stellen Sie sich vor, ich geselle mich auch zur arbeitenden Bevölkerung. Aber jetzt sollten wir wirklich losfahren, Mina, bevor Großmutter es sich anders überlegt und es doch noch verbietet.«

Fräulein Brinkmann unterdrückte ein Lächeln. »Das wäre durchaus möglich.« Sie beugte sich ein wenig hinunter und streckte Ella ihre Rechte entgegen, die das Kind gehorsam ergriff. »Na komm, Ella, wir gehen jetzt in die Küche. Frau Kruse hat bestimmt eine Milch für dich. Bis später, Mädchen!« Sie winkte Mina und Agnes zu und ging langsam mit Ella an der Hand in Richtung des Wirtschaftstraktes.

»Und wenn wir achtzig Jahre alt sind und schon eine Schar von Enkeln haben, wird sie wahrscheinlich nicht damit aufhören, uns ›Mädchen‹ zu nennen.« Mina lachte kopfschüttelnd, öffnete die Haustür für ihre Schwester und trat dann selbst ins Freie.

Es war ein strahlender Sommermorgen, und der Wind blies ein paar träge Schäfchenwolken über die Bäume im Garten.

»Eigentlich ist es viel zu schön, um in die Speicherstadt zu fahren und im düsteren Kontor zu sitzen.« Agnes hielt für einen Moment lächelnd das Gesicht in die Sonne. »Wir sollten stattdessen zum Jungfernstieg fahren und flanieren gehen.«

»So weit kommt es noch!« Mina lachte. »Ab ins Auto mit dir!«

Als Mina auf die schwarze Limousine vor der Garage zuschritt, die früher ihr Vater gefahren hatte, zog Agnes eine Grimasse. »Wir könnten doch wenigstens das Cabriolet nehmen.«

»Den Teufel werde ich«, sagte Mina. »Das ist Frederiks Wagen, und den rühre ich nicht an.« Sie öffnete die Fahrertür der Limousine und setzte sich hinter das Steuer. »Außerdem ist das Cabrio so lange nicht gefahren worden, dass ich arge Zweifel habe, ob es überhaupt anspringen würde«, fügte sie hinzu, als Agnes neben ihr saß.

Mina startete den Motor, wendete den Wagen auf dem Vorplatz der Villa und bog dann in die Heilwigstraße ein.

»Glaubst du, Frederik hätte was dagegen, wenn du sein Automobil benutzt?«, fragte Agnes. »Immerhin hat er dir doch selbst das Fahren beigebracht und auch seine Zustimmung gegeben, dass du den Führerschein machst.«

»Schon, aber ich glaube, das war pure Bequemlichkeit. So brauchte er mich nicht mehr ständig in der Gegend herumkutschieren, und wir mussten außerdem keinen Fahrer einstellen.«

»Ach, ist Frederik so geizig?«

Mina warf ihrer Schwester einen schnellen Seitenblick zu und lächelte. »Er nicht. Aber ich.«

Agnes lachte. »Papa hätte gesagt: ›Das ist kein Geiz, das ist Geschäftssinn.‹«

Mina nickte wehmütig. Agnes konnte den Tonfall ihres Vaters nachahmen wie keine Zweite. Immer noch gab es Mina einen Stich, wenn jemand von ihm sprach, auch wenn er schon seit sechs Jahren nicht mehr bei ihnen war. Sie sah ihn deutlich vor sich, seine hochgewachsene, massige Gestalt, den schlohweißen Haarschopf, seine blauen Augen, aus denen der Schalk blitzte, wenn er in dröhnendes Lachen ausbrach. Und sie hörte die Wärme in seiner Stimme, wenn er sie »sein Wunschmädchen« genannt hatte.

»Ja, ich vermisse ihn auch ...«, sagte Agnes leise, als könnte sie Minas Gedanken lesen. »Vielleicht nicht so sehr wie du, weil ihr euch so ähnlich wart, aber mir fehlt er auch furchtbar.«

Ohne den Blick von der Straße zu nehmen, griff Mina nach der Hand ihrer Schwester und drückte sie. »Das weiß ich doch«, sagte sie.

Für eine Weile schwiegen die beiden Schwestern. Erst als sie auf die Altstadt zufuhren, räusperte sich Agnes und drehte sich zu Mina. »Darf ich dich mal etwas fragen?«

»Natürlich. Was gibt es denn?«

»Was geht da eigentlich zwischen Frederik und dir vor sich? Warum kommt er nicht endlich nach Hamburg zurück?«

Mina warf ihrer Schwester einen kurzen Blick zu, ehe sie ihre Aufmerksamkeit wieder dem Verkehr auf der Straße zuwandte. »Ich habe keine Ahnung, was du meinst«, sagte sie fest. »Hat Großmutter etwa ...?«

»Nein. Sie hat nichts mit meiner Frage zu tun«, beeilte sich Agnes zu versichern. »Sie wundert sich zwar gelegentlich darüber, dass er im Krieg so selten auf Urlaub zu Hause war und noch nicht vom Regiment zurück ist, aber sie erklärt es sich damit, dass er als Major wohl immer noch im Stab gebraucht wird und deshalb unabkömmlich ist.«

»Siehst du, da hast du doch deine Antwort.« Minas Hände umschlossen das Lenkrad so fest, dass die Knöchel hervortraten. »Mehr kann ich dazu auch nicht sagen.«

»Wirklich nicht?«

Mina glaubte Agnes' durchdringenden Blick auf sich zu fühlen. »Nein, wirklich nicht«, sagte sie fest.

»Was schreibt er denn, wann er zurück nach Hause kommt?«

»Dass es noch dauern kann.«

»Aber wie lange denn?«

»Woher soll ich das wissen?« Die Reaktion war viel heftiger ausgefallen, als Mina beabsichtigt hatte. »Entschuldige, Agnes«, sagte sie leiser und seufzte. »Das ist ein … unerquickliches Thema.«

»Unerquicklich?«

Mina zog die Brauen zusammen. »Frederik schreibt nicht sehr oft. Höchstens hier und da mal eine Postkarte.«

»Und auf der ist nicht genug Platz, um auf Fragen zu antworten«, ergänzte Agnes. »Sehr praktisch.«

Mina hielt den Wagen an. Während sie wartete, dass das Pferdefuhrwerk vor ihr in eine Seitenstraße einbog, sah sie zu ihrer Schwester hinüber, die aus der Windschutzscheibe starrte und dabei nachdenklich auf ihrer Unterlippe kaute.

»Praktisch?«, fragte Mina.

Agnes zuckte mit den Schultern. »Wenn ich mich nicht erklären wollte, würde ich auch nur einen Gruß auf eine Postkarte schreiben.« Sie drehte sich zu Mina herum und sah ihr direkt in die Augen. »Du hast ihn doch gefragt, wann sein Dienst endet, oder?«

»Ich …«

Das Pferdefuhrwerk setzte sich in Bewegung und machte die Straße frei. Mina legte den Gang wieder ein und gab Gas, erleichtert darüber, ihrer Schwester auf diese Weise die Antwort schuldig bleiben zu können. Aber so leicht ließ sich Agnes nicht aus dem Konzept bringen. »Mina?«

»Ich habe ihm geschrieben, dass der Enkel von Onkel Henry vor ein paar Wochen zurückgekommen ist, der, der als Leutnant gedient hat. Und in dem Zusammenhang habe ich erwähnt, dass es dann ja wohl nicht mehr lange dauern könne, bis auch er entlassen wird.«

»Das war alles?«

»Ja, das war alles«, erwiderte Mina ärgerlich. Agnes' Fragerei ging ihr inzwischen entschieden zu weit.

»Dann musst du dich nicht wundern. Frederik ist nicht der Typ Mann, bei dem man mit subtilen Hinweisen weiterkommt. Wenn du etwas Konkretes erfahren willst, musst du ihn schon ganz direkt danach fragen, sonst versteht er es nicht.«

Mina schnaubte. »Du scheinst dich ja gut mit Männern auszukennen.«

Zu Minas Überraschung lachte Agnes. »Allerdings, das tue ich. Du würdest staunen.«

»Lass das bloß nicht Großmutter hören, sonst ist es vorbei mit irgendwelchen Tanztees oder Sonntagsspaziergängen mit männlicher Begleitung an der Alster.«

»Oder dem Ruderclub.«

»Vor allem dem Ruderclub.« Mina nickte. »Eine junge Dame aus gutem Haus muss darauf achten, in welcher Gesellschaft sie gesehen wird«, sagte sie, presste ihr Kinn gegen ihren Hals und ahmte dabei den Tonfall von Großmutter Hiltrud nach, so gut sie konnte.

Beide lachten.

»Du verpetzt mich doch nicht, oder?«, fragte Agnes schließlich.

»Habe ich dich je verpetzt?«

»Zuletzt, als du vierzehn warst, glaube ich.«

»Siehst du? Und da habe ich dich bei Frau Kruse verpetzt, weil du an der Keksdose warst. Bei Großmutter noch nie.«

»Das stimmt allerdings.« Wieder lachte Agnes, dann wurde sie ernst. »Seit Vater damals krank wurde, haben wir gegen alle anderen zusammengehalten. Damals haben wir immer Kriegsrat in deinem Zimmer gehalten, weißt du noch?«

Mina nickte. Sie hatte das Bild deutlich vor Augen: sie beide auf dem Bett sitzend, wie sie beratschlagt hatten, was sie machen konnten, um zu verhindern, dass Mina zurück ins Pensionat geschickt wurde. Auf dem Kalender war es nur ein paar Jahre her, und doch schien eine Ewigkeit vergangen zu sein, so viel war seither in der Welt und in ihrem Leben geschehen.

Agnes' Stimme riss Mina aus ihren Erinnerungen. »Ist alles in Ordnung zwischen dir und Frederik?«, fragte sie unverblümt.

Zunächst war Mina zu verblüfft, um zu antworten. Mit einer solch direkten Frage hatte sie nicht gerechnet. Sie war versucht, eine Ausflucht zu bemühen, wie immer, wenn jemand sie nach ihrem Ehemann fragte. Doch dann besann sie sich anders.

Das hier war ihre Schwester. Ihre Verbündete. Neben ihrer besten Freundin Irma, mit der sie seit ihrer gemeinsamen Zeit im Pensionat eine enge Brieffreundschaft pflegte, der Mensch, der ihr am nächsten stand. Sie hatte es nicht verdient, angelogen zu werden.

»Nein.« Mina seufzte. »In Ordnung ist ganz und gar nichts zwischen uns. Das ist es nie gewesen, und ich fürchte, das wird es auch nie werden.«

»Aber ihr habt doch ein Kind zusammen.«

Mina bog in Richtung des Hafengeländes ab. »Hat Fräulein Brinkmann mit dir nicht das berüchtigte Gespräch von

Frau zu Frau geführt? Ich war sechzehn, als sie mich beiseitegenommen hat, um mir zu erklären, was zwischen Mann und Frau stattfindet, damit …«

»Doch, natürlich weiß ich, was passieren muss, damit ein Kind auf die Welt kommt. Und glaub mir, ich bin ihr sehr dankbar für ihren Vortrag. Von den Mädchen meiner Abschlussklasse war ich wahrscheinlich die Einzige, die wusste, dass man vom Küssen nicht schwanger werden kann.« Agnes schüttelte den Kopf. »Aber Fräulein Brinkmann sprach auch davon, dass es Mann und Frau zusammenschweißt, wenn sie ein Kind haben.«

»Das mag sein, wenn Liebe mit im Spiel ist.«

»Und du liebst Frederik nicht? Nicht mal ein bisschen?«

Mina schwieg und ließ die Frage in der Luft hängen. Was hätte sie auch antworten sollen? Dass sie Frederik nur geheiratet hatte, damit die Firma nach Vaters Tod in der Familie blieb? Dass sie damals eigentlich einen anderen geliebt hatte, dem sie versprochen hatte, auf ihn zu warten? Dass sie dieses Versprechen gebrochen hatte? Dass kein Tag verging, an dem sie sich nicht wegen dieses Verhaltens schämte und sich fragte, wie ihr Leben wohl verlaufen wäre, wenn sie sich für Edo entschieden hätte?

»Da vorn ist die Zollstation. Hol schon mal deinen Ausweis aus der Tasche«, sagte Mina schließlich. Sie brachte den Wagen hinter dem einzigen Pferdefuhrwerk zum Stehen, das vor der geschlossenen Schranke darauf wartete, durchgelassen zu werden.

»Nicht viel los heute«, hörte sie Agnes sagen.

»Du glaubst nicht, wie viel ich darum geben würde, hier warten zu müssen.« Mina lächelte wehmütig. »Das würde bedeuten, dass es endlich wieder etwas zum Handeln gäbe.«

Sie sah zu, wie der Zöllner dem Kutscher die Papiere zurückgab und seinem Kollegen bedeutete, die Schranke zu öffnen und musste daran denken, wie hier vor dem Krieg häufig zehn, und mehr Pferdefuhrwerke Schlange gestanden hatten, um in die Speicherstadt zu gelangen, und hochbeladen mit Kaffeesäcken zurückgefahren waren.

Langsam ließ sie das Auto bis zur Schranke vorrollen und öffnete die Seitenscheibe, als der Zollbeamte herantrat und sich an den Schirm seiner Uniformmütze tippte.

»Moin, Frau Deharde«, sagte er freundlich. »Wen haben Sie uns denn heute mitgebracht?«

Mina kannte die meisten der Beamten, die ihren Dienst in den drei Zollstationen an den Zugängen zur Speicherstadt verrichteten, doch den alten Meier, der inzwischen kurz vor seiner Pension stand, am längsten und besten von allen.

»Guten Morgen, Herr Meier. Schönes Wetter haben wir heute, was?«, erwiderte sie. »Das ist meine Schwester Agnes, die mir von heute an im Kontor zur Hand gehen will. Ihre Ausweispapiere hat sie dabei, wenn Sie sie sehen möchten.« Mina griff nach dem Pass, den Agnes ihr entgegenstreckte, doch der Zollbeamte winkte ab.

»Wenn Sie sagen, dass das Ihre Schwester ist, wird es schon seine Richtigkeit haben.« Der alte Meier nickte Mina zu und gab seinem Kollegen ein Zeichen, den Schlagbaum zu öffnen, um den Wagen passieren zu lassen. »Einen schönen Tag und gute Geschäfte, Frau Deharde!« Er tippte sich erneut an die Mütze, dann winkte er Mina hindurch.

»Frau *Deharde*?«, fragte Agnes verwundert, als Mina das Fenster wieder geschlossen hatte.

»Der alte Meier kennt mich schon, seit ich als kleines Mädchen unseren Vater begleitet habe. Da gewöhnt man sich nicht so schnell um. Und wozu auch? Immerhin bin ich ja die Chefin von *Kopmann & Deharde.*«

Im Schritttempo ließ Mina das Auto über die Niederbaumbrücke rollen, um den Blick über den Zollkanal und das Kehrwiederfleet schweifen zu lassen, in denen in den letzten Monaten nur wenige Lastkähne der Ewerleute festgemacht hatten.

»Hier scheint aber doch ganz gut was los zu sein«, sagte Agnes.

»Von wegen. Früher war hier kaum ein Durchkommen, so viele Schuten lagen an den Speichern. Und jetzt? Die kannst du doch an einer Hand abzählen.« Mina seufzte. »Gut, dass Vater nicht mehr erleben muss, wie der Hafen im Krieg niedergegangen ist. Keine Ahnung, wie das noch weitergehen soll.«

Sie beschleunigte und bog in den Sandtorkai, wo sie den Wagen gegenüber von Nummer 36, in der sich das Kontor befand, vor einem der Hafenschuppen abstellte. Die Schwestern verließen den Wagen, überquerten die mit Kopfsteinen gepflasterte Straße und stiegen die Stufen zum Eingang hoch, neben dem das Emailleschild hing, auf dem in geschwungenen Buchstaben »*Kopmann & Deharde, Caffee-Import und Export*« zu lesen war. Während Mina den Schlüsselbund aus ihrer Handtasche kramte, blieb Agnes stehen und schaute nach oben.

»Zwei, drei, vier, fünf, sechs«, murmelte sie.

Mina sah verblüfft zu ihr hinüber. »Sechs?«

Agnes lächelte schief. »Vater hat mir weisgemacht, ich müsse immer die Stockwerke zählen, sonst würde der Speicher eines verlieren. Als kleines Mädchen habe ich das wirklich geglaubt und seither die Stockwerke immer gezählt, wenn ich mit ihm hier war. Das letzte Mal ist schon etliche Jahre her. Ich glaube, damals wohnten wir noch nicht einmal in der Villa bei Großmutter. Ich hätte ihn öfter begleiten sollen, so wie du.«

»Das hätte ihm sicher gefallen.« Mina griff nach Agnes' Hand und drückte sie kurz. »Aber jetzt begleitest du ja mich. Na, dann komm mal rein in die gute Stube.«

Damit schob sie die schwarz gestrichene Eingangstür auf und betrat den dämmrigen Flur. Das Kontor befand sich eine halbe Treppe hinauf zur Linken im hochgelegenen Erdgeschoss des Gebäudes.

Früher, vor dem Krieg, hatte in dem Gebäude ein ständiges Kommen und Gehen geherrscht. Agenten und Makler hatten sich die Klinke in die Hand gegeben, hatten Kaffeeproben vorbeigebracht und mit Vater um Preise und Konditionen gefeilscht. Quartiersmänner in ihrer altertümlich wirkenden Tracht waren gekommen, um Lagerscheine und Lieferaufträge abzuholen, oder waren weiter nach oben zu den Lagerböden hinaufgestiegen. Andere Kaufleute hatten auf eine Tasse Kaffee oder einen Schnaps im Kontor vorbeigeschaut und den neuesten Tratsch ausgetauscht. Die Lehrlinge waren hin und her geflitzt, hatten Botengänge gemacht oder dicke Folianten geschleppt. Jetzt aber war alles still. Von den Lehrlingen und Arbeitern waren viele auf den Schlachtfeldern in Frankreich und Russland geblieben, und für die, die von der Front heimgekehrt waren, gab es im Moment keine Arbeit.

Mina steckte den Schlüssel ins Schlüsselloch und zog ein wenig an der Klinke, um die Tür zum Kontor zu öffnen. Noch immer hing der Duft von frisch geröstetem Kaffee in der Luft, obwohl sie schon seit Monaten keinen der Probeöfen mehr in Betrieb gehabt hatte. Sie bückte sich, um die drei Briefumschläge aufzuheben, die der Bote durch den Schlitz in der Tür geworfen hatte, und schüttelte enttäuscht den Kopf.

»Wieder nur Rechnungen …«, murmelte sie, nachdem sie die Umschläge umgedreht und die Absender gelesen hatte. Seufzend legte sie sie auf den verwaisten Schreibtisch des Bürovorstehers und ging zur Garderobe hinüber, um ihren Hut abzunehmen. »Jeden Morgen hoffe ich, dass endlich ein Angebot für eine Partie Kaffee in der Post ist, aber warum sollte es mir anders gehen als all den anderen Importeuren? Ich sollte es allmählich besser wissen.« Sie drehte sich zu Agnes um und zog in einer hilflosen Geste die Schultern hoch. »Vielleicht wäre es aus Kostengründen wirklich am vernünftigsten, das Kontor zu schließen, aber …«

»Das Kontor schließen?« Agnes schaute sie erschrocken an. »Vaters Kontor schließen? Aber das kannst du doch nicht tun!«

»Ich will es ja auch nicht. Aber welchen Sinn ergibt eine Kaffeeimportfirma, die keinen Kaffee importieren kann?«

Mina hatte ihren Mantel abgestreift und hängte ihn über einen der beiden Kleiderbügel. Den anderen gab sie an Agnes weiter, die ihrem Beispiel folgte. »Aber warum geht es denn nicht?«, fragte Agnes.

»Das ist ein bisschen kompliziert, aber ich versuche es mal einfach zu erklären«, sagte Mina. »Es ist immer wieder erstaunlich, wie angenehm kühl es in diesen Speicherhäusern bleibt, egal wie heiß es draußen ist. Das muss wohl an den dicken Backsteinwänden liegen. Im Sommer kühl und im Winter warm. Man braucht die Heizung kaum je anzudrehen.« Sie ging zum Fenster hinüber und legte die Hand kurz auf die Metallrippen des Heizkörpers, der vom zentralen Kesselhaus am Sandtorkai sein warmes Wasser erhalten würde, sollte sie das Ventil aufdrehen. »Während des Krieges gab es die Seeblockade der Engländer, und wir konnten keinen Kaffee aus den Ursprungsländern importieren«, fuhr sie fort. »Eine Weile kam noch Kaffee aus den neutralen Ländern, doch danach mussten wir mit dem Rohkaffee handeln, der noch in Hamburg in den Lagern war. Aber jetzt ist so gut wie nichts mehr da. Zusätzlich hat der Staat uns Kaufleuten eine Behörde vor die Nase gesetzt, die dafür sorgen sollte, dass die Lebensmittel, auch der Kaffee natürlich, gerecht verteilt werden. Zuerst musste die Armee versorgt werden, und nur, was übrig war, ging an die Bevölkerung. Dieser Rest wurde immer kleiner, und irgendwann gab es dann einfach nichts mehr.«

»Aber Kaffee wurde doch weiter angebaut, oder? Eigentlich müsste es doch inzwischen ein Überangebot an Kaffee auf dem Markt geben.« Agnes war neben sie getreten und schaute aus dem Fenster auf die Straße hinunter.

Mina sah ihre Schwester erstaunt an und lächelte dann. »Kluges Köpfchen!« sagte sie. »Es gab ein Überangebot, das ist richtig, aber die Kaffeeproduzenten mussten sich einen anderen Markt suchen, weil der Hamburger Hafen ja während des Krieges nichts abnehmen konnte. So ging der größte Teil des südamerikanischen Kaffees nach New York und wurde dort verkauft. Und das ist bis heute so geblieben. Hinzu kommt noch, dass die Schiffe der deutschen Handelsflotte im Friedensvertrag an die Sieger gefallen sind. Man müsste also ein ausländisches Schiff chartern, um eine Ladung Kaffee nach Hamburg zu bringen, und das geht leider nur mit Devisen, nicht mit Reichsmark.«

»Und Devisen besitzen wir nicht?«

»Dafür jedenfalls nicht genug. Und was wir haben, liegt in London und New York fest. Da ist kaum heranzukommen.«

Agnes zog die Stirn in nachdenkliche Falten. »Das ist Mist.«

Mina musste bei dem Gedanken daran, was Großmutter Hiltrud wohl sagen würde, wenn sie die wohlerzogene Agnes so fluchen hörte, ein Grinsen unterdrücken. »So könnte man es ausdrücken, ja. Riesenmist sogar!«

»Aber aufgeben und das Kontor schließen?«, fuhr Agnes fort. »Das ist keine Lösung. Das wäre, als würden wir die Flinte ins Korn werfen. Irgendetwas muss uns einfallen.«

»Ich habe mir schon das Hirn zermartert, aber bislang umsonst.«

»Da hast du ja auch noch nicht mit mir Kriegsrat gehalten. Manchmal braucht man jemanden, der nicht bis zum Hals in der Misere steckt, um einen frischen Blick auf die Dinge zu bekommen. Komm mit, Mina!«

Agnes griff nach Minas Hand und zog sie mit sich in das Chefzimmer. Mitten in dem lichtdurchfluteten Raum blieb sie stehen und ließ Minas Hand los. Langsam drehte sie sich um ihre eigene Achse und sah sich um. »Ich bin seit Jahren nicht mehr hier drin gewesen«, sagte sie. »Der Raum scheint mir kleiner und enger als früher.«

»Das liegt daran, dass du seitdem ein ganzes Stück gewachsen bist.« Mina lächelte. »Es ist immer noch alles genauso wie damals, als Vater hinter dem Schreibtisch saß.«

»Vaters Schreibtisch …« Agnes ging zum großen Nussbaumschreibtisch hinüber und fuhr mit den Fingern die geschnitzten Ornamente entlang, während sie ihn umrundete. Dann ließ sie sich auf dem lederbezogenen Stuhl nieder, auf dem der Chef der Firma zu sitzen pflegte. »An die Bilder erinnere ich mich«, sagte sie und deutete auf die Wand neben der Tür, wo nebeneinander die Porträts der Firmengründer Gerhard Kopmann und Karl Deharde hingen. »Vor dem Großvater habe ich immer etwas Angst gehabt.«

»Ja, ich auch.« Lachend nahm Mina auf dem Stuhl Platz, der für Besucher vor dem Schreibtisch stand. »Dabei war er eigentlich immer sehr freundlich zu uns Kindern. Hat uns Kandis und Bonbons zugesteckt, wenn Großmutter gerade nicht hingesehen hat.«

»Stimmt!« Agnes grinste. »Daran kann ich mich auch gut erinnern.« Sie lehnte sich zurück und sah ihrer Schwester offen in die Augen. »Aber zurück zum Geschäft. Wie können wir an Kaffee herankommen, wenn es in Hamburg nicht eine Bohne mehr zum Handeln gibt?«

»Genau das ist die Frage. Früher war es so, dass die Makler mit ihren Proben zu uns Importeuren kamen und den Kaffee anboten, den sie für die Produzenten verkaufen sollten. Aber was sollen sie tun, wenn sie keine Aufträge bekommen? Etliche der Maklerfirmen mussten bereits aufgeben und schließen.«

Agnes schien angestrengt nachzudenken. Eine Weile war es still, und Mina konnte das Ticken der Messinguhr hören, die an der Wand gegenüber dem Fenster hing. Schließlich klopfte Agnes mit den Fingerknöcheln auf die Tischplatte. »Eigentlich ist es doch ganz einfach: Wenn der Kaffee nicht mehr bis nach Hamburg kommt, müssen wir ihn eben dort kaufen, wo er gehandelt wird. Du musst nach New York fahren!«

Mina starrte ihre Schwester entgeistert an. »Du spinnst doch, Agnes, das ist eine völlig verrückte Idee.«

»Aber wieso denn?«

Agnes' entwaffnende Naivität brachte Mina für einen Moment aus dem Konzept. »Es geht nun einmal nicht. Ich kann nicht in New York an der Börse handeln. Es gibt Regeln, an die …«

»Was denn für Regeln?«, unterbrach Agnes sie stirnrunzelnd.

»Um an einer Börse Handel zu treiben, musst du zugelassen sein. Ich bin nicht einmal in Hamburg zugelassen, von New York mal ganz zu schweigen. Also müsste ich mir jemanden suchen, der in meinem Auftrag Kaffee kauft, und ich kenne keine Menschenseele in Amerika, die mir helfen könnte.«

In dem Moment, als sie das aussprach, wurde Mina bewusst, dass es eigentlich nicht der Wahrheit entsprach. Sie kannte jemanden in Amerika, und vielleicht wäre er sogar in der Lage, ihr zu helfen.

Für einen Augenblick hatte sie deutlich das schmale Gesicht von Edo Blumenthal vor Augen, wie es sich in ihr Gedächtnis gebrannt hatte. Sie sah ihn vor sich, wie er sie angesehen hatte, bevor er sie in den Arm genommen und sie geküsst hatte, als er nach Amerika aufgebrochen war. Eine Mischung aus Sehnsucht und Reue durchfuhr sie wie ein scharfer Schmerz. Auch wenn es nur wenige Jahre her war, es fühlte sich an wie eine halbe Ewigkeit. Ein Ozean und ein Krieg lagen zwischen Edo und ihr, und Mina wusste, es gab nichts, was diese Kluft überwinden konnte.

Sie schüttelte den Kopf, um Edos Bild wieder loszuwerden. »Es wäre sinnlos, nach Amerika zu fahren, von den Kosten der Reise mal ganz abgesehen. Selbst wenn ich jemanden finden würde, der bereit wäre, für mich an der Börse Rohkaffee zu kaufen, woher soll ich wissen, dass er mich nicht übervorteilt? Ich spreche nicht gut genug Englisch. Außerdem, wie schon gesagt, ich könnte weder den Kaffee noch die Fracht nach Hamburg im Voraus bezahlen. Und niemand gewährt mir Kredit, bis ich den Kaffee weiterverkauft habe.«

»Ja, mag sein«, sagte Agnes gedankenverloren. Sie tippte mit den Fingern auf die Tischplatte, dann sprang sie auf, ging zum Fenster hinüber und blickte auf die Straße hinaus.

Gerade als Mina sich erhob, um die Rechnungen für die Kontormiete, Strom und Heizung aus dem Vorraum zu holen und die Bankanweisungen dafür zu schreiben, fuhr Agnes herum und strahlte sie triumphierend an. »Ich hab's! Das ist die Lösung«, rief sie. »Es ist so einfach, dass ich mich frage, warum wir nicht gleich darauf gekommen sind. Die Lohmeyers werden uns Kaffee schicken!«

»Die Lohmeyers?«, fragte Mina verständnislos.

»Ja, natürlich.« Agnes lief auf sie zu und zog sie auf die Füße. »Dein Schwiegervater und dein Schwager besitzen eine Kaffeeplantage in Guatemala. Frederik hat doch immer in höchsten Tönen davon geschwärmt, wie schön es dort ist und wie gut der Kaffee ist, den sie anbauen. Bester Arabica. Ich höre ihn noch reden. Und Blut ist bekanntlich dicker als Wasser. Lohmeyers sind bestimmt bereit, dich zu beliefern. Und sicher würden sie auch auf die Bezahlung warten, bis du den Kaffee hier verkauft hast.«

»Komm mal wieder auf den Boden der Tatsachen zurück, Agnes.« Mina griff nach den Händen ihrer Schwester und hielt sie fest. »Ich kenne die Leute doch gar nicht, und es wäre unhöflich, ja geradezu dreist, sie um einen solchen Gefallen zu bitten.«

»Trotzdem sind sie deine Familie.« Agnes' grüne Augen strahlten. »Und in der Familie hilft man sich nun einmal.«

»Genau genommen sind sie Frederiks Familie«, sagte Mina. »Und er scheint nicht besonders gut auf seinen Vater und seinen Bruder zu sprechen zu sein. Ich bin nicht einmal sicher, ob sie von Ella wissen.«

»Was soll das heißen, du weißt nicht, ob sie von Ella wissen?« Ungläubig zog Agnes die Augenbrauen zusammen.

Mina war für einen Moment versucht, Agnes davon zu erzählen, warum das Verhältnis zwischen Frederik und seinem Vater so angespannt war. Als junger Mann hatte Frederik sich so tief verschuldet, dass sein Vater ihm sein komplettes Erbe hatte auszahlen müssen, um die Schulden zu begleichen. Danach hatte er Frederik genötigt, sich in Deutschland bei der Armee zu verpflichten. Was genau vorgefallen war, wusste Mina nicht, aber dass ihr Ehemann mit Geld nicht umgehen konnte, war ihr inzwischen nur zu schmerzlich klar geworden. Es war mehr als einmal vorgekommen, dass er sie um Geld gebeten hatte, um sein Konto auszugleichen, obwohl er als Major ein erkleckliches Sümmchen verdiente.

»Als Ella geboren wurde, hatte ich Frederik gebeten, seinem Vater zu schreiben, dass er eine Enkeltochter hat, aber ich habe meine Zweifel, ob er das getan hat. Wenn ich gefragt habe, ob er es erledigt hat, hat er sofort das Thema gewechselt. Zuletzt ist er richtig böse geworden.«

»Vielleicht solltest du deinem Schwiegervater schreiben, Mina.«

»Ich kann mich da doch unmöglich einmischen, Agnes.«

»Natürlich kannst du. Das musst du sogar. Der alte Herr ist Ellas Großvater. Sie hat nur noch diesen einen, und was auch immer zwischen ihm und Frederik vorgefallen ist, ist doch wahrhaftig nicht die Schuld der Kleinen.«

»Da hast du natürlich recht.« Mina seufzte. »Aber ob ein

Brief reichen wird, das Verhältnis so weit zu kitten, dass Lohmeyers das Kontor mit Kaffee beliefern?«

Agnes umarmte ihre Schwester kurz und schob sie dann auf Armeslänge wieder von sich. »Wo ist denn dein unerschütterlicher Optimismus geblieben, Mina? Du bist es doch, die immer behauptet hat, dass man alles schaffen kann, wenn man wirklich will.«

»Ich habe so etwas gesagt? Das muss aber vor langer Zeit gewesen sein.« Mina zwinkerte ihrer Schwester zu.

Agnes lachte. »Ein paar Monate ist es bestimmt schon her, da hast du recht. Aber jetzt ist es an der Zeit, dich daran zu erinnern. Setz dich an deinen Schreibtisch und schreib deinem Schwiegervater einen Brief. Schildere ihm, wie schwierig unsere Lage ist, und bitte ihn um Hilfe.« Sie schnippte mit den Fingern der rechten Hand und deutete mit dem Zeigefinger auf Minas Brust. »Oder besser noch, schlage ihm ein Geschäft vor, von dem ihr beide profitieren werdet. Er ist doch auch Kaufmann. Selbst wenn er vor Bettelbriefen aus der Familie die Augen verschließt, zu einem guten Geschäft wird er bestimmt nicht Nein sagen.« Sie tätschelte Mina aufmunternd den Arm. »Du machst das schon. Und ich werde mich in der Zwischenzeit damit amüsieren, im anderen Büro die Regale abzustauben. Wenn wir in Kürze wieder im Geschäft sind, soll niemand sagen können, bei *Kopmann & Deharde* sei in der schlechten Zeit der Schlendrian eingekehrt.«

ZWEI

Es war schon fast Mittag und damit Zeit, nach Hause zurückzufahren, als Agnes ihren Kopf zur Tür hereinsteckte.

»Bist du endlich fertig mit dem Brief?«, fragte sie. »Die Regale nebenan sind jetzt alle picobello sauber.«

Mina legte den Federhalter auf den Schreibtisch und lehnte sich in ihrem Stuhl zurück. »Fertig schon. Zufrieden aber nicht.« Seufzend hob sie den beschriebenen Briefbogen hoch und überflog die Zeilen noch einmal. Dann reichte sie das Blatt an Agnes weiter. »Meinst du, man kann den Brief so absenden?«

Agnes nahm auf dem Stuhl vor dem Schreibtisch Platz und begann zu lesen, während Mina an ihrem Gesicht zu erkennen versuchte, was ihre Schwester dachte. Schließlich reichte Agnes ihr den Briefbogen wieder zurück.

»Kurz, sachlich und ohne weinerliche Bettelei. Vielleicht ein klein bisschen zu geschäftsmäßig zwischen Familienmitgliedern, aber in der Quintessenz ein Brief von einem Erwachsenen an einen anderen. Natürlich kannst du den abschicken. Was hast du denn daran auszusetzen?«

Nachdenklich strich Mina mit der Hand über das Papier. »Ich habe bestimmt zehn Versuche verworfen, ehe ich einen halbwegs angemessenen Tonfall gefunden habe. Ich kenne den alten Lohmeyer ja nicht und habe keine Ahnung, was er von einer Schwiegertochter erwartet. Hinzu kommt, dass ich nicht über alle Einzelheiten Bescheid weiß, die zu dem Zerwürfnis zwischen ihm und Frederik geführt haben. Vielleicht denkt er, dass ich mich einmischen und den Friedensengel spielen will. Wer weiß, wie er das auffasst?«

»Ich glaube, du machst dir viel zu viele Gedanken, Mina.«

»Aber …«

»Nichts aber … Was soll denn schon passieren? Im schlimmsten Fall wird Frederiks Vater einfach nicht auf deinen Brief antworten. Ich glaube aber eher, dass er sich freut, von euch zu hören. Warum sollte er die Gelegenheit nicht ergreifen und Geschäfte mit *Kopmann & Deharde* machen wollen? Und selbst wenn daraus nichts wird, hast du die Gewissheit, dass du nichts unversucht gelassen hast. Beziehungen schaden doch nur dem, der keine hat.«

Mina seufzte und schob gedankenverloren den Brief mit dem Zeigefinger auf dem Tisch hin und her. »Trotzdem ist mir nicht wohl bei dem Gedanken, mich in den Streit zwischen Frederik und seinem Vater einzumischen. Das sind Dinge, die vor meiner Zeit passiert sind und mich eigentlich nichts angehen.« Sie hob den Blick und sah Agnes direkt in die Augen. »Halte mich für verrückt, aber mein Bauchgefühl sagt mir, dass ich diesen Brief noch bitter bereuen werde. Es wäre klüger abzuwarten, bis Frederik zurück ist, und ihn den Brief schreiben zu lassen.«

»Unfug«, sagte Agnes entschieden. »Frederik würde nur versuchen, es dir auszureden, und ich glaube nicht, dass er eine andere Quelle an der Hand hat, von der du Kaffee beziehen kannst. Außerdem trägst du die Verantwortung für den

Fortbestand der Firma. Wer sitzt hinter dem Schreibtisch des Chefs, du oder er?«

Mina grinste schief. »Das bin wohl ich.«

»Eben. Also schreib die Adresse auf einen Umschlag, und dann bringen wir den Brief zum Postamt, bevor du es dir anders überlegen kannst.«

Als die Schwestern die Kühle des Speicherhauses verließen und wieder auf die Straße traten, schlug ihnen die Sommerhitze entgegen, die von den Backsteinmauern gespeichert und abgestrahlt wurde. Das Licht der Mittagssonne spiegelte sich im Wasser des Hafenbeckens, so grell, dass Mina instinktiv die Augen zusammenkniff.

»Puh! Was für eine Ofenglut!« Agnes fächelte sich mit der Hand Luft zu. »Man sollte doch meinen, dass es am Wasser etwas kühler ist als in der Stadt, aber Pustekuchen.«

»Ach komm, so schlimm ist es nun auch wieder nicht.« Mina zupfte sie am Ärmel. »Das Postamt ist am Kehrwieder. Bis dahin sind es nur ein paar Schritte.«

»Können wir nicht mit dem Auto hinfahren?« Agnes' Blick wanderte sehnsüchtig zu der Limousine hinüber.

»Unfug. In der Speicherstadt geht man zu Fuß. So war es schon immer, und so wird es auch bleiben. Vielleicht solltest du dir morgen bequemere Schuhe anziehen, wenn du mich zur Arbeit begleiten willst.« Mina zwinkerte ihrer Schwester zu, ehe sie sie unterhakte und mit sich zog. Sie schritten den Sandtorkai entlang und bogen nach links in den Kehrwiedersteg ab, der in einer Brücke mit schmiedeeisernem Geländer über das Fleet führte und im Schatten der hohen Speichergebäude lag. Hier war es deutlich erträglicher. Mitten auf der Brücke blieb Mina stehen und sah über das Wasser in Richtung des großen Hafenbeckens. Unterhalb der Speicherhäuser hatten inzwischen doch ein paar Schuten festgemacht, die entladen wurden. Im fünften Stock eines der Häuser am Sandtorkai stand die Tür zum Speicherboden weit offen, und einige Arbeiter waren gerade dabei, eine Ladung Teepakete nach oben zu ziehen. Die Hieve bestand aus mindestens zwölf hölzernen Kisten, die sorgfältig auf einem Holzrahmen verschnürt waren, sich Stück für Stück nach oben bewegten und sich dabei langsam im Uhrzeigersinn um die eigene Achse drehten. An der offenen Speicherluke angekommen, griffen die Arbeiter danach und zogen sie ins Innere des Hauses. Dann beugte sich einer der Arbeiter vor, legte eine Hand an den Mund und rief etwas nach unten. Der Ewerführer auf der Schute winkte.

»Siehst du, Agnes, Tee wird schon wieder angeliefert«, sagte Mina, ohne den Blick von der Szene zu wenden. »Dann wird der Kaffee auch nicht mehr lange auf sich warten lassen.«

»Und wenn du jetzt den Brief zur Post bringst, ist *Kopmann & Deharde* bestimmt eine der ersten Firmen, die damit handeln kann.« Agnes drückte Minas Arm, an dem sie sich noch immer untergehakt hielt. »Nun komm schon.«

»Mina?«, sagte plötzlich eine dunkle Männerstimme hinter den beiden jungen Frauen. »Bist du das?«

Mina fuhr herum und sah direkt in die strahlend blauen Augen eines guten Freundes.

»Heiko!«

Ohne einen Gedanken daran zu verschwenden, dass ihre Schwester neben ihr stand, oder darüber nachzudenken, ob jemand sie beobachten könnte, machte sie einen Schritt auf ihn zu und schlang die Arme um ihn. »Mein Gott, Heiko! Ich bin so froh, dich zu sehen!«

Sie spürte, wie er sie kurz an sich drückte, ehe er sie auf Armeslänge von sich schob. »Mina Deharde«, sagte er grinsend. »Obwohl, Deharde ist es ja nicht mehr. Ich sollte mich inzwischen daran gewöhnt haben, dass du jetzt Lohmeyer heißt. Ich freue mich auch sehr, dich zu sehen.«

Der junge Mann zwinkerte ihr zu und grinste so breit, wie nur Heiko Peters es fertigbrachte. Er wirkte älter als früher, nicht mehr so jungenhaft. Sein feuerrotes Haar lugte statt unter seiner früher üblichen Schiffermütze jetzt unter einem Hut mit modischer Krempe hervor, und sein Vollbart war sorgfältig gestutzt und inzwischen von ein paar weißen Fäden durchzogen. Er schien schmaler als früher, weniger bullig und muskulös, aber vielleicht wirkte es auch nur deshalb so, weil ihm der dunkle Anzug, den er trug, an den Schultern ein bisschen zu weit war. Obwohl sie ihn um einige Zentimeter überragte, hatte Mina früher nie das Gefühl gehabt, größer als er zu sein, jetzt hingegen war der Unterschied deutlich zu spüren.

»Seit wann bist du wieder zurück?«, fragte sie.

»Vor vier Wochen als geheilt aus dem Hospital entlassen worden.« Heiko verzog das Gesicht und hielt seine linke Hand hoch, an der Ring- und kleiner Finger fehlten. »Was man so geheilt nennt. Die Finger sind weg, und ein Schrapnell sitzt noch im Unterschenkel. Aber wenigstens bin ich noch am Leben, was man von den Kameraden meines Zuges nicht behaupten kann. Die ganze Zeit ist es gut gegangen, und in der letzten Schlacht des vermaledeiten Krieges passiert so was.«

Beim Anblick seiner verstümmelten Hand brannte Minas Herz. Doch sie riss sich zusammen und sah ihm ins Gesicht. Sie kannte Heiko lang genug, um zu wissen, dass das Letzte, was er ertragen konnte, Mitleid war.

»Du bist schon vier Wochen wieder hier und hast dich nicht einmal bei mir im Kontor blicken lassen?«, fragte sie gespielt ärgerlich. »Du bist mir ja ein treuer Freund!«

»Tut mir leid, aber ich hatte eine Menge um die Ohren in der letzten Zeit.«

»Zu viel, um bei mir auf einen Muckefuck vorbeizukommen? Nanu? Hast du etwa eine neue Freundin, die dich in Beschlag genommen hat?«

Wurde er tatsächlich ein bisschen rot? »Ach was, Freundin«, brummte er. »Ich musste mich um die Nachfolge der Quartiermeisterei kümmern. Vielleicht hast du es ja nicht mitbekommen, aber mein Vater ist vor ein paar Wochen gestorben.«

Schlagartig wurde Mina ernst. »Nein, davon habe ich nichts gehört. Wie schrecklich, Heiko! Mein Beileid.« Sie streckte ihm ihre Rechte entgegen, die er ergriff und kurz hielt. Er hatte noch immer den festen, herausfordernden Griff von früher.

»Danke, Mina.« Er nickte ihr zu. »Mein alter Herr und ich haben uns zwar nicht immer verstanden, aber es war doch ein ziemlicher Schlag. Er hat Mutters Tod nie wirklich verwunden, und ich glaube, nachdem sie nicht mehr war, hat ihn der Lebensmut verlassen. Jetzt sitz ich jedenfalls allein in dem Haus. Ich werde es wohl verkaufen und mir eine kleine Junggesellenbude suchen.«

Agnes räusperte sich, und schlagartig wurde Mina bewusst, dass sie Heiko ja nicht kannte.

»Heiko, das ist meine Schwester Agnes, die mir künftig im Kontor zur Hand gehen will. Agnes, das ist Heiko Peters, ein sehr alter Freund von mir.«

Agnes lächelte und zog eine Augenbraue hoch. »Das war

nicht zu übersehen.« Sie streckte Heiko die Hand entgegen. »Herr Peters, es ist mir eine Freude, Ihre Bekanntschaft zu machen.«

»Fräulein Deharde«, grüßte Heiko höflich, wobei der Schalk in seinen Augen blitzte. Dann wandte er sich wieder Mina zu.

»Stell dir vor«, sagte er, »ich sitze jetzt in der Bürgerschaft.«

»Was?« Mina machte große Augen.

»Ja. Ich bin bei den Sozialdemokraten nachgerückt und soll mich in Zukunft um die Belange der Kriegsversehrten kümmern. Sie meinten, dafür sei ich geradezu ideal geeignet.« Er lachte.

Mina stimmte mit ein, aber sie fühlte, wie sich in ihrer Kehle ein dicker Kloß bildete. »Wenigstens nimmst du es mit Humor.«

»Was bleibt mir denn übrig?« Heiko zuckte mit den Achseln. »Auf dein Angebot, mal für einen ausgiebigen Klönschnack in deinem Kontor vorbeizuschauen, komme ich gern zurück, sobald ich etwas Zeit habe. Aber bitte keinen Muckefuck, das Zeug kann ich nicht ausstehen. Lass uns lieber Tee trinken, wenn du keinen Kaffee hast.«

»Daran arbeiten wir gerade.« Triumphierend hielt Agnes den Brief an Frederiks Vater in die Höhe. »Wenn sich alles nach Wunsch entwickelt, sollte *Kopmann & Deharde* in Kürze wieder über Rohkaffee verfügen.«

»Und *Peters & Consorten* hat reichlich Platz, um ihn unterzubringen.« Heiko lachte. »Aber mal im Ernst, wo soll der Kaffee denn herkommen?«

»Ich habe an meinen Schwiegervater in Guatemala geschrieben und hoffe, dass er an einem Handel mit uns interessiert ist.«

»Dann drücke ich dir die Daumen, dass es klappt. Vergiss deine alten Freunde nicht, wenn das Geschäft in trockenen Tüchern ist.«

»Das werde ich nicht, Heiko. Ganz sicher nicht.« Wieder streckte sie Heiko ihre Hand hin. »Es hat mich wirklich sehr gefreut, dich wiederzusehen, Heiko. Komm doch bitte bald im Kontor vorbei, wir müssen über alte Zeiten reden.«

»Mach ich, Mina.« Heiko lächelte sie an und tippte sich mit dem Zeigefinger an die Hutkrempe. Er nickte Agnes zu, ehe er sich umdrehte und, die Hände tief in den Hosentaschen vergraben, in Richtung Sandtorkai weiterging.

Mina schaute ihm nachdenklich hinterher. Erst als Agnes sie anstupste, wandte sie sich zu ihr um.

»Ein alter Freund, ja?«, fragte Agnes.

»Der beste, den du dir vorstellen kannst«, erwiderte Mina und hakte sich bei Agnes unter. »Und jetzt lass uns den Brief zur Post bringen und nach Hause fahren.«

Die ganze Rückfahrt über versuchte Mina, den neugierigen Fragen ihrer Schwester auszuweichen, die wissen wollte, wo und wann sie den jungen Peters kennengelernt habe und wie es zu der Freundschaft gekommen sei.

Mina antwortete nur zögernd und wählte ihre Worte mit Bedacht. Agnes wusste nichts von Edo Blumenthal und ihrer Verlobung mit ihm, und dabei sollte es auch bleiben, wenn es nach Mina ging. Das alles gehörte einer Vergangenheit an, die nichts mehr mit ihrem jetzigen Leben zu tun hatte.

Heiko Peters, so berichtete Mina, sei der Bruder eines der ehemaligen Lehrlinge, der manchmal auf sie aufgepasst hatte, als sie noch ein Kind gewesen war und Vater ins Kontor begleitet hatte. Manchmal hätten sie zu dritt am Hafen ihre

Mittagspause verbracht, die mitgebrachten Brote gegessen und geplaudert. Heikos Vater sei Quartiermeister einer der Speicherböden gewesen, wo der Kaffee für *Kopmann & Deharde* gelagert und veredelt worden war.

»Und Vater war damit einverstanden, dass du mit ihm befreundet bist?«, fragte Agnes verwundert. »Mit dem Sohn eines Quartiersmannes? Das klingt eigentlich nicht nach ihm.«

»Ich habe ihn nicht um sein Einverständnis gebeten, wenn du es genau wissen willst«, sagte Mina knapp. »Außerdem waren wir ja damals noch halbe Kinder. Und zwischen uns war nie mehr als Freundschaft.«

»Eine Freundschaft zwischen einem jungen Mann und einem Mädchen? Geht so was überhaupt?«

»Natürlich geht das.« Mina stieß gereizt die Luft durch die Nase aus. »Das siehst du doch an Heiko und mir. Er ist einfach nur ein netter Kerl.«

Agnes rutschte ein bisschen im Autositz hinunter und zog die Schultern hoch. »Mit einem netten Kerl und einer Freundschaft fängt es irgendwann ganz unschuldig an, aber dabei bleibt es dann nicht. Jedenfalls sagen das meine Freundinnen, die sich damit auskennen. Kein Mann kann ohne jeden Hintergedanken eine jahrelange Freundschaft mit einer jungen Frau pflegen. Aber vielleicht ist dieser Heiko ja die Ausnahme von der Regel.«

»Ganz sicher sogar.« Mina legte so viel Nachdruck in ihre Stimme, wie sie nur aufzubringen vermochte. »Nicht einmal die Tatsache, dass er im Krieg war und ich ihn jahrelang nicht gesehen habe, konnte unserer Freundschaft etwas anhaben.« Sie dachte an Edo, sein ernstes Gesicht, damals beim Abschied auf diesem Bahnsteig, daran, wie sie geglaubt hatte, ihn bald wiederzusehen, und umklammerte das Lenkrad so fest, dass sich die Nähte ihrer Handschuhe unangenehm in die Haut zwischen den Fingern eindrückten.

Agnes sagte nichts. Als Mina ihr einen schnellen Seitenblick zuwarf, bemerkte sie, dass ihre Schwester lächelte.

»Was ist?« Sie hörte selbst, wie scharf ihr Ton klang.

»Gar nichts«, erwiderte Agnes mit unschuldiger Miene. »Ich denke mir nur meinen Teil, wie Vater gesagt hätte.«

»Und was denkst du?«

»Dass dieser Heiko dich sehr herzlich begrüßt hat. Er schien sich wirklich zu freuen.«

»Das ist doch normal, nach so langer Zeit«, sagte Mina entschieden.

»Hm …«, machte Agnes. »Vielleicht.«

Für den Rest der Fahrt schwiegen die Schwestern. Erst als Mina das Automobil vor der Garage abgestellt hatte, wandte sie sich zu Agnes um.

»Tust du mir bitte einen Gefallen?«, fragte sie.

»Natürlich. Um was geht es?«

»Erzählst du Großmutter bitte nichts von Heiko Peters und vor allem nichts von dem Brief an Frederiks Vater?«

Agnes warf ihr einen fragenden Blick zu, sagte jedoch nichts. Mina beeilte sich fortzufahren. »Du weißt ja, wie sie ist. Immer alles nach Stil und Etikette.«

Agnes schürzte skeptisch die Lippen. »Ich glaube, du unterschätzt sie, das hast du schon immer getan. Sie ist zwar schon fast fünfundsiebzig, aber ein kluger Kopf und viel aufgeschlossener, als du es für möglich hältst.«

Mina seufzte. »Mir geht es vor allem darum, Frieden zu wahren. Jedenfalls, solange es keinen triftigen Grund zum Streiten gibt. Warten wir einfach ab, wie die Antwort von Frederiks Vater ausfällt, wenn es denn überhaupt eine gibt. Es ist ja auch gut möglich, dass er mich keiner Antwort für würdig hält.« Sie lächelte schief. »In drei bis vier Wochen wissen wir mehr.«

»Na gut.« Doch bevor sie die Autotür öffnete, hielt Agnes noch einmal inne. »Wenn es etwas ist, wofür es sich zu streiten lohnt, bist du doch eigentlich immer die Erste, die zu den Waffen greift und sich ins Kampfgetümmel stürzt. Vater hat immer gesagt, dass an dir eine Walküre verloren gegangen ist.«

Mina grinste. »Deswegen hat er mich sein Wunschmädchen genannt.«

»Ganz genau.« Agnes legte die Hand auf Minas Arm und drückte ihn. »Manchmal habe ich dich darum beneidet, dass ihr euch so nah wart, weißt du das? Es hat eine Weile gedauert, bis ich begriffen habe, dass es nicht deine Schuld war, und ich meinen Frieden mit Vater und dir machen konnte.« Damit ließ sie Mina los und stieg aus dem Wagen.

Frieda, das einzig verbliebene Dienstmädchen der Familie, schien schon auf sie gewartet zu haben und öffnete die schwere Eingangstür für sie, noch ehe sie klingeln konnten. Mit einem angedeuteten Knicks nahm sie ihnen die Mäntel ab.

»Gab es Post?«, fragte Mina.

»Ja, gnädige Frau«, antwortete Frieda und deutete auf die silberne Schale, die neben dem Telefon auf einem kleinen Tischchen neben der Eingangstür stand. »Zwei Briefe für Sie. Für Sie war heute leider nichts dabei, Fräulein Agnes.«

»Zum Glück!«, meinte Agnes lachend. »Bei dem schönen Wetter habe ich so gar keine Lust, Briefe zu beantworten. Ist meine Großmutter schon im Esszimmer?«

»Ja, gnädiges Fräulein.«

»Na dann, auf ins Gefecht.« Agnes zwinkerte Mina zu und verschwand in Richtung Esszimmer, während Mina ihre Post aus der Schale nahm und die beiden Briefe umdrehte. Einer war von ihrer Freundin Irma von Gusnar, mit der sie seit ihrer gemeinsamen Zeit im Pensionat eine enge Brieffreundschaft pflegte. Diesen Umschlag steckte sie ungeöffnet in die Tasche ihres Rockes, um ihn später in Ruhe zu lesen. Der andere war von Frederik.

Seufzend griff Mina nach dem Brieföffner neben der Schale und schlitzte den Umschlag auf. Er enthielt nur ein einziges Blatt mit wenigen Zeilen darauf.

Meine liebe Mina,

ich hoffe, meine Nachricht trifft dich und die Familie bei guter Gesundheit an. Um auf die Frage in deinem letzten Brief zu antworten, muss ich dir mitteilen, dass ich noch nicht sagen kann, wann ich das nächste Mal Urlaub bekomme, um nach Hamburg fahren zu können. Derzeit bin ich hier in Berlin unabkömmlich. Das bringt mich zu einer Bitte: Natürlich bin ich mir bewusst, dass das Monatsende noch einige Tage entfernt ist, aber gewisse Umstände sind eingetreten, die es nötig machen, dass du mir mein Salär vorzeitig anweist. Ein guter Freund und Offizierskamerad ist unschuldig in finanzielle Not geraten, und ich habe ihm natürlich meine Hilfe zugesichert. Bitte schicke mir das Geld so schnell wie möglich per Boten nach Berlin.
Mit herzlichen Grüßen auch an Agnes und deine Frau Großmutter

Dein Frederik

»Guter Freund, was?« Mina schnaubte verächtlich. »Dass ich nicht lache.«

Sie faltete den Brief wieder zusammen und stopfte ihn in den Umschlag zurück. Als sie sich umdrehte, um Agnes ins Esszimmer zu folgen, stellte sie fest, dass Frieda noch immer in der Halle stand und auf sie zu warten schien. Die großen dunklen Augen des Dienstmädchens schimmerten verdächtig.

»Nanu, Frieda«, sagte sie. »Sie sind ja ganz blass. Ist irgendetwas?«

Frieda holte tief Luft und schluckte, wohl, um sich wieder in den Griff zu bekommen, dann nickte sie.

»Es geht um …« Sie brach ab und schluckte erneut. »Am besten, Sie schauen es sich selbst an, Fräulein Mina. Könnten Sie vielleicht nach dem Essen zu uns in die Küche kommen? Aber so, dass die Gnädige nichts davon mitbekommt.«

»Die Gnädige« – das war Minas Großmutter.

»Wenn es so dringend ist, kann ich auch jetzt gleich mitkommen.«

Entschieden schüttelte Frieda den Kopf. »Nein, nach dem Essen ist besser, sonst wird die Gnädige womöglich etwas merken.«

»In Ordnung, Frieda, dann, sobald ich gegessen habe. Und Sie beruhigen sich jetzt erst einmal, hören Sie? Egal, was es ist, wir finden sicher eine Lösung.«

Minas Versuch, das Dienstmädchen zu besänftigen, erreichte das genaue Gegenteil. Ihre Augen flossen über, und sie presste die Lippen zusammen. Ohne ein weiteres Wort machte sie kehrt und verschwand eilig in Richtung des Küchentraktes.

Eine Sekunde war Mina versucht, ihr nachzugehen, aber sie entschied sich dagegen. Frieda hatte sicher einen Grund dafür, dass Großmutter Hiltrud nicht erfahren sollte, was in der Küche vorging.

Als sie im Esszimmer auf ihrem Stuhl Platz nahm, berichtete Agnes gerade Großmutter Hiltrud, wie sie im Kontor Regale ausgeräumt und gründlich saubergemacht hatte.

Großmutter lauschte mit skeptisch hochgezogenen Augenbrauen. Zu Minas Erleichterung verlor Agnes anschließend kein Wort über den Brief an ihren Schwiegervater oder ihre Begegnung mit Heiko.

Frieda kam mit einer Suppenterrine herein, und Mina musterte das Mädchen verstohlen, während es nacheinander die Teller mit Gemüseeintopf füllte. Es war immer noch blass, schien aber sonst genau wie immer.

Als Frieda fragte, ob die Damen noch einen Wunsch hätten, verneinte Mina und lächelte ihr aufmunternd zu. Der Blick des Dienstmädchens blieb länger als üblich an ihren Augen hängen, und ihr Versuch zu lächeln misslang. Dann knickste sie, wandte sich um und ging hinaus.

Mina fragte sich, was um Gottes willen nur in der Küche passiert war, das das robuste Dienstmädchen so aus der Fassung gebracht hatte. Vermutlich war es das Beste, sich jetzt gleich darum zu kümmern.

Sie leerte ihren Teller, nahm die Serviette vom Schoß und legte sie zusammen.

»Würdet ihr mich bitte entschuldigen? Ich habe einen Brief von Irma bekommen, den ich noch schnell beantworten möchte, ehe Ella von ihrem Mittagsschlaf aufwacht. Ich habe der Kleinen versprochen, mit ihr spazieren zu gehen.«

Hiltrud spitzte missbilligend die Lippen. »Du verwöhnst das Kind maßlos. Die Kleine muss lernen, dass sie auch einmal fünf Minuten auf ihre Mutter warten muss.«

Mina tat so, als habe sie den vorwurfsvollen Ton nicht gehört, legte die Serviette neben ihren Teller und erhob sich. Sie nickte ihrer Großmutter und Agnes zu und verließ das Esszimmer. Statt die Treppe hinauf in ihr Schlafzimmer zu gehen, bog sie in den Flur ab, der zum Küchentrakt im hinteren Teil der Villa führte. Durch die geschlossene Küchentür drangen aufgeregte Frauenstimmen. Da sie auf ihr leises Klopfen keine Antwort erhielt, öffnete Mina die schlichte, weiß lackierte Tür und blieb wie angewurzelt stehen.

»Lotte!«, entfuhr es ihr.

Am großen Küchentisch saß, zwischen Frau Kruse und Frieda, eine junge Frau, die bis vor ein paar Jahren als Dienstmädchen im Haus gearbeitet hatte. Doch von dem ehemals drallen, fröhlichen Mädchen war nicht mehr viel übrig. Sie wirkte abgerissen und viel dünner, als Mina sie in Erinnerung hatte. Obwohl es in der Küche wegen des Feuers im Herd sehr warm war, trug Lotte einen alten dunklen Mantel, ein Kopftuch, das sie unter dem Kinn zugeknotet hatte, und fleckige Handschuhe.

In Frau Kruses Lehnstuhl entdeckte Mina nun auch Fräulein Brinkmann. Auf dem Schoß hielt sie ein vielleicht dreijähriges Mädchen, das mit dem Kopf gegen ihren Arm gelehnt eingenickt war, eine Brotstulle noch fest in der Hand.

Bei Minas Ausruf hatten sich alle Augen ihr zugewandt. »Was führt dich denn hierher?«, fragte sie jetzt verblüfft.

Lotte war schon bei der Familie in Stellung gewesen, bevor die Dehardes zu Großmutter Hiltrud in die Villa in der Heilwigstraße gezogen waren. Großmutter war dagegen gewesen, sie und die Köchin Frau Kruse zu übernehmen, weil ihrer Meinung nach genug Personal im Haus war. Minas Vater jedoch hatte darauf bestanden, Lotte und Frau Kruse zu behalten.

Lotte und Frieda, Großmutters Dienstmädchen, hatten sich angefreundet. Die beiden waren von Frau Kruse stets wie die Töchter behandelt worden, die die Köchin nie gehabt hatte. Besonders der alten Köchin war der Abschied von Lotte schwergefallen, als diese im zweiten Kriegsjahr überraschend verkündet hatte, ihre Stellung verlassen zu wollen. Sie habe einen jungen Mann kennengelernt, den sie heiraten wolle. Bei einem Besuch einige Monate später hatte Lotte berichtet, sie habe es gut getroffen. Ihr Mann und sie hätten eine kleine Wohnung am nördlichen Stadtrand bezogen. Mina erinnerte sich, dass Lotte damals erzählt hatte, ihr Mann sei an der Westfront und gerade auf Urlaub zu Hause. Das kleine Mädchen auf Fräulein Brinkmanns Schoß, schloss Mina, musste Lottes Tochter sein.

Lottes blaue Augen füllten sich mit Tränen, als sie Mina sah. »Ach, Fräulein Mina«, stieß sie hervor. »Ich … ich …« Sie schlug die Hände vors Gesicht und begann zu schluchzen.

Frieda legte Lotte den Arm um die Schulter und zog sie an sich. »Nun wein doch nicht, Lotte. Ich hab Fräulein Mina vorhin gebeten herzukommen. Wenn jemand dir helfen kann, dann sie.« Sie zog ein Taschentuch aus ihrer Schürze und reichte es an Lotte weiter. Es dauerte einen Moment, bis Lotte sich etwas beruhigt hatte.

»Ich möchte niemandem zur Last fallen«, sagte Lotte schließlich. »Wenn es nicht wegen Gerda wäre, wäre ich nie auf den Gedanken gekommen …« Sie brach ab und presste das Taschentuch gegen ihre Augen. Frieda streichelte unbeholfen ihre Schulter.

Mina ging zum Tisch hinüber und setzte sich auf einen der Stühle. »Wobei soll ich helfen? Was ist denn überhaupt passiert?«

»Die Deern ist ins Unglück gestürzt«, sagte Frau Kruse und rang die Hände. »Als ob ich so was nicht kommen sehen hätte. Bleib bei uns, hab ich zu ihr gesagt, hier hast du eine sichere Stellung und dein Auskommen. Aber sie wollte ja unbedingt auf und davon, um zu heiraten. Und jetzt sitzt sie da, hat keine Arbeit und kein Dach mehr über dem Kopf für sich und ihre Lütte.«

»Das klingt ja fast so, als hätte Gerd mich sitzen lassen. Aber das stimmt nicht, er hat immer gut für mich gesorgt, solange er lebte. Aber dann ist er gefallen«, schluchzte Lotte.

Mit wenigen Schritten war Mina bei ihr und ergriff ihre Hand. »Oh, Lotte, das tut mir so leid!«

»Danke Ihnen, Fräulein Mina.« Als Mina Lottes Hand drückte, erwiderte diese die Geste. »Jedenfalls stand ich plötzlich ganz allein da und musste arbeiten gehen, denn von der Witwenrente kann ich ja nicht einmal die Miete zahlen«, fuhr Lotte mit ihrer Erzählung fort. »Auf die Kleine hat meine Schwiegermutter aufgepasst, wenn ich in der Fabrik gearbeitet habe. Aber dann ist das Unglück passiert und ich …« Sie verstummte und schnäuzte sich vernehmlich.

»Was denn für ein Unglück?«, fragte Mina.

»Lotte hat in der Munitionsfabrik in Quickborn gearbeitet. Da hat es doch vor zwei Jahren ein Feuer gegeben«, erklärte Frieda, die noch immer den Arm um ihre Freundin gelegt hatte.

»Ein Feuer?«, rief Lotte. »In die Luft geflogen ist alles um uns herum! Wir von der Frühschicht hatten gerade mit der Arbeit angefangen, als es losging. Hinter uns gab es einen gewaltigen Knall, und wir wurden von den Füßen gerissen. Steine und Ziegel prasselten auf uns runter, und ich riss die Hände hoch, um meinen Kopf zu schützen. Dann spürte ich, wie die Hitze in meinem Rücken brannte, und ich wusste, dass ich sofort rausmuss, sonst bin ich tot. Also hab ich mich auf die Füße gekämpft. Gott sei Dank war mein Platz direkt neben der Tür, die auf den Hof führte. Es dauerte eine Ewigkeit, bis wir die Tür aufbekommen haben, die anderen Frauen und ich. Draußen bin ich auf die Knie gefallen, aber jemand zerrte mich hoch und schleppte mich mit. Immer noch fielen Steine auf uns runter.« Lotte gestikulierte so heftig mit den Armen, dass die Köchin und Frieda erschrocken zurückwichen. »Irgendjemand schrie, und ich wollte stehen bleiben und nachsehen, aber die Frau, die meinen Arm umklammert hatte, rief: ›Weiter, weiter!‹, und schleppte mich mit bis zu den Bäumen, die an der Auffahrt wuchsen. In den Ästen hing etwas, das ich zuerst für eine Puppe gehalten habe. Dann habe ich gesehen, dass es ein abgerissenes Bein war, an dem noch ein Stück verbrannter Strumpf hing.«

Lottes Blick blieb einen Moment lang leer in der Luft hängen. Schweiß stand ihr auf der Stirn, und sie zitterte. Schließlich sah sie die Anwesenden an. »Diese Erinnerung kommt immer hoch, wenn ich die Augen schließe und einschlafen will. Der kahle Baum, in dem das Bein hing, und dahinter die Wolken und die Wintersonne.« Frieda legte tröstend den Arm um sie und zog sie an sich.

Frau Kruse fasste sich ein Herz. »Mein Gott, Kind. Du hast wirklich Glück gehabt, dass du mit dem Leben davongekommen bist!«

»Glück?«, stieß Lotte hervor und befreite sich abrupt aus Friedas Arm. Ihre Augen funkelten, als sie die Köchin ansah. »Das nennst du Glück? Die jetzt auf dem Friedhof liegen, haben es wenigstens hinter sich. Die haben ihre Ruhe. Die mussten nicht Wochen und Monate im Hospital liegen, die haben keine Schmerzen mehr und nie wieder Sorgen, wie es weitergehen soll.«

Lotte schluckte, ehe sie weiterredete. »Als ich aus dem Krankenhaus herauskam, bin ich zur Wohnung meiner Schwiegermutter gegangen, aber die war ein paar Wochen vorher gestorben. Zum Glück hat eine Nachbarin sich um meine Lütte gekümmert, aber dort konnte ich nicht lange bleiben. Seitdem bin ich immer unterwegs, immer auf der Suche nach einem Dach über dem Kopf und etwas zu essen. Sogar betteln musste ich schon.«

»Betteln?«, rief Frau Kruse. »Das kann doch wohl nicht sein, Deern. Sicher kannst du in einem Haushalt Arbeit finden. Gute Dienstboten werden immer gesucht.«

»Wer würde schon ein Dienstmädchen einstellen, das ein Kind mitbringt? Ich habe es doch versucht! Niemand wollte mich haben, nicht mal als Küchenhilfe. Spätestens wenn die Herrschaften das hier gesehen haben, war es vorbei.« Lotte streifte die alten Lederhandschuhe ab. Dicke rote Narben, einige schlecht verheilt und immer noch nässend, überzogen die Finger und die Handrücken. Sie hob die verunstalteten Hände und schob das Kopftuch zurück. Dort, wo früher ihre langen blonden Haare gewesen waren, hingen jetzt nur noch ein paar Strähnen herunter, der Nacken und ein Teil ihres Schädels waren ebenfalls von Brandnarben bedeckt.

Mina zog scharf die Luft ein und starrte die junge Frau sprachlos an. Sie bemerkte, dass Friedas Augen schreckgeweitet auf Lotte gerichtet waren, während Frau Kruse entsetzt die Hände vor den Mund schlug. Einen Augenblick lang war es ganz still im Raum.

»Ich kann es ihnen nicht mal verdenken, dass sie so jemanden wie mich nicht im Haus haben wollen«, fuhr Lotte mit harter Stimme fort. Es klang verbittert. »So ein hässliches Ungeheuer will keiner sehen. Da machen lieber alle die Augen zu und drehen sich weg. Wenn Gerda nicht wäre, wäre ich schon längst ins Wasser gegangen.«

»Ach, Deern, was sagst du denn da!« Frau Kruse griff nach Lottes Hand und tätschelte sie unbeholfen. Mina sah, dass Frieda ihre Freundin tröstend dichter an sich heranzog.

»Wenn ich nicht bald einen Platz finde, wo ich bleiben kann, sollte ich das wirklich tun, und dann sollte ich sie vielleicht einfach mitnehmen.«

»So darfst du nicht reden, Lotte!«, sagte Fräulein Brinkmann streng. Ihre Stimme duldete keinen Widerspruch, doch in ihren Augen standen Tränen des Mitgefühls. »Deine Kleine ist ein reizendes Kind, und sie hat doch ihr ganzes Leben noch vor sich.«

»Aber was für ein Leben ist das denn? Ohne Dach über dem Kopf und immer mit Hunger im Bauch? Was soll da aus ihr werden?« Lotte wischte sich mit ihren verunstalteten Händen die Tränen von den Wangen, dann stand sie auf und ging zum Lehnsessel hinüber und ließ sich vor Fräulein Brinkmann auf die Knie nieder. Sie strich ihrer schlafenden Tochter eine blonde Strähne aus dem Gesicht. »Was soll denn nur aus uns werden?«, fragte sie leise.

Minas Herz zog sich vor Mitleid schmerzhaft zusammen.

»Mina?« Fräulein Brinkmanns Blick lag fragend auf ihr. »Was sagst du dazu?«

Mina holte tief Luft und hielt dem Blick ihrer Hauslehrerin stand. »Wenn es nach mir ginge, sofort«, antwortete sie, ohne dass Fräulein Brinkmann die Bitte auch nur ausgesprochen hatte. »Aber der Haushalt liegt in den Händen meiner Großmutter. Sie wissen selbst nur zu gut, wie sie ist. Lotte wieder als Dienstmädchen bei uns einzustellen wird einen harten Kampf mit ihr bedeuten.«

»Womöglich kommt es darauf an, wie man es ihr verkauft.« Ein schmales Lächeln umspielte Fräulein Brinkmanns Lippen. »Und verkaufen kannst du doch, Mina.«

»Ja, so heißt es.« Mina lächelte leicht. »Es wird auf die Argumente ankommen, die ich vorbringe. Habt ihr Vorschläge, die sie überzeugen könnten?«

Frau Kruse nickte eifrig. »Ich könnte gut etwas Hilfe in der Küche gebrauchen. Seit mein Rheumatismus so schlimm geworden ist, komme ich kaum mit der Arbeit hinterher. Das kann ich der Gnädigen gern selbst bestätigen, wenn ich gefragt werde.«

Mina zwinkerte der Köchin zu. »Genauso hatte ich mir das vorgestellt.«

Sie griff nach der Teekanne, die auf dem Stövchen mitten auf dem Tisch stand, und füllte die Tassen noch einmal neu.

»Lottes altes Zimmer steht noch immer leer, und wir können das alte Kinderbett von Fräulein Agnes mit hineinstellen«, sagte Frieda nachdenklich. »Darum kann ich mich nachher kümmern.«

»Und die kleine Gerda kann Ella Gesellschaft leisten, wenn ihre Mutter in der Küche arbeitet, nicht wahr, Fräulein Brinkmann?«, sagte Mina, die der Hauslehrerin eine gefüllte Teetasse reichte.

Die Hauslehrerin nickte. »Das ist eine gute Idee. Es wird sowieso höchste Zeit, dass Ella eine Spielgefährtin bekommt«, sagte sie. »Die Kleine ist jetzt schon verwöhnt und sollte endlich das Teilen lernen.«

»Da haben Sie recht.« Mina nickte. »Wunderbar. Dann wäre ja alles geregelt.« Sie rieb sich zufrieden die Hände. »Bis auf die Bezahlung natürlich. Um meiner Großmutter da den Wind aus den Segeln zu nehmen, würde ich vorschlagen, du arbeitest zunächst einmal für Kost und Logis. Alles andere klären wir später, wenn Großmutter sich an den Gedanken gewöhnt hat, dass du wieder hier bist. Ich hoffe, du bist einverstanden, Lotte?« Sie beugte sich zu Lotte hinunter, die immer noch auf den Knien vor Fräulein Brinkmann saß und ungläubig von einem zum anderen schaute, und streckte ihr die Rechte entgegen.

Zögernd ergriff Lotte Minas Hand. »Ich … ich weiß gar nicht, was ich …«

»Dann sag einfach nichts und schlag ein, Lotte. Herzlich willkommen zurück bei den Dehardes.«

DREI

Zu Minas Erstaunen hielt sich der Protest ihrer Großmutter gegen ihre Einmischung in deren ureigenes Aufgabengebiet in Grenzen. Hiltrud zog lediglich indigniert die Augenbrauen in die Höhe und schüttelte den Kopf, als Mina davon erzählte, dass sie die arme Lotte als Hilfe für Frau Kruse eingestellt hatte, weil sie unverschuldet in eine so schlimme Lage geraten war.

»Haltet ihr mich wirklich für so einen Unmenschen, dass ich das arme Mädchen einfach vor die Tür setzen würde?«, fragte Großmutter kopfschüttelnd. »Natürlich haben wir als Christenmenschen die Verpflichtung, der Ärmsten zu helfen, zumal ihr Mann fürs Vaterland gefallen ist und sie ihre Verletzungen sozusagen an der Heimatfront erlitten hat. Ob Lotte aber in der Lage sein wird, den Anforderungen zu genügen, die eine Stellung in diesem Haus mit sich bringt, wage ich dann doch zu bezweifeln. Wenn unsere eigene Lage besser wäre, hätte man ihr stattdessen eine finanzielle Unterstützung anbieten können.«

Nachdem Mina ihr versichert hatte, Lotte sei mehr als glücklich, für Kost und Logis zu arbeiten, entspannte sich Hiltruds Miene sichtlich, und sie wandte sich wieder ihrer Näharbeit zu. Damit schien für sie die Angelegenheit fürs Erste erledigt.

Mina betrachtete sie verblüfft. So einfach hatte sie es sich nicht vorgestellt, ihre Großmutter zu überzeugen.

Hiltrud steckte die Nadel in den Stoffstreifen, den sie bestickte, und griff nach ihrer Schere, die neben ihr auf dem Beistelltisch lag. Sie warf ihrer Enkeltochter über den Rand ihrer Brille hinweg einen scharfen Blick zu.

»Dir ist aber hoffentlich klar, dass du die Verantwortung für Lotte und ihre Tochter trägst. Wenn sie hier im Haus nicht zurechtkommt, bist du es, die sie wieder vor die Tür setzen muss. Das gehört dazu, wenn man einen Haushalt führt.«

Hastig senkte Mina den Blick und nickte. »Natürlich, Großmutter«, beeilte sie sich zu versichern.

Lotte schien sich sofort wieder in den Haushalt einzufügen, denn als Mina später durch die Halle ging, hörte sie aus Richtung der Küche leisen Gesang. Sie erkannte die Stimmen von Lotte und Frieda, die zweistimmig Volkslieder sangen, wie sie es früher immer getan hatten, und sie stellte sich vor, wie Frau Kruse in ihrem Sessel sitzend dem Gesang der beiden Dienstmädchen lauschte und im Takt mit dem Fuß wippte, während sie strickte.

Mina lief die Treppe hinauf zum Kinderzimmer, um Ella für den versprochenen Spaziergang abzuholen. Fräulein Brinkmann hatte die Kleine aus ihrem Gitterbett geholt, wo sie ihren Mittagsschlaf gemacht hatte, und war dabei, sie anzuziehen.

Als Mina eintrat, stand Ella in ihr Leibchen gehüllt auf dem Wickeltisch und streckte die Arme nach oben, um sich ihr Kleid über den Kopf ziehen zu lassen.

»Mama!«, rief sie und begann, ungeduldig hin und her zu zappeln.

»Schön still halten, Ella«, ermahnte Fräulein Brinkmann

sie. »Wie soll ich dich denn sonst anziehen, damit du mit deiner Mama spazieren gehen kannst? Gut, dass du kommst«, sagte die Erzieherin dann lächelnd zu Mina. »Ella hat schon so sehr gewartet.«

»Du hast auf mich gewartet?«, fragte Mina, trat an den Wickeltisch heran und hielt Ella fest, während Fräulein Brinkmann einen Schritt zur Seite ging. »Hast du mich vermisst?«

»Ja, vermisst«, sagte Ella. Sie schlang ihre weichen Ärmchen um Minas Hals und drückte sich an sie. Mina machte die Knöpfe des Kleidchens zu und schloss die Schleife unterhalb des Matrosenkragens.

»So, jetzt bist du ausgehfein!«, sagte sie. »Bin ich auch schick genug, um mit dir spazieren zu gehen?«

Ella nickte. »Mama ist schick. Runter!« Das Mädchen hob die Arme ein wenig an, um sich vom Tisch herunterheben zu lassen. Als Mina sie auf dem Boden abgestellt hatte, griff Ella nach ihrer Hand und zog sie in Richtung Tür. »Komm, Mama. Spazieren!«, sagte die Kleine energisch.

»Ich glaube, wir ziehen einen kleinen Haustyrannen groß«, sagte Mina verlegen lachend zu Fräulein Brinkmann.

Die Lehrerin zwinkerte ihr lächelnd zu. »Sie ist auch nicht schlimmer, als du in dem Alter warst«, erwiderte sie. »Das gibt sich wieder, da kannst du ganz beruhigt sein.«

In gespielter Verzweiflung verdrehte Mina die Augen. »Hoffen wir es.«

Was Ella unter »spazieren« verstand, war ein kleiner Gang von etwa einer halben Stunde, der Mutter und Tochter meist nur durch den Garten der Villa führte. Gemächlich schlenderten sie die Kieswege entlang, Ellas kleine Hand lag in Minas, wenn die Kleine nicht gerade unterwegs war, ihre Umgebung zu erkunden. Jeder Käfer, jeder Schmetterling, jedes

Blatt auf dem Weg und jede Blume mussten betrachtet und genau untersucht werden. Mina ging dann neben ihrer Tochter in die Knie und beugte sich tief über den Gegenstand hinunter, der gerade Ellas ganze Aufmerksamkeit gefesselt hatte. Erstaunlich, wie sehr man die Welt wieder neu entdeckt, wenn man sie durch die Augen eines Kindes sieht, dachte sie oft. Sie genoss diese kleinen Spaziergänge nur mit Ella an ihrer Seite und betrachtete dieses kleine Wesen neben sich voll Staunen und Ehrfurcht.

Ihre hübschen blaugrauen Augen, die voller Zuversicht und Neugier in die Welt schauten, das dichte blonde Lockenhaar, das sich ebenso wie Minas eigenes weigerte, sich in eine Frisur zwängen zu lassen. Der rosige Mund, der nie stillzustehen schien. Ella war *ihre* Tochter, ein wunderbares und eigenwilliges Wesen, das sie ins Leben gebracht und genährt hatte und das sie so innig liebte wie nichts anderes auf der Welt.

Mochte Großmutter Hiltrud auch der Meinung sein, Mina verwöhne ihre Tochter maßlos, indem sie kostbare Zeit mit ihr verschwende, wo doch eine Erzieherin im Hause sei, die das besser erledigen könne und dafür obendrein bezahlt werde. Früher habe man sich nicht so viel mit den Kindern abgegeben, und es habe ihnen nicht geschadet, im Gegenteil.

Mina teilte ihre Meinung nicht, sondern genoss jeden Augenblick, den sie mit Ella allein verbrachte, wie ein Geschenk.

Kurz vor dem Zubettgehen beantwortete Mina den Brief, den sie von Irma erhalten hatte, und schilderte ihr alles, was sich an diesem Tag ereignet hatte. Obwohl seit ihren gemeinsamen Monaten im Pensionat von Frau Aldenburg schon einige Jahre vergangen waren, war Irma noch immer ihre beste und engste Freundin. Selbst die große Entfernung zwischen den beiden jungen Frauen hatte ihrem herzlichen Verhältnis nie Abbruch tun können. Einmal, kurz nach Minas Hochzeit, war Irma für eine Woche nach Hamburg gekommen, aber zu dem geplanten Gegenbesuch auf dem Gut der von Gusnars war es wegen des Kriegsausbruchs nicht mehr gekommen. Die langen Briefe, die mindestens einmal in der Woche zwischen den beiden hin und her gingen, hielten seither ihre Freundschaft aufrecht. Es gab niemanden, zu dem Mina so offen war wie zu Irma, und nichts, wozu sie nicht die Meinung ihrer Freundin hören wollte.

Stell dir vor, Frederik hat mir schon wieder einen Bettelbrief geschrieben. Das ist jetzt schon das dritte Mal. Diesmal ist das Geld angeblich für einen Freund bestimmt, der unschuldig in Bedrängnis geraten ist und dem er aus der Bredouille helfen möchte. Ich muss dir wohl nicht versichern, dass ich kein Wort davon glaube, allerdings habe ich keine Ahnung, wofür er das Geld so rasch benötigt. Ich sehe dich förmlich fragen, ob vielleicht eine andere Frau im Spiel ist. Möglich wäre es natürlich, aber eigentlich glaube ich nicht daran. Eher kann ich mir vorstellen, dass er weit über seine Verhältnisse lebt. Ihm rinnt das Geld nur so durch die Finger, das ist mir schon kurz nach unserer Hochzeit aufgefallen. Sei es, wie es will. Ich habe ihm geschrieben, dass ich ihm nichts früher schicken kann, weil ich Rücklagen für eine Lieferung Rohkaffee benötige, die ich vorab zahlen muss. Das entspricht zwar nicht ganz den Tatsachen, aber ich habe ja die Hoffnung, dass mich Frederiks Vater beliefern wird. Wenn dem so ist, werde ich ihm im Gegenzug sicher anbieten müssen, die Rechnung sofort und ohne das übliche Zahlungsziel zu begleichen. Also wird sich Frederik wohl

oder übel gedulden müssen. Ich habe ihm schon geschrieben, dass er warten muss. Zwar befürchte ich, dass er nicht begeistert sein wird, aber was hilft es? Das Geschäft geht nun mal vor oder wie deine Mutter sagen würde: Man muss die Kuh füttern, ehe man sie melken kann.
Was deine Bitte angeht, dich im August auf dem Gut besuchen zu kommen, da muss ich leider absagen. Solange nicht klar ist, wie es hier mit dem Handel weitergeht, kann ich unmöglich aus dem Kontor weg, es tut mir wirklich leid. Aber wie wäre es denn, wenn du stattdessen nach Hamburg kommen würdest? Deine Mutter hat doch bestimmt nichts dagegen, wenn du dir mal wieder Großstadtluft um die Nase wehen lässt. Du sagst doch, sie beklagt sich ständig, dass du zu wenig aus dem Haus gehst, so würdest du nie einen Ehemann bekommen. Also besprich dich mit ihr, und dann kommst du einfach für ein paar Wochen zu uns. Agnes und besonders meine Großmutter werden entzückt sein, und wir werden jede Menge Spaß haben.

Mina überflog den letzten Absatz noch einmal.

»Vielleicht finden wir ja sogar einen passenden Ehemann für dich«, murmelte sie, aber sie widerstand der Versuchung, diesen Satz dem Brief noch hinzuzufügen. Stattdessen beendete sie den Brief mit den besten Grüßen an Irmas Mutter und der Bitte, Irma möge sich bald wieder bei ihr melden. Dann faltete sie die Blätter zusammen und steckte sie in einen Umschlag, den sie am nächsten Morgen einwerfen wollte.

Zu Minas Erstaunen schien Agnes es wirklich ernst damit zu meinen, sie künftig ins Kontor zu begleiten. Auch am nächsten und an den darauffolgenden Tagen war sie pünktlich zum Frühstück unten, gekleidet in ihr Bürokostüm, wie sie es nannte: einen dunklen knöchellangen Faltenrock und eine schlichte weiße Bluse. Nach drei Tagen gab Hiltrud es auf, die Tatsache zu kommentieren, dass die Schwestern sich in aller Frühe in die Speicherstadt aufmachten.

Wirkliche Arbeit gab es immer noch nicht, daher nutzten Mina und Agnes ihre Zeit im Kontor, um »einmal richtig klar Schiff zu machen«, wie Mina es ausdrückte. Sie wienerten und bohnerten die Dielenböden, bis sie blitzten, und bürsteten den Teppich unter den Sesseln am Fenster im Chefzimmer. Danach wischten sie die Schreibtische feucht ab und feudelten die Probenküche. Schließlich putzten sie sogar alle Fenster im Kontor, auf deren Außenseite sich eine hässliche Ruß- und Salzschicht abgesetzt hatte, durch die man kaum noch hindurchsehen konnte. Sie waren gerade im Vorraum fertig geworden und bewunderten ihr Werk, als es an der Kontortür klopfte und Heiko Peters eintrat, ohne auf ein Herein zu warten.

»Guten Morgen!«, rief er gut gelaunt, nahm seinen Hut ab und hängte ihn an die Garderobe, dann fuhr er sich mit der Rechten durch die feuerrote Mähne. »Ich war gerade in der Gegend und dachte mir, ich lade mich mal fix auf eine Tasse Tee ein.« Damit hob er die kleine Papiertüte in die Höhe, die er in den verbliebenen Fingern der linken Hand hielt. »Wir haben gestern für Hullmanns eine große Ladung Assam eingelagert, und der olle Hullmann hat mir ein Pfund zum Probieren geschenkt. Ist zwar kein Kaffee, aber immerhin. Habt ihr eine Teekanne?«

Agnes, die am Vortag die Schränke in der Probenküche saubergemacht hatte, nickte und verschwand durch die Tür. »Ich koche mal schnell Wasser«, sagte sie im Hinausgehen.

Als Heiko mit Mina allein war, trat er auf sie zu und zog sie flüchtig an sich. »Geht's dir gut, Deern?«, fragte er. »Du bist so blass um die Nase.«

Mina lachte. »Das scheint dir nur so. Wir haben die Fenster geputzt, und jetzt ist es viel heller in dieser dunklen Bude.«

Heiko zog die rechte Augenbraue in die Höhe. »Du hast Fenster geputzt?«, fragte er erstaunt. »Nanu? Das ist doch Lehrlingsarbeit.«

»Wir haben im Moment keinen, und die Fenster können doch kaum so blind bleiben, bis wir wieder jemanden einstellen können.«

»Wenn du es so siehst.« Heiko zuckte mit den Schultern und stellte das Päckchen Tee auf den Schreibtisch, an dem früher Edo seinen Platz gehabt hatte.

Mina gab ihm einen Klaps gegen den Oberarm. »Hör mal, das sagt ja der Richtige. Du warst dir doch auch nie für irgendeine Arbeit zu fein.«

»Zugegeben. Allerdings war das, bevor ich der Chef der Firma geworden bin. Was sollen denn die Angestellten von mir denken, selbst wenn es jetzt nur noch läppische drei Mann sind?«

»Da ich nicht nur die Chefin, sondern im Moment auch die einzige Angestellte bin, ist mir das egal.«

»Und was ist mit deiner Schwester?«

»Erstens ist Agnes von mir Schlimmeres gewohnt, zweitens hat sie mitgeputzt und drittens verpetzt sie mich nicht.«

»Na, dann bin ich ja beruhigt.« Heiko zwinkerte grinsend. »Es kommen ja bald bestimmt wieder bessere Tage. Dabei fällt mir ein, hattest du nicht gesagt, dass du Kaffee in Aussicht hast?«

Mina wiegte vage den Kopf hin und her. »Möglicherweise, aber das kann ich noch nicht mit Sicherheit sagen. Als wir uns zuletzt getroffen haben, hatte ich gerade den Brief an meinen Schwiegervater in Guatemala geschrieben und ihn gefragt, ob er uns mit Rohkaffee beliefern kann. Das war vor …« Sie warf einen Blick auf den Kalender an der Wand und rechnete nach. »… sechs Tagen«, vollendete sie. »Im besten Fall kommt der Brief Ende dieser Woche bei ihm an. Mit einer Antwort ist also frühestens in zwei bis drei Wochen zu rechnen. Dann kann ich dir genau sagen, ob ich wieder im Geschäft bin oder nicht. Drück mir auf jeden Fall ganz fest die Daumen.«

Heikos Augen sahen sie mit so viel Wärme an, dass Mina seinem Blick eilig auswich. Sie griff nach dem Päckchen Tee und drehte es herum, als würde sie lesen, was auf dem Etikett stand. Dabei hoffte sie, Heiko würde nicht bemerken, dass sie rot geworden war.

»Ich bin sicher, dass es klappen wird«, hörte sie ihn sagen. »Aber die Daumen drück ich zur Sicherheit trotzdem«, fügte er leiser hinzu.

»Lieb von dir, danke«, sagte sie leichthin. Auf einmal begann die Stille drückend im Raum zu lasten. Nur das Ticken der Messingwanduhr mit den römischen Ziffern, die neben der Garderobe hing, war überdeutlich zu hören.

Heiko räusperte sich, und Mina schaute auf. Der junge Mann stand tief in Gedanken versunken neben ihr und betrachtete den alten Bürostuhl, dessen lederne Sitzfläche von lauter Rissen durchzogen war. »Hier hat Edo früher gesessen, nicht wahr?«, fragte er, ohne den Blick von dem Möbelstück abzuwenden.

»Ja, das war sein Platz, bevor er nach Amerika gegangen ist. Danach …« Mina hielt inne. Danach hatte Frederik dort gearbeitet, wenn er im Kontor war, aber über ihn wollte sie nicht mit Heiko reden.

Heiko legte die Hände auf die Rückenlehne des Stuhls und sah zu Mina hoch. »Schreibt ihr euch noch, Edo und du? Ich meine, hast du in letzter Zeit mal etwas von ihm gehört?«

»Ich?«, fragte sie verblüfft. »Nein, schon seit Jahren nicht mehr. Nicht, seit damals mein Vater gestorben ist und ich Frederik geheiratet habe.«

Heiko nickte, als hätte er mit dieser Antwort gerechnet. Aus seinen Augen sprachen Schmerz und Enttäuschung. »Eigentlich hätte ich es mir ja denken können. Entschuldige, wenn ich alte Wunden aufgerissen habe, aber ich dachte, ich sollte dich endlich fragen, ob ihr noch in Kontakt steht. Ich habe schon seit Jahren immer wieder mit dem Gedanken gespielt, dich aufzusuchen, um dir diese Frage zu stellen, aber ich konnte mich nie überwinden, weil ich dir nicht wehtun wollte.« Hilflos zog er die Schultern hoch und seufzte vernehmlich. »Ich habe schon seit über zwei Jahren kein Wort mehr von Edo gehört. Er scheint wie vom Erdboden verschwunden.«

»Was?«

Mina spürte, wie sich in ihrem Inneren ein kalter Knoten zu bilden begann. Doch sie schluckte das ungute Gefühl hinunter, straffte die Schultern und richtete sich kerzengerade auf. Haltung annehmen nannte sie das bei sich, und es hatte ihr schon oft geholfen, wenn sie im Begriff war, von ihren Gefühlen übermannt zu werden.

»Könnte es sein, dass er einfach nur seine Ruhe haben will?«, fragte sie. »Wart ihr zwei wieder einmal verschiedener Meinung und habt euch über eine Nichtigkeit gestritten? Das konntet ihr doch früher schon meisterhaft. Ich erinnere mich noch gut daran, dass …«

»Nein. Nichts dergleichen«, unterbrach er sie. »Wir haben

uns eigentlich ziemlich regelmäßig geschrieben. Es waren keine langen Episteln, aber alle paar Monate kam ein Brief und zu den Geburtstagen und Weihnachten gab es Karten. Aber von heute auf morgen war Schluss damit. Zunächst hab ich mir nichts dabei gedacht, erst als meine Briefe mit dem Vermerk ›unbekannt verzogen‹ wieder zurückkamen, fing ich an, mir Sorgen zu machen. Wenn nicht schon Krieg gewesen wäre, wäre ich nach Amerika gefahren, um ihn zu suchen, aber dann bin ich eingezogen worden und …« Er hob seine verstümmelte linke Hand in die Höhe. »Den Rest kennst du ja.«

»Es tut mir wirklich leid, dir nicht weiterhelfen zu können, Heiko. Ich weiß, dass ihr euch wirklich nahegestanden habt. Immerhin seid ihr wie Brüder aufgewachsen.«

Heiko nickte. »Er weiß noch nicht einmal, dass unsere Eltern … ich meine, dass meine Eltern nicht mehr leben.« Sein Blick wurde traurig. »Entschuldige bitte, ich hätte dich nicht damit behelligen sollen.«

»Ach, Unfug.« Sie legte ihm eine Hand auf den Unterarm und lächelte aufmunternd. »Wozu hat man Freunde?«

Heiko griff nach ihrer Hand und drückte sie kurz. Seine Augen suchten ihre, und er lächelte.

Mina schien es, als wolle er noch etwas hinzufügen, aber er schwieg, als aus dem Nebenraum Agnes' Stimme erschallte, die rief, das Wasser koche und Mina solle ihr den Tee hinüberbringen.

Mina zog ihre Hand aus Heikos und griff nach dem Päckchen Tee auf dem Tisch. »Na komm, Heiko. Wir sollten meine Schwester nicht warten lassen«, sagte sie. »Über Edo reden wir besser weiter, wenn wir zwei unter uns sind.«

Es verging eine Stunde, ehe Heiko auf seine Uhr sah und

mit Bedauern in der Stimme feststellte, er müsse jetzt leider zu einer Bürgerschaftssitzung. Mina wollte ihm das angebrochene Päckchen Tee wieder mitgeben, aber Heiko winkte ab. So habe er einen triftigen Grund wiederzukommen, um den netten Klönschnack fortzusetzen.

Heiko hielt Wort. Jeden Vormittag schaute er von nun an im Kontor von *Kopmann & Deharde* vorbei, in der Hand ein Päckchen Kekse oder frische Franzbrötchen, wenn er welche bekommen konnte. Dann saßen Agnes, Mina und er für ein Schwätzchen in den bequemen Lehnsesseln im Chefbüro, bis er wieder zurück an die Arbeit musste. In der Regel redeten sie über Klatsch und Tratsch aus den anderen Handelshäusern und Quartiermeistereien, darüber, wer sich noch über Wasser halten konnte und für wen die Lage kritisch oder aussichtslos wurde. Mehr und mehr Kaffeehändler strichen die Segel und meldeten Konkurs an – nur die, die neben Kaffee auch mit Kakaobohnen und Tee handelten, kamen halbwegs gut über die Runden, erzählte Heiko.

»Was glaubst du denn, warum wir jeden Tag ins Kontor kommen, Agnes und ich?«, erwiderte Mina. »Bestimmt nicht, weil wir so gern die Regale mit den Kontobüchern saubermachen. Es geht nur darum, den Anschein zu wahren. Wenn sich erst einmal das Gerücht verbreitet hat, dass ein Kontor keine Arbeit mehr hat und deshalb das Büro schließt, geht auch ganz schnell der Ruf und damit die Kreditwürdigkeit über Bord. Wir kommen nur hierher, um so zu tun, als ob wir gut im Geschäft sind. Und …«, fügte sie hinzu, »… damit uns die Makler auch im Kontor antreffen, sollten sie wider Erwarten doch eine Charge Kaffeebohnen zu verkaufen haben.«

Bei den Klönschnacks mit Heiko kam aber auch die Lage in der Stadt mit den vielen Kriegsversehrten und der hohen

Arbeitslosigkeit zur Sprache, und selbst über die Politik in der Bürgerschaft redeten sie hin und wieder. Nur über Edos Verbleib verlor Heiko kein einziges Wort mehr. Mina vermutete, dass das mit ihrer Bitte zusammenhing, dieses Thema nicht vor ihrer Schwester zu behandeln. Sie war ihm dankbar, dass er sich daran hielt.

»Denken Sie sich, Herr Peters, wir kriegen hohen Besuch!«, sagte Agnes etwa eine Woche nach seinem ersten Besuch. Sie nahm sich einen Keks aus der Glasschale auf dem Tisch. »Eine leibhaftige Comtesse quartiert sich für ein paar Wochen bei uns ein.«

Vorsichtig blies Heiko in seine dampfende Tasse. »In der neuen Verfassung ist der Adel abgeschafft worden«, erklärte er dann trocken. »Also kriegen Sie keinen hohen Besuch, sondern lediglich Besuch.« Er nahm einen Schluck.

»Ach je, du nun wieder, Heiko!« Mina lachte. »Meine Freundin Irma hat meine Einladung zu einem ausgedehnten Besuch angenommen. Dass sie adelig ist …«

»… *war* …«, korrigierte Heiko sie mit Nachdruck.

»Also gut, meinetwegen, du alter Krittkopp. Also, dass sie früher adelig war, merkt man Irma sowieso nicht an. Sie ist die normalste, lustigste Person, die du dir vorstellen kannst, und ich bin davon überzeugt, du wirst sie sofort in dein Herz schließen. Die von Gusnars besitzen einen Gutshof in Ostpreußen, gar nicht so weit von Königsberg entfernt. Die Geschäfte führt seit dem Tod des Vaters Irmas Mutter ganz allein. Irma hat mir geschrieben, dass sie froh ist, für eine Weile dort wegzukommen, weil ihre Mutter gerade Himmel und Hölle in Bewegung setzt, um Irma zu verheiraten. Sie befürchtet, dass Irma sonst als alte Jungfer enden wird. Dabei ist sie gerade mal ein halbes Jahr älter als ich.«

»Du bist aber schon seit über fünf Jahren verheiratet und hast eine Tochter.« Agnes nahm sich einen zweiten Keks und zwinkerte ihrer Schwester zu. »Damit hast du das Klassenziel längst erreicht.«

»Klassenziel …«, Mina schnaubte. »Wenn ich damals schon gewusst hätte, was ich jetzt über die Ehe weiß, hätte ich mir die Hochzeit sicher noch einmal gut überlegt.«

»Was hast du gegen die Ehe?« Heikos Frage hatte einen beiläufigen Tonfall, aber Mina entging nicht, dass er sie aus den Augenwinkeln aufmerksam musterte.

»Grundsätzlich sicher nichts«, antwortete sie leichthin. »Es ist eben nur dumm, dass ich meinen Gatten nur selten zu Gesicht bekomme.«

»So sehr scheinst du aber unter der Trennung nicht zu leiden, Schwesterherz«, sagte Agnes kauend. »Deine Laune ist definitiv besser, wenn Frederik nicht in Hamburg ist.« Sie pickte einen Krümel auf, der auf die Rüschen ihrer Bluse gefallen war, und beförderte ihn zwischen ihre Lippen. »Sogar Großmutter hat schon mal so etwas gesagt.«

»Ach ja?«, erwiderte Mina spitz.

Agnes nickte. »Das war, kurz nachdem Ella geboren wurde. Großmutter meinte, es hinge vermutlich mit den Strapazen der Geburt zusammen.«

Frederiks erster Besuch nach Ellas Geburt … Plötzlich schossen die Bilder wieder in Mina hoch: Sie sah Sonnenstrahlen, die durch den Spalt in den Vorhängen auf das Bett fielen. Frederiks hochgewachsene Gestalt, die sich über die Wiege mit dem schlafenden Kind beugte. Der abschätzige Blick, als er sich zu ihr umdrehte. Und sie hörte wieder seine kühle Stimme: »Also nur ein Mädchen, was? Noch nicht einmal besonders hübsch, das zerknautschte Ding. Ich hätte es mir denken können, dass es bei dir nicht zu einem Stammhalter reicht.«

Sie blinzelte, wollte den Gedanken vertreiben, doch auf einmal waren da wieder die anderen, älteren und schlimmeren Bilder, die sich vor ihr inneres Auge drängten. Frederiks verzerrtes Gesicht, das aus der Dunkelheit auftauchte, und seine Hand, die sich auf ihre Kehle legte, um sie dazu zu bringen, still zu liegen. So lebendig war die Erinnerung, dass Mina für einen Augenblick tatsächlich keine Luft mehr bekam. Sie erschauderte und atmete dann tief durch. Ihr Blick traf auf Heikos, und sie sah, wie er argwöhnisch die Augenbraue hob. Sie räusperte sich und richtete sich so gerade wie möglich in ihrem Sessel auf.

»Nach so einer Geburt ist man wirklich ziemlich angeschlagen.« Ihre eigene Stimme klang auf einmal heiser und fremd in ihren Ohren. »Das wirst du eines Tages verstehen, wenn du selbst verheiratet bist und Kinder hast, Agnes.«

»Damit kann ich mir ja noch gut und gern ein paar Jahre Zeit lassen. So schnell werde ich nicht als alte Jungfer angesehen.« Agnes kicherte vergnügt. »Ich hab es nicht so eilig mit der Ehe. Lieber amüsiere ich mich vorher noch ein bisschen, ehe ich mich an die Kette legen lasse. Wie ist es denn mit Ihnen, Herr Peters? Wann gedenken Sie zu heiraten? Oder sind Sie so etwas wie ein eingefleischter Junggeselle?«

Heikos Blick wanderte langsam von Mina zu Agnes hinüber. Er machte ein ernstes Gesicht. »Ich bin ganz Ihrer Meinung, Fräulein Agnes. Solange ich nicht sicher bin, dass es die Richtige ist, habe ich nicht vor, mich zu binden.« Seine Augen suchten Minas Blick. »Das ist ein Fehler, den ich ganz bestimmt nicht begehen will.«

Sein Gesichtsausdruck entspannte sich, als er sich Agnes zuwandte und sie fragte, ob vielleicht noch eine Tasse Tee in der Kanne sei. Nachdem sie ihm nachgeschenkt hatte, lehnte er sich zurück und schlug die Beine übereinander. »Wann trifft denn dein Besuch hier ein?«, fragte er.

»Übermorgen«, sagte Mina, froh, das heikle Thema umschifft zu haben. »Ich habe Irma seit einer halben Ewigkeit nicht gesehen und freue mich schon wie verrückt auf sie.«

»Dann hoffe ich sehr für dich, dass sie sich in der halben Ewigkeit nicht verändert hat«, sagte Heiko.

»Das hat sie sicher nicht. Wir schreiben uns ja mindestens einmal in der Woche einen langen Brief, daher bin ich sicher, sie ist noch ganz die Alte. Irma ist meine beste Freundin, und ich hoffe sehr, dass ihr beide auch Freunde werdet.«

»Wenn diese Irma nicht die Durchlaucht heraushängen lässt, soll es an mir nicht liegen«, sagte Heiko achselzuckend. Er rührte seinen Tee um und legte den Löffel zurück auf den Tisch.

Heiko war gerade im Begriff, sich zu verabschieden, als von der Eingangstür im Nebenraum ein lautes Klopfen zu hören war.

Agnes warf Mina einen erstaunten Blick zu. »Nanu, erwartest du noch jemanden?«

»Nein. Keine Ahnung, wer das sein könnte. Vielleicht ein Makler mit einem dicken Auftrag für uns.« Sie lachte, dann stand sie auf, lief mit raschen Schritten zur Eingangstür im Vorzimmer hinüber und öffnete. Statt eines Kaffeemaklers in schwarzem Anzug und ebensolchem steifen Hut stand ein junger Postbeamter in blauer Uniform vor ihr, die Hand erhoben, um noch einmal zu klopfen.

»Moin. *Deharde & Kopmann*, ist das hier?«, fragte er überflüssigerweise, denn das Schild an der Eingangstür konnte er unmöglich übersehen haben.

»Ja, das ist hier. Guten Morgen.«

»Ich habe ein Telegramm für den Chef.« Der Telegrammbote zog einen großen Umschlag aus der Tasche, die er über der Schulter trug. »Könnten Sie ihn bitte holen, damit er den Empfang quittiert?«

»Ich bin die Chefin der Firma. Mein Name ist Wilhelmina Deharde.« Mina streckte die Hand nach dem Umschlag aus.

Der Beamte musterte sie zweifelnd von oben bis unten und ignorierte ihre Hand. »Ich ... äh, ich weiß nicht, ob ...«

»Doch, es stimmt, was sie sagt.« Heiko war neben Mina getreten und schaute dem Postbeamten herausfordernd in die Augen. »Frau Deharde ist hier wirklich die Chefin. Da können Sie in der Speicherstadt jeden fragen.«

Der junge Beamte räusperte sich. Er zögerte noch einen Moment, dann reichte er den Umschlag an Mina weiter. »Tut mir leid, ich bin neu im Viertel, und es ist ja nur, weil auf dem Telegramm ›persönlich‹ vermerkt ist.«

»Und es ist gut, dass Sie so gewissenhaft sind«, sagte Mina beschwichtigend, während sie den Empfang auf einer Liste quittierte, die der Telegrammbote ihr auf einem Klemmbrett entgegenhielt. »Vielen Dank und einen schönen Tag noch«, fügte sie hinzu und schloss ihm die Tür vor der Nase.

Auch Agnes war Mina und Heiko zur Tür gefolgt. »Ein Telegramm?«, fragte sie. »Es ist doch wohl hoffentlich nichts passiert?«

Mina hatte den großen braunen Umschlag bereits aufgerissen und zog nun ein einzelnes Blatt Papier hervor, das sie rasch überflog. »Vom alten Lohmeyer!«, rief sie. »Das gibt's doch nicht! Stellt euch vor, er ist auf dem Weg hierher!« Ehe Heiko und Agnes etwas sagen konnten, las sie die Nachricht vor. »Lieber Frederik und Mina. Komme mit der Cap Polonio nach Hamburg. Treffe am 29. ein und habe Proben der letzten Ernte dabei. Alles Weitere persönlich. Vater.«

Erleichtert lachte Mina auf und umarmte zuerst Agnes und dann Heiko. »Jetzt wird alles gut werden. Wir werden die ersten Händler in der Speicherstadt sein, die wieder Kaffee am Lager haben.«

Heiko drückte sie kurz und fest an sich, dann schob er sie wieder von sich weg. »Am 29. August? Das ist ja schon nächsten Freitag.« Ein schiefes Lächeln überflog sein Gesicht. »Dann hast du ja noch ein paar Tage, deinen Leuten beizubringen, dass eure Bude voll wird.«

VIER

»Nun komm schon, Agnes! Am Ende verpassen wir sie noch!«

Mina raffte den Stoff ihres Rockes und hastete die Treppenstufen zu den Gleisen hinauf, ärgerlich darüber, dass ihre Schwester offenbar alle Zeit der Welt zu haben schien. Hätte sie nur nicht gefragt, ob Agnes sie begleiten wolle, um Irma vom Zug abzuholen! Das hatte sie jetzt davon. Wenn man sich schon mal auf sie verließ, war Agnes natürlich nicht pünktlich fertig. Und wenn man sowieso schon spät dran war, mussten die Straßen auch noch voller Fuhrwerke, Lastwagen und Fußgänger sein, sodass kein Durchkommen zum Kaiserbahnhof am Dammtor war.

Es war ein schwülheißer Tag, ungewöhnlich für Ende August. Die Sonne brannte durch das Glas der Dachfenster und heizte die Luft unerträglich auf. Mina spürte, wie sich auf ihrer Stirn und in ihrem Nacken Schweißperlen bildeten, die sich zu Tropfen verbanden und in ihre Augenbrauen und in den Kragen hinunterliefen.

»Nun renn doch nicht so, Mina!«, hörte sie Agnes hinter sich rufen. »Irma wird ganz bestimmt nicht weglaufen. Du hast ihr doch geschrieben, dass du sie abholst, oder?«

»Sicher«, rief Mina über ihre Schulter. »Aber wie sieht

denn das aus, wenn der Zug ankommt und wir nicht am Bahnsteig stehen?«

Endlich hatte Mina das obere Ende der Treppe erreicht und betrat den Bahnsteig, der von Menschen nur so wimmelte. Männer in Arbeitshosen und -joppen stiegen aus den Abteilen der dritten Klasse, schulterten Seesäcke oder Koffer, Frauen in karierten Reisekostümen zerrten ihre Kinder an den Händen hinter sich her, dazwischen standen Bahnbeamte in ihren dunkelblauen Uniformen und Gepäckträger mit Handkarren, die lautstark ihre Dienste anpriesen. Dampfwolken trieben von der Lokomotive her über den Bahnsteig und verhüllten immer wieder die Reisenden, die zum Ausgang unterwegs waren oder im Begriff, in den Zug einzusteigen.

»Siehst du? Der Zug ist schon da«, schimpfte sie, als Agnes neben sie trat. »Wie sollen wir Irma denn in diesem Durcheinander nur finden?«

»Sie wird ganz sicher nicht in der dritten Klasse gefahren sein«, stellte Agnes trocken fest und marschierte schnurstracks zu einem älteren Eisenbahnbeamten, der in seiner beeindruckenden dunkelblauen Uniform mit roten Biesen neben dem Zug stand und mit der Pfeife in seiner Hand spielte, während er beobachtete, wie die Reisenden den Zug verließen. Zu Minas Bestürzung tippte Agnes ihn an der Schulter an. »Entschuldigen Sie, Herr Oberschaffner, wo finden wir denn die Waggons der ersten Klasse, bitte?«, fragte sie.

Der Beamte musterte sie kurz von oben bis unten und entschied dann offenbar, dass es nicht unter seiner Würde sei, ihr zu antworten. »Die sind ganz vorn im Zug, Fräuleinchen. In diese Richtung.« Er deutete vage nach links, in Richtung der Lokomotive, aus der Dampf über den Bahnsteig zog.

»Danke schön, sehr freundlich von Ihnen.« Agnes strahlte ihn an, worauf der Bahnbeamte sich an die Mütze tippte und selbstgefällig seinen Bart zwirbelte.

»Siehst du? Ist doch gar nicht so schwer, eine Auskunft zu bekommen.« Zufrieden hakte Agnes sich bei Mina unter. »Wie Fräulein Cornelius in der Schule immer zu sagen pflegte: ›Man muss nicht alles wissen. Man muss nur wissen, wen man fragen kann.‹«

»Genau genommen hat sie immer gesagt, man muss wissen, wo man nachschlagen kann«, korrigierte Mina lächelnd. Die Art und Weise, in der Agnes ihre Mitmenschen sofort um den Finger wickeln konnte, faszinierte sie immer wieder.

Auch im Bereich, in dem die Wagen der zweiten Klasse hielten, herrschte dichtes Gedränge, und es kostete sie einige Zeit und etliche Pardons und Entschuldigungen, bevor sie sich den Weg hindurchgebahnt hatten und zu den Waggons der ersten Klasse vorgedrungen waren. Hier jedoch war der Bahnsteig bereits leer.

»Und du bist ganz sicher, dass sie diesen Zug genommen hat?«, fragte Agnes, die sich suchend umschaute.

»Natürlich bin ich sicher. Ankunft des Zuges um halb vier am Kaiserbahnhof. So war es abgemacht.« Mina hob in einer hilflosen Geste die Arme. »Und ich habe Irma versprochen, dass ich am Bahnsteig stehe, um sie abzuholen. Was machen wir denn jetzt? Wie sollen wir sie nur finden?«

Gerade als Mina sich auszumalen begann, was Irma, dem unbedarften Mädchen vom Lande, in einer Großstadt wie Hamburg alles zustoßen könnte, fühlte sie, wie sich von hinten zwei Hände auf ihre Augen legten, und hörte ein helles Lachen und eine Frauenstimme, die rief: »Überraschung!«

Mina schoss herum und sah direkt in Irmas blaue Augen,

die zu ihr hinaufstrahlten. Gleich darauf lagen sich die Freundinnen in den Armen.

»Ihr zwei seid direkt an mir vorbeigelaufen und habt mich nicht erkannt. Ist das zu glauben?« Irma ließ Mina los und trat einen Schritt zurück. »So sehr hab ich mich doch wohl nicht verändert, oder?«

Langsam drehte sie sich mit halb erhobenen Armen um die eigene Achse. Mina schüttelte staunend den Kopf. »Kein Wunder, dass wir an dir vorbeigelaufen sind. Du bist ja kaum wiederzuerkennen!«

Im Gegensatz zu ihrem letzten Besuch vor fünf Jahren, als sie in Begleitung ihrer Mutter bei Dehardes gewesen war und ebenso wie diese eher unscheinbar gewirkt hatte, war Irma jetzt nach der allerneuesten Mode gekleidet. Sie trug einen dieser schmalkrempigen, bis tief in die Stirn reichenden Hüte, unter dem nur ein paar Strähnen ihres rotbraunen welligen Haares sichtbar waren.

Unter ihrem offenen Sommermantel lugte ein blassgelbes Musselinkleid mit lockerem Oberteil und tief angesetzter Taille hervor, dessen Rocksaum nur wenig über die Knie hinunterreichte. Sie trug Seidenstrümpfe und dazu helle, hochhackige Sommerschuhe.

Erst neulich hatte Minas Großmutter ein paar der Modezeitschriften fortgeworfen, die sie früher mit solcher Begeisterung durchgeblättert hatte, weil diese jetzt »die unmoralisch kurzen Röcke« abgebildet hatten, die »nur dafür sorgen, dass Männer auf dumme Gedanken kommen«. Was Hiltrud wohl zu Irmas neuer Erscheinung sagen würde? Mina konnte sich den entrüsteten Blick nur zu gut vorstellen. Vor allem würde Großmutter missfallen, dass Irma ganz offensichtlich geschminkt war. Mina dachte daran, was es für einen Ärger gegeben hatte, als sie Agnes vor einiger Zeit mit Lippenstift erwischt hatte. So etwas taten ihrer Ansicht nach nur Frauenzimmer mit zweifelhaftem Ruf. Und so hatte Agnes nicht eher das Haus verlassen dürfen, bis von der Farbe nichts mehr zu sehen gewesen war.

»Es ist schon etwas ungewohnt, nicht wahr?« Irma drehte die Hüften, sodass der Rock hin und her schwang. »Dafür ist es aber luftig und sehr bequem. Man soll mich ja hier in Hamburg nicht sofort als Landei erkennen. Ich bin extra einen Tag früher gefahren, damit ich in Berlin in aller Ruhe einkaufen kann. Bei uns in Königsberg bekommt man so modische Sachen doch gar nicht – jedenfalls nicht von der Stange. Berlin ist da schon was ganz anderes. Großstadt eben. Aber wem erzähle ich das? Hier ist es wahrscheinlich auch nicht anders, oder?«

»Nun, Hamburg ist da schon noch etwas konservativer als Berlin, glaube ich«, sagte Mina zögernd.

Agnes hingegen nickte eifrig. »Doch, hier in Hamburg gibt es auch Kaufhäuser, in denen man solche modischen Kleider kaufen kann. Wenn man es denn darf …«, fügte sie mit finsterem Gesicht hinzu. »Unsere Großmutter ist der Meinung, dass diese kurzen Röcke nicht schicklich für mich wären.«

»Dann sollten wir beide unbedingt zusammen einkaufen gehen, was meinst du? Vielleicht am besten gleich morgen.« Irma lachte und griff nach Agnes' Hand. »Wenn ich mitkomme, wird deine Großmutter bestimmt nichts dagegen haben. Außerdem wäre es wirklich eine Sünde, bei dieser Hitze in den schweren Kleidern von vor dem Krieg herumzulaufen.« Damit drehte sie sich zu Mina um. »Für dich besorgen wir auch was schickes Neues. Ob es deinem Mann nun gefällt oder nicht, ist doch egal, er ist doch sowieso kaum in

Hamburg. Ich bezahle, keine Widerrede. Was nützt denn das ganze Geld, das wir im Krieg mit dem Gestüt gemacht haben, wenn man es nicht unter die Leute bringt? Und jetzt lasst uns zusehen, dass mein Gepäck zum Wagen gebracht wird. Ich habe für alle Geschenke mitgebracht.«

Als sie eine halbe Stunde später in der Villa eintrafen, stand bereits ein ganzes Willkommenskomitee für Irma bereit. Großmutter Hiltrud hatte es sich nicht nehmen lassen, ihre besten Freundinnen zum Tee zu bitten, damit sie den hohen Gast kennenlernten. Sie nahm Irma sofort in Beschlag und stellte sie reihum allen Damen der Hamburger Kaufmannschaft mit sämtlichen Titeln vor, die sie zu Minas Erstaunen offenbar auswendig wusste. Irma schien das Spektakel zwar etwas unangenehm, aber sie machte gute Miene zum bösen Spiel. Binnen kürzester Zeit hatte sie alle anwesenden Damen um den Finger gewickelt, und Mina entging nicht, wie die Augen ihrer Großmutter vor Stolz strahlten. Eine leibhaftige Comtesse im Salon von Hiltrud Kopmann! Davon würde die Nachbarschaft gewiss noch in Jahren voller Neid sprechen.

Erst am frühen Abend verabschiedeten sich die Gäste wieder. Irma ließ sich auf eines der Sofas im Salon fallen und streckte undamenhaft die Beine aus.

»Endlich!«, seufzte sie. »Diese hohen Absätze sind wirklich nichts, um stundenlang darauf zu stehen. Jedenfalls nicht, wenn man es nicht gewohnt ist.«

»Aber liebe Comtesse, warum haben Sie denn nichts gesagt?«, fragte Hiltrud. »Wie unhöflich von mir, Sie nach Ihrer langen Reise so zu beanspruchen.«

»Ach, so schlimm ist es nun auch nicht, liebe Frau Kopmann«, sagte Irma lachend und strich sich ihr kinnlanges Haar zurück. »Und bitte seien Sie doch so gut und nennen

Sie mich einfach Irma. Immerhin sind Mina und ich doch seit unserer Zeit im Pensionat beinahe so was wie Schwestern.« Dabei sah sie mit einem warmen Lächeln zu Mina hinüber, die sich neben sie gesetzt hatte, und drückte ihre Hand.

»Sehr gern, wenn Sie es gestatten, liebe Irma.« Auch Hiltrud hatte sich auf einem Sessel niedergelassen und lächelte geschmeichelt. »Ich weiß gut, wie viel Ihre Freundschaft meiner Enkelin bedeutet.«

Die goldene Figurinenuhr, die unter ihrer Haube aus Kristallglas auf dem Kaminsims stand, gab ein kurzes Sirren von sich, ehe sie siebenmal ein hohes, schnelles »Ding« ertönen ließ.

»Oh, so spät schon?«, sagte Mina und erhob sich hastig. »Dann sollte ich jetzt schnell nach oben gehen und Ella Gute Nacht sagen. Sie wird sicher schon warten.«

»Darf ich mitkommen?«, fragte Irma. »Ich habe sie doch noch gar nicht zu Gesicht bekommen.«

»Wenn Erwachsene sich unterhalten wollen, hat ein so kleines Kind nichts dabei verloren«, erklärte Hiltrud mit gestrenger Miene. »Normalerweise verbringt Ella am Nachmittag eine Stunde unten bei uns und sagt uns noch Gute Nacht, bevor Fräulein Brinkmann sie zu Bett bringt, aber ich hielt es für besser, dass sie heute in ihrem Zimmer bleibt.«

»Natürlich kannst du mitkommen«, sagte Mina. »Dann kann ich dich Ella auch gleich vorstellen.«

»Hältst du das wirklich für klug?«, fragte Hiltrud stirnrunzelnd. »Du wirst das Kind nur aufregen, und dann will es wieder nicht schlafen.«

Mina zog Irma mit sich aus dem Zimmer, ohne auf die Worte ihrer Großmutter weiter einzugehen.

»Was war das denn?« fragte Irma leise, als sie die Treppe ins Obergeschoss hinaufstiegen. »Die Kleine darf nachmittags nur eine Stunde bei euch sein? Also wenn ich mal Kinder habe, dann dürfen die bei allem dabei sein, was ich mache. Wie sollen sie denn sonst etwas von mir lernen? Und du bist als Mutter damit einverstanden, dass Ella für den Rest der Zeit weggesperrt wird?«

»Natürlich nicht. Ins Kontor kann ich sie natürlich nicht mitnehmen, dazu ist sie noch viel zu klein, aber wenn ich zurückkomme, verbringe ich meine Zeit mit ihr, sobald sie ihr Mittagsschläfchen beendet hat. Heute haben wir nur eine Ausnahme gemacht, weil das Haus voller Gäste war.«

Im oberen Stockwerk, wo sich die Schlaf- und Gästezimmer befanden, führte Mina ihre Freundin links den Flur hinunter und klopfte an die letzte Tür.

»Herein«, hörte sie die dunkle Stimme Fräulein Brinkmanns und öffnete die Tür.

»Mama!« Ella, die bereits im Nachthemd in ihrem Bett lag, schlug die Decke zurück und lief mit ausgestreckten Ärmchen auf sie zu. Mina bückte sich und nahm ihre Tochter auf den Arm.

»Hallo, mein Schatz!«, sagte sie und drückte den weichen Kinderkörper an sich. »Du bist ja noch wach? Ich dachte, du schläfst schon längst.«

Ella schüttelte so energisch den Kopf, dass ihre Zöpfchen flogen. »Erst eine Geschichte!«, sagte sie fest.

Fräulein Brinkmann, die in einem Lehnstuhl in der Ecke des Kinderzimmers gesessen hatte, erhob sich und nahm ihre schmale Brille ab. »Ich hatte das Buch schon geholt, für den Fall, dass es heute später werden würde.«

Sie gab das Märchenbuch an Mina weiter und wandte sich dann Irma zu. »Liebe Comtesse, wie schön, Sie wiederzusehen!«, sagte sie und reichte Irma die Hand.

Irma lächelte gequält. »Ach bitte, nennen Sie mich doch Irma. Durch Minas Briefe sind Sie mir so vertraut, da käme ich mir ganz merkwürdig vor, mich von Ihnen mit dem blöden Titel anreden zu lassen.«

»Gern! Aber nur unter der Voraussetzung, dass Sie mich auch Sophie nennen, so wie Mina es nun schon seit geraumer Zeit tut.«

»Jedenfalls, solange meine Großmutter nicht in Hörweite ist. Sie hätte gewiss einiges dagegen einzuwenden!«, fügte Mina hinzu.

Fräulein Brinkmann schmunzelte. »Aber wir sind ja alle drei ehemalige Schulkameradinnen, wenn man so will.«

Die Frauen lachten, während Ella verständnislos von einer zur anderen sah. An Irma blieb ihr Blick hängen. »Ist das?«, fragte sie und zeigte mit dem Finger auf Minas Freundin.

»Das ist Mamas Freundin, die zu Besuch bei uns ist. Du kannst sie Tante Irma nennen«, sagte Mina.

Ella musterte Irma mit gerunzelter Stirn. »Tantima!«, sagte sie nickend.

»Tante Irma!«, wiederholte Mina.

»Tantima!«, erwiderte Ella.

Irma lachte schallend. »Tantima ist wunderbar! Noch nie habe ich so einen schönen Spitznamen bekommen. Danke, meine Süße!«

Ella musterte sie einen Augenblick lang skeptisch, dann begann auch sie zu glucksen. »Tantima, Tantima!«, rief sie. »Lesen!«

»Siehst du, das hast du nun davon«, sagte Mina lächelnd. »Wer sich in Gefahr begibt, kommt darin um. Jetzt musst du ihr wohl oder übel eine Geschichte vorlesen.«

»Sehr gern«, sagte Irma und nahm das Buch, das Mina ihr

hinhielt. »Und welche darf es sein? Der Wolf und die sieben Geißlein? Oder vielleicht Schneewittchen?«

»Nein, am liebsten hat Ella die Geschichte von den Sterntalern. Vermutlich, weil das Mädchen am Ende so viele Goldmünzen hat.« Mina lachte und trug Ella wieder zum Bett zurück. »Und danach wird schön geschlafen, hörst du?« Sie drohte mit dem Zeigefinger. »Nicht noch mal nach unten kommen, sonst wird Großmutter böse.«

Fräulein Brinkmann beugte sich zu Irma hinüber. »Das wirkt stets zuverlässig«, flüsterte sie.

Doch Ella schien sich heute von ihrer besten Seite zeigen zu wollen. Kaum dass Irma geendet hatte, gähnte sie, ließ sich huldvoll von allen drei Frauen die Stirn küssen und rollte sich dann auf der Seite zusammen.

»Kommen Sie auch noch hinunter in den Salon, Sophie?«, fragte Irma in gesenktem Ton, als die drei das Kinderzimmer verlassen hatten. Fräulein Brinkmann, noch die Klinke der angelehnten Tür in der Hand, schüttelte den Kopf.

»Ich bleibe lieber hier oben in meinem Zimmer, für den Fall, dass Ella noch einmal aufwacht«, sagte sie. »Außerdem möchte ich nicht stören. Minas Großmutter hat es nicht gern, wenn ich mich aufdränge.«

»Aber es ist doch kein Aufdrängen, wenn wir Sie dazubitten«, meinte Irma.

»Ein andermal gern. Sie sind ja noch ein paar Wochen hier, da haben wir sicher noch genug Gelegenheit, uns zu unterhalten.« Fräulein Brinkmann nickte den Freundinnen zu, dann wandte sie sich um und ging in ihr eigenes Zimmer, das direkt neben dem Kinderzimmer lag.

»Ella ist wirklich ein süßes Kind. Und sie sieht dir unglaublich ähnlich«, sagte Irma, als sie mit Mina die Treppe hinunterstieg. »Und sie ist sehr aufgeweckt für ihr Alter, oder?«

»Ja, das denke ich auch, aber das Verdienst kann ich mir nicht an die Brust heften, das hat sicher viel damit zu tun, dass Sophie sie so gut erzieht.«

»Ist es immer noch so schwierig zwischen ihr und deiner Großmutter?«, fragte Irma. »Ich hatte gehofft, deine Großmutter habe sich inzwischen damit abgefunden, dass sie im Hause geblieben ist.«

»Ich glaube, sie hatte darauf gezählt, dass Sophie nach Vaters Tod ausziehen und sich eine eigene Wohnung suchen würde. Dass er sie in seinem Testament bedacht und ihr ein Wohnrecht eingeräumt hat, war ein ziemlicher Schlag für Großmutter. Für sie ist Sophie immer die Nebenbuhlerin meiner Mutter geblieben, fürchte ich.«

Irma war die Einzige, der Mina die Wahrheit gesagt hatte, die Einzige, die wusste, dass Fräulein Brinkmann über Jahre hinweg die heimliche Geliebte ihres Vaters gewesen war.

Irma warf Mina einen neugierigen Blick zu. »Aber für dich nicht?«

»Nein. Sie hat meinen Vater in den langen Jahren nach Mutters Tod glücklich gemacht, und das ist alles, worauf es ankommt.«

Irma blieb stehen und hielt ihre Freundin zurück. »Kann ich dich um etwas bitten, Mina?«, fragte sie. Irmas herzförmiges Gesicht wirkte auf einmal nachdenklich und bekümmert.

Mina sah die Freundin forschend an und wartete ab.

»Meinst du, es ist möglich, dass ich länger hier bei euch bleibe als die geplanten drei Wochen?«

»Natürlich! Wir freuen uns, wenn du bei uns bist. Das weißt du doch.«

»Ich meine, viel länger …«

»Du kannst bleiben, solange du willst. Ich glaube, da spreche ich für uns alle. Wir freuen uns, dass du hier bist.«

Irmas Augen schimmerten auf einmal verdächtig. Sie griff nach Minas Hand und drückte sie.

»Was ist denn los, Irma? Was ist passiert?«, fragte Mina leise.

Irma holte tief Luft und sah sich um, wohl um sicherzugehen, dass niemand in der Nähe war. »Es geht um meine Mutter«, sagte sie. »Sie hat sich in den Kopf gesetzt, mich verheiraten zu wollen. Jahrelang sind wir prima miteinander ausgekommen, sie und ich. Ich habe doch sogar kaufmännisch zu rechnen gelernt, damit ich irgendwann das Gut übernehmen kann. Aber seit ein paar Monaten scheint sie es sich anders überlegt zu haben. Auf einmal ist nur noch davon die Rede, dass ich bald eine alte Jungfer bin und dass ich endlich dafür sorgen muss, dass das Gut einen Erben bekommt. Du machst dir keine Vorstellung, wie oft wir deshalb schon gestritten haben.«

»Du willst nicht heiraten?«

»Darum geht es nicht. Ich will nicht, dass sie mir Vorschriften macht, sondern ich will selbst entscheiden. Schon gar nicht will ich diesen Knilch heiraten, den sie für mich im Sinn hat.« Irma geriet so in Rage, dass ihre Wangen rote Flecken bekamen. »Er ist Witwer und fast doppelt so alt wie ich. Seine Frau ist vor ein paar Jahren gestorben. Kinder haben sie nicht, daher ist er ganz erpicht darauf, wieder eine Frau zu finden. Ihm gehört das Gut, das im Süden an unseres angrenzt. ›Stell dir vor, wie klug es wäre, die Güter zusammenzulegen. Wie viel Land wir dann bewirtschaften könnten‹, sagt sie immer. Aber er ist stocklangweilig und sitzt immer nur zu Hause. Ein richtiger Landjunker. Außerdem hat er eine Glatze und einen Bauch.«

»Und was sagt deine Mutter dazu, dass du ihn nicht willst?«

»Dass ich mich nicht so anstellen, sondern froh sein soll, dass ich eine so gute Partie machen kann. Und dann wirst du mir als leuchtendes Beispiel hingestellt. Du hättest geheiratet, um den Familienbetrieb zu retten. Also soll ich auch meine Pflicht meiner Familie gegenüber tun und nicht so selbstsüchtig sein.« Irma wischte sich hastig die Tränen ab und sah Mina fragend an. »Ist es selbstsüchtig, wenn ich bestimmen möchte, wen ich heirate? Dass ich meinen Mann lieben möchte?«

»Nein, das ist es nicht, Irma«, sagte Mina fest. »Im Gegenteil, es ist eine kluge Entscheidung. Glaub mir, ich weiß, wovon ich spreche. Und du wirst bei uns in Hamburg bleiben, bis wir auch deine Mutter davon überzeugt haben.«

Am nächsten Morgen waren alle Plätze der Limousine besetzt, als Mina sie in Richtung der Altstadt lenkte. Neben ihr saß wie üblich Agnes, während Irma im Fond des Wagens saß und sich lebhaft mit Hiltrud unterhielt, die sich zu Minas Überraschung dazugesellt hatte. Irma und Agnes wollten das Alsterhaus, das große Kaufhaus am Jungfernstieg, besuchen, um für Agnes ein paar neue Kleider zu kaufen. Großmutter Hiltrud hatte angeboten, die jungen Damen zu begleiten, vermutlich, so dachte Mina, um zu verhindern, dass Irma für Agnes etwas allzu Gewagtes aussuchte.

»Willst du nicht doch mitkommen?«, fragte Agnes sie mit einem flehenden Seitenblick. »Dieses eine Mal kannst du das Kontor doch geschlossen lassen. Es kommt sowieso niemand.«

Mina schüttelte entschieden den Kopf. »Da sind noch

ein, zwei Sachen, die ich erledigt haben möchte, ehe am Freitag Frederiks Vater kommt. Aber ich verspreche, ganz früh Schluss zu machen und dann zu euch zu stoßen. Wir könnten dann noch ein bisschen auf der Alsterterrasse flanieren.«

»Das ist eine gute Idee, Kind!«, ließ sich Hiltrud hören. Mina lenkte die Limousine an den Straßenrand und schaltete den Motor aus. Anschließend stieg sie aus, um für ihre Großmutter die Tür zu öffnen. Hiltrud nahm die Hand, die sie ihr reichte, und entstieg dem Automobil mit der Grazie und Würde einer Königin aus dem letzten Jahrhundert. Über ihrem marineblauen Tageskleid trug sie einen seidenen Sommermantel und einen dazu passenden Hut mit breiter Krempe und einer elegant darüber drapierten Kranichfeder. Sie richtete sich kerzengerade auf und nickte Mina huldvoll zu. »Danke, meine Liebe«, sagte sie. »Ich gebe zu, dass es durchaus praktisch ist, dass du das Automobil fahren kannst, obwohl ich bei solchen Gelegenheiten doch immer noch die Dienste eines Chauffeurs bevorzugen würde.«

»Sicher, es wäre schön, einen Chauffeur zu haben, aber überleg mal, was wir an Kosten einsparen können, weil wir keinen Fahrer bezahlen müssen«, sagte Agnes, die inzwischen auch ausgestiegen war, mit todernster Miene. Nur an ihren Augen, die schelmisch blitzten, war zu sehen, wie sehr sie sich über Großmutter Hiltrud amüsierte.

»Da hast du natürlich recht, liebes Kind«, sagte Hiltrud milde. »Trotzdem bin ich immer noch der Meinung, dass es nicht angemessen für eine Tochter aus gutem Hause ist, selbst ein Automobil zu kutschieren.«

Mina holte tief Luft und zählte in Gedanken bis zehn. Diese Diskussion hatte sie schon unzählige Male mit Hiltrud geführt, und nie hatte es etwas gebracht. Großmutter hatte nun einmal ihre Überzeugung und war durch nichts und niemanden davon abzubringen. Also setzte Mina ein Lächeln auf, nickte den drei Frauen zu und ging zurück zur Fahrertür. »Wir sehen uns dann gegen elf Uhr. Bis nachher«, rief sie, schon im Begriff einzusteigen, und startete gleich darauf den Motor.

Im Kontor fand sie zwischen den üblichen Rechnungen tatsächlich den Brief eines Maklers vor, der seinen Besuch für den folgenden Tag ankündigte, weil er ihr eine kleine Charge brasilianischen Kaffees anbieten wollte. Sie las den Brief zweimal und führte ein kleines Freudentänzchen auf.

Vielleicht lag die lange Durststrecke jetzt wirklich hinter ihnen, und es ging wieder los mit dem Kaffeehandel in Hamburg. Wie gut, dass sie es geschafft hatte, trotz aller Widrigkeiten durchzuhalten und nicht das Handtuch zu werfen wie so viele andere Kaffeehändler am Sandtorkai. Sie hatte die laufenden Kosten des Kontors reduziert, wie sie nur konnte, und dafür schweren Herzens auch noch ihrem letzten Angestellten Herrn Becker, dem ehemaligen Büroleiter, kündigen müssen. Lehrlinge hatte sie schon seit fünf Jahren nicht mehr einstellen können. Aber es hatte sich gelohnt. *Kopmann & Deharde* war immer noch da und mehr denn je bereit, wieder in den Rohkaffeehandel einzusteigen.

Während sie eilig eine kurze Antwort an das Maklerbüro schrieb, erklang plötzlich ein Räuspern, und sie schrak zusammen.

»Heiko!«, rief sie, als sie erkannte, wer vor ihrem Schreibtisch stand. »Mein Gott, was schleichst du dich denn hier herein?«

Heiko grinste breit und nahm seine Mütze ab. »Moin, Mina«, sagte er. »Ich bin ganz und gar nicht geschlichen. Ich habe brav an der Tür geklopft, aber du sitzt ja offenbar auf deinen Ohren.« Er sah sich im Büro um. »Nanu, bist du ganz allein heute?«

Mina unterschrieb, faltete das Blatt zusammen und holte aus der Schublade des Schreibtisches einen Umschlag. »Ja, Agnes und Irma sind mit meiner Großmutter zusammen einkaufen gegangen.«

»Schade. Ich dachte, ich könnte mir Ihre Hoheit mal aus der Nähe ansehen.« Heiko nahm auf dem Stuhl vor dem Schreibtisch Platz und schlug die Beine übereinander.

»Dazu wirst du bestimmt noch Gelegenheit haben. Irma bleibt für einige Wochen bei uns und hat gestern schon gesagt, sie würde gern mal das Kontor besuchen.« Sie blickte fest in Heikos blaue Augen. »Bitte sei nett zu ihr. Sie ist meine beste Freundin.«

»Ich werde mir die größte Mühe geben, Ihrer Hoheit mit angemessenem Respekt zu begegnen«, erwiderte Heiko.

»Siehst du? Genau das meine ich. Nenn sie nicht Ihre Hoheit oder so etwas. Sie kann doch nichts dafür, dass sie als Comtesse geboren wurde. Sag einfach Fräulein von Gusnar oder Fräulein Irma zu ihr, und behandle sie so wie jeden anderen auch. Lerne sie doch erst einmal kennen, ehe du dir ein Urteil bildest.«

Heiko zog erstaunt die Augenbrauen in die Höhe. »Also gut. Wenn es dir so wichtig ist.«

»Das ist es. Bitte entschuldige, ich wollte dich nicht so anfahren. Aber ich hoffe nun einmal, dass meine besten Freunde ebenfalls Freunde werden.« Sie steckte den Brief in den Umschlag und klebte ihn zu. »Wie sieht es aus, hast du noch Zeit für eine Tasse Tee?«

Heiko bejahte und begleitete Mina in die Probenküche,

wo früher die Kaffeeproben der Makler und die Verprobung der angelieferten Ware geröstet und verkostet worden waren. Sie füllte einen Kessel mit Wasser und setzte ihn auf den Herd. Während sie warteten, dass das Wasser kochte, erzählte Mina, dass sich für den morgigen Tag ein Makler angemeldet hatte.

»Es sind nur zweihundert Säcke, aber immerhin. Ich hoffe, dass ich den Zuschlag bekomme, denn der alte Hinrichs wird die Charge sicherlich vielen Importeuren anbieten, und die werden sich alle die Finger danach lecken. Aber zusammen mit dem Kaffee, den ich hoffentlich vom alten Lohmeyer beziehen kann, wäre das schon mal ein guter Anfang, um wieder in den Handel einzusteigen.«

Sie schwieg einen Moment. »Langsam wird es wirklich eng für uns«, sagte sie dann leise. »Ich mag mir gar nicht vorstellen, dass der Handel mit meinem Schwiegervater nicht zustande kommt. Ich befürchte, dass wir dann das Kontor noch vor dem Herbst schließen müssen.«

Heiko legte seine Hand auf ihre Schulter und drückte sie leicht. »Ich bin ja auch noch da, vergiss das nicht, Mina. Wenn es hart auf hart kommt, lass ich dich nicht hängen. Das weißt du doch, oder?«

Mina sah hoch, und ihre Blicke trafen sich. »Ja«, sagte sie. »Das weiß ich.«

Und so war es auch.

Der Kessel begann zu pfeifen, und Mina goss das kochende Wasser in eine kleine Messingkanne. »Hättest du denn Platz, den ganzen Kaffee unterzubringen?«

Heiko, der mit verschränkten Armen an den Tisch gelehnt stand, sah zu ihr hoch. »Platz habe ich mehr als genug im Lager. Meinst du denn, dass dein Schwiegervater dich mit Kaffee beliefern kann?«

»Ich hoffe es sehr. Schließlich schreibt er, dass er Ernteproben dabeihat. Es hängt, denke ich, alles davon ab, wie wir uns verstehen und ob er bereit ist, mit mir Geschäfte zu machen. Das Verhältnis zwischen ihm und Frederik ist, sagen wir mal, nicht das beste. Aber ich bin zuversichtlich, dass sein Misstrauen Frederik gegenüber nicht mich oder die Firma einschließt, sonst würde er sicher nicht die weite Reise nach Hamburg machen, oder?«

»Vermutlich nicht. Was sagt denn dein Mann dazu, dass sein Vater zu Besuch kommt?«

Mina goss den Tee durch ein Sieb in die Porzellankanne, die auf dem Tablett auf dem Tisch stand. Sie zuckte mit den Schultern. »Der weiß noch gar nichts davon.«

Heiko runzelte die Stirn. »Wie, der weiß nichts davon?«

»Frederik hatte mir vor einiger Zeit geschrieben und mich gebeten, ihm sein Geld vorab per Boten zu schicken. Das habe ich abgelehnt, und seitdem habe ich nichts mehr von ihm gehört. Vermutlich schmollt er und meldet sich deshalb nicht.«

»Meinst du nicht, er sollte wissen, dass sein Vater kommt? Sie haben sich doch bestimmt eine Ewigkeit nicht gesehen. Vielleicht ist das die Chance für sie, sich auszusprechen und ihren Streit zu begraben.«

»Mag sein.« Mina hob das Tablett an und betrachtete nachdenklich die Teekanne. »Vielleicht hast du recht. So einen Streit kann man von Angesicht zu Angesicht leichter aus der Welt schaffen. Ich werde Frederik heute Abend schreiben und ihm mitteilen, dass sein Vater kommt.«

Heiko lächelte. »Braves Mädchen!« Er ging voraus und hielt die Tür für sie auf.

Sie setzten sich wie immer im Chefbüro auf die Sessel,

Mina holte Tassen und die Dose mit den Haferflockenkeksen, die Frau Kruse gebacken hatte, und sie redeten eine Weile über den neuesten Klatsch aus der Speicherstadt, bis Heiko irgendwann verstummte und nachdenklich aus dem Fenster schaute.

»Vielleicht ist das jetzt der Zeitpunkt«, sagte er leise und wandte den Blick wieder Mina zu. »Wir hatten uns vor einiger Zeit über Edo unterhalten, und du hast gemeint, wir sollten über ihn sprechen, wenn wir allein sind. Wer weiß, wann sich so eine Gelegenheit wieder ergibt?«

Mina spürte, wie sich ein kalter Knoten aus Schuld und Trauer in ihrem Inneren zu bilden begann. Sie holte tief Luft. »Meinst du wirklich, wir sollten über ihn sprechen?«, fragte sie. »Wozu soll das gut sein? Es bricht nur alte Wunden wieder auf, die sich längst geschlossen haben.«

Vielleicht ist er ohnehin bereits tot, dachte sie, aber diesen Gedanken brachte sie nicht über die Lippen.

»Mag sein«, sagte Heiko. »Aber wir beide waren die, die ihm am nächsten standen, sein Bruder und seine große Liebe … Und ich für mein Teil mache mir Sorgen, weil er wie vom Erdboden verschluckt zu sein scheint. Ich würde gern herausfinden, was mit ihm passiert ist. Sobald ich kann, nehme ich ein Schiff, fahre nach Amerika und suche ihn.«

Mina musterte ihr Gegenüber verwundert. Heiko war so fest in seiner Heimatstadt verwurzelt, nie wäre sie auf den Gedanken gekommen, dass er sich auf eine solch weite Reise machen würde. Nicht einmal, um seinen Freund zu suchen.

»Das ist wie die Suche nach der Nadel im Heuhaufen. Wie willst du ihn denn finden?«

»Keine Ahnung. Ich werde versuchen, die Leute aufzuspüren, bei denen er zuletzt gewohnt hat. Ich habe nur seine alte

Adresse aus Toledo. Doch von dort sind meine letzten Briefe mit dem Vermerk ›unbekannt verzogen‹ zurückgekommen. Aber irgendwo muss ich anfangen, und ich habe die Hoffnung, dass sich doch noch jemand an ihn erinnert.«

Mina nickte und sah auf ihre Hände hinunter, die gefaltet in ihrem Schoß lagen. »Hat er mich mal in seinen Briefen erwähnt?«, fragte sie leise.

»Ein paar Mal, ja. Er hat gefragt, wie es dir geht und was die Firma macht.«

»War er denn glücklich in Amerika? War es so, wie er es sich erträumt hat?«

»Ich glaube schon, am Anfang jedenfalls. In seinen ersten Briefen schrieb er mir, wie schön es in Toledo sei. Die Werkstatt seines Vetters Robert sei eine Goldgrube, und alle seien sehr nett zu ihm, dem verlorenen Sohn, wie er es ausdrückte. Er hatte eine kleine Wohnung ganz in der Nähe von Roberts Haus gefunden und arbeitete offenbar Tag und Nacht, um die Buchhaltung der Werkstatt wieder auf Vordermann zu bringen. Zum Nachdenken bleibe nicht viel Zeit, und das sei ihm auch ganz recht so.« Heiko seufzte und nahm einen Schluck aus seiner Teetasse, ehe er weitersprach. »Als er ungefähr ein halbes Jahr dort war, schrieb er, er habe ein Mädchen kennengelernt, das er heiraten wolle.«

Mina entging nicht, dass Heiko ihr einen schnellen, prüfenden Blick zuwarf, ehe er weitersprach. »Ann stammte aus bescheidenen Verhältnissen und arbeitete als Verkäuferin in einem Kaufhaus. Er verglich sie mit dir und schrieb, dass sie das genaue Gegenteil von dir sei. Sie sei zart, dunkelhaarig, ruhig und würde ihn sehr lieben. Verstehst du, Mina? Er wusste von mir, dass du Lohmeyer geheiratet hattest, und er wollte dich vergessen, indem er dich durch eine andere ersetzte, die ganz anders ist als du. Vielleicht wollte er dir auch nur heimzahlen, dass du ihn im Stich gelassen hast, wer weiß das schon. Irgendwann fragte er mich, was du denn dazu gesagt hättest, dass er geheiratet habe.«

Erschüttert schüttelte Mina den Kopf. »Aber das hast du mir nie erzählt!«

Heiko seufzte. »Wozu? Warum noch Salz in die Wunde streuen? Ich wusste ja, dass du Lohmeyer nur geheiratet hast, weil du die Firma halten wolltest. Und dass du in dieser Ehe mit ihm nicht glücklich wirst, war mir von Anfang an klar«, setzte er hinzu.

Sie schwieg. Kannte er sie wirklich so gut?

»Ist Edo wenigstens glücklich mit ihr geworden?«, fragte sie in die entstandene Stille hinein.

»Was ist schon Glück? Er war damit zufrieden, dass sie glücklich war, glaube ich. Aber dann fing der Ärger an. Die Firma seines Vetters geriet in Schwierigkeiten. Irgendjemand bediente sich an den Firmengeldern, und der Verdacht fiel auf Edo. Sein Vetter warf ihn raus, kurz bevor er Konkurs anmeldete und dann Hals über Kopf die Stadt verließ. Edo vermutete, dass Robert derjenige gewesen war, der die Gelder abgezweigt hatte. Hatte sich wohl verspekuliert und konnte dann seine Schulden nicht mehr bezahlen. Man kennt so was ja.« Heiko schnaubte durch die Nase. »Hinzu kam wohl, dass Edo immer mehr Heimweh hatte. Das konnte man jedenfalls zwischen den Zeilen lesen. Da war immer wieder davon die Rede, dass Amerika längst nicht so großartig sei, wie es auf den ersten Blick schien, und dass er im Herzen immer ein Deutscher bleiben würde. Den letzten Brief erhielt ich, als ich schon an der Front war. Darin stand, dass er mich beneidete, für mein Land kämpfen zu können. Danach hat er nicht mehr geantwortet, und als ich mich in Toledo nach ihm erkundigt habe, bekam ich zur Antwort, er sei weggezogen, man wisse nicht, wohin. Darum werde ich dort mit meiner Suche beginnen.«

Heiko sah hoch, und der Schmerz in seinen Augen tat Mina im Herzen weh. »Edo ist und bleibt mein Bruder, Mina. Ich muss wissen, was aus ihm geworden ist. Und wenn er in Schwierigkeiten ist, muss ich ihm da raushelfen. Das bin ich ihm schuldig.«

»Und was willst du tun?«

»Das, was ich gerade sagte. Sobald ich das Geld zusammenhabe und hier alles geregelt ist, werde ich nach Amerika fahren, um ihn zu suchen. Und ich komme nicht eher zurück, bis ich ihn gefunden habe.«

FÜNF

Als Mina später mit Irma, Agnes und ihrer Großmutter durch die Räume des Alsterhauses schlenderte, gab sie sich alle Mühe, sich nicht anmerken zu lassen, wie sehr sie das Gespräch mit Heiko aufgewühlt hatte. Doch immer wieder spürte sie Irmas prüfenden Blick auf sich ruhen, dem sie, so gut es ging, auswich.

Sie waren auf der Suche nach einem neuen, modischen Kleid für Agnes, und nachdem diese mit einer Verkäuferin und einem ganzen Ständer voller Kleider in einem Ankleidezimmer verschwunden war, zog Irma Mina neben sich auf eines der Sofas, die eigens für die Wartenden aufgestellt waren. Sie beugte sich zu ihr hinüber und fragte sie leise, was denn los sei.

»Gar nichts«, log Mina. »Ich habe nur ein wenig Kopfschmerzen.« Sie machte eine Geste in Richtung ihrer Großmutter, die ein Stückchen entfernt auf einem Sessel Platz genommen hatte und in einem Katalog für Damenwäsche blätterte. »Wir reden später, wenn wir allein sind«, flüsterte sie.

Irma nickte nur.

Nach langem Hin und Her entschied sich Agnes für ein wadenlanges, weich fließendes Modell aus grüner Seide, das ihre Großmutter mit einem resignierten Seufzen als das kleinste Übel bezeichnete, und anschließend verbrachten sie noch eine weitere Stunde in der Abteilung für Damenwäsche, weil Hiltrud die Gelegenheit nutzen wollte, sich ein paar neue Korsetts zeigen zu lassen.

Erst am frühen Nachmittag verließen sie das Alsterhaus und traten hinaus ins Freie. Noch immer lag die Hitze der letzten Tage wie ein Glutofen über der Stadt. Hiltrud holte tief Luft und legte mit einer theatralischen Geste eine Hand auf die Brust. »Was ist das für eine unerträgliche Hitze heute, man bekommt ja kaum Luft, so stickig ist es. Vielleicht sollten wir den Ausflug doch lieber auf einen anderen Tag verlegen und gleich zurück nach Hause fahren. Die Sonne sticht so, dass ich davon Kopfschmerzen bekomme. In der Villa ist es immer so schön kühl. Frau Kruse kann für uns einen leichten Imbiss zubereiten – ein paar gekühlte Gurkenbrote vielleicht oder …«

Ohne auf eine Antwort der anderen zu warten, ging Hiltrud voraus und überlegte dabei laut, auf welches Essen sie jetzt Appetit haben könnte. Mina blieb kurz stehen und sah ihr nach.

Zwar befanden sie sich hier am Jungfernstieg in der nobelsten Gegend Hamburgs, und die allgegenwärtige Armut der Menschen war dort nicht so offensichtlich wie in anderen Stadtteilen, aber auch hier standen vereinzelt Menschen in abgerissenen Kleidern, die ihre Hand nach den gut gekleideten Passanten ausstreckten und bettelten. Dabei behielten sie immer aufmerksam die Straße im Blick, um rechtzeitig zu sehen, ob sich ein Schutzmann zeigte, der sie von dem Ort vertrieb, wo die Leute einkauften, die mehr Glück gehabt hatten und den Krieg besser überstanden hatten als andere.

Irma und Agnes waren Großmutter gefolgt und schon ein

Stück vorausgegangen. Mina riss sich von dem Anblick der Bettler los und lief ihnen eilig nach. Sie hoffte, der Imbiss in der Villa würde sich nicht endlos hinziehen und dass Großmutter sich rasch in ihr Zimmer zurückzöge.

Doch erst am Abend, als sie Ella Gute Nacht gesagt hatten, ergab sich für Mina eine Gelegenheit, Irma allein zu sprechen. Sie schlug ihrer Freundin vor, sie auf einen kleinen Spaziergang durch den Garten der Villa zu begleiten, um die Kühle der Dämmerung zu genießen. Langsam schlenderten sie die geharkten Kieswege an den Blumenbeeten entlang und nahmen schließlich auf der steinernen Bank Platz, auf der Mina damals Frederiks Heiratsantrag angenommen hatte.

»Also erzähl schon, was war denn heute den ganzen Tag mit dir los?« Irma legte ihr den Arm um die Taille. »Du warst ganz blass und hast kaum ein Wort gesagt. So kenne ich dich gar nicht. Gab es Ärger im Kontor?«

»Nein, Ärger nicht direkt. Heiko Peters war da, du weißt doch, Edos Bruder, und wir haben Tee miteinander getrunken.«

In aller Ausführlichkeit berichtete Mina, was Heiko ihr über Edo erzählt hatte. Irma hörte aufmerksam zu. »Es war das erste Mal, dass wir von Edo gesprochen haben«, schloss Mina. »Und jetzt ist auf einmal alles wieder da. Das Bedauern, so gehandelt zu haben. Meine Schuldgefühle ihm gegenüber und die Sorge, nicht zu wissen, was mit ihm passiert ist. Ich frage mich, was ihm nur zugestoßen sein kann, dass er sich nicht mehr bei Heiko meldet. Zwei Jahre … Kein Wunder, dass Heiko ganz verrückt vor Sorge ist und nach Amerika fahren will, um ihn zu suchen.« Mina senkte den Kopf. »Am liebsten würde ich ihn begleiten. Ich habe das Gefühl, ich bin es Edo schuldig.«

»Du weißt selbst, dass das ein verrückter Gedanke ist, nicht wahr?« Irma nahm Minas Hand und drückte sie mitfühlend. »Du hast einen Mann, du hast eine Tochter, eine ganze Familie, die sich auf dich verlässt. Du musst die Firma wieder auf die Füße bringen. Wer soll es sonst tun? Frederik?« Sie lachte. »Meinst du, ich sehe nicht, was für ein Hallodri das ist? Auf den kannst du nicht setzen. Ich glaube sogar, dass es eine verrückte Idee ist, dass Heiko nach Amerika will. Wie will er Edo denn in dem riesigen Land finden? Was, wenn Edo gar nicht gefunden werden will? Was, wenn …?« Irma brach ab.

»Wenn er nicht mehr lebt?«, vollendete Mina den Satz. »Daran habe ich auch schon gedacht. Zwei Jahre sind eine lange Zeit. Da kann viel passieren. Nicht auszumalen, wie Heiko es aufnehmen würde, wenn das das Ergebnis seiner Suche wäre und er dabei ganz allein in einem fremden Land ist …« Mina schluckte, doch der Kloß, der sich in ihrer Kehle gebildet hatte, wollte nicht kleiner werden.

»Du magst ihn sehr, nicht wahr?«

Mina sah hoch, in Irmas blaue Augen, die besorgt ihren Blick suchten.

»Heiko? Ja, er bedeutet mir viel. Abgesehen von dir ist er mein bester Freund. So etwas wie der Bruder, den ich nie hatte.«

Irma lächelte. »Es wird wirklich Zeit, dass ich ihn kennenlerne, diesen Heiko Peters.« Sie tätschelte Minas Hand und ließ sie dann los.

Minas Hoffnung, ihre beiden besten Freunde am nächsten Morgen einander vorstellen zu können, erfüllte sich indes nicht. Irma begleitete sie zwar ins Kontor, aber Heiko tauchte weder an diesem noch am folgenden Tag zu seinem üblichen

Klönschnack bei einer Tasse Tee auf. So begnügte sich Mina damit, Irma die Speicherstadt zu zeigen. Ihre Freundin zeigte sich sehr beeindruckt von der Größe und der Geschäftigkeit des Hafens.

»Das ist noch gar nichts im Vergleich zu früher«, versicherte Mina. »Vor dem Krieg legten mindestens doppelt so viele Schiffe hier an.«

Die Freundinnen überquerten zu Fuß eine der Brücken über das Kehrwiederfleet. Mina blieb stehen, legte die Arme auf das Brückengeländer und schaute über das Fleet hinunter in Richtung Hafen. Ein leichter Wind kräuselte das Wasser, und die Sonne glitzerte auf den kleinen Wellen.

»Hier lagen früher so viele Ewerschiffe nebeneinander, die darauf warteten, entladen zu werden, dass oft gar kein Durchkommen war.«

»Ewerschiffe?«

»Schuten. Kleine Lastkähne. Sie bringen die Waren von den Schiffen, die im Tiefhafen liegen, zu den Speicherhäusern.« Mina deutete mit der Hand ein Stück das Fleet hinunter. »Schau, da wird gerade eines ausgeladen.« Sie kniff die Augen leicht zusammen, um besser sehen zu können. »Das sieht nach Kaffeesäcken aus. Wer die wohl ergattert hat?«

Langsam wurde die Ladung Kaffeesäcke, die mit Tauen gesichert war, an einem Seilzug in die Höhe gehoben und von ein paar Quartiersmännern in eine Luke im vierten Stock eines Lagerhauses am Sandtorkai gezogen. Rufe ertönten, die Quartiersleute winkten hinunter, ehe sie die Luke wieder schlossen.

»Ich hoffe, ich habe Glück und bekomme den brasilianischen Kaffee, den mir der alte Hinrichs heute angeboten hat. Das ist der erste Makler, der sich seit Ende des Krieges bei mir gemeldet hat.«

»Warum sollte er ihn dir nicht verkaufen? Sonst wäre er doch gar nicht gekommen, oder?«

»*Kopmann & Deharde* ist nur einer von vielleicht zwanzig Kaffeeimporteuren, denen Hinrichs den Kaffee anbietet, und wie das nun mal im Handel ist: Der mit dem höchsten Angebot macht das Rennen.« Mina seufzte und sprach mit bekümmertem Gesicht weiter. »Ich habe hoch geboten, eigentlich sogar viel zu hoch, wenn ich an die Vorkriegspreise denke, aber ob das reichen wird, den Zuschlag zu bekommen, da hab ich so meine Zweifel.«

»Ach, selbst wenn ein anderer dich bei diesem Handel überbietet, falls du mit deinem Schwiegervater einig wirst, bekommst du doch mehr als genug Kaffee. Wen kümmert da schon diese eine Lieferung aus Brasilien? Außerdem hast du ja selbst gesagt, es ist nicht gerade viel, was der Makler dir angeboten hat.«

»Das stimmt natürlich.« Mina wandte sich zu Irma um und lächelte schief. »Dann hoffen wir mal, dass es meinem Schwiegervater hier gefällt und dass er genügend Kaffee besitzt, um mit mir Geschäfte zu machen.«

»Ich finde, du kannst ruhig optimistischer sein, Mina. Es wird ihm in Hamburg gefallen, dafür werden wir schon sorgen. Deine Großmutter lässt doch bereits das ganze Haus auf den Kopf stellen, um ihn zu beeindrucken. Sie freut sich schon darauf, die perfekte Gastgeberin zu spielen.«

Mina lachte und hakte Irma im Weitergehen unter. »Du hast recht, Irma. Ich sollte wirklich optimistischer sein. Statt alles so düster zu sehen, sollte ich mich lieber darauf freuen, endlich auch diesen Teil meiner Familie kennenzulernen. Es wird schon alles gut werden.«

Als wollte der Himmel Minas Optimismus einen Dämpfer verpassen, schlug das Wetter um, und der lange, heiße Spätsommer fand ein jähes Ende. Der Wind drehte auf Westen, frischte auf und trieb tief hängende Regenwolken vor sich her, die ihre schwere Last über der Hansestadt abluden.

»Ausgerechnet heute, wo wir so wichtigen Besuch erwarten, zeigt sich Hamburg von seiner schmuddeligen Seite«, sagte Mina, die am Fenster des Esszimmers stand und in den Garten hinausblickte. »Es ist doch wirklich ein Jammer!«

Frieda, die gerade den Frühstückstisch abräumte, erhielt umgehend von Hiltrud den Auftrag, sie möge doch schnell mit Lotte zusammen in den Garten gehen, um die Rosen und Sommerastern zu schneiden, ehe sie zu verregnet seien, um sie in die großen Vasen im Salon zu stellen. Das Haus solle doch für Herrn Lohmeyer den besten Eindruck machen, meinte sie, und händigte Frieda die lange Liste von Aufgaben aus, die vor dem Eintreffen des Gastes noch zu erledigen waren. Das Dienstmädchen knickste und verließ eilig das Esszimmer.

Nun wandte sich Hiltrud an Mina. »Und du willst wirklich allein zum Hafen fahren, um deinen Schwiegervater abzuholen?«, fragte sie. »Sollte dich nicht doch jemand begleiten? Agnes könnte doch sicher …« Dabei sah sie zu Minas Schwester hinüber und nickte ihr zu.

»Nein, lass nur, Großmutter«, beeilte sich Mina zu versichern. »Vielleicht möchte er ja zuerst einmal ins Kontor und sich alles zeigen lassen. Immerhin ist das kein Höflichkeitsbesuch bei der Verwandtschaft, ich möchte schließlich Geschäfte mit seiner Kaffeeplantage machen.«

Großmutter zog die Augenbrauen in die Höhe, presste die Lippen zusammen und drückte das Kinn nach unten, wie sie es immer tat, wenn sie eigentlich anderer Meinung war, aber ihre Missbilligung nicht laut kundtun wollte. »Wie du meinst, Kind«, sagte sie, aber ihre Mimik sprach ein deutliches »Dass du aber auch keinen Rat annehmen willst.«

Die Standuhr in der Eingangshalle schlug einmal, und Mina warf einen schnellen Blick auf ihre Armbanduhr. »Halb neun schon«, sagte sie. »Ich sollte mich auf den Weg machen, damit ich zeitig genug am Kai bin.«

»Aber das Schiff soll doch erst um elf Uhr anlegen«, sagte Irma und goss sich noch eine Tasse Tee ein.

»Das schon, aber sicher ist sicher.« Mina ging zum Tisch hinüber und gab ihrer Großmutter einen flüchtigen Kuss auf die Wange. »Bis später dann, Großmutter. Falls wir noch im Kontor vorbeischauen, rufe ich von dort aus hier an und gebe Bescheid.«

»Mach das, Kind.« Hiltrud griff nach Minas Hand, die auf ihrer Schulter lag, und drückte sie kurz, während ein Lächeln über ihr Gesicht flog. »Ich wünsche dir viel Glück.«

Mina lächelte zurück. »Danke, Großmutter.«

Sie sah, dass Irma beide Hände fest um die Daumen geballt erhoben hatte, nickte ihr und Agnes zu und verließ das Esszimmer. Eilig lief sie in den Küchentrakt, um sich noch schnell von Ella zu verabschieden. Die Kleine saß zwischen der kleinen Gerda und Fräulein Brinkmann auf der Küchenbank und mümmelte an ihrem Frühstücksbrot. Über ihrer Spielschürze aus geblümter Baumwolle trug sie eins von Frau Kruses Küchentüchern als Lätzchen um den Hals.

»Mama«, rief sie, als Mina die Küche betrat, und wollte von der Bank rutschen.

»Nanu, Ella, sitzt du gar nicht auf deinem Stühlchen?«, fragte Mina.

»Ich sitze auf der Bank«, stellte Ella fest. »Wie Gerda. Bin schon groß.«

»Ja, du bist ein großes Mädchen«, sagte Fräulein Brinkmann. »Und nun iss schön weiter, Ella.« Damit schob sie das Brett mit dem klein geschnittenen Brot etwas weiter in Ellas Richtung, ehe sie sich zu Mina drehte. »Ella will neuerdings immer alles genauso machen wie Gerda, weil Gerda ja schon ein großes Mädchen ist.«

Mina lachte. »Jeder braucht ein Beispiel, dem er nacheifern kann. Und wenn das Beispiel immer so brav ist wie unsere Gerda, soll es mir recht sein.«

Sie strich über die braunen Locken des Mädchens und lächelte ihr liebevoll zu. Lotte, die ebenfalls mit am Tisch saß und Kartoffeln schälte, warf ihr einen dankbaren Blick zu.

»Gerda ist wirklich ein liebes Kind. Es ist eine Freude, sie um sich zu haben. Du hast sie sehr gut erzogen, Lotte, das muss man sagen«, bekräftigte Fräulein Brinkmann und nahm noch einen Schluck aus ihrer Tasse. »Heute ist also der große Tag?«, fragte sie dann zu Mina gewandt.

»Ja, ich fahre jetzt zum Hafen hinüber und hole meinen Schwiegervater vom Schiff ab. Vermutlich sind wir gegen Mittag zurück. Sorgen Sie bitte dafür, dass Ella dann hübsch zurechtgemacht ist? Das Matrosenkleid wäre, glaube ich, passend für den Anlass.«

»Eine gute Idee, Mina.«

Ella schaute mit gerunzelter Stirn zwischen den Frauen hin und her. Mina musste lachen, als sie den skeptischen Blick ihrer Tochter sah. »Dein Großvater Paul kommt zu Besuch, mein Schatz. Da willst du doch hübsch sein, um ihm zu gefallen, oder?«

»Nein.« Ella verschränkte die Arme vor der Brust und

schob die Unterlippe vor. »Will spielen. Komm, Gerda. Spielen.« Sie rutschte von der Bank herunter und griff nach Gerdas Hand, um sie mit sich zu ziehen.

»Gerda wird gleich auch brav ein Kleid anziehen«, sagte Mina schmeichelnd. »Dann seid ihr beide bildschön, nicht wahr, Gerda?«

Die Augen von Lottes Tochter leuchteten auf. Das war Antwort genug.

»Wunderbar. Dann ist das also abgemacht. Jetzt könnt ihr noch eine Weile spielen, und nachher lasst ihr zwei euch von Fräulein Brinkmann hübsch machen. Bis später, meine Mäuse.« Mina ging in die Knie und drückte die beiden Mädchen kurz an sich. »Viel Spaß, ihr zwei, und macht euch beim Spielen nicht so schmutzig.«

Mina winkte den Anwesenden zu und verließ die Küche. Nachdem sie ihren Mantel angezogen und den Hut mit einer Nadel auf ihrem Lockenkopf befestigt hatte, sah sie prüfend in den Spiegel.

Ihre großen blauen Augen blickten ihr skeptisch aus dem Glas entgegen. Ob es das war, was sich Frederiks Vater als Schwiegertochter vorgestellt hatte? Oder doch eher ein zartes, nachgiebiges Geschöpf, das bescheiden die Augen niederschlug, wenn man es ansprach? Nicht diese viel zu große, kräftige Person mit den widerspenstigen blonden Locken und dem harten Zug um den Mund?

»Egal«, murmelte Mina. »Manche Dinge kann man sich nun einmal nicht aussuchen.«

Sie straffte die Schultern, drehte sich um und ging eilig aus dem Haus.

Als sie eine halbe Stunde später die Limousine am Kai entlanglenkte, waren zwei Schlepper gerade dabei, die *Cap Polo-*

nio zum Anlegeplatz zu manövrieren. Trotz des Regens, den der Wind in dichten Schleiern über den Hafen trieb, standen bereits Hafenarbeiter der Reederei mit hochgezogenen Schultern um die Gangways herum, die auf dem Boden lagen und die sie an der Reling anbringen würden, sobald das Schiff festgemacht worden war.

Wäre das Wetter etwas einladender gewesen, wäre Mina aus dem Wagen gestiegen und zur Kaimauer hinübergegangen, so aber öffnete sie nur die Seitenscheibe des Autos ein wenig, um der Arbeit der Männer besser zuschauen zu können. Wie gut, dass sie so früh losgefahren war, die *Cap Polonio* war tatsächlich etwas früher angekommen. Minas Aufregung wuchs. Ob sie Frederiks Vater gleich erkennen würde? Wie würde die Begrüßung ausfallen? Zumindest würde sie durch ihr pünktliches Erscheinen einen guten ersten Eindruck machen.

Als das Schiff parallel zur Kaimauer lag, wurden von Deck Seile zum Kai hinuntergeworfen, an denen die Männer die dicken Drahtseile herunterzogen, mit denen die *Cap Polonio* an den Hafenpollern befestigt wurde. Erst danach trugen die Hafenarbeiter die beiden Gangways zum Schiff und stellten sie schräg, sodass ein Ende bis zur Reling hinaufreichte, wo das Schiffspersonal die Tore im Geländer geöffnet hatte.

Zuerst kamen einige Männer in blauer Uniform die Gangway hinunter, die Mina für Offiziere des Schiffes hielt, dann schickten sich an der Reling auch die Passagiere an, das Schiff zu verlassen. Mina erinnerte sich, dass sie vor mehr als zehn Jahren einmal zusammen mit ihrem Vater am Pier der Südamerikalinie gewesen war, um den Sohn eines Bekannten zu begrüßen, der von seiner Rundreise in die Kaffeeanbaugebiete zurückkehrte. Damals hatten sich etwa fünfzig Passagiere der ersten Klasse an Bord befunden, heute hingegen stand nur ein kleines Grüppchen von höchstens zehn Männern an der Reling, die darauf warteten, das Schiff verlassen zu können. Sie fragte sich, welcher von ihnen ihr Schwiegervater sein mochte, aber die Entfernung zum Schiff war zu groß, um eine Ähnlichkeit zu Frederik ausmachen zu können.

Mina griff nach dem Stockschirm, der neben ihr auf dem Beifahrersitz lag, und stieg aus dem Auto. Der Wind blies so heftig, dass es ihr erst nach einigem Hantieren gelang, ihn aufzuspannen, und dann musste sie ihn schräg halten, damit sie nicht nass wurde. So konnte sie die Passagiere nicht genauer in Augenschein nehmen, bis sie die Gangway erreicht hatte. Sie schien die Einzige zu sein, die gekommen war, um jemanden abzuholen. Um nicht zu neugierig zu wirken, linste sie möglichst unauffällig unter dem Rand des Regenschirms hervor. Die meisten der männlichen Passagiere waren zu jung, um ihr Schwiegervater sein zu können, nur die beiden letzten, die sich trotz des Regens angeregt zu unterhalten schienen, kamen infrage. Einer von ihnen war groß und schlaksig, unter dem Hut lugte dichtes weißes Haar hervor. Das musste Paul Lohmeyer sein, denn sie glaubte, eine vage Ähnlichkeit zu ihrem Ehemann zu erkennen.

Sie holte tief Luft, um ihr klopfendes Herz zu beruhigen, und trat auf die beiden Männer zu, die im Begriff waren, an ihr vorbeizugehen.

»Entschuldigen Sie. Herr Lohmeyer?«, fragte sie.

Zu ihrer Verblüffung wandte der andere Mann – untersetzt, mit Bauchansatz und sorgfältig gebürstetem Schnauzbart unter der großen Nase – sich um. »Ja, bitte?«

Seine grauen Augen musterten sie durch eine ovale Nickelbrille und strahlten dann auf.

»Du musst Mina sein«, rief er, und ehe sie sichs versah, griff er beherzt nach ihren Oberarmen und zog sie an sich, um sie auf beide Wangen zu küssen. »Du bist deinem Vater wirklich wie aus dem Gesicht geschnitten, das muss ich sagen!« Er lachte dröhnend und sah sich dann nach seinem Reisegefährten um. »Mein lieber Witte, darf ich Ihnen meine Schwiegertochter vorstellen? Das ist Wilhelmina Lohmeyer, die Frau meines Jüngsten. Mina, das ist Senator Witte. Du kennst ihn sicher. Er ist der Chef von *Witte & Schuhmacher*. Die Schiffsausrüster am Neuen Wandrahm.«

Der hochgewachsene Mann lüpfte den Hut ein wenig und nickte ihr freundlich lächelnd zu.

»Die Firma ist mir natürlich ein Begriff.« Mina streckte dem älteren Herrn die Hand entgegen. »Persönlich hatte ich aber noch nicht das Vergnügen.«

Wieder brach Minas Schwiegervater in sein tief polterndes Gelächter aus. »Das werden wir ändern, was, Witte? Ich habe mir die Freiheit genommen, die Familie Witte zu einem Höflichkeitsbesuch einzuladen. Er muss doch auch den Rest der Familie kennenlernen. Apropos Rest der Familie, wo steckt denn eigentlich Frederik? Ist er bei der Arbeit oder ist ihm das Wetter zu schlecht? Ich hatte eigentlich erwartet, dass er seinen alten Herrn vom Kai abholt.«

Mina zögerte mit ihrer Antwort. Sie scheute davor zurück, Frederiks Abwesenheit vor einem Fremden zu besprechen. Senator Witte war möglicherweise mit den Mitgliedern des Kaffeevereins bekannt oder gar verwandt, und sie wusste nur zu gut, wie schnell Gerüchte in der Speicherstadt die Runde machten.

»Er …« Mina räusperte sich. »Frederik ist gerade sehr beschäftigt und lässt sich entschuldigen. Darum bin ich hergekommen.«

»Aber du hättest dich doch nicht selbst herbemühen müssen, liebes Kind. Es hätte wirklich gereicht, wenn du den Fahrer geschickt hättest.« Paul Lohmeyer lächelte jovial. »Versteh mich nicht falsch, ich freue mich natürlich, dass du mitgekommen bist.«

Mina lächelte höflich. »Vielleicht sollten wir jetzt besser zum Auto hinübergehen, damit Sie endlich aus dem Nieselregen herauskommen. Es ist wirklich ein Jammer, dass heute so ein Wetter ist.«

»Ach, das bisschen Regen macht mir nichts. Im Gegenteil! Ich freue mich, dass mich die alte Heimat mit richtigem Schietwetter begrüßt«, erwiderte der alte Herr lachend. Er wandte sich zu Senator Witte um. »Wie sieht es aus, Witte, sollen wir Sie irgendwo absetzen?«

Senator Witte erwiderte, das sei nun wirklich nicht nötig, er könne ebenso gut eine Mietdroschke nehmen, aber Minas Schwiegervater nötigte ihn so lange, bis er schließlich nachgab und sagte, dass sie ihn beim Kontor am Neuen Wandrahm absetzen könnten, wenn es nicht zu große Umstände mache.

»Ach was, Umstände!« Paul Lohmeyer schlug seinem Reisegefährten auf die Schulter. »Lassen Sie uns losfahren, damit Sie Ihren Leuten auf die Finger schauen können.« Damit wandte er sich zum Gehen.

»Müssen wir nicht noch auf das Gepäck warten?«, fragte Mina.

»Dafür wird schon gesorgt. Wir haben beide auf dem Schiff veranlasst, dass es direkt nach Hause gebracht wird. Ist schon sehr komfortabel, so eine Schiffsreise heutzutage, nicht wahr, mein lieber Witte?« Ohne Mina weiter zu beachten, gingen die beiden Männer plaudernd auf die dunkle Limousine zu, die noch immer der einzige Privatwagen am Pier war.

Da bemerkte Minas Schwiegervater auf einmal, dass gar kein Fahrer in dem Auto auf sie wartete, und er warf Mina einen verblüfften Blick zu. Aber als sie sich hinter das Steuer setzte, nahm er im Fond neben dem Senator Platz.

Während der Fahrt in die Speicherstadt unterhielten sich die Männer angeregt über die Lage der Weltwirtschaft nach dem Krieg und besonders über den daniederliegenden Handel in Hamburg. Mina beobachtete die beiden alten Herren gelegentlich im Rückspiegel, hütete sich aber, etwas zum Thema beizusteuern, auch wenn es ihr schwerfiel, zu den Tiraden des Senators zu schweigen.

»Dass das Land in Trümmern liegt, ist alles nur die Schuld dieser Sozialisten«, seufzte der. »Überlegen Sie mal: Unser Heer war im Felde ungeschlagen, und dann haben sie eine Revolution angezettelt und den Kaiser gezwungen abzudanken. Danach haben sie diesen schändlichen Frieden geschlossen, an dem das Land noch ausbluten wird. Schrecklich! Und jetzt haben diese Verräter sogar die Mehrheit in der Bürgerschaft und bestimmen in der Stadt. Wo soll das noch hinführen? Seien Sie bloß froh, dass Sie weit weg in Südamerika eine neue Heimat gefunden haben. Am liebsten würde ich hier alles verkaufen und auch nach Guatemala gehen.«

Als Mina einen Blick in den Rückspiegel warf, sah sie direkt in die Augen ihres Schwiegervaters. Ein schmales Lächeln lag auf seinem Gesicht, und er zwinkerte ihr zu.

»Wenn Sie das tun, vergessen Sie nur nicht, bei uns auf der Plantage vorbeizuschauen, lieber Witte. Auch wenn wir einen Junggesellenhaushalt führen, mein Sohn Paul und ich, wir haben immer gern Gäste bei uns, und unsere Haushälterin ist eine fantastische Köchin. Aber einen ordentlichen Cognac müssen Sie schon mitbringen, damit wir auch richtig anstoßen können.« Wieder brach er in sein dröhnendes Gelächter aus. »Ah, wir sind da!«

Mina lenkte das Auto an den Straßenrand vor das Kontor der Firma *Witte & Schuhmacher* und schaltete den Motor aus. Ebenso wie die Speicherhäuser am Sandtorkai war auch dieses große Gebäude aus rotem Klinker erbaut und ragte sechs Stockwerke in die Höhe. Geometrische Ornamente aus schwarz glasierten Klinkern lockerten die Fassade auf und ließen sie ein wenig wie ein mittelalterliches Bauwerk wirken. Während die beiden Herren ausstiegen und wortreich voneinander Abschied nahmen, nachdem Herr Witte ihr für die Fahrt gedankt hatte, blieb sie im Wagen sitzen und sah nachdenklich den Lastschiffen zu, die an der nahen Zollstation anlegten.

Von Politik verstand Mina nicht viel. Junge Damen aus der höheren Gesellschaft hatten dafür kein Interesse, und bisher hatte sie kaum Veranlassung gehabt, sich gegen diesen Grundsatz aufzulehnen. Zwar hatte sie schon gehört, dass jemand die Meinung vertrat, die Misere, in der das Land sich nach dem verlorenen Krieg befand, sei den Sozialisten zuzuschreiben, aber bislang hatte sie kaum einen Gedanken daran verschwendet, dass daran etwas Wahres sein könnte. Sie hatte bei Senator Wittes Bemerkung sofort an Heiko denken müssen, und ein Schwall heißen Zorns war in ihr aufgestiegen. Heiko war sicher kein Verräter. Schließlich hatte er sich freiwillig zur Front gemeldet, er hatte für sein Land gekämpft und mit seiner Gesundheit bezahlt. Wie konnte er da ein Verräter sein, Sozialdemokrat hin oder her?

Oh, sie erinnerte sich noch gut an den letzten Kriegswinter mit den unzähligen Bettlern auf der Straße. An die Mütter, die mit ihren ausgemergelten Kindern auf dem Arm mit ausgestreckter Hand auf die Passanten zuliefen, um etwas Essbares zu erflehen. An die langen Schlangen vor den wenigen Suppenküchen, wo mildtätige Organisationen eine dünne Brühe austeilten. So hatte es nicht weitergehen können. Irgendjemand hatte den ersten Schritt tun müssen, sonst wäre vermutlich immer noch Krieg, und noch immer würden Menschen sterben – an der Front wie auch hier. Jedes Mittel, diesen furchtbaren Krieg zu beenden, war nach Minas Meinung gerechtfertigt gewesen, sogar eine Revolution und die Absetzung des Kaisers. Und es war ja seit Kriegsende schon viel ruhiger geworden, seit Monaten hatte es in Hamburg keine Aufstände mehr in den Straßen gegeben, ganz allmählich begann so etwas wie normales Leben wieder in Gang zu kommen, auch wenn es noch immer viele Bettler in den Straßen gab.

Das Klappen der Autotür riss Mina aus ihren Gedanken. Paul Lohmeyer ließ sich neben ihr auf den Beifahrersitz fallen und lächelte sie an.

»So, meinetwegen können wir los«, sagte er. »Der Senator ist ja wirklich nett, aber ein ziemlicher Schnackerwatt.«

Mina startete den Wagen und unterdrückte dabei ein Grinsen. Ihr Schwiegervater war ihr von Anfang an sympathisch gewesen, doch jetzt fand sie ihn richtig nett. Dass er den ehrenwerten Senator für einen Schwätzer hielt und den Gedanken ihr gegenüber sogar aussprach, nahm sie sehr für ihn ein.

»Möchten Sie noch das Kontor sehen?«, fragte sie. »Es ist hier gleich um die Ecke.«

»Da können wir morgen auch noch hinfahren. Frederik kommt bestimmt allein zurecht. Zuallererst möchte ich gern meine Enkeltochter kennenlernen, wenn du nichts dagegen hast.«

Mina fühlte, wie ein warmes Gefühl für den alten Herrn in ihr aufstieg. »Sehr gern, Vater. Ich darf Sie doch so nennen?«

»Natürlich. Ich bitte sogar darum!«, sagte er entschieden. »Und sag doch bitte Du zu mir, Mina. Immerhin sind wir doch eine Familie, nicht wahr?«

Mina startete den Motor und lächelte ihm dankbar zu, ehe sie losfuhr.

Eine ganze Weile schwiegen beide. Paul Lohmeyer sah aus dem Fenster. Irgendwann, als sie das Hafengebiet schon lange hinter sich gelassen hatte, hörte Mina ihn murmeln. »Verrückt …«

»Was ist verrückt?«, fragte sie.

»Verrückt, wie sehr sich eine Stadt in fast dreißig Jahren ändern kann.«

»So lange warst du nicht in Hamburg?«

»Genau sind es achtundzwanzig Jahre. Ich war zuletzt hier, als deine Eltern geheiratet haben. Dein Vater hatte mich gebeten, sein Trauzeuge zu sein.«

»Oh, das wusste ich gar nicht.«

»Er und Elise Kopmann, die Tochter seines Chefs …« Paul stieß ein kurzes Lachen aus. »Ich sehe noch das lange Gesicht deiner Großmutter vor mir. Sie war damals nicht gerade glücklich über die Entscheidung deines Großvaters, ihre einzige Tochter mit einem Angestellten zu verheiraten, selbst wenn er der zweite Mann im Kontor war. Ihr wäre wohl einer der Kaufmanns- oder Bankierssöhne lieber gewesen. Ein bisschen etepetete, die Dame.«

Mina musste lachen. »Das ist sie noch immer.«

»Sie lebt noch? Inzwischen muss sie doch recht alt sein.«

»Allerdings. Großmutter hat inzwischen die siebzig überschritten. Aber sie erfreut sich blendender Gesundheit und hat vor, mindestens neunzig zu werden.«

Mina sah aus den Augenwinkeln, dass Paul Lohmeyer sich ein Grinsen verkneifen musste. »Dann hoffe ich mal, dass sie mit dem Alter milder geworden ist.«

Mina musste lachen. »Nicht wirklich, fürchte ich.«

»Nun, vielen Dank für die Warnung.« Paul zwinkerte ihr zu.

Einen Moment lang schwieg er und blickte wieder aus dem Seitenfenster, wo gerade die weite Wasserfläche der Außenalster durch die Regenschleier zu erahnen war. »Wo ist Frederik denn nun?«, fragte er dann. »Ich merke doch, dass du mir etwas verschweigst.«

Diese Frage hatte Mina gefürchtet und gehofft, sie könne ihm erst nach der Begrüßung in der Villa die Wahrheit sagen. Sie blickte starr nach vorn auf die Straße und versuchte ihren Herzschlag, der plötzlich wie wild in ihren Ohren dröhnte, in den Griff zu bekommen. Dann holte sie tief Luft.

»Frederik ist immer noch in Berlin bei der Truppe. Er ist doch jetzt Major bei der Heeresleitung.«

»Aber er weiß doch, dass ich komme. Ich frage mich, warum …« Paul brach ab.

»Ja, natürlich weiß er es. Ich habe ihm geschrieben, dass du herkommst.«

»Und was hat er geantwortet?«

»Bislang nichts.« Mina zögerte kurz. »Hier war durch den Besuch meiner Freundin so viel zu tun, dass ich ganz vergessen hatte, es ihm mitzuteilen. Ich habe es ihm erst Anfang der Woche geschrieben, wahrscheinlich hat er den Brief gerade erst bekommen. Sonst wäre er bestimmt schon hier.«

Sie schaute zu ihrem Schwiegervater hinüber und blickte

direkt in seine klugen grauen Augen, die sie zweifelnd ansahen.

»Ist alles in Ordnung zwischen euch?«, fragte er leise.

»Ja, sicher. Was sollte denn nicht in Ordnung sein?«, erwiderte Mina so leichthin, wie sie nur konnte. »Frederik hat dort eine wichtige Aufgabe, und bisher ist hier im Kontor ja nicht wirklich viel zu tun. Das schaffe ich gut allein.«

»Hm.« Das Räuspern war alles, was Paul Lohmeyer von sich gab. Er verschränkte die Arme vor der Brust und schaute wieder zum Fenster hinaus. Erst als Mina das Auto vor der Garage der Villa abstellte, blickte er wieder zu ihr herüber.

»Dann wollen wir beide uns mal ins Gefecht stürzen«, sagte er und zwinkerte ihr lächelnd zu, ehe er die Autotür öffnete und ausstieg. »Donnerlittchen, was für ein Haus.« Er pfiff anerkennend und drehte sich zu Mina um. »Ich hatte es gar nicht mehr so prächtig in Erinnerung, aber ich habe es ja auch nur ein einziges Mal kurz gesehen.«

Noch während sie nebeneinander den Kiesweg entlangschritten, den Lotte gestern Nachmittag frisch geharkt hatte, öffnete sich die zweiflüglige Eingangstür der Villa. Offenbar hatte Großmutter jemanden hinter den geschliffenen Glasscheiben in der Tür postiert, der Bescheid geben sollte, wenn Mina mit ihrem Besucher eintraf.

Hiltrud trat zuerst ins Freie, gefolgt von Agnes und Irma. Wegen des Regens, der noch immer in dünnen Schleiern vom bleigrauen Himmel tröpfelte, blieben die Frauen unter dem Dachvorsprung auf der obersten Stufe der Treppe stehen und sahen den Ankömmlingen entgegen.

Ein kurzer Ruck schien durch Paul Lohmeyer zu gehen. Er straffte die Schultern, und ein strahlendes Lächeln flog über sein Gesicht, während er mit ausgestreckter Hand auf Minas Großmutter zuging.

»Meine liebe gnädige Frau«, rief er. Er blieb auf der Stufe unterhalb der Frauen stehen, deutete eine Verbeugung an und küsste Hiltrud die Hand. »Was für eine Freude, Sie nach so langer Zeit wiederzusehen.«

»Die Freude ist ganz auf meiner Seite, lieber Herr Lohmeyer.« Mina entging nicht, dass die Augen ihrer Großmutter geschmeichelt aufleuchteten. »Darf ich Ihnen meine Enkelin Agnes vorstellen?« Agnes knickste, als Paul ihr die Hand gab. »Und das hier ist Comtesse Irma von Gusnar, die uns für ein paar Wochen besucht.«

»Comtesse, es ist mir ein Vergnügen.«

Irma lächelte Paul zu, als sie seine Hand ergriff.

»Aber kommen Sie doch hinein ins Warme, lieber Herr Lohmeyer. Wir haben einen kleinen Imbiss vorbereitet, damit Sie sich nach der langen Reise stärken können«, sagte Hiltrud und machte eine einladende Handbewegung in Richtung der Tür. »Sie müssen aber ein wenig nachsichtig mit uns sein, leider ist es immer noch sehr schwierig, auch nur an die einfachsten Lebensmittel heranzukommen. Wenn nicht Comtesse von Gusnar uns mit allerlei Leckereien von ihrem Gut versorgt hätte, wäre die Auswahl wirklich beklagenswert gewesen.«

Mina schüttelte amüsiert den Kopf, während sie den anderen ins Haus folgte.

Großmutter Hiltrud nun wieder, dachte sie. Als hätte der arme Mann während der zehn Tage auf See auf einem Atlantikkreuzer nichts zu essen bekommen und zu allem Überfluss müsse man ihm jetzt die dünne Steckrübensuppe vorsetzen, die es in den letzten Kriegsmonaten so oft gegeben hatte. Sie hatte selbst gesehen, was Frau Kruse mit Lottes Hilfe in der Küche gezaubert hatte. Natürlich war es nicht mit dem zu vergleichen, was es vor dem Krieg gegeben hatte, aber wenn man Geld hatte, konnte man inzwischen durchaus wieder Lebensmittel kaufen, wenn man wusste, wer von den Händlern sich ein Zubrot verdienen wollte. Natürlich war Schwarzhandel verboten, aber ungewöhnliche Umstände verlangten ungewöhnliche Maßnahmen.

Oder wie Frau Kruse es formulieren würde: »Von nix kümmt nix.«

Der »kleine Imbiss« bestand aus einem dreigängigen Menü mit einer Rinderbrühe als Vorsuppe, Finkenwerder Schollen mit warmem Kartoffelsalat, und zum Nachtisch gab es Grießflammeri mit eingelegtem Obst, das Irma mitgebracht hatte. Frau Kruse hatte sich wirklich selbst übertroffen.

Das Gespräch am Tisch beschränkte sich auf den Austausch von Höflichkeiten. Schließlich tupfte sich Paul Lohmeyer mit der Serviette die Mundwinkel ab und lehnte sich zurück.

»Köstlich, liebe gnädige Frau«, sagte er zu Hiltrud gewandt. »Was glauben Sie, wie ich mich danach gesehnt habe, mal wieder eine richtige Speckscholle zu essen. Nichts gegen unsere Küche in Guatemala, aber das hier ist doch was anderes. Es schmeckt richtig nach zu Hause.«

»Wie schön, dass es Ihnen geschmeckt hat«, erwiderte Hiltrud, sichtlich erfreut. »Ich werde das Kompliment gern meiner Köchin weitergeben.«

»Tun Sie das, liebe gnädige Frau. Eine richtige Perle haben Sie da in Ihrer Küche.« Er zwinkerte ihr lächelnd zu. »Vielleicht sollte ich versuchen, Sie Ihnen abspenstig zu machen.«

Hiltrud drohte ihm lachend mit dem Finger. »Unterstehen Sie sich!«, sagte sie. »Auf unsere Frau Kruse kann ich auf gar keinen Fall verzichten.«

Mina warf ihr einen erstaunten Blick zu. Sie erinnerte sich nur allzu gut daran, wie sehr sich Großmutter Hiltrud vor sechs Jahren dagegen gewehrt hatte, Frau Kruse als Köchin einzustellen. Frau Kruse war zuvor bei Minas Vater beschäftigt gewesen, und Mina hatte so lange gebettelt, bis er durchgesetzt hatte, auch ihre Dienstboten mitzunehmen, als die Familie zu Großmutter in die Villa gezogen war. Früher hatte sich Hiltrud immer beklagt, dass die Köchin nicht den Ansprüchen des Hauses genüge, und jetzt nannte sie sie »unsere Frau Kruse«? Vielleicht gehörte Großmutter ja doch zu den Leuten, die im Alter milde wurden …

»Ich habe mir nur erlaubt, einen kleinen Scherz zu machen, liebe gnädige Frau«, sagte Paul versöhnlich. »Ich werde doch nicht unsere neu geknüpften familiären Bande dadurch in Gefahr bringen, dass ich Ihnen die Köchin entführe.« Er lächelte, schob den Stuhl zurück und erhob sich. »Wie dem auch sei. Die Fahrt und die vielen neuen Eindrücke haben mir doch ein wenig zugesetzt, und wenn Sie nichts dagegen haben, würde ich mich gern einen Moment zurückziehen.« Damit drehte er sich zu Mina um. »Wenn du vielleicht so nett wärst, mir mein Zimmer zu zeigen, meine Liebe?«

»Sehr gern, Vater.« Mina warf ihre Serviette auf den Tisch und erhob sich hastig, ehe Großmutter auf die Idee kommen konnte, nach Frieda zu läuten. Als sie das Esszimmer verlassen hatten und auf die Treppe zugingen, beugte sich Paul zu ihr hinüber.

»Ich wollte deiner Großmutter gegenüber nicht unhöflich erscheinen, aber ich bin doch zu gespannt darauf, mein Enkelkind kennenzulernen«, sagte er leise. »Eigentlich hätte ich erwartet, dass sie mit euch isst.«

»Großmutter ist der Meinung, dass kleine Kinder bei Tisch nur stören. Ella isst immer mit ihrer Erzieherin in der Küche. Nach dem Essen soll sie eigentlich ein Schläfchen machen, aber so, wie ich sie kenne, ist sie heute viel zu aufgeregt, um zur Ruhe zu finden. Ich habe ihr erzählt, dass ihr Großvater uns besuchen kommt.«

»Wie alt ist sie eigentlich?«

»Anfang Dezember wird sie zwei Jahre alt.« Mina blieb am Fuß der Treppe stehen und warf ihrem Schwiegervater einen erstaunten Blick zu. »Aber das müsstest du doch wissen.«

Paul erwiderte nichts darauf, sondern ergriff schweigend den geschnitzten Handlauf und begann, langsam die Treppe emporzusteigen. Mina folgte ihm. Sie hatte das Gefühl, dass hier irgendwas nicht stimmte, doch jetzt war nicht der richtige Zeitpunkt, weitere Fragen zu stellen.

Oben gelangten sie zu einem langen Flur mit einer Reihe von Türen. Vor dem Kinderzimmer blieb Mina stehen und lauschte einen Moment, doch als von drinnen helles Kinderlachen ertönte, klopfte sie einmal kurz und öffnete dann die Tür.

Ella, die ihren Stoffbären im Arm hielt, saß zusammen mit Gerda auf dem Teppich und schaute zu, wie das größere Mädchen Holzklötze übereinanderstapelte. Fräulein Brinkmann saß in ihrem Lehnstuhl in der Ecke. Bei Minas und Herrn Lohmeyers Anblick erhob sie sich und legte das Buch, das sie in der Hand gehalten hatte, auf das Tischchen neben sich.

»Mama!« Ella ließ den Bären fallen, sprang auf und lief mit ausgestreckten Armen auf Mina zu, die in die Knie gegangen war, um ihre Tochter aufzufangen.

»Hallo, mein Mäuschen!«, sagte sie und hob das Kind hoch. »Hast du schön mit Gerda gespielt?«

Ella zeigte mit dem Finger auf den Teppich. »Gerda baut Türme. Ich schmeiße sie um.«

Mina lachte. »Das glaube ich gern, dass dir das gefällt. Aber willst du nicht lieber zusammen mit ihr was bauen? Nicht Gerdas Türme umwerfen, sonst wird sie doch traurig.«

Sie erhob sich mit Ella auf dem Arm, um Paul Lohmeyer und Fräulein Brinkmann miteinander bekannt zu machen.

»Vater, darf ich dir unsere Erzieherin Fräulein Brinkmann vorstellen? Sie ist schon im Haus, seit Agnes und ich Kinder waren«, sagte Mina. »Fräulein Brinkmann, das ist mein Schwiegervater, Herr Lohmeyer.«

»Sehr erfreut, Herr Lohmeyer«, erwiderte Sophie Brinkmann und neigte grüßend den Kopf.

Paul musterte sie mit gerunzelter Stirn. Dann strahlte sein Gesicht auf. »*Sie* sind also Fräulein Brinkmann! Karl erwähnte Sie in seinen Briefen. Ich freue mich sehr, Sie kennenzulernen.«

Mina entging nicht, dass Fräulein Brinkmann errötete. Hastig bückte sie sich, um das Spielzeug zusammenzuräumen. Ob Vater seinem besten Freund geschrieben hatte, dass er in der Erzieherin seiner Töchter nach dem Tod seiner Frau eine neue Liebe gefunden hatte?

Sie wurde aus ihren Gedanken gerissen, weil Ella auf ihrem Arm zu zappeln begann. »Guck, Mama, ich bin fein!«, rief das Mädchen und zog den üppigen Rock ihres Marinekleides nach vorn.

»Ja, Mäuschen, das sehe ich. Fräulein Brinkmann hat dich hübsch angezogen«, sagte sie. »Weißt du noch, was ich dir heute Morgen erzählt habe?«

Ella schüttelte den Kopf.

»Ich habe dir erzählt, dass wir heute Besuch bekommen. Schau mal, das hier ist dein Großvater Paul. Willst du ihm nicht die Hand geben?« Mina drehte sich zu ihrem Schwiegervater um und trat ganz dicht an ihn heran. Ella beäugte den Fremden von oben bis unten und beugte sich dann zurück.

»Nein«, sagte sie entschieden.

Paul brach in schallendes Gelächter aus. »Den Dickkopf hat sie bestimmt von ihrem Großvater. Da möchte ich was wetten.«

Skeptisch betrachtete das Mädchen den bärtigen alten Mann, dann begann auch sie zu lachen. Ganz plötzlich streckte sie die Ärmchen nach ihm aus und lehnte sich nach vorn.

»Möchtest du zu mir?«, fragte er gerührt. Ella nickte, und Mina gab sie Paul auf den Arm. Neugierig betrachtete Ella ihren Großvater, dann strich sie ihm über den Bart.

»Haare«, stellte sie fest.

»Genau!«, sagte Paul. »Opa Paul hat viele Haare im Gesicht. Kannst du das sagen? Opa Paul?«

»Opa Paul«, wiederholte Ella gehorsam. »Opa Paul, Opa Paul!« Dann lachte sie wieder, und Mina stimmte mit ein. Fräulein Brinkmann lächelte, während Gerda bloß fragend von einem zum anderen schaute.

Sie blieben noch ungefähr eine halbe Stunde im Kinderzimmer, ehe Mina meinte, sie wolle Paul jetzt gern sein Zimmer zeigen. Mit einem Ächzen erhob er sich vom Boden, wo er zuletzt mit den Kindern gesessen und für sie Türme aus den bunten Holzklötzen gebaut hatte, die die Kinder dann unter Jauchzen wieder zum Einstürzen gebracht hatten.

»Das hat Spaß gemacht«, sagte Paul, als sie den Flur entlanggingen. »Ich hätte nie gedacht, dass ich es mal vermissen würde, kleine Kinder um mich zu haben. Paul war zwar verheiratet, aber seine Frau ist früh verstorben, und sie hatten leider keine Kinder.« Er warf Mina einen Seitenblick zu. »Ella ist wirklich ein goldiges Mädchen. Und das andere Mädchen, wer war das?«

»Das war Gerda. Sie ist die Tochter eines unserer Dienstmädchen. Ihr Mann ist im Krieg gefallen, und das Schicksal hat es auch sonst nicht gerade gut mit ihr gemeint. Wir haben sie bei uns aufgenommen, und die Kinder haben sich angefreundet.«

Falls Paul es als ungebührend empfand, dass seine Enkelin mit der Tochter eines Dienstmädchens spielte, so ließ er es sich jedenfalls nicht anmerken. »Das ist sehr gütig von euch gewesen«, sagte er.

»Für mich ist es selbstverständlich, jemandem zu helfen, der in Not ist«, gab Mina beinah etwas trotzig zurück. »Da vorn ist dein Zimmer.« Mina öffnete die Tür am Ende des Flurs und ließ Paul eintreten. »Das ist früher Vaters Zimmer gewesen. Ich dachte, es würde dir vielleicht gefallen, wenn wir dich hier unterbringen.«

Paul nickte und sah sich um. Sein Blick strich über die dunklen Schränke, das Bett, die Fenster mit den gestreiften Vorhängen, den Sessel in der Ecke, auf dem früher Sophie Brinkmann gesessen hatte, als Karl Deharde so krank gewesen war, und blieb dann an den drei großen Lederkoffern hängen, die mitten im Raum standen.

»Oh, mein Gepäck ist schon da«, sagte er erfreut. »Das ging ja fix.«

»Soll ich das Mädchen bitten, es auszupacken?«

»Später vielleicht. Jetzt möchte ich mich erst einmal einen Moment ausruhen«, erwiderte Paul. »Ich bin schließlich ein alter Mann.«

»Ach, Unfug. Wer so wie du mit den Kindern auf dem Boden sitzt und Türme für sie baut, der kann gar nicht alt sein.« Mina lächelte. »Im Herzen bist du jung.«

Paul zwinkerte ihr zu. »Im Herzen schon. Aber mein Rücken sagt etwas anderes.«

»Dann lass ich dich jetzt mal allein. Wenn du dich ausgeruht hast, komm einfach hinunter. Frau Kruse hat ihren berühmten Apfelkuchen zum Tee gebacken. Den darfst du dir auf gar keinen Fall entgehen lassen.« Sie wollte sich gerade zum Gehen wenden, als er sie zurückrief.

»Warte mal, Mina.«

Paul bückte sich etwas schwerfällig zu den Koffern hinunter. Er nahm den kleinsten hoch und trug ihn zu dem Tisch, öffnete ihn und zog ein in Packpapier gewickeltes Päckchen heraus. »Wir können doch unmöglich Tee zum Kuchen trinken«, sagte er und überreichte Mina das Päckchen beinahe feierlich. »Wenn du die Möglichkeit hast, ihn zu rösten, können wir eine schöne Tasse Kaffee dazu trinken. Dann siehst du auch gleich, womit *Kopmann & Deharde* zukünftig handeln wird.«

Mina strahlte ihn an. Das Päckchen wie einen Schatz an die Brust gedrückt, lief sie eilig die Treppe hinunter, sobald sie Pauls Zimmer verlassen hatte.

»Schauen Sie mal, was wir bekommen haben, Frau Kruse«, rief sie, als sie in die Küche stürzte, wo Lotte dabei war, das Geschirr vom Mittagessen abzutrocknen. »Kaffeebohnen aus Guatemala! Mindestens ein Pfund.«

Die Köchin, die in ihrem Lehnsessel saß und augenscheinlich versucht hatte, ein Nickerchen zu machen, schrak zusammen. »Gott, Kindchen! Müssen Sie mich denn so erschrecken?«

»Tut mir leid, Frau Kruse«, sagte Mina gut gelaunt. »Das wollte ich nicht.« Sie ging zum Regal hinüber, wo Frau Kruse ihre Töpfe und Pfannen aufbewahrte, und begann, darin zu kramen. »Wo ist denn Ihre Röstpfanne?«

»Meine Röstpfanne? Was haben Sie denn damit vor, Fräulein Mina?«

Mina, die sich hingekniet hatte, um den hinteren Teil des Regals genauer in Augenschein zu nehmen, drehte sich zu ihr um. »Was glauben Sie wohl, Frau Kruse? Natürlich ein bisschen was davon rösten, damit wir heute Kaffee zu Ihrem leckeren Apfelkuchen trinken können.« Sie grinste breit. »Keine Sorge, ich mache genug, damit Sie sich hier in der Küche auch eine Kanne machen können.«

Frau Kruse erhob sich mit einem leisen Stöhnen aus ihrem Sessel und trat neben Mina ans Regal. Sie reckte sich und langte nach einem Stiel, der über den Rand des obersten Regalbretts hinausragte. Mina stand eilig auf, und weil sie ein ganzes Stück größer war als die Köchin, holte sie die schwere gusseiserne Pfanne vom Regal.

»Da ist sie ja«, sagte sie.

»Aber die werden wir erst saubermachen müssen«, meinte Frau Kruse und strich mit dem Finger über den Deckel, aus dem eine Kurbel herausragte. »Die haben wir ja seit Jahren nicht mehr benutzt.«

Mina trug die Pfanne zum Spülstein und reichte sie an Lotte weiter. Während diese die Pfanne und den Deckel gründlich abwusch und trocknete, öffnete Mina das Paket, das sie von ihrem Schwiegervater bekommen hatte. Es enthielt zehn Papiertüten mit unterschiedlichen Kaffeeproben, von denen Mina immer ein paar Bohnen entnahm und genau betrachtete.

»Sehr gut«, murmelte sie. »Sehr guter Arabica. Wenig Bruch. Keinerlei Faulbohnen. Damit können wir wirklich arbeiten.«

Sie wählte zwei Proben aus, dann stellte sie die Röstpfanne auf den Herd und wartete einen Moment, bis die Pfanne heiß wurde, argwöhnisch beäugt von Frau Kruse.

»Können Sie das denn mit dem alten Ding, Fräulein Mina? Ich meine, im Kontor haben Sie doch diese neumodischen Röstöfen. Soll ich das nicht lieber übernehmen?«

»Ach, Frau Kruse, das bekomme ich schon hin«, sagte Mina fröhlich. »Mein Vater hat immer gesagt, dass ich ein Händchen für die Bohnen habe. Und was glauben Sie, wie sehr ich mich danach gesehnt habe, endlich wieder Kaffeeduft schnuppern zu können.«

Langsam ließ sie die Bohnen aus den beiden Papiertüten durch die Öffnung im Deckel in die heiße Pfanne rieseln und fing an, langsam und gleichmäßig an der Kurbel zu drehen. Es dauerte einen Augenblick, und dann zog ein betörender Duft durch die Küche.

Frau Kruse hustete. »Dass das aber auch immer so qualmen muss! Mach doch mal die Tür nach draußen auf, Lotte!«, rief sie dem Dienstmädchen zu.

Mina lachte nur. »Das bisschen Rauch gehört dazu, Frau Kruse. Aber Sie müssen zugeben, das ist doch der schönste Duft der Welt.«

Der »schönste Duft der Welt« hing noch am Abend in der Villa, als die Familie nach dem Abendessen im Salon zusammensaß und den Tag bei einem Glas Wein, den noch Minas Großvater eingelagert hatte, ausklingen ließ.

»Die erste Kaffeeernte in diesem Jahr war nicht ganz so ertragreich wie sonst, aber die Qualität war ganz ordentlich«, erklärte Paul, der es sich in dem Sessel bequem gemacht hatte, in dem Minas Vater immer gesessen hatte. »Du hast es ja gemerkt, die Bohnen ergeben einen guten Mokka. Leider ist von der letzten Ernte so gut wie nichts mehr übrig. Paul hat beinahe alles nach New York verkauft – für einen guten Preis, das muss ich sagen. Vor meiner Abreise habe ich schon bei sämtlichen meiner Kollegen und Nachbarn nachgefragt, ob bei ihnen noch Bohnen zu bekommen sind. Leider sieht es dort ähnlich aus. Mehr als sechs- oder höchstens siebenhundert Säcke werde ich euch vor der nächsten Ernte kaum liefern können. Ich weiß, das ist nur ein Tropfen auf den heißen Stein.«

»Der mir, oder besser gesagt der Firma, aber schon ein gutes Stück weiterhelfen könnte.«

Paul wiegte den Kopf hin und her. »Das zweite Problem ist natürlich der Preis. Ich will nicht für Paul sprechen, aber meine Nachbarn werden sicher nur dann verkaufen, wenn sie mindestens das dafür erhalten, was sie auch in New York bekommen würden. Und das natürlich in Dollar oder englischen Pfund.« Er warf Mina einen fragenden Blick zu. »Wie sieht es da aus, weißt du das? Habt ihr Devisen?«

»Nach dem Krieg natürlich nicht mehr so viel wie zuvor, aber es sollte in jedem Fall reichen«, sagte Mina, so fest sie konnte, um ihre Unsicherheit zu überspielen. Die Kontakte, die ihr Vater zu den Banken in New York und London gehabt hatte, waren während des Krieges eingefroren gewesen. Sie würde erst prüfen müssen, inwieweit sie wieder Zugriff auf die Konten hatte.

»Und natürlich ist da außerdem noch das Problem des

Transports«, fuhr Paul fort. Er nahm einen Schluck aus seinem Glas und stellte es dann auf dem Tischchen neben dem Sessel ab. »Die deutschen Handelsschiffe sind ja, wie ich gelesen habe, beinahe alle als Reparation an die Siegermächte gegangen. Also werden wir sehen müssen, wo wir ein Schiff herbekommen, das den Kaffee hierherschaffen kann. Das wird sicher eine Weile dauern, und ganz billig wird es auch nicht.«

»Das stimmt schon. Auf der anderen Seite ist Kaffee so knapp, dass man beinahe jeden Preis dafür verlangen kann. Was meinst du, was Kaffee auf dem Schwarzmarkt kostet!«

Paul drohte Mina mit dem Zeigefinger. »Aber nicht, dass du auf dumme Gedanken kommst, mein Kind.«

»Natürlich nicht, Vater.« Mina zwinkerte ihm zu. »Höchstens im absoluten Notfall.«

»Ich hätte auch nichts anderes von dir erwartet.« Er lachte und wurde dann wieder ernst. »Aber vielleicht solltet ihr mal darüber nachdenken, das Sortiment zu erweitern. Statt nur mit Kaffee auch noch mit Tee oder Kautschuk handeln. Oder, wenn du das lieber möchtest, den Kaffee selbst rösten. Verstehst du? Das Geschäft auf mehrere Beine stellen, dann kippt man nicht so leicht um.«

»Das ist eine interessante Idee«, sagte Irma, die neben Agnes und Mina auf dem Sofa saß. »Ich habe mich ehrlich gesagt immer schon gefragt, warum ihr nur mit Rohkaffee handelt.«

Mina seufzte. »Das hat einfach Tradition. Es ist so etwas wie ein ungeschriebenes Gesetz: Kaffeeimporteure rösten die Bohnen nicht, und Röster beziehen den Kaffee nicht selbst bei den Herstellern. Da kann man leider nichts machen.«

»Was für eine dumme Tradition.«

»Das mag sein. Aber es bleibt eine Tatsache, dass sich Röster und Händler nicht besonders grün sind und man sich irgendwann darauf geeinigt hat, das Geschäft so und nicht anders zu handhaben. Ich kann da nichts machen, ohne dass die Firma sich riesigen Ärger einhandelt und im schlimmsten Fall sogar aus dem Verein der Kaffeehändler ausgeschlossen wird. Und auf den Verein sind wir nun einmal angewiesen, weil der die Kaffeebörse betreibt. Noch ist die Börse zwar geschlossen, aber jetzt, wo wir Frieden haben, wird sie hoffentlich bald wieder öffnen. Und wenn *Kopmann & Deharde* dort nicht handeln kann, können wir das Kontor genauso gut gleich schließen.«

»Aber da muss es doch eine Möglichkeit …«, begann Irma und stockte, als vom Flur her das Schlagen einer Tür zu hören war. »Nanu, was war denn das?«

Auch Hiltrud, die die ganze Zeit schweigend an ihrem Stickrahmen gesessen hatte, schaute hoch. »Da scheint jemand an der Eingangstür zu sein. Um diese Zeit? Mina, würdest du mal nachsehen, wer das ist?«

»Natürlich, Großmutter.« Mina stand auf und ging zur Tür. Sie hatte sie noch nicht erreicht, da wurde sie auch schon aufgerissen, und sie sah in die zornerfüllten Augen ihres Ehemannes.

»Frederik …«, stieß sie erschrocken hervor.

»Bist du eigentlich von allen guten Geistern verlassen?«, rief er. »Wie konntest du das tun?«

Automatisch wich Mina einen Schritt zurück. »Ich … Wovon sprichst du?«

»Davon, dass du meinen Vater hierher eingeladen hast. Hast du ihm einen deiner Jammerbriefe geschrieben? Bist du vor ihm herumgekrochen, bis er großmütig seine Hilfe zugesagt hat?«

Er kam einen Schritt näher, griff nach ihrem Handgelenk und presste es zusammen. Die schmalen goldenen Fransen an den Epauletten seiner Majorsuniform schimmerten im elektrischen Licht der Deckenlampe. Den Schirm seiner Offiziersmütze hatte er tief in die Stirn gezogen, und seine grauen Augen funkelten böse darunter hervor. Einen Moment war Mina vor Schreck wie erstarrt. Dann kam wieder Leben in sie.

»Lass los. Du tust mir weh …«, keuchte sie und versuchte, sich aus seinem Griff zu befreien. Doch seine Finger umfassten ihr Handgelenk wie ein Schraubstock.

»Den Teufel werde ich. Wie kommst du dazu, meinen Vater einzuladen? Bist du völlig verrückt geworden? Er hat hier nichts zu suchen, hörst du? Du wirst ihm sofort ein Telegramm schicken und ihm mitteilen, dass die Einladung ein Irrtum war. Dass er bleiben soll, wo der Pfeffer wächst. Ich will ihn nicht sehen, hörst du? Nie wieder!«

Nie wieder! Die letzten Worte hallten in Minas Ohren nach. Sie verstand den Grund für Frederiks Wutausbruch nicht. Was war zwischen seinem Vater und ihm geschehen? Worum ging es hier? Ihr Herzschlag pochte in ihrem Hals, und sie merkte, dass sie zitterte. Aus den Augenwinkeln nahm sie wahr, wie Frederik die Hand zur Faust ballte, und zuckte zurück. Endlich gelang es ihr, sich aus seinem Griff zu befreien. Schwer atmend stand sie da und sah, dass sowohl ihre Großmutter wie auch Irma und Agnes aufgestanden waren und der Szene fassungslos zuschauten.

»Frederik«, stieß ihre Großmutter hervor. »Wie kannst du nur so eine Szene machen!«

»Halt dich da raus! Das ist meine Ehefrau. Ich behandle sie so, wie sie es verdient hat«, gab er zurück.

»Verdient?«, fragte eine Männerstimme, die so rau klang,

dass Mina sie zuerst nicht als die ihres Schwiegervaters erkannte. Paul erhob sich aus dem Lehnsessel, der mit dem Rücken zur Tür stand. »Verdient?«, fragte er lauter. »Niemand hat eine solche Behandlung verdient, schon gar nicht deine Ehefrau. Doch wie ich sehe, hast du dich in all den Jahren nicht einen Deut verändert.«

SECHS

In der Stille, die im Salon lastete, war das leise Ticken der goldenen Kaminuhr überdeutlich zu hören. Minas Blick wanderte immer wieder zwischen Frederik und Paul hin und her, die sich schweigend anstarrten. Erst jetzt fiel ihr die Ähnlichkeit zwischen Vater und Sohn auf. Sie hatten die gleichen eisgrauen Augen und den gleichen verhärteten Ausdruck um die Lippen.

»Hallo, Frederik«, sagte Paul ruhig. »So sieht man sich also wieder.«

Frederiks Gesicht war aschfahl geworden. Kurz schien er zu überlegen, was er darauf erwidern sollte, dann machte er auf dem Absatz kehrt und ging zur Tür.

»Frederik, so warte doch!«, sagte Mina, doch er schenkte ihr keine Beachtung. Ohne ein Wort zu den anderen im Raum lief sie ihm nach. Erst vor der Eingangstür erreichte sie ihn und hielt ihn am Ärmel fest.

»Frederik, bitte«, rief sie. »So warte doch. Lass dir erklären …«

Er fuhr herum. »Was gibt es da zu erklären?«

»Nicht hier. Nicht, wo alle uns hören können«, sagte sie leiser und deutete auf die Salontür, die noch immer weit geöffnet war. »Lass uns einen Augenblick ins Arbeitszimmer gehen.«

Wütend starrte Frederik sie an, doch obwohl ihr das Herz immer noch bis zum Hals schlug, hielt sie seinem Blick stand.

»Es gibt gute Gründe, warum ich deinen Vater angeschrieben habe. Es ist wichtig, dass er hier ist. Wichtig für mich, für dich und vor allem für die Firma, von der wir alle leben.«

Sie sah, wie sein Zorn nachließ und einer fragenden Ungläubigkeit Platz machte. »Komm mit ins Arbeitszimmer, ich erzähle dir dort, was los ist.« Selbst in ihren eigenen Ohren klang ihr Satz mehr nach Befehl als nach Bitte.

Sie drehte sich um und schritt erhobenen Hauptes durch die Eingangshalle. Vor der Tür von Vaters Arbeitszimmer blieb sie stehen und blickte ihn herausfordernd an. Frederik zögerte eine Sekunde, dann folgte er ihr.

Mina nahm hinter Karl Dehardes Schreibtisch Platz und deutete auf einen der beiden Ledersessel, die davorstanden.

Frederik nahm die Offiziersmütze ab und warf sie auf den anderen Sessel. Nachdem er sich gesetzt hatte, schlug er die Beine übereinander und zog sein silbernes Zigarettenetui aus der Manteltasche. »Also? Was ist so wichtig, dass du meinen Vater hierherholst, ohne mich zu fragen?«

Mina faltete die Hände vor sich auf der Tischplatte und sah ihrem Mann ruhig ins Gesicht. Sie hatte sämtliche Gefühle, die sie vorhin im Salon noch empfunden hatte, in den Hintergrund gedrängt und umgab sich mit der sachlichen Aura der erfahrenen Geschäftsfrau, die sie sich in all den Jahren im Kontor angeeignet hatte.

»Ich habe ihm geschrieben, um ihm ein Geschäft vorzuschlagen. *Kopmann & Deharde* importiert Rohkaffee, und er besitzt eine Plantage. So einfach ist das im Grunde. Dass du offenbar mit ihm zerstritten bist, wusste ich nicht, als ich den Brief schrieb. Du hast mir nie auch nur ein Wort davon erzählt.«

Frederik hatte sich eine Zigarette angezündet und blies den Rauch nach oben. »Warum sollte ich dir das sagen? Das ist doch wohl meine Privatsache.«

Mina zog die Augenbrauen in die Höhe. »Privatsache?«

»Allerdings. Das heißt so viel wie, das geht dich nichts an, Mina.«

»Ich habe dich durchaus verstanden, Frederik.« Sie schaute auf ihre gefalteten Hände hinunter und holte tief Luft. »Es geht hier aber nicht um private Belange, sondern ums Geschäft.«

»Es ist mir egal, worum es geht. Ich will nicht, dass wir von ihm oder meinem werten Herrn Bruder Kaffee beziehen. Es wird ja wohl noch andere Quellen geben, wo man Kaffee herbekommt.«

»Du bist dir überhaupt nicht im Klaren, wie die Lage hier ist, nicht wahr? Wie auch, wenn du nie hier in Hamburg bist und dich keinen Deut um die Firma scherst.« Im gleichen Moment, wie sie den Satz ausgesprochen hatte, bereute sie auch schon ihren vorwurfsvollen Ton und fuhr betont sachlich fort. »Ich weiß, du bist in Berlin bei der Heeresleitung eingebunden, aber jetzt, wo der Krieg vorüber ist …«

Frederik schnaubte. »Was erwartest du denn? Dass ich wieder im Kontor um dich herumscharwenzle und für dich an der Börse auftrete?«

»Ja, genau das erwarte ich, sobald die Börse wiedereröffnet wird. Das heißt, falls wir es schaffen, uns so lange über Wasser zu halten. Was glaubst du denn, warum ich alle Mitarbeiter entlassen habe? Frederik, wir bekommen nirgendwo Kaffee her. Wir haben nichts, womit wir handeln könnten. Die Firma lebt von der Substanz, und man kann zusehen, wie diese Substanz immer kleiner wird. Noch ein paar Wochen, im besten Fall Monate, und *Kopmann & Deharde* muss schließen. Dann sind wir ebenso bankrott wie so viele andere.« Sie lehnte sich zurück und sah Frederik in die Augen. »Was das für dich persönlich bedeutet, muss ich dir wohl nicht erklären, oder? Dann ist es vorbei mit den monatlichen Zuwendungen.«

»Das meinst du doch nicht ernst?«

»Oh doch, das meine ich völlig ernst.« Sein entsetztes Gesicht bereitete ihr unerwartete Genugtuung. »Das Angebot deines Vaters, uns zu beliefern, ist die erste feste Zusage für Kaffee, die ich seit Kriegsende bekommen habe. Teuer zwar, aber immerhin eine feste Zusage. Und der Markt für Kaffee ist schließlich da. Es wird genügend Abnehmer geben, die bereit sind, fast jeden Preis zu zahlen. Es tut mir leid, dass ich da nicht auf deine privaten Animositäten Rücksicht nehmen kann.«

»Was zwischen meinem Vater und mir vorgefallen ist, ist wohl mehr als eine private Animosität. Das ist ein ausgewachsener Familienzwist.«

»Über den du wohl oder übel hinwegsehen musst, wenn du auch in Zukunft deine Apanage erhalten willst.«

Missmutig drückte Frederik seine Zigarette in dem Kristallaschenbecher aus, der vor ihm auf dem Schreibtisch stand. Seine grauen Augen glitzerten. »Und was erwartest du jetzt von mir?«

Ein Gefühl des Triumphs breitete sich in Mina aus, und sie unterdrückte ein Lächeln. »Versteh mich nicht falsch, Frederik«, sagte sie etwas freundlicher. »Niemand verlangt, dass du deinem Vater gleich um den Hals fällst. Aber ich kann mir dieses Geschäft mit ihm nicht von dir verderben lassen. Es ist unsere letzte Chance, wieder auf die Füße zu kommen. Alles, was ich von dir möchte, ist, dass du höflich bist und gute Miene zum bösen Spiel machst. Immerhin ist er dein Vater.«

Frederik stieß ein bitteres Lachen aus. »Schöner Vater!«

Mina ignorierte seinen Einwurf. »Komm einfach mit in den Salon, sag ihm Guten Abend, und setz dich einen Moment zu uns. Das ist doch wirklich nicht zu viel verlangt.«

Einen Moment lang starrte Frederik sie schweigend an. »Du hast ja keine Ahnung«, sagte er dann heiser und erhob sich aus dem Sessel. »Du erwartest, dass ich vor ihm zu Kreuze krieche? Das werde ich ganz sicher nicht tun. Nicht nach allem, was passiert ist.«

»Ich weiß nicht, was zwischen euch vorgefallen ist, und es interessiert mich ehrlich gesagt auch nicht. Das ist Vergangenheit. Hier geht es um die Zukunft: die der Firma und damit auch um deine, meine und Ellas. Ich denke, das sollte es dir wert sein, über deinen Schatten zu springen.« Beim Klang von Ellas Namen bekamen seine Augen für einen Moment einen sanfteren Ausdruck. Frederik war ein Psychopath, aber seine Tochter liebte er, das wusste Mina. Zwar hatten die beiden keine allzu enge Beziehung, weil er seit ihrer Geburt selten da gewesen war, aber sein Stolz auf sie war nicht zu übersehen. Doch sogleich verfinsterte sich Frederiks Blick wieder.

»Und wenn ich nicht will?« Herausfordernd sah er sie an.

Minas Augen wurden schmal. »Dann würde ich davon ausgehen, dass du kein Interesse mehr daran hast, die Bedingungen unseres Ehevertrages zu erfüllen. Darin ist klar geregelt, dass du nicht entgegen den Firmeninteressen handeln darfst.«

»Drohst du mir? Willst du mir sagen, wenn ich nicht mit dir in den Salon zurückgehe, um bei meinem Vater zu katzbuckeln, drehst du mir den Geldhahn zu?«

»Wenn du es so formulieren willst: ja.«

»Aber das ist Erpressung!« Entrüstung spiegelte sich in seiner Miene wider, und sein Gesicht verzerrte sich zu einer hasserfüllten Grimasse. »Du weißt doch, dass sich so was rächt.«

Auch Mina war aufgestanden, die Hände, die zu zittern begonnen hatten, in den Falten ihres Rockes verborgen.

Haltung bewahren, Mina, dachte sie. Wer seine Angst zeigt, hat schon verloren.

Sie straffte die Schultern und atmete tief ein und aus, wobei sie innerlich langsam bis drei zählte, ehe sie Frederik antwortete.

»Sieh es, wie du willst. Von meiner Warte aus soll es jedoch nur eine Erinnerung daran sein, dass wir alle unsere Pflicht zu erfüllen haben, auch wenn uns das manchmal viel abverlangt.«

Sie ging auf ihren Ehemann zu und blieb dicht vor ihm stehen. »Würdest du mich dann nun bitte in den Salon begleiten, mein Lieber?«, fragte sie, so höflich sie konnte, und sah ihm direkt in die Augen.

In Frederiks Gesicht spiegelten sich Zorn und Abscheu wider, aber auch noch etwas anderes, das Mina nicht zu deuten wusste. Man hätte es für Bewunderung oder doch zumindest Respekt halten können. Doch sie dachte nicht weiter darüber nach, sondern hielt seinem Blick stand. Schließlich drehte er den Kopf in Richtung der Tür und bot ihr seinen Arm an.

Als Mina an Frederiks Arm den Salon betrat, verstummte das Gespräch, das sie im Flur gehört hatte, abrupt, und alle Blicke richteten sich auf sie. Paul, der neben Großmutter stand, mit der er offenbar gerade gesprochen hatte, musterte die Eintretenden mit gerunzelter Stirn. Er machte den Eindruck, als sei er gerade im Begriff gewesen, sich zu verabschieden.

Irma sprang auf und kam zwei Schritte auf sie zu. »Ist alles in Ordnung?«, fragte sie besorgt.

»Natürlich«, erwiderte Mina, so leichthin, wie sie es fertigbrachte. »Alles in bester Ordnung.«

Paul verschränkte die Arme vor der Brust. »Unter den gegebenen Umständen ist es wohl das Beste, wenn ich bis zu meiner Abreise in ein Hotel einkehre. Ich habe das eben schon mit deiner Großmutter besprochen.«

»Und ich habe gesagt, dass das gar nicht infrage kommt«, ergänzte Hiltrud. »Sie sind Gast in meinem Haus, mein lieber Herr Lohmeyer, und ich kann es unmöglich gutheißen, dass sie in irgendeinem Hotelzimmer unterkommen müssen.« Hilfe suchend sah sie sich zu Mina um.

»Großmutter hat recht, das kommt überhaupt nicht infrage. Du bist hier herzlich willkommen, Vater. Ella wäre ganz bestimmt untröstlich, wenn du nicht im Haus wohnst. Sie freut sich schon so darauf, wieder mit dir spielen zu können.« Mina löste sich von Frederiks Arm und ging auf ihren Schwiegervater zu. »Wir haben uns alle so auf deinen Besuch gefreut.«

Paul sah sie prüfend an, dann schweiften seine Augen an Mina vorbei zur Tür, wo Frederik stehen geblieben war.

»Alle?«, fragte er halblaut. »Den Eindruck habe ich nicht.«

»Doch, ganz sicher.« Mina wandte sich zu Frederik um und warf ihm einen eindringlichen Blick zu. Sein Gesicht schien wie versteinert, doch dann gab er sich einen Ruck und kam auf Mina und seinen Vater zu. Kurz vor ihnen blieb er stehen und deutete vor Paul eine steife Verbeugung an. »Vater«, sagte er knapp.

»Frederik.« Sein Ton war ebenso distanziert wie der seines Sohns. »Ich hoffe, du hast nichts dagegen, dass ich hier im Haus bin.«

»Da ich morgen wieder nach Berlin muss, ist meine Meinung nicht von Relevanz. Ich bin nur in Hamburg, um ein paar Unterlagen abzuholen, und würde mich jetzt gern zurückziehen, um sie zusammenzusuchen. Wenn ihr mich bitte entschuldigen wollt?«

Er nickte Hiltrud, Agnes und Irma zu, dann wandte er sich zum Gehen.

»Aber wir sehen uns doch noch, nicht wahr?«, rief Paul ihm nach. »Es gäbe noch so viel zu besprechen.«

Frederik hielt inne und drehte sich an der Tür noch einmal um. »Da ich in aller Herrgottsfrühe aufbrechen werde, glaube ich nicht, dass wir dazu Gelegenheit haben werden. Gute Nacht, Vater.«

Damit ging er hinaus und schloss die Tür hinter sich. Sekunden später war zu hören, wie er die Treppe hinaufpolterte.

Die Stille im Salon begann in Minas Ohren zu dröhnen.

»Wie ich schon sagte«, erklang schließlich Pauls Stimme. »Frederik hat sich überhaupt nicht verändert.« Er nahm die Weinkaraffe vom Tisch und füllte sein Glas nach, ehe er sich wieder in den Sessel setzte. Einen Augenblick lang betrachtete er nachdenklich die blutrote Flüssigkeit und stürzte sie dann mit einem einzigen Schluck hinunter. Er schluckte schwer, sah zu Mina hoch und lächelte.

»Wie viele Säcke Kaffeebohnen möchtest du von der neuen Ernte im Oktober haben, Mina?«

In dieser Nacht schlief Mina so schlecht wie seit Jahren nicht. Unruhig wälzte sie sich hin und her, und immer wenn sie einnickte, schrak sie binnen Kurzem aus wirren Träumen hoch und lauschte in die Dunkelheit. Aber alles blieb ruhig. Kein

Geräusch auf dem oberen Flur, keine Schritte, und die Klinke der Tür wurde nicht heruntergedrückt.

Schließlich stand sie sogar auf, um sich zu vergewissern, dass sie die Tür zu ihrem Schlafzimmer wirklich abgeschlossen hatte.

Nicht noch einmal. Nie wieder, dachte sie, als sie wieder auf der Bettkante saß und in Richtung der Tür starrte, ohne sie in der Dunkelheit erkennen zu können. Das wirst du mir nie wieder antun.

Sie ließ sich nach hinten sinken, drehte sich zur Wand und zog die Beine dicht an ihren Körper.

»Belüg dich nicht selbst«, meldete sich eine böse Stimme in ihrem Inneren. »Wenn er erst wieder hier im Haus ist, wird es wieder passieren, und das weißt du auch. Es ist sein Recht, und es ist deine Pflicht. Wie hast du noch zu ihm gesagt? ›Wir haben alle unsere Pflicht zu erfüllen, auch wenn uns das manchmal viel abverlangt.‹«

Mina vergrub das Gesicht in ihrem Kissen und weinte, bis die Erinnerung und die Angst endlich von den Tränen davongespült wurden und sie schließlich in einen erschöpften, traumlosen Schlaf fiel.

Als Mina am nächsten Morgen erwachte, war es bereits kurz nach neun Uhr. Sie sprang aus dem Bett, lief zur Waschkommode hinüber und goss Wasser aus dem Krug in die Waschschüssel, die auf der Marmorplatte stand. Ihr Blick fiel auf das fremde Antlitz, das sie aus dem Spiegel der Waschkommode anstarrte. Zerzauste blonde Locken umstanden ihr blasses Gesicht wie eine struppige Löwenmähne. Ihre Augenlider und Nasenflügel waren geschwollen und gerötet, und ihre blauen Augen schimmerten fiebrig. Sie stützte sich auf der Marmorplatte ab und genoss die Kühle des Steins an ihren Handflächen, während sie sich im Spiegel betrachtete.

»Du siehst aus wie ein Jammerlappen«, murmelte sie. »Reiß dich gefälligst zusammen, damit niemand mitbekommt, wie es dir geht. Du weißt doch, wer Angst zeigt, hat schon verloren.«

Sie tauchte ihre Hände in das kühle Wasser und benetzte ihr Gesicht damit. Dann beugte sie sich vor und hielt ihr Gesicht ganz hinein. Es prickelte und brannte an den wunden Stellen, aber sie ließ ihr Gesicht im Wasser, bis ihr die Luft knapp wurde. Erst dann kam sie wieder hoch und sah sich erneut im Spiegel an.

Ein entschlossener Zug war um den Mund der ihr so fremd erscheinenden Frau aufgetaucht. Mina trocknete sich ab, griff nach der Bürste, die neben der Waschschüssel lag, und begann sie grob durch ihre Locken zu zerren.

Im Allgemeinen kleidete sich Mina allein für die Arbeit im Kontor an, doch heute betätigte sie den Klingelknopf neben ihrem Bett. Wenige Minuten später klopfte es an der Tür.

»Herein«, rief sie und sah, dass die Türklinke heruntergedrückt wurde. Dann klopfte es erneut. Mina fiel ein, dass sie ja abgeschlossen hatte. Hastig lief sie zur Tür hinüber, drehte den Schlüssel herum und öffnete. Draußen stand Lotte und schaute Mina verwundert an.

Das Dienstmädchen, angetan mit einem langärmligen schwarzen Kleid, gestärkter Schürze und einem weißen Kopftuch, das die Narben auf ihrem Kopf verbarg, knickste und trat ein.

»Guten Morgen, Fräulein Mina«, sagte sie höflich. »Sie haben einen Wunsch?«

»Guten Morgen. Könntest du mir schnell die Haare hochstecken, Lotte? Ich habe völlig verschlafen und sehe fürchterlich aus.« Mina setzte sich auf den Stuhl, der vor dem Sekretär stand. »Und vielleicht sollte ich etwas Puder auflegen, was meinst du?«

Lotte musterte sie kurz mit geneigtem Kopf. »Ja, das wäre sicher gut. Sie sind ein wenig blass.«

»Sind die anderen schon unten?«

Lotte nickte. »Die gnädige Frau und Comtesse Irma sitzen zusammen mit dem alten Herrn Lohmeyer schon beim Frühstück.«

»Und mein Mann?«

»So wie ich Frieda verstanden habe, ist er schon um sieben Uhr aus dem Haus. Er hat nicht einmal gefrühstückt, sondern sich gleich nach dem Aufstehen ein Taxi kommen lassen.«

Erleichtert atmete Mina auf. Eine weitere Auseinandersetzung mit Frederik stand ihr heute zum Glück nicht bevor.

In der nächsten Viertelstunde genoss sie mit geschlossenen Augen das Gefühl, von Lottes geschickten Fingern frisiert und dezent geschminkt zu werden. Danach half das Dienstmädchen ihr dabei, das Korsett und ihr gutes graues Seidenkleid anzulegen.

Zufrieden betrachtete Mina das Ergebnis von Lottes Arbeit im Spiegel.

»Sehr schön, Lotte«, sagte sie lächelnd. »Dann wollen wir mal auf in den Kampf.«

Sie sah an Lottes Gesichtsausdruck, dass das Dienstmädchen noch etwas auf dem Herzen hatte, und wandte sich zu ihr um. »Ist noch etwas?«

»Ich … äh …«, stammelte Lotte verlegen. Hektische rote Flecken hatten sich auf ihren Wangen gebildet.

»Na, komm schon, was ist los, Lotte?«

»Ich wollte mich noch bei Ihnen bedanken, Fräulein Mina. Ich weiß nicht, was aus Gerda und mir geworden wäre, wenn Sie uns nicht aufgenommen hätten.«

»Der Haushalt untersteht meiner Großmutter. Sie hat zugestimmt, dass du wieder hier arbeiten kannst, also gebührt ihr der Dank dafür.«

»Das schon, aber wenn Sie sich nicht dafür eingesetzt hätten, dann … Sie wissen doch, dass ich sonst nirgends eine Stelle gefunden hätte – in ganz Hamburg nicht, in keinem Haushalt. Nicht mit diesem Aussehen und einem Kind an der Hand.« Lotte, die Minas Blick ausgewichen war, sah zu ihr hoch. Ihre Augen schimmerten. »Ich bin Ihnen so dankbar, Fräulein Mina. Und wenn es irgendwann einmal etwas gibt, was ich *für Sie* tun kann, ganz egal, was es ist, dann sagen Sie es mir bitte.«

Mina lag schon auf der Zunge zu erwidern, dass das wirklich nicht nötig sei, doch als sie den Ausdruck in Lottes Augen sah, zögerte sie. Dem Dienstmädchen war es sehr ernst mit seinem Angebot, und Mina wollte nicht abweisend klingen. Außerdem konnte man ja nie wissen. Daher lächelte Mina, legte ihre Linke auf Lottes Hände, die diese vor ihrer Schürze gefaltet hatte, und drückte sie. »Das werde ich tun, Lotte. Ganz sicher.«

Als Mina das Esszimmer betrat, stellte sie fest, dass die anderen Bewohner des Hauses offenbar ihr Frühstück bereits beendet hatten. Frieda war gerade dabei, das Geschirr auf ein Tablett zu räumen. Bei Minas Anblick knickste sie und wünschte ihr einen guten Morgen. »Ich hab das Brot schon in die Küche getragen«, fügte sie entschuldigend hinzu. »Warten Sie, ich hole es rasch.«

»Nein, lass nur, Frieda.« Mina winkte ab. »Ich möchte nur eine Tasse Tee, bitte. Ich bin spät dran.«

»Ich habe was Besseres für Sie.« Frieda zwinkerte ihr zu und zog den wattierten Überzug von der Porzellankanne, die auf dem Tisch stand. »Heute gibt es frischen Kaffee zum Frühstück.«

Sie füllte die Tasse, die auf Minas Platz stand, und wandte sich zum Gehen.

»Wo sind denn die anderen?«, fragte Mina und deutete mit einer Kopfbewegung auf die leeren Stühle.

»Die gnädige Frau ist im Salon, die jungen Damen sind nach oben gegangen, und wo Herr Lohmeyer ist, weiß ich leider nicht.«

»Gut. Ich nehme meinen Kaffee mit nach drüben, dann kannst du hier weiter abräumen. Und würdest du mir bitte die Kaffeeproben von gestern in den Salon bringen, wenn du in die Küche gehst? Ich will sie mit ins Kontor nehmen. Danke, Frieda.«

»Gern, Fräulein Mina.«

Mina goss sich einen Schluck Milch in die Tasse und trug sie dann vorsichtig hinaus. Im Salon fand sie ihre Großmutter und ihren Schwiegervater vor, die sich angeregt miteinander zu unterhalten schienen.

»Guten Morgen«, sagte Mina zerknirscht. »Es tut mir leid, dass ich so spät bin, aber ich hatte gestern Schwierigkeiten, in den Schlaf zu finden, und muss wohl heute Morgen meinen Wecker überhört haben.«

»Guten Morgen, Mina«, erwiderte Paul. »Wie heißt es so schön: Der frühe Vogel fängt den Wurm. Aber wer mag schon gern Würmer?«

Er lachte herzlich über seinen eigenen Witz und legte die Morgenzeitung beiseite, ehe er sich erhob und Mina auf beide Wangen küsste.

»Uns treibt ja zum Glück keiner. Oder hattest du heute etwas Besonderes vor?«, fügte er hinzu.

»Nur ins Kontor zu fahren, wie an jedem Morgen. Ich trinke nur schnell den Kaffee aus und packe die Kaffeeproben ein, die du mitgebracht hast, dann fahre ich los.«

»Darf ich dich begleiten?«

»Sehr gern sogar. Ich würde gern die Proben rösten, und anschließend können wir zusammen durchprobieren.«

Paul hob augenzwinkernd den Zeigefinger. »Traust du mir etwa nicht? Du glaubst doch wohl nicht, dass ich dir Ausschuss andrehen will.«

»Natürlich vertraue ich dir«, beeilte sich Mina zu versichern. »Ich bin nur so neugierig, was du mir sonst noch für Köstlichkeiten anbieten möchtest. Dieser hier …« Sie hob ihre Tasse und nahm einen Schluck von dem heißen Getränk. »… hat jedenfalls eine kräftige Schokoladennote mit einem Hauch von Pfeffer. Mal sehen, was die anderen noch so verbergen.«

Paul zog die Augenbrauen in die Höhe. »Das schmeckst du heraus? Dein Vater schrieb schon immer, dass du ein feines Gespür hast. Und er hat offenbar nicht übertrieben.«

In diesem Moment klopfte es an der Tür, und Frieda kam mit einem Päckchen herein. »Hier sind die Kaffeeproben, nach denen Sie gefragt haben, Fräulein Mina.«

Mina bedankte sich und leerte ihre Tasse, die sie auf dem Tisch vor dem Sofa abstellte. »Meinetwegen können wir aufbrechen, Vater«, sagte sie. Dann wandte sie sich in Hiltruds Richtung. »Möchtest du uns begleiten, Großmutter?«, fragte sie höflich.

»Ich? Gott bewahre!« Hiltrud winkte ab. »Die Speicherstadt ist so gar nicht meine Welt, ich wäre euch nur im Wege.

Außerdem habe ich bis zum Mittagessen noch einige Briefe zu beantworten. Ich gehe doch davon aus, dass ihr pünktlich zurück seid, nicht wahr?«

»Natürlich, Großmutter.« Mina ging zu ihr hinüber und küsste sie auf die Wange, die Hiltrud ihr huldvoll entgegenhielt. »Wir beeilen uns.«

Im Gegensatz zum Vortag zeigte sich Hamburg heute von seiner besten Seite. Die Spätsommersonne, die zwischen den Schönwetterwolken hervorlugte, glitzerte auf der Alster, in der sich die Gebäude am Ufer spiegelten. Mina hatte extra die Strecke genommen, die am Ostufer des Flusses entlangführte, um Paul einen ungestörten Blick über das Panorama zu gestatten. Er schaute fasziniert aus dem Seitenfenster und wandte den Blick erst nach vorn, als Mina in den Glockengießerwall einbog, um am Hauptbahnhof vorbei auf den Zollkanal und die Speicherstadt zuzufahren.

»Hat sich Hamburg sehr verändert?«, fragte Mina.

»Schon«, antwortete Paul. »Aber nicht so sehr, dass man die Stadt nicht wiedererkennen würde. Die alte Heimat bleibt nun einmal die Heimat.«

Mina wusste nicht, was sie auf seine wehmütigen Worte erwidern sollte, also entschied sie sich, nur lächelnd zu nicken. Paul schien seinen Gedanken nachzuhängen, bis sie die Limousine vor den Hafenschuppen am Sandtorkai abstellte. Sie zog die Lederhandschuhe aus, die sie beim Autofahren getragen hatte.

»Dann will ich dir mal mein Kontor zeigen«, sagte sie und drückte die Fahrertür auf. »Ich freue mich schon so darauf, endlich wieder meine Probeöfen in Betrieb nehmen zu können, um die Bohnen zu rösten, die du mitgebracht hast.«

Paul stieg aus, blieb aber neben dem Wagen stehen. »Das

Rösten kannst du sicher auch gut allein, nicht wahr?«, fragte er. »Ich würde gern ein wenig hier herumlaufen und Erinnerungen an alte Zeiten aufleben lassen. Vielleicht begegne ich ja ein paar Geistern aus der Vergangenheit.«

»Soll ich dich begleiten, Vater?«

Paul schüttelte den Kopf. »Nein, nicht nötig. Geh du nur ins Kontor und röste die Bohnen. Ich habe das Gefühl, hier in der Speicherstadt noch immer jeden Stein zu kennen. Ich bin in spätestens einer Stunde wieder hier.«

Er tippte sich an den Hut und drehte sich um. Mina sah ihm nach, bis er hinter einer Gruppe von Hafenarbeitern verschwand, die gerade einen der Schuppen verließen. Ein alter Mann, von den Jahren gebeugt, die er in der Ferne verbracht hatte, auf der Suche nach Erinnerungen an seine Jugend und seinen besten Freund, Minas Vater. Sie seufzte, dann nahm sie das Päckchen mit den Kaffeeproben, klemmte es sich unter den Arm und überquerte die Fahrbahn, um ins Kontor zu gehen.

Statt sich wie sonst mit der Post ins Chefzimmer zurückzuziehen, warf Mina ihren Mantel auf einen der Stühle im Vorraum und ging mit dem Päckchen in die Probenküche hinüber. Sie schaltete die beiden Probeöfen ein, und während sie wartete, dass sie heiß wurden, öffnete sie ein Tütchen nach dem anderen. Jede Probe schüttete sie auf ein eigenes Tablett, die sie nebeneinander auf den Tisch unter dem Fenster stellte, um die Bohnen vor dem Rösten genau in Augenschein nehmen zu können. Als die beiden Öfen heiß waren, wog sie von jedem Tablett einen Teil ab, den sie jeden für sich in eine der kleinen Trommeln füllte. Sofort begann ein verführerischer Duft durch den kleinen Raum zu ziehen, der Mina schlagartig in die Vergangenheit versetzte.

Fast glaubte sie, die Anwesenheit ihres Vaters zu spüren,

der neben ihr stand und ihr über die Schulter sah, wie er es früher immer getan hatte.

»Pass auf, dass du den richtigen Moment erwischst, den Kaffee wieder aus dem Ofen zu holen, mein Wunschmädchen«, hörte sie ihn sagen. »Der Kaffee muss erst knacken, damit er sein ganzes Aroma freigibt.«

Hinter sich im Vorraum konnte sie beinahe das Lachen und Rufen der Lehrlinge hören, die von Herrn Becker, dem alten Bürovorsteher, ermahnt werden mussten, sich jetzt wieder an die Arbeit zu machen. Es sei noch so viel zu tun, und sie sollten sich mal ein Beispiel an Herrn Blumenthal nehmen. Der würde sich nicht wie ein Verrückter aufführen.

Edo …

Sie sah sein schmales Gesicht vor sich, umrahmt von dunklem, welligem Haar, die braunen Augen hinter der Brille, die jedes Mal aufleuchteten, wenn er sie ansah. Beinahe konnte sie seine Lippen spüren; seine Lippen, die auf ihren lagen, und ihr Herz zog sich schmerzhaft zusammen.

Mina schloss die Augen und versuchte die Erinnerung zurückzudrängen. All das war eine Ewigkeit her, und sosehr sie es sich vielleicht auch wünschte, sie konnte nichts an der Vergangenheit ändern. Sich darin zu verlieren würde nichts als Trauer und Schmerzen bedeuten. Sie hatte damals eine Entscheidung getroffen und musste jetzt mit den Konsequenzen leben. Mina hatte jetzt Wichtigeres zu tun. Nur die Gegenwart zählte: die Familie, die sich auf sie verließ.

Sie holte tief Luft, atmete den Duft des gerösteten Kaffees ein und lächelte. »Aber das Wichtigste ist die Zukunft.«

Als Paul nach ihr rief, hatte Mina bereits fünf Proben geröstet und gemahlen und Wasser gekocht, um die Proben aufzukochen.

»Ich bin hier«, rief sie zurück. »In der Probenküche.«

Es klopfte einmal an der Tür, und Paul streckte seinen Kopf herein. Er strahlte über das ganze Gesicht.

»Mhmm«, machte er. »Wie das duftet.«

Mina grinste. »Ich wollte gerade die ersten Tassen aufgießen. Möchtest du auch probieren?«

»Sehr gern, Kind. Das möchte ich mir um nichts in der Welt entgehen lassen.«

Mina holte fünf weitere Tassen aus dem Schrank und stellte sie zu den fünfen, die bereits auf dem Tisch bereitstanden. Sie füllte von jeder Probe je einen Teelöffel Kaffeepulver in zwei Tassen, dann goss sie es mit kochendem Wasser auf und legte einen Porzellandeckel auf die Tassen. Sie sah auf die Wanduhr und wartete ein paar Minuten, bis der Kaffee sich gesetzt hatte, dann holte sie aus der Schublade des Tisches zwei Esslöffel, von denen sie einen an Paul weiterreichte.

Mina beugte sich über die erste Tasse, schnupperte an dem fertigen Getränk, um mit geschultem Geruchssinn das Aroma zu testen, und schob dann mit dem Löffel den Schaum beiseite und füllte den ersten Löffel. Prüfend betrachtete sie die Färbung des Kaffees, ehe sie ihn zusammen mit einem Schwall Luft in den Mund saugte.

Paul schaute interessiert zu.

»Kein Wunder, dass dein Vater immer so stolz auf dich war. Er hat mir immer von dir vorgeschwärmt, Mina: was für ein tüchtiges, patentes Mädchen du seist und wie sehr du nach deiner Mutter kämst. Du hättest ganz eindeutig Kaffee im Blut, so wie sie. Er war furchtbar stolz auf dich.« Paul legte seine Rechte auf ihre Hand und tätschelte sie. Mina schluckte, doch der Kloß, den sie im Hals fühlte, wollte nicht kleiner werden. »Man könnte meinen, du hättest dein Lebtag nichts anderes gemacht, als Kaffee zu verkosten«, fuhr er fort.

Mina schluckte den Kaffee hinunter und lächelte. »Manchmal kommt es mir wirklich so vor. Nun ja, für die letzten Jahre trifft das ja auch beinahe zu. Das Geschäft musste schließlich weiterlaufen, während Frederik im Krieg war.«

»Sei ehrlich, eine große Hilfe war er dir vorher auch nicht, oder?« Pauls Augen musterten sie scharf.

Mina probierte aus der zweiten Tasse, um etwas Zeit für die Antwort zu gewinnen. »Wir hatten die Arbeit unter uns aufgeteilt. Er hat die Firma an der Kaffeebörse vertreten, ich habe mich um den Einkauf und die Abwicklung des Verkaufs gekümmert«, sagte sie dann.

»Er ist also an der Börse herumspaziert und hat dir die ganze Arbeit überlassen«, stellte Paul fest.

»So würde ich es nicht sagen. Er …«

»Du brauchst Frederik nicht in Schutz nehmen, ich weiß, wie er ist. Vor allem weiß ich, was er kann und was nicht«, erwiderte Minas Schwiegervater trocken.

Mina nahm all ihren Mut zusammen und fragte: »Was ist eigentlich zwischen Frederik und dir vorgefallen?«

Statt sofort zu antworten, probierte Paul den Kaffee aus der ersten Tasse. Er schaute unverwandt zur Tasse hinunter, von der er gerade einen Löffel gekostet hatte. »Das ist der, den du gestern schon geröstet hattest, nicht wahr?«

Mina räusperte sich, aber das raue Gefühl in ihrer Kehle wollte sich nicht geben. »Ja, genau.«

»Du weißt gar nichts darüber, was vorgefallen ist?«

»Nein.«

»Wirklich ein hervorragender Mokka, den mein Nachbar da anbaut«, sagte er nachdenklich. Er schwieg eine Weile, ehe er tief Luft holte. »Du musst wissen, Mina, seit dieser leidigen Sache damals, als er Guatemala verlassen hat, hat Frederik kein Wort mehr mit mir gewechselt, weder schriftlich noch persönlich.«

»Leidige Sache?«, fragte Mina stirnrunzelnd. Sie erinnerte sich vage daran, dass ihr Vater ihr vor der Hochzeit erzählt hatte, Frederik habe sein Erbteil durch unglückliche Geschäftsabschlüsse verloren. Sprach ihr Schwiegervater davon?

»Frederik hatte Spielschulden. Sehr hohe Spielschulden. Und um die zu begleichen, hat er sich in der Kasse der Firma bedient, für die er damals arbeitete. Nachdem er dort entlassen wurde, hat er sich aus dem Staub gemacht und das Land verlassen.«

»Was?« Entgeistert starrte Mina ihren Schwiegervater an. »Aber …«

»Es ist leider wahr. Und du kannst dir sicher vorstellen, was für einen Skandal es gegeben hätte, wenn das herausgekommen wäre …«, fuhr Paul fort. »Die Lohmeyers sind eine angesehene Familie in Guatemala, und die Schande, einen Dieb unter uns zu haben, wäre auf uns alle zurückgefallen. Also haben mein ältester Sohn Paul und ich den Schaden mit Zins und Zinseszins bezahlt, den Frederik verursacht hat. Die Geschädigten sind zu allem Überfluss gute Freunde der Familie – was meinst du, wie unangenehm uns das Ganze war? Zum Glück waren sie damit einverstanden, die Sache unter den Tisch fallen zu lassen. Leider ist das noch nicht das Ende der Geschichte. Frederiks Mutter, die immer besonders an ihm gehangen hat, nahm sich die Sache so sehr zu Herzen, dass sie krank wurde. Sie ist ein Jahr später gestorben, und ich habe damals ihm die Schuld dafür gegeben.«

Wieder hielt er inne und nahm einen kleinen Schluck aus

der Kaffeetasse. »Doch, der ist wirklich gut. Mal sehen, ob du erraten kannst, welcher Kaffee von unserer Plantage kommt«, sagte er.

Der Wasserkessel auf dem Herd begann zu pfeifen. Mina nahm ihn von der elektrischen Platte herunter und goss den Inhalt in eine weitere Probenkanne. Sie wandte sich wieder zu Paul um und sah ihn fragend an. »Und dann?«

»Der Einzige, dem ich die ganze Geschichte gebeichtet habe, war dein Vater. Wir haben uns damals oft geschrieben, und er hat immer wieder versucht, mich von meinem Groll auf Frederik abzubringen, aber ich wollte nichts davon wissen. Schließlich hat dein Vater jemanden beauftragt, Frederik aufzuspüren, und der hat ihn nach einiger Zeit in Berlin gefunden. Da war er schon beim Militär und dabei, Karriere zu machen. Dein Vater nahm Kontakt zu ihm auf und teilte ihm mit, dass seine Mutter gestorben war. Irgendwann schickte er mir Frederiks Berliner Adresse, mit der Bitte, über meinen Schatten zu springen und ihm zu verzeihen. Aber was tat ich stattdessen? Bestimmt kannst du es dir schon denken.« Traurig sah er Mina an, doch die schüttelte nur unmerklich mit dem Kopf. Sie konnte nicht glauben, was sie da hörte. Aber Herr Lohmeyer schien keine Antwort zu erwarten, er redete einfach weiter. »Ich schrieb meinem Sohn einen wütenden Brief, in dem ich ihn mit Vorwürfen überschüttete und ihn meine Enttäuschung spüren ließ.«

Die Bitterkeit in seinen Worten war so greifbar, dass Minas Herz vor Mitleid schmerzte. Sie zögerte kurz, doch dann legte sie tröstend ihre Hand auf seinen Arm.

»Hat er dir geantwortet?«

Paul sah hoch, und ihre Blicke trafen sich. »Ja.« Er schwieg. Dann holte er tief Luft, so als bereite es ihm große Mühe weiterzureden. Leise sagte er: »Seine Antwort bestand nur aus zwei Sätzen: ›Von jetzt an habe ich keine Familie mehr. Ihr seid für mich gestorben.‹« Er schwieg abermals.

»Dein Vater hatte weiterhin ein Auge auf Frederik und schrieb mir regelmäßig, wie es ihm ging und was er machte. Als Frederiks Militärzeit zu Ende ging, bot er ihm, wie du weißt, sogar eine Stelle im Kontor an. Und das, obwohl er um die Sache mit dem Diebstahl wusste. Karl war wirklich der beste Freund, den man sich wünschen kann. Umso glücklicher war ich, als er mir kurz vor seinem Tod von eurer Verlobung schrieb. Er war so stolz darauf, dass du mit der Arbeit in der Firma so gut zurechtkommst. Und jetzt wollen wir zwei sogar Geschäfte miteinander machen.« Das Lächeln reichte nicht bis zu seinen Augen hinauf, doch er zwinkerte ihr zu. »Aber dafür sollten wir jetzt weiter verkosten, nicht wahr?«

Froh, das Thema Frederik verlassen zu können, probierte Mina weiter. Zwei der Kaffees waren sehr viel leichter als der Mokka und würden mit ihm verblendet eine hervorragende Röstung für besondere Ansprüche ergeben. Einer fiel in der Qualität ein wenig ab und hatte einen säuerlichen Unterton. Der letzte hingegen war mild und rund und hatte eine süßliche Note, die ein wenig an Vanille erinnerte. Mina deutete auf diese Tasse.

»Ich würde wetten, der stammt von euch.«

Paul zog erstaunt die Augenbrauen in die Höhe. »Wie kommst du darauf?«

»Ganz einfach. Mein Vater hat immer gesagt, dass du schon seit Jahren den besten Kaffee von Guatemala anbaust, und dieser hier ist außerordentlich gut.«

»Dieser Karl! Was für ein Schmeichler er doch war. Auch eine Eigenschaft, die du von ihm geerbt zu haben scheinst.«

Paul lachte schallend. »Aber du hast recht. Der stammt wirklich von unserer Plantage.«

»Es wäre mir eine Ehre, damit handeln zu dürfen.«

»Das hatten wir doch ohnehin schon abgemacht. Zuerst einmal schicke ich Paul ein Kabel, dass du die Restbestände von uns und unseren Nachbarn bekommst, damit du wieder was zum Verkaufen am Lager hast, und dann musst du dir überlegen, wie viel du von der nächsten Ernte haben möchtest.«

»Das kommt natürlich auf den Preis an.«

Wieder lachte Paul dröhnend. »Wirklich. Ganz der Vater.« Er legte ihr die Hand auf den Arm. »Um das Geld mach dir mal keine Gedanken, Kind. Ich werde schon dafür sorgen, dass unsere Nachbarn nicht versuchen, dich über den Tisch zu ziehen. Und was unseren eigenen Kaffee angeht, habe ich mir überlegt, dir fünfhundert Sack als Taufgeschenk für die kleine Ella zu schenken.«

»Fünfhundert …« Mina fehlten einen Moment lang die Worte. »Das ist sehr nett von dir, aber das kann ich unmöglich annehmen«, sagte sie schließlich.

»Unfug, natürlich kannst du das annehmen.« Paul zwinkerte ihr zu. »Gönn mir doch das Vergnügen, euch wieder ein bisschen auf die Füße zu helfen. Es wird schon schwierig und vor allem teuer genug werden, den Kaffee nach Hamburg zu verschiffen.«

»Da hast du natürlich recht.« Mina seufzte. »Das wird ein Problem werden. Wir müssen einen Reeder finden, der den Kaffee befördert, ohne ein Vermögen dafür zu verlangen.«

»Kennst du nicht jemanden, der jemanden kennt?« Paul grinste. »So was geht doch immer über Beziehungen.«

»Vor dem Krieg wäre das sicher kein Problem gewesen, aber jetzt ist das nicht so einfach.«

»Einfach die Ohren aufhalten, Deern. Ich werde morgen mal bei Senator Witte vorbeischauen und ihn aushorchen, wer für ihn die Fracht erledigt.«

»Und ich könnte meinen Patenonkel Henry Hullmann fragen. Seine Firma handelt zwar vorrangig mit Tee, aber …«

Mina hielt inne und lauschte. »Hat es gerade an der Tür geklopft?«, fragte sie ihren Schwiegervater.

Paul runzelte die Stirn. »Ich hab nichts gehört.«

Einen kurzen Augenblick horchten beide angestrengt, doch alles war still.

»Mina?«, erscholl da eine dunkle Männerstimme aus dem Vorraum. »Bist du da?«

»Nanu? Erwartest du jemanden?«, fragte Paul.

»Eigentlich nicht«, erwiderte Mina, die bereits an der Tür war und sie öffnete. Heiko Peters stand im Vorraum, die Klinke der Kontortür noch in der Hand.

Er sah so ganz anders aus als sonst. Statt der Kluft der Quartiersleute trug er heute einen Anzug mit steifem Kragen und eine Krawatte. Seinen Hut hielt er noch immer in der Hand, und erst jetzt fiel Mina auf, wie blass er war. Jede der Sommersprossen auf seinen Wangen wirkte wie ein dunkler Fleck.

»Moin, Heiko«, sagte sie freundlich. »Ich hatte heute gar nicht mit dir gerechnet. Unser Teetrinken muss wohl leider ausfallen, weil mein Schwiegervater …«

Heiko trat auf sie zu und griff nach ihren Oberarmen. »Mina, hör zu! Ich glaube, ich habe Edo gefunden«, sagte er heiser. »Er ist hier in Hamburg.«

»Was?« Mina fühlte, wie ihre Knie weich wurden. »Aber wie …? Hast du ihn gesehen?«

»Ja. Ich bin mir so gut wie sicher, dass er es ist«, fügte

Heiko leiser hinzu. Ihre Augen trafen sich, und in seinem Blick lag so viel Schmerz, dass Minas Herz sich zusammenkrampfte. »Er ist in …«

»Guten Morgen«, erklang es von der Tür zur Probenküche her. Dort stand Paul und sah die beiden neugierig an. »Willst du mich nicht mit dem jungen Mann bekannt machen?«

Sofort ließ Heiko Mina los und trat einen Schritt zurück.

Mina wandte sich zu Paul um. Für einen Moment hatte sie beinahe vergessen, dass er hier war. »Ja, natürlich«, sagte sie hastig. »Vater, das hier ist Heiko Peters, einer der Quartiersmänner, mit dem wir hauptsächlich zusammenarbeiten, und ein guter Freund seit Kindertagen. Heiko, darf ich dir meinen Schwiegervater, Herrn Paul Lohmeyer, vorstellen?«

Beide Männer murmelten eine Begrüßung.

»Quartiermeister Peters also.« Paul nickte. »Ich kannte flüchtig einen Quartiermeister Peters weiter oben am Sandtorkai, aber der war etwa in meinem Alter. Wenn ich mich nicht täusche, hieß er Ewald. Ewald Peters. Ist der mit Ihnen verwandt?«

»Sie meinen bestimmt meinen Vater. Ich habe sein Consort nach seinem Tod übernommen.«

»Oh, tut mir leid zu hören, dass er verstorben ist«, sagte Paul bekümmert. »Man hätte ihn sicher mal wegen unseres Frachtproblems fragen können. Diese alten Quartiersleute kennen doch Gott und die Welt.« Er warf Heiko einen fragenden Blick zu. »Aber vielleicht wissen Sie ja auch jemanden, der in den nächsten Wochen gut sechshundert Sack Kaffee aus Guatemala nach Hamburg bringen könnte.«

»Aus dem Stegreif nicht. Aber natürlich höre ich mich gern mal um.« Heikos Gesicht spiegelte wider, wie angespannt er war. In seiner Wange zuckte ein Muskel, als er sich an Paul wandte. »Ich möchte nicht unhöflich sein, Herr Lohmeyer, aber ich müsste Mina kurz allein sprechen.«

»Tut mir leid, Vater, aber es ist wirklich wichtig«, sagte Mina entschuldigend, »Heiko hat …« Paul unterbrach sie und legte ihr die Hand auf den Arm. »Wenn es so wichtig ist, natürlich«, sagte er. »Ich hatte vorhin ja schon gesagt, dass ich bei Senator Witte vorbeischauen will. Das kann ich ebenso gut jetzt gleich erledigen.« Er ging zur Garderobe hinüber und nahm seinen Hut vom Brett. »Ich bin in einer Stunde wieder zurück. Wir wollen ja schließlich deine Großmutter nicht verärgern.«

Er zwinkerte Mina zu und verschwand durch die Tür.

»Er scheint ganz nett zu sein«, stellte Heiko fest.

»Ja, das ist er wirklich«, stimmte Mina zu. »Und das Beste ist, er wird uns mit Rohkaffee beliefern.«

»Das sind gute Nachrichten, Mina.« Er seufzte und rieb sich mit der Hand über die Stirn. »Anders als die, die ich mitbringe, fürchte ich.«

»Was ist denn passiert, Heiko? Du bist ja ganz durcheinander.«

Einen Augenblick sah er sie einfach nur an. »Setz dich lieber. Bei dem, was ich dir zu erzählen habe, könnten dir die Knie weich werden.«

Mina ging um den Schreibtisch herum, an dem früher der Bürovorsteher Herr Becker seinen Platz gehabt hatte, und setzte sich auf seinen Stuhl. Erwartungsvoll schaute sie zu Heiko hoch. »Also?«

Der junge Mann zog sich ebenfalls einen Stuhl heran und setzte sich ihr gegenüber. Er stützte sich mit den Ellbogen auf den Knien ab und sah kurz zu Boden, während er nach den richtigen Worten zu suchen schien.

»Du weißt doch, dass ich in der Bürgerschaft in der Kommission bin, die sich um die Kriegsversehrten kümmert, nicht wahr?«, begann er schließlich. »Nun, in dieser Eigenschaft war ich gestern mit zwei anderen Herren in Eilbek in der Irrenanstalt. Dort sind etliche der Kriegszitterer untergebracht. Du weißt, was das ist, oder?«

»Ja, ich habe davon gehört, aber Genaues weiß ich nicht.«

»Das sind die Soldaten, die der Krieg verrückt gemacht hat. Ich meine, Albträume haben wir wohl alle, die wir an der Front waren, aber bei ihnen hat der Albtraum kein Ende mehr. Viele zittern so sehr, dass sie nicht einmal Messer und Gabel halten können und gefüttert werden müssen. Diese Männer … diese Kameraden zu sehen ist einfach …« Wieder suchte Heiko nach Worten. »… fürchterlich.«

Heiko holte tief Luft und ließ sie langsam wieder entweichen. »Und niemand kann ihnen wirklich helfen. So etwas wie Heilung gibt es nicht, höchstens Linderung durch starke Medikamente, mit denen sie ruhiggestellt werden. Sie sitzen dort nur herum, stieren vor sich hin, manche tragen immer noch die Verbände ihrer körperlichen Verletzungen. Es hat mir das Herz zerrissen, und ich wollte nichts wie weg von diesem schrecklichen Ort. Nichts mehr sehen und bloß noch raus da. Wir waren schon beinahe am Ausgang, als mein Blick zufällig auf einen der Männer fiel, die auf einer Bank im Garten saßen. Es traf mich wie ein Schlag, und ich blieb stehen, um ihn genauer anzusehen. Auch wenn er furchtbar mager war, einen Kopfverband und eine Augenklappe trug, hab ich ihn sofort erkannt. Es war Edo! Ich wollte ihn ansprechen, doch dann hob er den Kopf und starrte einfach durch mich hindurch, so als wäre ich gar nicht da.«

Heiko senkte den Kopf und schwieg.

»Bist du dir wirklich sicher, dass es Edo war?

Heiko sah zu ihr hoch, und sein Gesicht verzerrte sich. »Ich werde doch noch meinen eigenen Bruder erkennen!«

»Schon«, sagte sie beschwichtigend. »Aber du hast gerade auch gesagt, er habe sich sehr verändert. Und hinzu kommt, dass du ihn etliche Jahre nicht gesehen hast. Vielleicht hat dir auch die Sehnsucht nach ihm einen Streich gespielt. Vielleicht sah ihm der Mann nur ähnlich.«

»Es war Edo. Ich bin mir sicher. Auch wenn in seiner Krankenakte Gefreiter Edward Becker steht, wie ich anschließend erfahren habe. Aber ich bin ganz sicher, dass es Edo war.«

»Heiko, so hör doch ...« Ihr beruhigender Tonfall schien das Gegenteil von dem zu bewirken, was sie beabsichtigt hatte. Heiko sprang auf und warf ihr einen wütenden Blick zu.

»Du glaubst mir nicht!«, rief er aufgebracht. »Du meinst, ich hätte mir das nur eingebildet. Glaubst, meine Fantasie sei mit mir durchgegangen. Nein, Mina! Ich sage die Wahrheit. Das war Edo in dieser Irrenanstalt. Fahr mit mir nach Eilbek und überzeuge dich selbst davon!«

»Aber, Heiko, wie soll ich das denn machen? Mein Schwiegervater ist in Hamburg, das Haus ist voller Gäste, und ich habe keine Zeit, einem Phantom nachzulaufen.«

Heiko funkelte sie wütend an. Er streckte den Zeigefinger seiner linken, zerschossenen Hand in ihre Richtung.

»Doch, das kannst du«, sagte er leise. »Und das musst du auch. Weil du es ihm gottverdammt schuldig bist!«

SIEBEN

Am späten Nachmittag lenkte Mina die Limousine auf das Gelände der Staatskrankenanstalt in Eilbek und stellte den Wagen ab. Nachdem sie ausgestiegen war, schaute sie sich suchend um und sah, dass Heiko bereits vor dem Hauptgebäude, einem schmucken Backsteinbau mit großen Fenstern, auf sie wartete.

»Da bist du ja!«, sagte er, als sie ihn erreicht hatte. »Ich hatte schon die Befürchtung, du würdest doch nicht kommen.«

»Wenn ich etwas zusage, dann halte ich es für gewöhnlich auch«, erwiderte sie spitz. Heiko runzelte die Stirn. »Entschuldige, ich wollte nicht schnippisch klingen«, fügte sie hinzu. »Aber es war nicht so einfach hierherzukommen. Schließlich musste ich sogar Großmutter und meinen Schwiegervater anschwindeln, dass ich noch einmal ins Kontor müsste. Zum Glück hat niemand nach dem Grund gefragt.«

»Weiß jemand, wo du wirklich bist?«

»Nur Irma. Sie ist die Einzige, die weiß, was damals vorgefallen ist, und ich hatte das Gefühl, einen guten Rat zu brauchen, ob ich dich begleiten sollte oder nicht.«

»Was hat sie dir geraten?«

Mina sah in Heikos strahlend blaue Augen. »Sie sagte, ich

solle mir keine Hoffnungen machen, dass es wirklich Edo ist, aber dass ich mich selbst davon überzeugen soll.«

»Sie scheint ein vernünftiges Mädchen zu sein.«

Obwohl sie sich vor Nervosität ganz zittrig fühlte, musste Mina lächeln. »Das ist sie, aber sie würde es im Leben nicht zugeben.«

»Du musst uns unbedingt mal vorstellen.« In Heikos Augenwinkeln bildeten sich kleine Falten, als er ihr Lächeln erwiderte.

»Das werde ich. Versprochen!« Mina holte tief Luft. »Wollen wir dann?«

»Nach dir.« Heiko öffnete die blau gestrichene Tür und hielt sie Mina auf. »Dort müssen wir hin«, sagte er und deutete nach rechts den Gang hinunter. »Ich habe einen Termin mit dem Arzt gemacht, der Edo behandelt, einem Doktor Berger.«

Einen Moment lag es Mina auf der Zunge, dass sie ja gar nicht sicher sein konnten, dass es sich bei dem Gefreiten Becker wirklich um Edo Blumenthal handelte, doch sie schluckte die Bemerkung hinunter.

Heiko schritt zügig den Gang entlang, der durch die großen Fenster auf der rechten Seite erhellt wurde. Immer wieder schaute er nach links auf die Schilder, die neben den Türen angebracht waren, die vom Flur abgingen. An der vorletzten blieb er stehen und klopfte.

»Ja, bitte?«, hörte Mina eine männliche Stimme von drinnen, und Heiko öffnete die Tür. Hinter einem Schreibtisch saß ein Mann mittleren Alters im weißen Arztkittel, der sich erhob, als Heiko und Mina das Zimmer betraten. Mit ausgestreckter Hand kam er auf sie zu und begrüßte sie.

»Sie sind der junge Mann, der sich nach dem Gefreiten Becker erkundigen möchte, nicht wahr?«, fragte er, nachdem er sich vorgestellt und ihnen einen Platz angeboten hatte.

Heiko nickte. »Als ich gestern mit der Delegation der Bürgerschaft hier war, glaubte ich, in ihm meinen Bruder erkannt zu haben, aber ich bin mir nicht sicher. Darum sind wir hergekommen.« Er warf einen kurzen Blick in Minas Richtung. »Um mehr über ihn zu erfahren.«

»Ich fürchte, ich kann Ihnen nicht groß weiterhelfen.« Der Mediziner faltete die Hände und seufzte vernehmlich. »Becker ist jetzt seit zwei Monaten bei uns und hat seither kaum ein Wort gesprochen. Schon gar nicht darüber, was ihm zugestoßen ist. Mir ist nur bekannt, dass er zuvor in einem Krankenhaus und zwei weiteren Anstalten gewesen ist, ehe er hergebracht wurde. Leider hat sich sein Zustand immer noch kaum gebessert, aber das war ja auch nicht zu erwarten.«

Heikos Lippen waren vor Anspannung zu einem schmalen Strich geworden. »Was ist denn mit ihm, Herr Doktor?«

»Soweit ich weiß, ist er der einzige Überlebende seiner Einheit bei einem Gasangriff der Franzosen. Wurde schwer verletzt unter einem Haufen von Leichen hervorgezogen. Ein Auge hat er durch ein Schrapnell verloren und das andere …« Der Arzt schwieg für einen Moment. »Vielleicht kommt ein bisschen der Sehkraft zurück, aber das können wir leider nicht versprechen.«

»Er ist blind?«, entfuhr es Mina entsetzt.

Dr. Berger nickte. »Ja, jedenfalls derzeit. Wie ich schon sagte, wir hoffen, dass er im Laufe der nächsten Monate oder Jahre wieder in der Lage sein wird, wenigstens etwas zu erkennen. Hinzu kommen die Nervenschäden, die Becker erlitten hat. Er zittert so stark, dass er nicht in der Lage ist, irgendetwas in der Hand zu halten. Wenn er kein Morphium erhält, ist es von Zeit zu Zeit so schlimm, dass er kaum laufen kann.«

Wieder seufzte der Arzt und suchte Minas Blick. »Wissen Sie, zu Anfang des Krieges hat man geglaubt, die Kriegszitterer seien alles nur Drückeberger. Feiglinge, die nicht zurück an die Front wollten. Ich bin der Meinung, diese armen Kerle können nichts dafür. Wer durch die Hölle und zurück gegangen ist, dem kann man es nicht verübeln, wenn die Nerven nicht mehr mitmachen. Sie wissen ja, wovon ich rede, nicht wahr, Herr Peters?«

Heiko nickte nur. Mina sah, dass er mit der rechten Hand seine Linke massierte, an der ihm zwei Finger fehlten.

»Können wir mit ihm sprechen?«, fragte er schließlich heiser.

»Ich weiß nicht, ob das eine gute Idee wäre«, sagte der Arzt zögernd.

»Bitte! Ich muss wissen, ob Becker mein Bruder ist.«

Der Arzt musterte Heiko, ehe er antwortete. »Sie können es versuchen, aber seien Sie versichert, das ist er nicht mehr.«

Mina hakte sich bei Heiko unter, während sie dem Arzt durch die langen Gänge des Gebäudes folgten. Er brachte sie zu einer Tür mit Glasfenstern, die in einen von einer hohen Backsteinmauer umschlossenen Garten führte. Im Schatten einiger großer Kastanien hatte man Holzbänke aufgestellt, auf denen die Kranken Platz nehmen konnten. Es hätte ein friedlicher Anblick sein können, wenn einem die schweren Verletzungen und Verstümmelungen der vielen Kriegsversehrten nicht so deutlich ins Auge gesprungen wären. Ein Mann kam ihnen auf Krücken gestützt langsam entgegen. Sein rechtes Bein fehlte.

Mina griff fester nach Heikos Arm und versuchte, sich ihr Erschrecken nicht anmerken zu lassen. Um zu verhindern, irgendeinen der Patienten anzustarren, schaute sie unverwandt auf den weißen Kittel des Arztes, der vor ihnen herging.

Dr. Berger führte sie zu einer Bank weit hinten im Garten, die unter einer dicht belaubten Buche stand. Dort saßen zwei Männer nebeneinander. Der rechte trug einen zottigen blonden Vollbart, das konnte unmöglich Edo sein. Den anderen konnte Mina nicht sehen, weil Dr. Berger direkt vor ihm stehen geblieben war.

»Herr Berger?«, hörte sie den Arzt sagen. »Da ist Besuch für Sie gekommen.«

»Besuch?« Die Stimme des Soldaten war rau wie ein Reibeisen.

»Ja. Ein Herr und eine junge Dame sind für Sie hier.«

»Ich kenne niemanden, der mich besuchen würde. Schicken Sie sie wieder weg.«

»Aber sie sind schon hier. Wollen Sie sie nicht wenigstens begrüßen?«, fragte der Arzt sanft.

»Nein«, sagte der Mann auf der Bank schroff. »Niemand soll mich so sehen.«

Dr. Berger drehte sich zu Mina und Heiko um und seufzte. »Sie haben es gehört«, sagte er. »Gefreiter Becker möchte nicht, dass man ihn besucht.«

Jetzt konnte Mina den Soldaten auf der Bank deutlich erkennen. Sie zog scharf die Luft ein und biss sich auf die Unterlippe, um ein Aufschreien zu verhindern.

Der Mann vor ihr war sehr mager und schwer vom Krieg gezeichnet. Dort, wo sein linkes Auge sein sollte, befand sich eine Augenklappe. Die gesamte linke Gesichtshälfte war von fingerbreiten, flammend roten Narben bedeckt, die den Mundwinkel nach oben zogen. Vom linken Nasenflügel schien ein Stück zu fehlen. Auf der rechten Seite waren die

Verletzungen nicht ganz so gravierend, nur ein paar kleinere Narben waren auf den Wangen zu sehen. Das dunkle Haar war so kurz geschoren, dass man die Kopfhaut durchschimmern sehen konnte. Das Auge, das ihm geblieben war, war von einem so dunklen Braun, dass es Mina wie ein Blitz traf. Sie schlug die Hände vor den Mund, vor Schock wie erstarrt.

Genau wie Edos Augen, schoss es Mina durch den Kopf. Kein Wunder, dass Heiko ihn für Edo gehalten hat.

Heiko ließ ihren Arm los, schob sich an Dr. Berger vorbei und ging vor dem verletzten Soldaten in die Knie. »Edo?«, sagte er. »Ich bin es! Heiko.« Er legte dem Mann auf der Bank die Hand auf das Knie. »Dein Bruder Heiko.«

Mina sah, wie der Kranke die Hand hob, die in seinem Schoß gelegen hatte. Sie zitterte wie Espenlaub. Einen Moment lang schien es, als wolle er Heikos Rechte berühren, dann ließ er sie kraftlos wieder sinken.

»Sie müssen sich irren«, sagte er heiser. »Mein Name ist nicht Edo, sondern Edward. Edward Becker.«

Langsam schüttelte Heiko den Kopf, ohne den Blick von Beckers Gesicht zu wenden. »Ich weiß nicht, warum du es leugnest, aber ich erkenne dich. Ich würde dich immer und überall erkennen, Edo.«

»Ich sage Ihnen, ich bin nicht der, für den Sie mich halten. Lassen Sie mich in Ruhe.«

»Wie könnte ich das?«, fragte Heiko heiser. Seine Schultern bebten. Mina war sich sicher, dass er weinte. »Wie könnten wir das? Edo, Mina ist auch hier. Sie ist mitgekommen, um dich zu sehen.«

Das verbliebene Auge des Kranken, das vorher ruhelos umhergewandert war, senkte sich zu Heiko hinunter. »Mina?«, fragte er leise.

Mina drückte die Hand fest auf den Mund, um ihr Schluchzen zurückzuhalten.

»Ja, Mina ist hier.« Heiko drehte sich um, ohne seine Hand von Edos Knie zu nehmen, und winkte sie heran.

Mit einer schnellen Bewegung wischte sich Mina die Tränen aus den Augen und ging neben Heiko in die Knie. »Ich bin hier, Edo!«, sagte sie.

Langsam drehte der Mann auf der Bank den Kopf in ihre Richtung, doch sein Gesicht war weiter ohne jeden Ausdruck. »Sie müssen mich verwechseln. Ich kenne keine Mina.«

Hatte Mina noch den leisesten Zweifel gehabt, ob es sich bei diesem Mann wirklich um Edo handelte, so war dieser nun ausgeräumt. Von Nahem erkannte Mina die vertrauten Gesichtszüge von Edo in der rechten, beinahe unversehrten Seite wieder. Dieser Zug um den Mund, die geschwungenen Lippen, das Kinn, das von dunklen Stoppeln bedeckt war. Nein, es gab keinen Zweifel. Es war Edo!

»Jetzt wird alles gut werden, hörst du?«, sagte sie mit tränenerstickter Stimme. »Heiko und ich, wir werden uns um dich kümmern. Glaub mir, Edo. Du wirst wieder gesund werden.«

Mina spürte, wie sich eine Hand auf ihre Schulter legte, und drehte sich um. Dr. Berger stand hinter ihr. Er warf ihr einen warnenden Blick zu und legte einen Finger an die Lippen. »Ich glaube, das war für heute genug Aufregung für meinen Patienten«, sagte der Arzt. Dann wandte er sich an Edo. »Ich schicke gleich eine Schwester mit Ihren Tropfen zu Ihnen.«

Heiko und Mina standen auf. Heiko beugte sich noch einmal vor und griff nach der Hand des Kranken. »Tschüss, Edo. Wir kommen dich bald wieder besuchen.«

Der Kranke auf der Bank antwortete nicht, aber er nickte.

Dr. Berger bedeutete Mina und Heiko, ihm zu folgen. Erst als die Tür zum Garten sich hinter ihnen geschlossen hatte und sie wieder im Flur des Hauptgebäudes standen, drehte er sich zu ihnen um.

»Ich will ganz ehrlich zu Ihnen sein. Sie sollten diesem armen Mann nichts versprechen, was Sie nicht halten können. Vor allem sollten Sie ihm nicht sagen, dass er wieder gesund wird. Das Leben, so wie er es kannte, ist in jedem Fall vorbei, selbst wenn er einen Teil seiner Sehkraft zurückerlangt.« Die Augen des Arztes funkelten ärgerlich. »Er wird zeit seines Lebens auf starke Medikamente und die Hilfe anderer Menschen angewiesen sein. Wollen Sie das gewährleisten? Oder besser gesagt, können Sie das?«

In Heikos Wange zuckte ein Muskel, als er den Arzt herausfordernd ansah. »Natürlich, sonst wäre ich nicht hier.«

»Trauen Sie es sich zu, ihn zu pflegen? Haben Sie die nötige Zeit dafür? Es muss immer jemand um ihn sein, wenigstens in den nächsten Monaten. Und wenn sein Augenlicht nicht zurückkommt, muss er als Blinder in der Welt zurechtkommen. Er muss dann alles neu lernen: Lesen, Schreiben, vielleicht einen neuen Beruf. Mal ganz abgesehen von der Zeit, es wird auch eine Menge Geld kosten, sich um ihn zu kümmern.«

»Das bekommen wir schon hin«, hörte Mina sich selbst sagen. »Und für die Pflege werden wir auch sorgen, da können Sie versichert sein, Dr. Berger. Was auch immer er braucht, wir werden es bereitstellen. Wann kann er das Krankenhaus verlassen?«

Der Arzt warf Mina einen überraschten Blick zu. »Sie meinen das wirklich ernst, oder?«

»So ernst, wie ich noch nie etwas gemeint habe.«

Ein schmales Lächeln erschien auf den Lippen Dr. Bergers. »Becker sollte noch in der Klinik bleiben, bis wir die Morphiumdosis für ihn richtig eingestellt haben, ich schätze, in ein paar Wochen sind wir so weit. Wenn Sie danach seine Pflege sicherstellen können, können wir ihn in Ihre Obhut übergeben.«

»Können wir ihn bis dahin hier besuchen?«, fragte Heiko.

»Natürlich. Wenn Sie mir versprechen, ihn nicht aufzuregen oder zu sehr anzustrengen.«

»Abgemacht. So machen wir es.« Mina streckte dem Arzt die Rechte entgegen, als hätte sie gerade eine Partie Rohkaffee erworben.

Der Arzt ergriff ihre Hand und lächelte. »Frau Peters, es war mir ein Vergnügen, eine so patente Frau wie Sie kennenzulernen.«

Dr. Berger verabschiedete sich und versprach, sie auch weiterhin über den Gesundheitszustand Edos auf dem Laufenden zu halten.

Mina und Heiko gingen schweigend nebeneinander her. Erst kurz bevor sie den Ausgang erreichten, stellte Heiko die Frage, auf die Mina gewartet hatte.

»Glaubst du mir jetzt, dass es Edo ist?«

»Ja«, erwiderte sie schlicht. »Sein Gesicht ist zwar durch Narben entstellt, und er hat kaum mehr als drei Sätze gesagt. Außerdem hat er strikt geleugnet, dass er es ist. Aber ja, ich glaube dir.«

»Ich kenne Edo, seit ich denken kann«, erwiderte Heiko. »Und ich kenne ihn besser als irgendeinen anderen Menschen. Wenn ich eines weiß, dann, dass er auf keinen Fall jemandem zur Last fallen will, darum leugnet er, Edo Blumenthal zu sein.

Verstehst du, er macht das nur, weil er nicht will, dass wir uns um ihn kümmern. Lieber würde er sterben.« Heiko steckte die Hände in seine Manteltaschen und sah auf seine Fußspitzen. »Und das sage ich nicht nur so dahin. Dieser Mann da auf der Bank hat aufgegeben, um sein Leben zu kämpfen. Alles, was er will, ist, dass man ihn in Ruhe lässt. Darum auch der falsche Name.«

»Edward Becker ...« Nachdenklich runzelte Mina die Stirn. »Edo hat mir mal geschrieben, dass ihn in Amerika alle Edward nennen.«

»Und Becker vermutlich nach dem Bürovorsteher in eurem Kontor.« Heiko sah Mina forschend in die Augen. »Und du willst wirklich mit mir zusammen seine Pflege übernehmen? Nach all der Zeit ...?«

Hilflos zog Mina die Schultern hoch. »Ja, nach all der Zeit ... Du hast es doch selbst gesagt, ich bin es Edo gottverdammt schuldig.«

Betreten sah Heiko zu Boden. »Es tut mir leid, dich so angefahren zu haben, Mina.«

»Nein, das war schon richtig so. Du hast ja recht damit.« Mina suchte seinen Blick und lächelte ihm zu. »Edo ist dein Bruder, und du musst ihm selbstverständlich helfen. Was wäre ich für eine Freundin, wenn ich dir da nicht beistünde?«

Zu ihrer grenzenlosen Überraschung beugte Heiko sich vor und küsste sie flüchtig auf die Wange. »Du bist großartig, Mina.«

Für eine Sekunde blieb sie an dem warmen Ausdruck hängen, der in seinen tiefblauen Augen lag, dann riss sie sich los und lachte laut. Selbst in ihren eigenen Ohren hörte es sich fremd und schrill an.

»Wenigstens einer, der das einsieht!«, sagte sie und zwinkerte ihm zu. »Wie sieht es aus, Heiko? Wir haben jetzt eine Menge Dinge zu planen. Hast du Zeit, mit zu uns zu kommen, um alles zu besprechen?«

»In die hochherrschaftliche Villa deiner Großmutter?« Heiko schüttelte entschieden den Kopf. »Gott bewahre! Da käme ich mir fehl am Platz vor. Besser, wir setzen uns morgen im Kontor zusammen.«

Nachdenklich wiegte Mina den Kopf hin und her. »Du hast recht. Aber ich werde Irma schon mal einweihen und sie morgen mitbringen. Sie ist patent und hat immer gute Ideen.«

»Patent wie Frau Peters.« Heiko grinste. »Du hast gar nicht widersprochen, als der Arzt dich für meine Frau gehalten hat.«

»Du hast es ja auch nicht für nötig gehalten, mich richtig vorzustellen.« Freundschaftlich knuffte Mina Heiko in den Oberarm. »Du bist mir vielleicht einer!«

Sie hakte sich bei ihm unter, und gemeinsam verließen sie das Krankenhaus.

»Es tut mir leid, wenn ich euch widersprechen muss, aber ihr habt keine Ahnung, worauf ihr euch da einlasst.« Irma stellte ihre halb leere Kaffeetasse so schwungvoll auf das Tischchen neben den Ledersesseln im Chefzimmer des Kontors, dass das Porzellan klirrte. Entrüstet sah sie von Heiko zu Mina und schüttelte den Kopf. »Sag du doch auch mal was dazu, Agnes!«, forderte sie dann Minas Schwester auf, die sich einen der Schreibtischstühle aus dem Vorraum geholt hatte, auf dem sie in ihrem modischen wadenlangen Seidenkleid etwas deplatziert wirkte.

»Was soll ich sagen, das ich nicht schon gestern Abend gesagt habe?«, sagte Agnes schulterzuckend. »Du weißt selbst, was für ein Sturkopf Mina sein kann. Wenn sie sich etwas in den Kopf gesetzt hat, gibt es kaum etwas, das sie davon abbringen kann.«

Die drei jungen Frauen hatten bereits am Vorabend bis weit nach Mitternacht »Kriegsrat« in Minas Zimmer gehalten, hatten in ihren Nachthemden mit den Füßen unter der Decke auf ihrem Bett gesessen und hin und her diskutiert. Ohne Ergebnis. Zu Minas Überraschung war Irma gar nicht von der Idee angetan, dass ihre Freundin dabei helfen wollte, einem blinden Kriegsversehrten Obdach und Pflege angedeihen zu lassen. »Wie lange habt ihr ihn nicht mehr gesehen?«, hatte sie gefragt.

»Beinahe sieben Jahre. Edo ist im Jahr vor dem Krieg nach Amerika gegangen.«

»Da siehst du es! Sieben Jahre sind eine verflixt lange Zeit. Menschen verändern sich. Manche so sehr, dass man sie nicht wiedererkennen würde. Wer weiß, was für einen Mann ihr euch da ins Haus holen würdet?«

Mina seufzte vernehmlich. Sie hatte gehofft, bei diesem Treffen im Kontor mit den dreien so etwas wie einen konkreten Plan ausarbeiten zu können, wo man den Kranken unterbringen könnte, wer die Pflege übernehmen sollte und wie man weiter vorgehen würde, aber davon waren sie noch weit entfernt.

»Ich weiß nur zu gut, was für ein Sturkopf Mina ist«, sagte Irma. »Aber ich gebe doch zu bedenken, dass ihr nicht wisst, was der Krieg aus diesem Mann gemacht hat und ob er nicht vielleicht sogar ein Risiko darstellt.«

»Ein Risiko?« Heikos Augen sprühten vor Zorn. »Vergessen Sie nicht, dass Sie von meinem Bruder reden, Gnädigste.«

»Edo ist, wie ich weiß, kein Blutsverwandter, sondern Ihr Ziehbruder, den Sie seit etlichen Jahren nicht gesehen haben.

Vorausgesetzt, es ist wirklich Edo, was der Mann ja wohl gestern abgestritten hat.« Auch Irmas Augen blitzten angriffslustig.

Beschwichtigend hob Mina die Hände. »Bitte, beruhigt euch doch«, sagte sie, ehe sie sich wieder an Irma wandte. »Wir haben gestern mit dem Arzt besprochen, dass wir uns um seine Pflege kümmern werden. Und wir stehen zu unserem Wort.«

»Aber er ist doch jetzt auch gut untergebracht.«

Heiko schnaubte. »Gut?«

Irma warf ihm einen vernichtenden Blick zu. »Unter den gegebenen Umständen durchaus. Er bekommt Medikamente, wird gepflegt, bekommt zu essen. Was sollte er mehr wollen?«

Heiko holte tief Luft und bemühte sich sichtlich um einen ruhigen Ton. »Der Mann … Edo … ist in einer Irrenanstalt untergebracht. Sie geben ihm Medikamente, die ihn betäuben. Er ist blind. Und falls er irgendwann wieder sehen können sollte, wissen Sie, was dann mit ihm passiert? Das Irrenhaus wird ihn entlassen. Sie setzen ihn einfach vor die Tür. Das ist es, was dann passiert.« Mina sah, dass Heikos Hände zu zittern begonnen hatten.

»Nun …«, begann Irma.

»Sie werfen ihn raus. Er wird auf der Straße landen«, rief Heiko mit bebender Stimme. »Er wird betteln müssen, so wie all die anderen Kriegsversehrten, die man nicht mehr heilen kann. Erst wurden die Männer an die Front geschickt, und jetzt lässt man sie im Stich, und sie müssen verhungern. Was glauben Sie, wie viele Tote in Hamburg jeden Morgen aufgefunden werden? Manchmal sind es fünf, manchmal über fünfzig. Die Polizeiberichte über die Kriegsversehrten landen auf meinem Schreibtisch, und es bricht mir um jeden einzelnen das Herz. Aber von so was haben Sie natürlich keine Ahnung, *Hoheit*!« Das letzte Wort spuckte er förmlich aus.

Einen Augenblick war es so still, dass man das Ticken der Messinguhr an der Wand hören konnte.

Irma war sehr blass geworden, aber sie wich Heikos Blick nicht aus. »Nein, das wusste ich nicht. Wie auch? So etwas steht in keiner Zeitung.« Ihre Züge nahmen einen harten Ausdruck an, als sie weitersprach. »Ja, ich lese Zeitung, und zwar nicht nur die Gesellschaftsseite. Sie halten mich für ein verwöhntes und naives Mädchen vom Lande, Herr Peters, aber Sie haben unrecht. Ich bin weder verwöhnt noch bin ich naiv. Vor allem aber kann ich nichts dafür, in meine Familie hineingeboren worden zu sein und diesen vermaledeiten Titel zu tragen, also machen Sie mir das nicht zum Vorwurf. Mein Name ist Irma, und ich würde mir wünschen, dass Sie mich so nennen.«

»Also gut. Irma!«, sagte Heiko mit einem schmalen Lächeln um die Lippen. »Dann machen wir doch Nägel mit Köpfen und sagen Du zueinander, wie es hier am Hafen unter Gleichgestellten üblich ist.«

»Sehr gern, Heiko!«

Sie beugte sich vor und streckte ihm ihre Hand entgegen. Nach kurzem Zögern ergriff Heiko sie und drückte sie so fest, dass Irmas Fingerknöchel weiß hervortraten, aber die junge Frau verzog keine Miene. Mina grinste. Sie bewunderte Irma für ihren Mumm.

»Also gut, nachdem das Formelle jetzt endgültig geklärt zu sein scheint, lasst uns überlegen, wie wir weiter vorgehen«, sagte Mina mit einem Blick auf die Uhr. »Sonst haben wir noch nicht einmal angefangen, irgendetwas zu planen, ehe mein Schwiegervater wieder hier ist.«

Sie hatte Paul Lohmeyer am Kehrwieder herausgelassen. Er war bei Senator Witte mit einigen Hamburger Reedern verabredet, die dieser zu einem Frühstück eingeladen hatte. Paul wollte gegen halb zwölf im Kontor von *Kopmann & Deharde* sein und würde hoffentlich gute Nachrichten mitbringen. Er war auf der Suche nach einem Frachter, der den Rohkaffee zu einem bezahlbaren Preis nach Hamburg transportieren würde.

»Also es bleibt dabei, wir nehmen Edo auf, sobald er aus dem Krankenhaus entlassen wird«, stellte Mina fest. »Aber wo bringen wir ihn unter? Heiko hat weder genug Platz in seiner Wohnung noch die Mittel, sich um ihn kümmern zu können. Er müsste eine Pflegerin einstellen.«

»Im Zweifel würde ich mir eine andere Bleibe suchen«, sagte Heiko. »Und eine Pflegerin könnte ich einstellen.«

»Das ist doch nicht nötig«, sagte Agnes. »In Großmutters Villa ist mehr als genug Platz.«

»Schon, aber wie soll das gehen? Ihr seid doch nur Frauen im Haus«, warf Irma ein. »Es sei denn, Frederik beschließt, sein Berliner Domizil aufzugeben und nach Hamburg zurückzukehren.«

»Frederik …«, murmelte Mina. »Darüber habe ich überhaupt noch nicht nachgedacht.«

»Wenn er mit deinem früheren Liebsten unter einem Dach wohnen soll? Das könnte ein Problem darstellen«, sagte Irma mit einem Augenzwinkern.

»Liebsten?«, fragte Agnes verblüfft.

»Lange Geschichte.« Mina winkte ab. »Erzähle ich dir ein anderes Mal.« Sie rieb sich nachdenklich das Kinn. »Dann kann er nicht als Edo Blumenthal bei uns wohnen, sondern als Edward Becker. Großmutter hat sich nie viel um die Angestellten im Kontor gekümmert. Ob unser ehemaliger Bürovorsteher einen Sohn hatte oder nicht, weiß sie sicher nicht. Wir appellieren an ihr gutes Christenherz, einem Kriegsversehrten, der früher im Kontor beschäftigt war, wieder auf die Füße zu helfen.«

»Überlass das ruhig mir, ich überrede sie schon. Außerdem muss er ja nicht mit in der Villa wohnen«, sagte Agnes. »Über der Garage ist doch noch die alte Kutscherwohnung. Da ist zwar lauter Gerümpel drin, aber die kann man sicher schnell wieder in Ordnung bringen.«

»Das ist eine hervorragende Idee, Agnes.« Mina sah ihre Schwester dankbar an. Plötzlich kam ihr eine Idee. Lotte! Hatte sie ihr nicht neulich erst ihre Hilfe angeboten? Und jetzt würde sie ihre Chance bekommen. »Statt einer Pflegerin könnte ich Lotte bitten, sich um ihn zu kümmern«, sagte Mina nachdenklich. »Sie wird froh sein, mir auf diese Weise ihre Dankbarkeit zeigen zu können. Schließlich haben wir Lotte in ihrer Notlage auch geholfen.«

»Es gibt noch eine dritte Möglichkeit«, warf Irma ein. »Ich könnte meiner Mutter schreiben und sie um Erlaubnis bitten, Edo mit zu mir nach Hause zu nehmen. Da hätte er gute Luft und seine Ruhe.«

»Aber nicht eine Menschenseele, die er kennt«, sagte Heiko finster.

»Zugegeben«, meinte Irma. »Das wäre sicher nicht einfach für ihn.«

»Außerdem würde es bedeuten, dass du in ein paar Wochen wieder nach Ostpreußen zurückfahren müsstest, wo deine Mutter bestimmt wieder versuchen wird, dich schnellstmöglich unter die Haube zu bringen. Ich weiß, dass du den Gedanken verabscheust. Ich denke schon die ganze Zeit darüber nach, dich zu bitten, über den Winter in Hamburg zu bleiben, um mir im Kontor zu helfen, wenn der Kaffee kommt«, fügte Mina an Irma gerichtet hinzu. »Ich kann das Geschäft unmöglich allein bewältigen, und du hast doch im Pensionat eine kaufmännische Ausbildung gemacht.«

»Ich bin auch noch da«, sagte Agnes und hob den Finger wie in der Schule. »Ich möchte auch helfen.«

»Gern, wenn du dir das zutraust.« Sie griff nach Agnes' Hand und drückte sie dankbar. »Du könntest zum Beispiel den Schreibkram und das Telefon übernehmen. Wir besorgen eine von diesen neumodischen Schreibmaschinen, und du lernst, wie man damit umgeht.«

»Großmutter wird es gar nicht zusagen, wenn ich eines dieser frivolen Bürofräuleins werde, aber mir gefällt die Vorstellung.« Agnes' hübsche grüne Augen blitzten. »Außerdem hat sie irgendwann auch nichts mehr dazu gesagt, dass du jetzt die Firma führst. Sie wird sich schon wieder beruhigen. Die Zeiten ändern sich eben. Zu Hause darauf zu warten, dass mir jemand den Hof macht, ist mir jedenfalls zu langweilig.«

Mina lachte. »Das verstehe ich.« Sie warf einen fragenden Blick in die Runde. »Also ist es abgemacht? Edo kommt zu uns in die Villa, wenn er entlassen wird, und wir drei werden *Kopmann & Deharde* wieder zu altem Glanz bringen.«

In diesem Moment klopfte es an der Tür des Chefzimmers. Noch ehe Mina »Herein« sagen konnte, betrat Paul Lohmeyer, noch in Hut und Mantel, den Raum.

»Erfolg auf ganzer Linie, Mina!«, rief er und stutzte, als er die jungen Leute in der Sitzecke wahrnahm. »Nanu, was ist denn das für eine Versammlung?«, fragte er. »Habt ihr eine Verschwörung im Sinn?« Sein Lachen war tief und kehlig.

Mina erhob sich von ihrem Stuhl und ging ihm entgegen.

»Nein, nicht gerade eine Verschwörung, Vater. Aber Heiko hat gestern im Sanatorium einen alten Freund von uns gefunden, und wir haben besprochen, wie wir ihm helfen können.« In kurzen Worten berichtete sie ihm, um was es ging, natürlich ohne zu erwähnen, wie nah sie und Edo sich früher gestanden hatten.

»Und du sagst, der Mann hat früher mal hier im Kontor gearbeitet?«, fragte Paul.

Mina nickte. »Ja, er war für einige Jahre als Schreiber hier beschäftigt.«

»Dann könnte er dir doch bei der Arbeit helfen, wenn er wieder gesund ist.«

»Falls sein Augenlicht zurückkommt, wäre das vielleicht möglich. Im Moment ist er leider blind, und der Arzt kann nicht sagen, ob er eines Tages wieder sehen können wird.«

»Blind?« Paul senkte den Kopf, um ihn dann traurig zu schütteln. »Das ist schlimm. Vermutlich das Schlimmste, was jemandem passieren kann. Dieser verdammte Krieg hat eine ganze Generation von jungen Männern getötet oder verkrüppelt und lässt die Alten und die Frauen zurück, die jetzt deren Aufgaben übernehmen müssen.« Paul seufzte vernehmlich, dann sah er auf und lächelte, als sein Blick Minas traf. »Wobei ich mir bei dir keine Sorgen mache, dass du das nicht bewältigen könntest, mein Kind. Und ich freue mich, dass du ein gutes Herz hast und diesem armen Kerl helfen willst. Frederik hat Glück, so eine Frau gefunden zu haben.«

Mina fühlte, wie ihr das Blut in die Wangen schoss. »Danke, Vater. Es bedeutet mir viel, dass du das sagst.«

Für einen Moment fühlte sie sich zurückversetzt in die Zeit, als ihr eigener Vater noch lebte, und erinnerte sich an das Gefühl des Stolzes, das sie bei einem Lob von ihm empfunden hatte. Als Paul ihr seine Anerkennung aussprach, schwang auch ein schwaches Echo der Stimme ihres Vaters darin mit.

Es war sehr still im Raum, und Mina hatte das Gefühl, die Augen aller Anwesenden seien auf sie gerichtet. Sie räusperte sich, um die merkwürdig getragene Stimmung zu durchbrechen.

Dann ging sie zu ihrem Schreibtisch und trug ihren Stuhl zu der kleinen Sitzgruppe hinüber, wo sie ihn zwischen Agnes' Stuhl und Heikos Sessel stellte. Mit einer Handbewegung lud sie Paul ein, Platz zu nehmen, und setzte sich selbst wieder hin.

»Und du warst erfolgreich, sagst du?«, fragte sie Paul neugierig.

»Durchaus«, erwiderte Paul mit einem Nicken. »Oder doch wenigstens zum Teil erfolgreich. Ich habe bei Senator Witte mit einem Reeder gesprochen, der die Fracht übernehmen würde, allerdings verlangt er einen happigen Preis, rund achttausend Reichsmark, und zwar entweder in amerikanischen Dollar oder Goldmark.«

»Achttausend? Das ist ja der reinste Wucher!«, rief Heiko entrüstet. »Das ist mindestens dreimal so viel, wie vor dem Krieg verlangt wurde.«

Paul zog die Schultern hoch. »Mag sein, aber so wie ich den Senator verstanden habe, ist der Preis jetzt durchaus üblich.«

»Wenn die Fracht so teuer ist, wie soll ich denn dann den Preis kalkulieren?«, fragte Mina. »Der Kaffee wird so teuer werden, dass niemand ihn kaufen wird.«

»Das Angebot bestimmt den Preis«, warf Irma ein. »Wenn es wenig Kaffee am Markt gibt, geht der Preis in die Höhe, das ist doch ganz normal. Und dass du den Kaffee nicht loswirst, kann ich mir nicht vorstellen. Es gibt immer noch viele Leute, die Geld genug haben und die ganz verrückt nach Kaffee sind.«

»Deine Freundin hat sicher recht«, sagte Paul und nickte Irma anerkennend zu. »Bei Senator Witte waren eine ganze Reihe von Händlern aus der Speicherstadt, und ich habe mich mit einigen unterhalten. Die Nachfrage nach Luxusgütern ist groß, viel größer, als ich vermutet hätte. Ob Wein, Spirituosen, Tee oder Kaffee, es gibt Abnehmer für alles. Und die Leute sind bereit, beinahe jeden Preis zu zahlen. Erstaunlich, nach dem verlorenen Krieg. Aber es ist nun einmal so. Da, wo es Verlierer gibt, gibt es auch immer Gewinner. Wenn du den Kaffee erst einmal hier hast, wirst du ihn mit Kusshand loswerden. Doch zuerst muss er mal nach Hamburg geliefert werden. Meinst du, du kannst die achttausend Goldmark aufbringen?«

Mina zog die Schultern hoch. »Ich werde mit der Bank reden müssen, damit ich über sie an das Vermögen der Firma im Ausland herankomme. Hier habe ich nicht mehr viel. In den letzten Jahren mussten wir von der Substanz leben, weil wir nichts verdienen konnten.« Sie sah Paul in die Augen. »Ich denke, ich werde das Geld beschaffen können.«

»Sehr gut. Sobald du die Zusage der Bank hast, werde ich meinem Sohn Paul ein Telegramm schicken, damit er alles für die Lieferung vorbereiten kann. Dann kann der erste Kaffee in etwa fünf bis sechs Wochen hier sein.« Paul rieb sich zufrieden die Hände. »Es sieht doch so aus, als laufe alles nach Plan! Vielleicht sollten wir dann mal auf unseren künftigen Erfolg anstoßen, oder was meinst du, Deern?«

In den nächsten Tagen lief wirklich alles nach Plan. So sehr nach Plan, dass es Mina langsam unheimlich zu werden begann und sie das irrationale Gefühl hatte, irgendein Unglück würde sich um sie herum zusammenbrauen. Als sie Irma davon erzählte, lachte die nur und meinte, Mina solle sich nicht so anstellen. Sie sehe wieder einmal Gespenster.

Aber das Gefühl verschwand nicht. Es ging nicht vorbei, als Agnes freudestrahlend verkündete, sie habe mit Großmutter Hiltrud gesprochen. Diese habe, ohne zu zögern, zugestimmt, den blinden Soldaten im Kutscherzimmer über der Garage aufzunehmen, bis er sich wieder besser fühle. Und das Gefühl herannahenden Unheils verließ Mina auch nicht, als Lotte sofort zusagte, sich um den Kranken kümmern zu wollen, sobald er eingetroffen sei. Das Dienstmädchen war sichtlich erfreut über die Gelegenheit, der gnädigen Frau damit ihre Dankbarkeit beweisen zu können.

Die Unruhe ließ Mina während der folgenden Tage einfach nicht los. Ob es bei den Ausflügen war, die sie mit Agnes, Irma und Paul Lohmeyer ins Hamburger Umland machte, bei denen er stolz den Wagen vor sich herschob, in dem Ella saß, und allen anderen Spaziergängern zuwinkte, oder wenn sie sich im Kontorbüro in die Vorbereitungen für die Lieferung vergrub – immer wieder ertappte sie sich dabei, wie ihre Gedanken abschweiften. Immer wieder malte sie sich aus, was alles schiefgehen konnte, bis der Kaffee heil in Hamburg eintraf.

Was, wenn sie keinen angemessenen Preis dafür erzielen würde? Oder wenn das Schiff gar nicht erst heil in Hamburg ankam?

Sie spürte die Angst in ihrem Magen flattern und schrak hoch, sobald jemand sie ansprach. Dann riss sie sich jedes Mal zusammen und lächelte, so fröhlich sie es eben fertigbrachte, und versuchte dem Gespräch der Anwesenden zu folgen, bis die verdrängten Sorgen wieder an die Oberfläche kamen.

Die Versicherung, die auch schon zu Karl Dehardes Zeiten die Frachten abgesichert hatte, sowie ihre Hausbank hatte sie bereits angeschrieben und wartete ungeduldig auf die Rückmeldungen. Es dauerte vier Tage, ehe sie die Antworten in der Post hatte. Von der Versicherung kam eine Zusage, doch die Bank bat um eine persönliche Rücksprache. Bei einer so kleinen Summe war das eher ungewöhnlich, aber was war an diesen Nachkriegszeiten schon normal? Mina rief bei der Bank an, um sich einen Termin bei ihrem Ansprechpartner Herrn Harms geben zu lassen. Zu ihrer Verwunderung wurde sie weitervermittelt, und eine freundliche Frauenstimme meldete sich.

»Vorzimmer von Direktor Meyer.«

Mina nannte ihren Namen und sagte, sie sei vermutlich falsch verbunden worden. Sie wolle einen Termin mit Herrn Harms machen.

»Nein, Frau Lohmeyer, das hat schon seine Richtigkeit, Herr Direktor Meyer würde die Angelegenheit gern direkt mit der Geschäftsführung von *Kopmann & Deharde* besprechen.«

»Direkt?« Mina runzelte die Stirn. »Warum denn das? Bei überschaubaren Beträgen haben wir das bislang immer …«

»Ja, ich weiß, gnädige Frau«, unterbrach die Sekretärin sie. »Es tut mir leid, aber inzwischen haben wir neue Vorschriften. In der Regel handelt es sich bei der Unterredung aber um eine reine Formalität. Lassen Sie mich kurz nach einem Termin sehen. Hätten Sie am Donnerstag gegen halb elf Zeit, zu uns zu kommen?«

»Geht es nicht ein bisschen früher? Es handelt sich um ein eiliges Geschäft.«

»Tut mir leid, Frau Lohmeyer, aber das ist leider der schnellste Termin, den ich anbieten kann.«

Mina sagte seufzend zu und notierte den Termin. Als sie den Hörer zurück auf die Gabel gelegt hatte, betrachtete sie missmutig ihren Eintrag im Kalender. Sie hatte gehofft, das Geschäft mit Guatemala schon in trockenen Tüchern zu haben, bevor sich ihr Schwiegervater auf die Rückreise machte, und nun würde dieses gänzlich überflüssige Gespräch mit der Bank erst einen Tag *nach* seiner Abreise stattfinden. Ärgerlich, aber nicht zu ändern. Dann würde sie ihm eben ein Telegramm auf die *Cap Polonio* schicken, sobald das Geld an den Reeder angewiesen worden war.

Der Abschied von Paul fiel Mina schwerer als gedacht. Er war ja nur eine einzige Woche Gast in ihrem Haus gewesen, und doch fühlte es sich an, als würde sie einen lieben Verwandten, ja einen Freund verabschieden.

Sie standen dicht nebeneinander im kühlen Wind, der von der Nordsee her wehte und hochaufgetürmte Wolken mit grauen Regenrändern vor sich hertrieb. Hin und wieder fielen gleißend helle Sonnenstrahlen durch die Wolkenlücken, die auf dem kabbeligen Hafenwasser glitzerten und Mina dazu zwangen, ihre Augen mit der Hand zu beschirmen.

Von Großmutter Hiltrud hatte Paul sich bereits in der Villa verabschiedet, Irma und Agnes hatten sich entschlossen, mit zum Hafen zu fahren, und zu Minas Überraschung hatte sich auch Fräulein Brinkmann am Automobil eingefunden, um sie zu begleiten.

»Wenigstens verabschiedet Hamburg mich nicht mit dem

üblichen Schietwetter«, sagte Paul mit einem schiefen Lächeln. »Das ist doch immerhin etwas.«

Er schlug den Kragen gegen den Wind hoch und sah zur *Cap Polonio* hinüber, wo bereits die ersten Passagiere die Gangway hinaufschritten. »Wird langsam Zeit, an Bord zu gehen, was? Zeit, Auf Wiedersehen zu sagen.«

Er gab Irma und Agnes die Hand. »Sie müssen uns unbedingt mal besuchen kommen, meine Damen. Mein Sohn Paul und ich werden Ihnen das ganze Land zeigen. Guatemala ist wunderschön. Es hat einfach alles, Urwald mit exotischen Blumen in den herrlichsten Farben, hohe Berge, an deren Hängen sich die Kaffeeplantagen hinaufziehen, lange weiße Sandstrände. Sie werden begeistert sein, glauben Sie mir.« Er sah zu Mina hinüber. »Das gilt natürlich auch für dich, mein Kind. Ich hoffe, du kannst dich bald für eine Weile vom Kontor lösen und mit der kleinen Ella für ein paar Wochen zu uns kommen. Ella muss doch auch ihren Onkel kennenlernen. Paul wird bestimmt ganz vernarrt in die Kleine sein, so ein braves kleines Mädchen, wie sie ist.«

Mina musste lachen, obwohl ihr der Abschied das Herz so schwer machte, dass sie einen dicken Kloß im Hals spürte. »Braves Mädchen? Meinst du wirklich unsere Ella?«, sagte sie, so fröhlich sie konnte.

Paul lachte herzlich. »Ja, ich meine deine Ella. Ich habe das Mädchen sehr lieb gewonnen. Weißt du, dass ich mir immer eine Tochter gewünscht habe? Töchter sind so viel leichter zu lieben als Söhne. Jedenfalls hat euer Vater das immer gesagt.«

»Ach, hat er das?«, fragte Agnes. »Wirklich? Uns gegenüber hat er immer geklagt, was für eine furchtbare Plage wir seien.« Sie grinste und zwinkerte Mina zu.

»Das kann ich mir überhaupt nicht vorstellen«, antwortete

Paul. »Mir hat er immer geschrieben, wie stolz er auf euch ist. Und das war er, nicht wahr, Fräulein Brinkmann?«

Fräulein Brinkmann schien aus tiefen Gedanken aufzutauchen. »Ja, er war sehr stolz auf seine Töchter«, sagte sie lächelnd, aber ihre dunklen Augen waren voller Schmerz. »Er hat beide sehr geliebt.«

Paul machte einen Schritt auf die Hauslehrerin zu und griff zu Minas grenzenloser Überraschung nach ihren Händen. »Es sind wunderbare junge Frauen geworden, und Karl hat mir geschrieben, dass sie das Ihnen zu verdanken haben, liebes Fräulein Brinkmann. Er war Ihnen unendlich dankbar für Ihre Arbeit. Und für alles andere.« Er sah der schlicht gekleideten Frau in die Augen und lächelte. »Sie können sehr stolz auf sich sein.«

Fräulein Brinkmann blickte einen Moment lang tief in die Augen des älteren Mannes, dann lächelte sie zurück. »Vielen Dank, Herr Lohmeyer. Ihre Worte bedeuten mir viel.«

»Und Sie werden mir schreiben? Vergessen Sie nicht, dass Sie es versprochen haben.«

Sophie Brinkmanns dunkle Augen glänzten. »Wie könnte ich das vergessen? Ich werde Sie über alles auf dem Laufenden halten, was Ella betrifft.«

»Ich hoffe, nicht nur über die Fortschritte, die meine Enkeltochter macht.«

»Wenn Sie es wünschen, gern.« Ein Hauch Zartrosa erschien auf Fräulein Brinkmanns Wangen, als sie ihre Hände sanft Pauls Griff entzog. Sie straffte die Schultern und streckte ihm die Hand entgegen. »Ich wünsche Ihnen eine ruhige Überfahrt, Herr Lohmeyer. Leben Sie wohl.«

»Leben Sie wohl? Ich würde lieber sagen, Auf Wiedersehen, und zwar auf ein baldiges Wiedersehen.«

Mina sah aus den Augenwinkeln, dass Agnes die Augenbrauen zusammenzog und fragend in ihre Richtung schaute.

»Meine liebe Mina«, sagte er, während er mit ausgebreiteten Armen auf sie zukam. »Was kann ich sagen?« Er griff nach ihren Händen und hielt sie fest. »Vor einer Woche bin ich in Hamburg angekommen. Und was ist seitdem alles geschehen? Zwar habe ich meinen Sohn nicht wiedergewonnen, dafür aber eine Tochter gefunden und dazu noch ein entzückendes Enkelkind. Ich werde euch sehr vermissen.«

»Wir werden dich auch vermissen, Vater.«

Paul hob die Hand und wischte ihr die Träne ab, die über ihre Wange rollte. »Aber, aber … Nicht weinen. Freuen wir uns lieber auf viele frohe Wiedersehen, ob nun diesseits oder jenseits des großen Meeres!« Paul zog sie fest an sich, dann trat er einen Schritt zurück und hob die Hand. »Also liebe Freunde, dann bis bald!« Er deutete eine Verbeugung an, drehte sich um und schritt auf die Gangway zu, an der die Stewards auf die Passagiere warteten. Erst als er die Treppe betreten hatte, blieb er noch einmal stehen und winkte den Frauen am Kai zu.

Mina und ihre Begleiterinnen erwiderten den Gruß. Agnes, die sich neben Mina gestellt hatte, beugte sich ein wenig zu ihrer Schwester hinüber.

»Sag mal, was war das denn eben?«, fragte sie leise.

»Was meinst du?«

»Das zwischen Fräulein Brinkmann und deinem Schwiegervater natürlich. Meinst du, da bahnt sich eine Liebelei an?«

Mina warf ihrer Schwester einen Blick zu. Agnes stand mit unschuldigem Blick neben ihr und schwenkte ihr weißes Taschentuch.

»Pst, sie hört dich doch«, flüsterte Mina.

»Ach, Unfug, die ist in Gedanken ganz woanders«, gab Agnes zurück und machte eine Kopfbewegung in Richtung der Erzieherin, die ein paar Meter entfernt mit dem Rücken zu den anderen stand und zum Schiff hinübersah. »Aber mal ganz ehrlich, ist das nicht ein bisschen ungehörig? Sie muss doch inzwischen schon fünfzig sein.«

»Sie ist genauso alt, wie Mutter jetzt wäre. Siebenundvierzig.«

»Sag ich doch, bald fünfzig. Viel zu alt, um sich zum ersten Mal zu verlieben.«

Mina antwortete nicht. Sie beobachtete, wie die Hauslehrerin die Hand hob und Paul zuwinkte.

Sicher, Sophie war nicht mehr jung, aber sie war wahrhaftig noch keine alte Frau. Und wenn sie sich in Paul verliebte, so wäre es nicht ihre erste Liebe. Agnes ahnte nicht, dass Fräulein Brinkmann jahrelang die heimliche zweite Liebe ihres Vaters gewesen war. Für sie lag es vielleicht außerhalb ihres Vorstellungsvermögens, dass Sophie sich trotz allem nach Nähe und Liebe sehnte. Mina hingegen konnte es gut nachvollziehen, denn ihr ging es genauso.

Sie sehnte sich nach Liebe.

ACHT

»Als ob ich meine Zeit gestohlen hätte!«, murmelte Mina missmutig. »Allmählich wird es wirklich unverschämt.«

Sie richtete sich in ihrem Sessel auf und drückte das Kreuz durch, dann schlug sie die Beine übereinander und sah zum gefühlt zehnten Mal zur Uhr hinüber, die über dem lederbezogenen Sofa an der Wand hing. Die Zeiger schienen sich gar nicht bewegen zu wollen, obwohl das Pendel der Uhr geschäftig hin und her schwang. Über eine halbe Stunde war es schon her, dass sie von der Sekretärin des Bankdirektors gebeten worden war, doch noch einen Moment hier Platz zu nehmen, die Herren seien gleich für sie da. Danach war nichts mehr passiert. Unfassbar!

Mina stellte sich gerade vor, ihr Vater wäre je so von der Bank behandelt worden. Vermutlich wäre er nach ein paar Minuten einfach aufgestanden und gegangen. Wahrscheinlicher wäre aber, dass man den Chef von *Kopmann & Deharde* erst gar nicht in die Bank zitiert hätte, sondern ihm gleich die Zusage zu diesem eigentlich lächerlich kleinen Kredit gegeben hätte.

Aber es half nichts. Mina war nun einmal nicht Karl Deharde, der bekannte Kaffeeimporteur, der die Geschicke seiner Firma über Jahre geleitet und über Jahrzehnte mitbestimmt hatte. Sie fühlte Ärger in sich hochsteigen. Man nahm sie immer noch nicht ernst, und das, obwohl sie das Geschäft nun schon seit fünf Jahren führte und das Kontor am Sandtorkai trotz der schwierigen Zeiten noch immer existierte, wo doch so viele andere bereits die Segel gestrichen hatten. Jetzt saß sie hier herum und wartete auf ein Gespräch mit den Herren vom Direktorium wie eine Bittstellerin. Dabei hatte sie wirklich anderes zu tun.

Gestern Nachmittag hatten Frieda und Lotte begonnen, die alte Kutscherwohnung bezugsfertig zu machen. Wohnung war eigentlich zu viel gesagt. Es waren zwei enge Räume über der Garage, von denen einer einen Kanonenofen besaß, mit dem die Wohnung beheizt werden konnte und auf dem sich der Kutscher früher gelegentlich Bratkartoffeln zu machen pflegte. Heute früh wollten die beiden Dienstboten damit fortfahren, und Mina, Agnes und Irma hatten beschlossen, ihnen zu helfen, damit die Räume fertig wären, wenn Edo aus dem Krankenhaus entlassen würde. Heiko hatte den Kranken am Vortag noch einmal besucht und war nach wie vor davon überzeugt, dass es sich wirklich um Edo handelte.

»Nicht dass er es heute zugegeben hätte«, hatte Heiko gesagt, der nach dem Besuch kurz im Kontor vorbeigekommen war. »Eigentlich hat er kaum etwas gesagt, aber ich habe ihn beobachtet, als ich ihm erzählt habe, was in seiner Abwesenheit alles passiert ist. Die Nachricht vom Tod unserer Eltern schien ihn wirklich zu erschüttern. Jetzt bin ich mir noch sicherer, dass es Edo ist.«

Mina seufzte und schaute auf ihre Fußspitze herunter, die in einem schwarzen Schnürschuh unter dem Saum ihres Rockes hervorlugte und auf und ab wippte, ohne dass sie es bemerkt hatte. Entschlossen stellte sie beide Füße nebeneinander auf den Boden und faltete die Hände im Schoß. Nur nicht zeigen, dass sie nervös war. Eine sichere und gelassene Haltung spiegelte nach innen und war der halbe Geschäftsabschluss, hatte ihr Vater immer gesagt.

Wieder warf sie einen Blick auf die Uhr und beschloss, in fünf Minuten aufzubrechen, wenn man sie bis dahin warten lassen würde. Kaum hatte sie diesen Entschluss gefasst, öffnete sich eine der dunkel gebeizten Kassettentüren, die vom Vorraum, in dem Mina wartete, in die Büros der Herren Direktoren führten. Die Sekretärin, die Mina empfangen und sie vor einer Dreiviertelstunde gebeten hatte, hier einen Augenblick Platz zu nehmen, trat ein und lächelte entschuldigend.

»Frau Lohmeyer?«

Mina sah mit hochgezogenen Augenbrauen zu ihr auf, darum bemüht, ihren Ärger nicht allzu deutlich zu zeigen. Sie antwortete nicht.

»Es tut mir leid, dass es etwas gedauert hat, aber die Herren haben jetzt Zeit für Sie.«

Mina erhob sich, nickte der jungen Frau zu und ging wortlos an ihr vorbei durch die Tür, die die Sekretärin ihr aufhielt. Der Raum, den sie im nächsten Moment betrat, war riesig – weit größer und vor allem viel protziger als jedes Büro, das sie je gesehen hatte.

Hohe Büchervitrinen, in denen lederbezogene Folianten sich aneinanderreihten, bedeckten die Wände. Dicke Orientteppiche verschluckten das Geräusch von Minas schwarzen Stiefeletten. Von der hohen Decke aus dunklen Holzpaneelen hing ein Kristalllüster herab, der jedem Ballsaal zur Ehre gereicht hätte und dessen zahllose elektrische Birnen brannten, obwohl durch die beiden übermannshohen Fenster hinter dem Schreibtisch die Sonne hereinschien.

Wenn Mina je geglaubt hatte, der alte Nussbaumschreibtisch im Chefbüro des Kontors sei groß, wurde sie hier eines Besseren belehrt. Das dort vor ihr war ein wahres Monstrum aus poliertem Kirschholz, hinter dem selbst ihr Vater mit seinen beinahe zwei Metern Größe wie ein Zwerg gewirkt hätte. Hinter diesem Tisch jedoch saß ein schmächtiger, steinalter, glatzköpfiger Mann mit einer gewaltigen Hakennase und buschigen grauen Augenbrauen, unter denen kluge, wasserblaue Augen hervorblitzten. Mina kannte ihn nur von Fotos aus der Zeitung. Das also war der Direktor der Bank, Friederich Schmidt. Als Mina eintrat, erhob er sich erstaunlich behände und kam mit ausgestreckter Hand um den Schreibtisch herum auf sie zu.

»Frau Lohmeyer, ich freue mich, dass Sie es einrichten konnten«, sagte er. »Schön, dass wir uns endlich einmal persönlich treffen. Ihren verehrten Herrn Vater habe ich sehr gut gekannt, und wir haben manches Geschäft miteinander abgewickelt. Was für ein Verlust, dass er so früh abberufen wurde.« Direktor Schmidt schüttelte traurig den Kopf, wobei die wenigen Haare, die auf seiner Glatze verblieben waren, sich hin und her bewegten wie dünne Grashalme im Wind.

Auch der zweite Mann im Raum, der mit dem Rücken zu Mina auf einem der beiden geschnitzten Stühle gesessen hatte, erhob sich nun. Mina schätzte ihn auf etwa dreißig Jahre. Die Ähnlichkeit zwischen den beiden Männern ließ sie auf enge Verwandtschaft tippen, vielleicht der Sohn oder Enkel des alten Direktors. Der Jüngere deutete eine Verbeugung an, ehe er sich wieder setzte. Weder lächelte er noch gab er Mina die Hand.

Direktor Schmidt deutete auf den freien Stuhl vor seinem Schreibtisch. »Aber bitte, nehmen Sie doch Platz, gnädige

Frau.« Er setzte sich wieder auf den Sessel hinter dem Schreibtisch, lehnte sich zurück und faltete die Hände über seinem Bauchansatz, während er sie interessiert von oben bis unten musterte. »Was führt Sie denn zu uns?«, fragte er.

Mühsam kämpfte Mina den Anflug von Nervosität und aufsteigendem Ärger hinunter. Ruhig legte sie ihre Hände übereinander in den Schoß und hielt seinem forschenden Blick stand.

»Es ist weniger ein Besuch als vielmehr ein geschäftliches Anliegen, das mich herführt«, erwiderte sie. »Vor ein paar Tagen habe ich Ihnen einen Brief geschickt, in dem ich um einen Kredit von zehntausend Reichsmark gebeten habe, um einen Kaffeehandel abschließen zu können.«

Der Direktor hob das Schreiben an, das vor ihm lag. »Sie meinen das hier?«

Mina nickte.

Direktor Schmidt legte es auf den Tisch zurück und schob es mit der flachen Hand ein Stück von sich weg. »Ich hatte mich schon sehr darüber gewundert.«

»Gewundert?« Mina runzelte die Stirn.

»Darüber, dass Sie das Schreiben als Firmenoberhaupt unterschrieben haben. Es ist unüblich, dass die Frau des Chefs das macht.«

In Minas Kopf begannen die Alarmglocken zu schrillen. Sie räusperte sich, um Zeit zu gewinnen.

»Ich leite *Kopmann & Deharde* bereits seit dem Tod meines Vaters«, sagte sie fest. »Bislang hat niemand diese Tatsache infrage gestellt. Auch mit Ihrem Haus habe ich schon seit Jahren die Geschäftsverhandlungen geführt.«

Direktor Schmidt spitzte die Lippen zu einem unechten Lächeln. »Nun, das waren andere Zeiten, nicht wahr? Während des Krieges haben etliche Frauen die Geschäfte für ihre Männer weitergeführt. Das war eine Notwendigkeit, als der Mann im Felde stand. Jetzt, in Friedenszeiten, sollte doch die natürliche Ordnung der Dinge wiederhergestellt werden, finden Sie nicht?«

»Die natürliche Ordnung? Was meinen Sie denn damit?«, fragte Mina mit hochgezogenen Augenbrauen, obwohl ihr dämmerte, worauf Direktor Schmidt hinauswollte.

»Ich meine, dass die Verantwortung der Frau im häuslichen Bereich und in der Erziehung der Kinder liegen sollte. Warum sollten Sie sich noch länger mit der Arbeit in der Firma belasten, wo doch Ihr Gatte den Krieg unverletzt überstanden hat und sehr wohl in der Lage wäre, die Leitung wieder zu übernehmen?«

»Mein Mann?«

»Ja. Laut unseren Unterlagen ist Ihr Mann der leitende Kaufmann der Firma.«

Wieder räusperte sich Mina, bemüht darum, ihre aufsteigende Nervosität nicht sichtbar werden zu lassen. »Pro forma ist das richtig, aber de facto leite *ich* die Firma. Mein Mann ist zurzeit noch bei der Heeresleitung in Berlin tätig.«

»Das ist mir bekannt.« Direktor Schmidts Blick wanderte zu dem jüngeren Mann hinüber, der neben Mina saß. »Mein Enkel hier hat unter Major Lohmeyer gedient, und er steht noch immer in brieflichem Kontakt mit ihm.«

Mina musterte den Enkel des Direktors, der ihrem Blick jedoch auswich.

»Das ist richtig«, sagte er an seinen Großvater gewandt. »In seinem letzten Brief hat Major Lohmeyer angedeutet, dass er in Kürze nach Hamburg zurückkehren wird, um wieder die Leitung von *Kopmann & Deharde* zu übernehmen. Da er Mitglied im Verein der Kaffeehändler ist und als solcher an der Börse handeln darf, die sicherlich bald wieder öffnen wird, schlage ich vor, dass wir mit der Gewährung des Kredits noch warten sollten, bis der Major wieder da ist.«

»Aber …«, versuchte Mina dazwischenzugehen, doch Direktor Schmidt ließ sie gar nicht zu Wort kommen.

»Ja, das sehe ich genauso, mein Junge. Wenigstens auf seine Unterschrift auf dem Kreditvertrag müssen wir bestehen, sonst können wir unmöglich ein Geschäft abwickeln.«

»Und wieso war das in all den Jahren vorher nicht vonnöten?« Minas selbstbeherrschte Haltung war verflogen. Ihre Augen funkelten zornig. »Wieso soll mein Mann den Vertrag unterschreiben, wenn ich doch die Firma führe? Früher ging es doch auch ohne ihn.«

»Liebe gnädige Frau, verstehen Sie mich nicht falsch, das hat nichts mit Ihrer Person zu tun«, sagte Direktor Schmidt beschwichtigend. »Es geht vielmehr um ein Prinzip. Den heimkehrenden Soldaten müssen alle Möglichkeiten gegeben werden, ihre Stellungen wieder einzunehmen. Wo wir während des Krieges beide Augen zugedrückt haben, geht das nun nicht mehr. Es tut mir leid, aber wir müssen darauf bestehen, dass der verantwortliche Kaufmann den Kreditvertrag abschließt.«

Mina holte tief Luft und versuchte, sich wieder in den Griff zu bekommen. »Und wenn wir die Summe verringern?«, fragte sie. »Sagen wir, wir begrenzen die fragliche Summe auf fünftausend Reichsmark?«

»Das hat mit der Summe rein gar nichts zu tun, gnädige Frau.« Das faltige Gesicht des alten Direktors verzog sich zu einem Ausdruck gespielten Mitleids. »Mir sind zu meinem Bedauern in diesem Fall die Hände gebunden.«

Mina hielt es nicht mehr auf ihrem Stuhl.

»Wenn das so ist, dann fürchte ich, dass die langjährige Zusammenarbeit zwischen unseren Häusern damit ihr Ende gefunden hat. Sehr bedauerlich, dass Sie die Zeichen der neuen Zeit nicht erkennen. Falls Sie es nicht bemerkt haben sollten, wir Frauen haben inzwischen sogar das Recht zu wählen. Warum also sollten wir kein Geschäft leiten dürfen?«

Der Enkel des Direktors betrachtete sie mit einem spöttischen Lächeln. »*Dürfen* ist das richtige Wort, Frau Lohmeyer. Haben Sie denn die Erlaubnis Ihres Ehemannes dazu? Die benötigen Sie nämlich, wenn Sie einer Arbeit nachgehen wollen. Das war so, das ist so, und das bleibt auch so, jedenfalls, wenn es nach unserer Meinung geht, nicht wahr, Großvater?«

Eine halbe Stunde später stieg Mina aus dem Automobil, das sie vor der Garage der Villa abgestellt hatte, und stellte fest, dass ihre Hände noch immer zitterten. Wut über die ignorante Haltung des Bankdirektors mischte sich mit einem bitteren Gefühl von Enttäuschung, als ihr klar wurde, dass sie ohne das Geld für die Fracht den Kaffee von Paul nicht bekommen würde.

Aus, schoss es ihr durch den Kopf. *Es ist alles aus.*

Sie schloss die brennenden Augen, biss sich auf die Unterlippe und fragte sich, wie um Gottes willen sie das nur den anderen beibringen sollte. Mit allem hatte sie gerechnet, aber nicht damit, dass die Bank, mit der das Kontor seit Jahrzehnten Geschäfte machte, ihr diesen vergleichsweise lächerlichen Betrag nicht leihen wollte.

Eine böse kleine Stimme meldete sich in ihrem Hinterkopf.

Sie würden dir das Geld geben, wenn du Frederik bittest, den Vertrag zu unterschreiben. Wenn du ihn zurückholst und ihm die Geschäftsleitung übergibst, werden sie dir das Geld mit Kusshand geben.

»Frederik …«, stieß Mina hervor.

Die Enttäuschung in ihr wurde von der rasenden Wut, die in ihr hochschoss, weggebrannt.

Frederik steckte dahinter. So musste es sein! Er hatte sich mit diesem Enkel des Direktors in Verbindung gesetzt und das ganze Komplott eingefädelt, um sie zu zwingen, ihm die Firma zu überlassen. Das war es, was er immer gewollt hatte: Frederik Lohmeyer, der Chef von *Kopmann & Deharde*, ehrbarer Hamburger Kaufmann und Mitglied des *Vereins der am Caffeehandel betheiligten Firmen*, der an der Kaffeebörse ein und aus ging.

In Geld schwimmen, auf großem Fuß leben, von allen bewundert werden. Dazugehören … und das aus eigenem Recht. Nicht nur, weil er mit der Tochter des ehemaligen Chefs verheiratet war.

Es musste einen Weg geben … Sie musste einen Weg finden, wie sie das verhindern konnte. Es war undenkbar, dass sie das Vermächtnis ihres Vaters an Frederik verlor.

»Da bist du ja wieder!« Irmas Stimme riss sie in die Wirklichkeit zurück. »Na? Warst du erfolgreich?«

Mina sah hoch. Über dem Tor der Garage stand eines der Fenster offen, die zur Kutscherwohnung gehörten. Irma hielt sich am Fensterbrett fest und beugte sich vor, um besser sehen zu können. Sie trug ein Kopftuch, wohl um ihre Haare vor Spinnweben zu schützen, und hatte sich eine von Frau Kruses Kochschürzen vorgebunden.

»Ich komme zu euch rauf«, rief Mina. Es muss ja nicht gleich jeder aus der Nachbarschaft hören, dass die Bank mich nicht für kreditwürdig hält, fügte sie in Gedanken grimmig hinzu.

Schnellen Schrittes lief sie um die Hausecke herum, wo sich unter der Dachtraufe des Gebäudes der Eingang zur Kutscherwohnung befand. Die Tür stand weit offen und gab den Blick auf allerlei Krimskrams frei, der in dem düsteren Flur an der Wand abgestellt worden war. Mina erklomm die schmale Stiege dahinter, indem sie immer zwei Stufen auf einmal nahm, wobei sie ihren Rock vorn ein Stückchen hochzog. Sie war seit Jahren nicht hier oben gewesen, nicht mehr seit Agnes und sie noch Kinder gewesen waren und sich bei den sonntäglichen Besuchen bei den Großeltern davongeschlichen hatten, um hier zu spielen. Damals hatte die Kutscherwohnung mit den ausrangierten Möbeln eine geradezu magische Anziehungskraft auf sie ausgeübt. Jeden Schrank und jede Schublade der alten Kommoden hatten sie geöffnet, die abgelegten Kleidungsstücke über ihre Sonntagskleider gezogen und mit ihren Puppen »Vater, Mutter, Kind« gespielt.

In ihrer Erinnerung waren die Räume deutlich größer gewesen, aber das lag vermutlich daran, dass sie selbst damals noch viel kleiner gewesen war. Jetzt kamen ihr die Räume winzig und düster vor, und die niedrigen Decken hingen voller staubiger Spinnweben.

Aus einer der offen stehenden Türen drang ein hysterisches Quietschen heraus, dem helles Gelächter folgte. Mina trat näher und fand Lotte, Irma und Agnes in recht ausgelassener Stimmung vor. Letztere schienen damit beschäftigt, den Inhalt der dort abgestellten Schränke auszuräumen und auf der abgedeckten Matratze des Bettes zu stapeln. Agnes hüpfte auf und ab, fuhr sich mit beiden Händen durch ihr dichtes, halblanges Haar und strich sich danach über Schultern und Ärmel. »Ist sie weg? Ist sie weg?«, rief sie.

»Nun stell dich nicht so an, Agnes. Ich hab nur einen Spaß

gemacht.« Irma lachte. »Da ist keine Spinne in deinen Nacken gefallen.«

»Aber es krabbelt überall!«

»Das bildest du dir nur ein, weil ich es dir weisgemacht habe. Ich konnte doch nicht wissen, dass du panische Angst vor den Viechern hast.«

Lotte, die der Szene kopfschüttelnd gefolgt war, zog aus ihrer Schürzentasche ein zweites Kopftuch heraus und reichte es Agnes. »Hier, Fräulein Agnes. Besser, Sie setzen auch eines auf den Kopf.«

Auch das Dienstmädchen trug Schürze und Kopftuch und hatte einen Besen in der Hand, mit dem es jetzt fortfuhr, die Wände und Decke von Spinnweben zu befreien.

»Ihr seid aber schon gut vorangekommen!« Mina nickte anerkennend.

»Ja, nicht wahr?« Irma strahlte. »Ein Schrank und die Kommoden sind schon leer. Frieda ist gerade zum Haupthaus hinübergegangen, um deiner Großmutter den Tee zu servieren. Danach wollen wir uns die Küche vornehmen.«

Lotte sah verlegen aus. »Ich habe den jungen Damen gesagt, dass wir das gut auch allein bewerkstelligen können, Fräulein Mina, aber sie wollten nichts davon wissen.«

»Ich habe den beiden versichert, dass es mir nichts ausmacht zu helfen. Immerhin bin ich eine halbe Bauerntochter und somit auch grobe Arbeit gewohnt.« Irma lachte fröhlich über das ganze Gesicht. »Aber das ist jetzt nicht wichtig. Wie ist das Gespräch mit der Bank verlaufen?«

Mina winkte ab. »Frag besser nicht«, sagte sie. »Mir steigt immer noch die Galle hoch, wenn ich daran denke.«

Lotte sah kurz zwischen den beiden jungen Frauen hin und her. »Ich glaube, ich sollte schnell mal nachsehen, was

Gerda macht. Ich hatte sie bei Frau Kruse in der Küche gelassen, weil Fräulein Ella doch jetzt ihren Mittagsschlaf machen soll. Ich komme gleich zurück.« Sie knickste hastig vor Mina und schob sich an ihr vorbei.

»Eure Lotte ist ein Goldstück«, stellte Irma fest. »Die solltet ihr euch warmhalten. So ein fleißiges und dabei diskretes Dienstmädchen findet man nur selten.« Sie wandte sich an Mina. »Also will man dir keinen Kredit geben, habe ich das richtig verstanden?«

»Allerdings.« Mit kurzen Worten erzählte Mina ihrer Schwester und Irma von dem Gespräch in der Bank und ihrem Verdacht, dass Frederik hinter der Weigerung des Direktors steckte, ihr das benötigte Kapital vorzuschießen.

»Mist!«, sagte Irma mit Nachdruck, als sie geendet hatte.

»So kann man es ausdrücken«, antwortete Mina.

»Aber wieso glaubst du, dass Frederik seine Finger im Spiel hat?«, fragte Agnes stirnrunzelnd.

»Weil die Ehe damals arrangiert wurde, damit wir die Firma nicht verlieren. Es gibt einen Ehevertrag, der regelt, dass er die Firma nach außen vertritt, ich aber die Leitung haben soll. Das ging ihm gegen die Ehre, aber er hat mitgemacht, weil er dafür gut bezahlt wurde – und immer noch wird.«

»Das erklärt natürlich so einiges!« Agnes starrte Mina ungläubig und mit offenem Mund an. »Irgendwie habe ich so etwas schon länger geahnt.«

In einer hilflosen Geste hob Mina die Arme und ließ sie wieder sinken. »Jetzt hat er offenbar eine Möglichkeit gefunden, mich auszubooten.«

»Immer langsam mit den jungen Pferden.« Irma kam auf sie zu und sah ihr prüfend ins Gesicht. »So einfach willst du doch wohl nicht zu Kreuze kriechen, oder?«

»Was bleibt mir denn anderes übrig? Ich werde ihn bitten müssen herzukommen, damit die Bank uns den Kredit gewährt. Und im Gegenzug wird er die Leitung des Kontors übernehmen wollen.«

»Gibt es denn keine andere Möglichkeit, das Geld zu beschaffen?«, fragte Agnes. »Wenn ich Großmutter frage, ob sie vielleicht eine Hypothek auf die Villa …«

»Das kommt nicht infrage«, sagte Mina entschieden. »Die Villa gehört ihr und ist nicht Teil des Firmenvermögens, dafür hat Großvater in seinem Testament gesorgt. Und selbst wenn sie damit einverstanden wäre, eine Hypothek auf die Villa aufzunehmen, würde sich das mit Sicherheit wie ein Lauffeuer herumsprechen und unseren Ruf dauerhaft schädigen. Nicht für die zehntausend Reichsmark, die ich nur ein paar Wochen benötige, ehe ich sie mit Zinsen zurückzahlen kann.«

»Und was ist, wenn du nicht zu einer Bank gehst? Es gibt noch andere Möglichkeiten, sich das Geld zu beschaffen«, meldete sich eine dunkle Stimme von der offenen Tür her. Heiko lehnte mit verschränkten Armen im Türrahmen. Er trug die Arbeitskleidung, in der Mina ihn vor einer halben Ewigkeit kennengelernt hatte: eine dunkelblaue Cordhose und einen grauen Kittel. Auf seiner roten Wikingermähne saß eine schwarze Schiffermütze.

»Wie lange bist du denn schon hier?«, entfuhr es Mina.

»Lange genug, um festzustellen, dass mein erster Eindruck von deinem feinen Herrn Gemahl richtig gewesen ist«, erwiderte er finster. »Nach außen geleckt, aber von innen?« Heiko zog geräuschvoll die Nase hoch. »Was für ein …« Er brach ab, bevor das Schimpfwort seine Lippen verließ. »Entschuldigung, es sind ja Damen anwesend.«

Mina musste beim Anblick seines grimmigen Gesichts lachen, obwohl ihr eigentlich nicht danach zumute war. »Was führt dich her?«, fragte sie dann.

»Dass Heiko hergekommen ist, war meine Idee«, rief Irma, ehe Heiko antworten konnte. »Wir müssen doch einige schwere Möbel nach unten in die Garage schaffen, und da kam mir die Idee, Heiko anzurufen und ihn um Hilfe zu bitten.«

»Und weil ich so ein netter Kerl bin, hab ich natürlich Ja gesagt. Und wenn ich so lieb gefragt werde …« Er lächelte Irma zu, dann klatschte er in die Hände und rieb die Handflächen aneinander, während er erwartungsvoll in die Runde blickte. »Also, wo soll ich anpacken? Was soll nach unten?«

Irma, die, wie Mina nicht entging, bei Heikos Lächeln sichtbar errötet war, ging schnellen Schrittes zu einem großen Kleiderschrank hinüber, der an der Fensterwand stand, und klopfte gegen die Tür. »Den Schrank hier zuerst. Wir haben ihn gestern schon leer geräumt. Lotte meint, dass der kleine Kleiderschrank in der Ecke für Edo sicher reichen wird. Dieses dunkle Monstrum ist viel zu groß und verstellt außerdem das halbe Fenster. So ist der Raum viel dunkler, als es sein müsste. Und dann sollte eine dieser Kommoden runter.« Sie deutete auf zwei Kommoden, die an der gegenüberliegenden Wand aufeinandergestapelt standen. »Aber die Sachen in den Schubladen müssen noch durchgesehen werden. Agnes hat schon damit angefangen. Der Einfachheit halber sollten wir am besten die Kommode hierlassen, die unten steht, die ist sowieso hübscher als die andere.«

Mit wachsendem Erstaunen sah Mina zu, wie Irma lebhaft gestikulierend die verschiedenen Möbelstücke durchging, festlegte, was für das Zimmer des Kranken brauchbar war und was nicht, in welcher Reihenfolge man vorgehen und wer was erledigen sollte. Ihre Augen leuchteten, ihre Wangen glühten, und zwar besonders dann, wenn sie sich Heiko zuwandte, der ihr aufmerksam zuhörte und gelegentlich nickte.

»Das klingt vernünftig!«, sagte er schließlich. »Wäre von den Damen jemand so freundlich, mir beim Tragen ein wenig zur Hand zu gehen?«

Sofort hob Mina die Hand. Irma und Agnes folgten etwas zögerlicher.

»Sehr gut«, sagte Heiko zufrieden. »Alles vernünftige Deerns, die mit anpacken können, so mögen wir Männer mit Geschmack das. Dann will ich mal mein Werkzeug aus dem Lastwagen holen, damit wir mit dem Monstrum anfangen können.«

Sein Blick wanderte zu Mina hinüber, und er grinste. »Du solltest dir aber zuerst etwas anderes anziehen, wenn du helfen willst, Mina. Wäre doch wirklich schade um das schöne Kostüm.« Er tippte sich an die Mütze und verließ die Kammer.

Mina sah an sich herunter. Sie trug immer noch ihr bestes, dunkelblaues Seidenkostüm, mit dem sie versucht hatte, sich den Anstrich einer erfolgreichen Geschäftsfrau zu geben, um den Bankdirektor zu beeindrucken. Wieder verursachte die Enttäuschung einen schalen Geschmack in ihrem Mund, und sie verzog das Gesicht.

»Heiko hat recht. In dieser Verkleidung kann ich nicht helfen. Ich lauf schnell zur Villa hinüber und ziehe mir was Vernünftiges an. In einer Viertelstunde bin ich wieder da«, sagte sie zu Agnes und Irma, ehe sie Heiko nach unten folgte.

Neben ihrer Limousine stand jetzt der flaschengrüne Lastwagen mit der Aufschrift *Peters & Cons., Quartiermeisterei* an der Fahrertür. Heiko hievte einen Werkzeugkasten aus Holz von der Ladefläche und stellte ihn auf dem Boden ab, dann zog er einen Tabaksbeutel aus der Hosentasche.

»Warte mal eben, Mina«, sagte er und begann sich, trotz seiner verletzten Linken, schnell und geschickt eine Zigarette zu drehen.

»Aber du hast es doch sicher eilig«, meinte Mina verwundert. »Musst du nicht bald zur Arbeit zurück?«

»Schon, aber wer weiß, ob ich dich heute noch mal allein erwische.« Er lehnte sich mit dem Rücken gegen die Fahrertür und zündete die Zigarette an, nahm einen tiefen Zug und blies den Rauch nach oben. Dann trafen sich ihre Blicke, und er lächelte. »Diese Irma ist wirklich ein patentes Mädchen. Ich mag sie.«

»Wirklich? Ich hatte zuerst den Eindruck, du seist entschlossen, sie nicht ausstehen zu können, weil sie adlig ist.«

Heiko stieß ein kurzes Lachen aus. »Du kennst mich einfach zu gut, Mina.«

Ein so warmer Ausdruck lag in seinen Augen, dass sie schnell zur Seite sah. Während sie noch überlegte, was sie antworten sollte, sprach er weiter. »Was meinst du, ob Irma mit mir ausgehen würde, wenn ich sie frage?«

Überrascht schaute sie zu Heiko hinüber. Er sah zu der Zigarette zwischen den Fingern hinunter und schnippte die Asche ab. Seine Worte hatten nicht wie ein Scherz geklungen.

»Sie würde sich bestimmt freuen, wenn du sie einlädst«, erwiderte Mina nach einer kurzen Pause. Sie lachte leise, um der Situation die Ernsthaftigkeit zu nehmen und ihre eigene Verlegenheit zu überspielen. »Du musst mich doch nicht um Erlaubnis fragen, wenn du mit Irma ausgehen möchtest, oder hast du vielleicht befürchtet, ich könne etwas dagegen haben?«

Heiko sah auf. »Befürchtet? Nein. Vielleicht habe ich es gehofft, aber …« Er räusperte sich, ließ die halb aufgerauchte Zigarette zu Boden fallen und trat sie aus. »Du bist verheiratet, Mina. Eine Ehe ist ein Versprechen, und du für deinen Teil wirst dieses Versprechen halten. Du stehst zu deinem Wort, so gut kenne ich dich.«

Für einen Moment war Mina wie vor den Kopf geschlagen und starrte Heiko mit offenem Mund an. Dass Heiko sie gernhatte, hatte sie immer gewusst, aber den Gedanken, dass es mehr als Freundschaft sein könnte, was er für sie empfand, hatte sie immer weit von sich geschoben. Und er hatte nie auch nur ein Wort in dieser Richtung geäußert. Nicht ein Mal!

Vielleicht habe ich es gehofft, aber …

Seine Worte hallten in ihren Ohren nach, während ihre Gedanken zu rasen begannen und eine Erinnerung nach der anderen in ihr aufstieg. Heiko, der sie mit diesem merkwürdigen Leuchten im Blick betrachtete. Heiko, der sie anlächelte und ihr dabei mit seinen stahlblauen Augen zuzwinkerte. Heiko, der am Pier seinen Arm um sie gelegt hatte, als Edo nach Amerika aufgebrochen war.

Wie hatte sie nur so dumm sein können, nichts zu bemerken?

Und was um Himmels willen sollte sie jetzt nur zu ihm sagen?

Ihr schossen die leeren Worthülsen durch den Kopf, mit denen die Heldinnen belangloser Liebesromane ihre ungeliebten Verehrer abzuwimmeln pflegten. »Ihr Antrag ehrt mich sehr, aber leider sehe ich mich außerstande, ihn anzunehmen, so schmeichelhaft er auch sein mag.«

Irgendwie musste sie ihm doch auf nette Weise mitteilen

können, dass sie nicht dasselbe für ihn empfand wie er für sie. Für Mina war Heiko wie der Bruder, den sie nie gehabt hatte. Jemand, auf den man sich immer und überall verlassen konnte. Es hatte Zeiten gegeben, da hatte sie Edo um seinen Bruder und Freund beneidet. Doch in den letzten Wochen hatte sie das Gefühl gehabt, Edos Platz in Heikos Herzen zu teilen.

Heiko war immer für sie da, wenn sie ihn brauchte, stand ihr stets mit Rat und Tat zur Seite und scheute auch nicht davor zurück, sie von einem Irrweg abzubringen, wenn sie sich in eine fixe Idee verrannt hatte. Sie konnte sich ein Leben ohne diese Freundschaft nicht vorstellen und suchte nun verzweifelt nach den richtigen Worten, ihm die Wahrheit über ihre Gefühle für ihn zu sagen, ohne ihn vor den Kopf zu stoßen und ihn so als Freund zu verlieren.

Sie holte tief Luft und hatte das »Hör mal, Heiko …« schon auf den Lippen, da sagte er:

»Also gut, dann werde ich nachher mal eine Gelegenheit abpassen und Irma fragen.«

»Äh. Was?«, stammelte Mina verwirrt.

»Ich werde Irma fragen, ob sie mit mir tanzen geht. Agnes hat doch neulich was von Tanztee im Ruderclub an der Alster erzählt. Der findet wohl jeden Samstag statt, und es ist immer schwer was los. Kein Wunder, so verrückt wie die Leute jetzt aufs Feiern sind. Vielleicht hast du ja auch Lust mitzukommen.«

»Ich?«, stieß Mina hervor. »Nein, ich kann doch unmöglich …«

»Warum das denn nicht?«

»Eine verheiratete Frau, die allein zu einem Tanztee geht. Was meinst du, was die Leute dazu sagen würden?«

»Seit wann interessiert es dich, was die Leute denken?« Heiko grinste breit. »Oder meinst du vielleicht deine Großmutter?«

»Was die denken würde, kann ich mir lebhaft vorstellen!«

Mina grinste zurück. Sie spürte plötzlich, wie ihr eine Last von den Schultern genommen war. Wenn Heiko es bisher vermieden hatte, seine Gefühle ihr gegenüber in Worte zu fassen, und stattdessen seine Aufmerksamkeit Irma zuwenden wollte, konnte ja doch alles zwischen Mina und ihm so bleiben, wie es war.

Heiko nahm seine Mütze ab und warf sie durch das offene Fenster in die Fahrerkabine des Lastwagens.

»Sag mal«, begann er. »Wegen des abgelehnten Kredits. Du hast doch nicht ernsthaft vor, zu Kreuze zu kriechen, oder?«

»Im ersten Moment habe ich darüber nachgedacht, doch.« Mina verschränkte die Arme vor der Brust. »Es war ein ziemlicher Schuss vor den Bug, dass sie mir den Kredit nicht geben wollen. Schon mein Großvater hat mit der Bank Geschäfte gemacht. Mein Vater war immer voll des Lobes für Direktor Schmidt, und auch ich hatte bislang keine Probleme damit, Kaffeeankäufe zu finanzieren. Das heißt, solange es Kaffee zum Handeln gab, also bis in den Krieg hinein.«

Heiko nickte. »Dass die Importeure gern immer wieder mit ein und derselben Bank zusammenarbeiten, weiß ich natürlich, aber du solltest die Flinte nicht gleich ins Korn werfen. Es gibt einige Bankhäuser, die gern ein Stück von diesem dicken Kuchen abhätten, aber bisher nie einen Fuß in die Tür bekommen haben. Dazu wirst du natürlich Klinken putzen müssen, aber das könnte sich lohnen, selbst wenn du nur einen Teil der benötigten Summe bekommst.«

»Nur ein Teil der Summe hilft mir nicht weiter.«

»Warum nicht?«

»Ich muss in Vorleistung gehen, um die Fracht zu bezahlen. Wenn ich nicht die ganze Summe bezahle, bekomme ich nicht einen einzigen Sack Kaffee nach Hamburg.«

»Schon klar.« Heiko strich sich nachdenklich über seinen rostroten Bart. »Aber du brauchst das Geld ja nur für ein paar Tage oder höchstens einige Wochen, bis der Kaffee in meinem Speicher liegt und du ihn weiterverkaufen kannst. Gibt es nicht etwas, das du so lange zu Geld machen kannst? Schmuck vielleicht?«

»Ich kann doch meinen Schmuck nicht verkaufen!«, rief Mina entrüstet. »Wie stellst du dir das vor? Die einzigen Stücke, die wirklich wertvoll sind, haben meiner Mutter gehört. Ich könnte es nicht übers Herz bringen, sie zu verkaufen.«

»Nein, Mina.« Heiko hob abwehrend die Hände. »Du hast mich falsch verstanden. Es geht nicht darum, den Schmuck zu verkaufen. Aber du könntest ihn beleihen.«

Verständnislos zog Mina die Augenbrauen zusammen. »Beleihen?«

»Ja, du könntest ihn in ein Pfandleihhaus bringen.«

Mina schüttelte den Kopf. »Das ist verrückt, Heiko. Ich kann doch unmöglich mit dem Schmuck meiner Mutter in ein Pfandleihhaus spazieren, um mir dort Geld zu holen. Wenn mich jemand erkennt oder wenn einer der Angestellten das herumerzählt …«

»Du musst ja nicht selbst hingehen.« Heiko zuckte mit den Schultern. »Lass das jemanden für dich erledigen, der vertrauenswürdig ist. Mich, zum Beispiel, oder Irma, wenn dir das lieber ist.«

»Ich weiß nicht …« Alles in Mina sträubte sich bei dem Gedanken, die Broschen, Armbänder und das diamantbesetzte Diadem auch nur für wenige Tage aus der Hand zu geben. Der Schmuck war eine Erinnerung an ihre Mutter, und sie hütete ihn wie einen Schatz.

Heiko berührte sie flüchtig am Arm. »Lass es dir mal durch den Kopf gehen, Mina. Oder besser noch, besprich es mit Irma. Alles ist besser, als diesem windigen Hund, den du geheiratet hast, deine Firma zu überlassen. Der würde sie innerhalb kurzer Zeit gegen die Wand fahren. Lass den mal schön in Berlin seine Soldaten durch die Gegend scheuchen. Hier würde er nur stören.« Heiko lachte und zwinkerte Mina zu. »Und nun sieh mal zu, dass du dich endlich umziehst, damit du mir helfen kannst, sonst werden wir mit dem Zimmer für Edo heute bestimmt nicht fertig, und ich möchte ihn so schnell wie möglich aus dieser Klinik herausholen.«

Es war schon fast Zeit fürs Abendbrot, als sie von der Garage zurück zur Villa gingen. Heiko hatte sich zwei Stunden zuvor verabschiedet, nachdem alle überflüssigen Möbel abgebaut und nach unten ins Erdgeschoss verfrachtet worden waren. Er sagte, er wolle noch zur Klinik fahren und mit dem Arzt über Edos Entlassungstermin sprechen.

Zusammen mit den beiden Dienstmädchen hatten Mina, Agnes und Irma die zwei kleinen Zimmer gesäubert. Während Lotte und Frieda die Böden geschrubbt hatten, hatten die drei die staubgrauen Spinnweben entfernt und die blinden Fenster geputzt, bis sich Irma schließlich zufrieden umschaute und feststellte, so langsam komme Grund in die Sache. Noch ein oder zwei Tage Arbeit, dann sei die Kutscherwohnung bereit für ihren neuen Bewohner.

Beim Abendessen und auch als sie anschließend noch eine Weile zusammen mit Großmutter Hiltrud im Salon saßen, verlief die Unterhaltung zwischen den Frauen sehr einseitig. Hiltrud ließ sich in aller Ausführlichkeit über eine der Damen ihres Teekränzchens aus, das sie am Nachmittag besucht hatte. Sie sei erst seit ein paar Monaten verwitwet und habe bereits wieder ein bunt bedrucktes Kleid getragen, noch dazu nach dieser neuen Mode geschnitten, mit tiefer Taille und kurzem Rock, man stelle sich das nur vor. Und dann habe sie verkündet, sich verlobt zu haben, und die Absicht geäußert, im nächsten Frühling zu heiraten. Dabei sei sie schon über fünfzig Jahre alt.

»Ja, und?«, fragte Mina schließlich gereizt. »Ich verstehe gar nicht, was dein Problem dabei ist, Großmutter. Ich kenne Frau Lürssen zwar kaum, aber mir schien sie immer eine vernünftige, sehr bodenständige Person zu sein, die genau weiß, was sie tut. Wenn sie sich noch einmal verliebt hat, gönn ihr doch das Glück.«

»Hier geht es nicht ums Gönnen, liebes Kind«, erwiderte Hiltrud betont milde, was bei ihr immer ein Zeichen von Unmut war. »Hier geht es um die guten Sitten. Als Witwe hat sie ein Jahr lang Trauer zu tragen, das weißt du genau, Wilhelmina. Sie macht sich regelrecht zum Gespött, wenn sie in diesem Aufzug herumläuft.«

Minas Augen funkelten. »Warum soll sie ein ganzes Jahr lang Trauer tragen, wenn sie gar nicht so empfindet? Den alten Lürssen konnte doch niemand ausstehen. Vater sagte immer, keiner im Kaffeeverein wolle mit ihm Geschäfte machen, weil er immer versuchen würde, den anderen über den Tisch zu ziehen. Außerdem war Lürssen doch mindestens zwanzig Jahre älter als seine Frau, und die Ehe war bestimmt arrangiert. Wenn sie sich jetzt noch mal verliebt hat, ist das doch schön und ein Grund, sich für sie zu freuen. Sie ist fünfzig und nicht tot.«

Großmutter Hiltrud bedachte Mina mit einem entrüsteten Blick. »Das magst du vielleicht so sehen, aber in der Gesellschaft gibt es nun einmal Regeln, an die man sich besser hält, wenn man ein Teil davon sein will.«

»Vielleicht will Frau Lürssen aber gar kein Teil dieser verknöcherten Gesellschaft mehr sein, die ihr nicht gönnt, noch einmal glücklich zu sein. Ich kann sie jedenfalls gut verstehen.«

Hiltrud starrte Mina einen Moment lang sprachlos an. Ihre Augen funkelten. Sie öffnete den Mund, als wolle sie etwas erwidern, schien es sich dann aber anders zu überlegen. Seufzend schüttelte sie den Kopf. »Immer noch dieser rebellische Geist? Ich hatte gehofft, den hättest du inzwischen überwunden. Du solltest doch selbst am allerbesten wissen, dass man nichts erreicht, wenn man mit aller Kraft versucht, mit dem Kopf durch die Wand zu wollen. Es gibt weit bessere Wege, seine Ziele im Leben zu erreichen.«

Damit legte sie ihren Stickrahmen auf das Tischchen, das neben ihrem Sessel stand, und erhob sich. »Wie dem auch sei, es war ein langer Tag, und ich werde mich jetzt zurückziehen. Ich wünsche eine gute Nacht. Wir sehen uns zum Frühstück.«

Hiltrud nickte Agnes und Irma zu, würdigte Mina aber keines Blickes und ging hinaus, ohne sich wie sonst üblich bei ihren Enkelinnen mit einem Kuss auf die Stirn zu verabschieden.

Als sich die Tür hinter ihr geschlossen hatte, stieß Mina ein kurzes Schnauben aus. »Na endlich! Ich dachte schon, sie würde gar nicht mehr gehen.«

»Also wirklich, Mina. War es denn wirklich nötig, Großmutter so vor den Kopf zu stoßen?«, fragte Agnes vorsichtig. »Du weißt doch, wie sie ist. Jetzt wird sie mindestens eine Woche lang nur das Allernötigste mit dir reden.«

»Gut so«, sagte Mina finster. »Ich habe diese ewigen Predigten, wie man sich in feiner Gesellschaft zu benehmen hat, so satt, ihr könnt es euch nicht vorstellen.«

»Ich hatte gehofft, du würdest doch noch wegen des Geldes mit ihr reden«, sagte Agnes. »Sie könnte ja vielleicht doch eine Hypothek auf das Haus …«

Entschieden schüttelte Mina den Kopf. »Nein, das ist unmöglich. Ich habe es euch vorhin doch schon erklärt. Großvater hat in seinem Testament verfügt, dass das Haus unangetastet bleiben muss, damit sie in jedem Fall hier wohnen bleiben kann, was auch geschieht. Sie kann die Villa nicht beleihen. Und jetzt würde ich das Geld von ihr auch gar nicht haben wollen«, setzte sie leiser hinzu. »Wenn ich diese Firma wirklich leiten will, muss ich es allein schaffen.«

»Nur wie? Das ist die Frage aller Fragen.« Irma beugte sich vor und sah Mina forschend ins Gesicht. »Du hast vorhin doch eine ganze Weile mit Heiko gesprochen. Ich hab euch vom Fenster aus gesehen«, fügte sie erklärend hinzu. »Natürlich wollte ich nicht lauschen, aber … Hatte er denn eine Idee, wie du an das Geld kommen könntest?«

»Eigentlich sogar zwei, aber beide gefallen mir nicht.«

In kurzen Worten erzählte Mina, was Heiko vorgeschlagen hatte. Agnes' Augen wurden immer größer.

»Du willst Mutters Schmuck versetzen?«, fragte sie tonlos.

»Nein, das will ich natürlich nicht«, beeilte sich Mina zu versichern. »Lieber würde ich mir die Hände abhacken lassen.«

»Den Schmuck in ein Pfandleihhaus zu bringen ist doch etwas völlig anderes, als ihn zu verkaufen«, sagte Irma entschieden. »Ich weiß, dass meine Mutter ihren Schmuck auch schon einmal beliehen hat. Damals gab es einen Hagelsturm, der unsere gesamte Getreideernte vernichtet hat. Und das war die einzige Möglichkeit, an einen Kredit zu kommen. Sie hat den Schmuck dann nach einem Dreivierteljahr auslösen können. Mutter sagte, nie sei ihr etwas so schwergefallen, wie mit ihrer Schmuckschatulle nach Königsberg zu fahren und sie ins Pfandleihhaus zu bringen. Aber verzweifelte Situationen verlangen eben verzweifelte Lösungen.« Irma wandte sich zu Agnes. »Der Schmuck eurer Mutter würde ja nicht verkauft. Ihr würdet ihn nur für ein paar Wochen aus der Hand geben. Wenn Mina den Kaffee verkauft hat, kann sie ihn sofort wieder zurückholen.«

»Trotzdem. Der Gedanke widerstrebt mir zutiefst.« Agnes machte ein angewidertes Gesicht. »Und was ist mit der Idee, eine andere Bank zu suchen?«

»So was braucht Zeit, und die habe ich nicht.« Mina seufzte und rieb sich die Stirn. »Ich müsste die Bankhäuser anschreiben, die vielleicht infrage kommen, und mein Anliegen vortragen. Dabei muss ich sehr vorsichtig sein, damit nicht irgendwie durchsickert, dass ich einen höheren Betrag leihen muss, denn das könnte den Ruf der Firma schädigen.«

»Aber es wäre nicht ausgeschlossen, dass du eine Bank findest, die dir einen Kredit gibt, oder?«, fragte Irma.

»Nein, ausgeschlossen sicher nicht. Heiko meinte vorhin, es gebe einige aufstrebende Banken, die sich die Finger danach lecken, bei den Kaffeehändlern einen Fuß in die Tür zu bekommen.«

»Na also!« Irma nickte. »Einen Versuch ist es allemal wert. Und statt Briefe zu schreiben, solltest du morgen früh im Kontor die Banken persönlich anrufen, um die Chancen für einen Kredit abzuklären. Den Kopf in den Sand zu stecken ist jedenfalls keine Lösung und passt so gar nicht zu dir.«

»Ich weiß.« Mina seufzte. »Nach meinem Termin in der

Bank heute war ich so mutlos, dass ich am liebsten alles hingeworfen hätte, aber jetzt geht es langsam wieder. Die Arbeit an der Kutscherwohnung und euer und Heikos Zuspruch haben mir gutgetan. Nein, ich werde nicht einfach aufgeben und Frederik ans Ruder der Firma lassen. Wir werden das Geld auftreiben, koste es, was es wolle. Wir finden eine neue Bank, und wenn alle Stricke reißen, bringen wir eben unseren eigenen und zur Not auch Mutters Schmuck ins Pfandhaus. Heiko hat mir angeboten, das zu übernehmen.«

Irma legte ihre Hand auf Minas und drückte sie. »Wenn du nichts dagegen hast, gehe ich dann mit ihm«, sagte sie. »Ich habe meine Goldbrosche mit den Rubinen und meine Perlenkette mit nach Hamburg gebracht. Die dürften auch ein bisschen was wert sein.«

»Aber das kann ich doch nicht …«

Irma schüttelte entschieden den Kopf. »Keine Widerrede, Mina!«, unterbrach sie ihre Freundin. »Es ist mir eine Freude, wenn ich dir helfen kann. Wie bei den Musketieren, nicht wahr? Eine für alle.«

Agnes beugte sich in ihrem Sessel vor und legte ihre Hand auf Irmas, die noch immer Minas Hand umfasst hielt. »Und alle für eine!«, ergänzte sie und zwinkerte ihrer Schwester zu.

Mina hatte gerade den Telefonhörer in die Gabel gehängt, als es an der Tür des Chefbüros klopfte und Irma eintrat, ohne auf ein »Herein« zu warten. In der Hand balancierte sie eine Kaffeetasse, aus der ein schmales Dampffähnchen aufstieg.

»Ich dachte, du möchtest vielleicht auch einen Kaffee«, sagte sie und stellte die Tasse vorsichtig auf dem Schreibtisch ab. »Heiko hat kurz hereingeschaut, aber er meinte, wir sollten dich nicht stören. Geht es denn voran?«

Mina ließ sich gegen die Lehne des Stuhls sinken und seufzte. »Frag lieber nicht.« Sie drehte den Schreibblock um, der vor ihr lag, sodass Irma die Liste lesen konnte. »Da siehst du es. Fünf Bankhäuser habe ich angerufen und lauter Absagen bekommen.« Sie zog die Liste wieder zu sich heran und warf einen missmutigen Blick auf die durchgestrichenen Namen. »Zweimal bin ich gleich im Vorzimmer des Direktors abgewimmelt worden. Es ist zum Verzweifeln.«

Irma nickte mitfühlend. »Mach erst mal eine Pause und trink deinen Kaffee. Wie viele Bankhäuser stehen denn noch auf der Liste?«

»Nur noch zwei. Ich hatte ja damit gerechnet, dass es nicht so einfach wird, eine neue Bank zu finden, aber so?« Mina schüttelte frustriert den Kopf. »Es ist wie verhext.«

Irma ließ sich auf den lederbespannten Stuhl Mina gegenüber fallen. »Verhext ist sicher nicht das richtige Wort, aber dass es nicht mit rechten Dingen zugeht, würde ich auch denken.«

Mina blies über die dampfende Oberfläche des Kaffees, ehe sie vorsichtig einen Schluck der heißen Flüssigkeit trank. »Wieso?«

»Könnte es nicht sein, dass Frederik auch bei den anderen Banken seine Finger im Spiel hat?«

Mina stieß ein bitteres Lachen aus. »Ich glaube, da überschätzt du seine Möglichkeiten bei Weitem.«

Irma zuckte mit den Schultern, ihr Gesichtsausdruck blieb aber skeptisch.

»Was wollte Heiko denn eigentlich?«, fragte Mina, um das Thema zu wechseln.

»Hauptsächlich wollte er wissen, wie weit wir gestern noch mit dem Aufräumen gekommen sind und ob wir es schaffen, das Zimmer für Edo bis Montag bezugsfertig zu machen. Der Arzt hat zugestimmt, Edo nach dem Wochenende zu entlassen.«

»So schnell schon? Dann muss es Edo deutlich besser gehen. Hat Heiko was gesagt?«

»Nein, darüber nicht. Ich bin nicht einmal sicher, ob er gestern überhaupt mit Edo gesprochen hat. Er hat nur das Arztgespräch erwähnt und wie froh er ist, Edo endlich aus der Klinik holen zu können.«

»Ja, ich weiß, wie viel ihm das bedeutet.« Mina leerte ihre Tasse und stellte sie auf den Schreibtisch zurück. »Dann müssen wir die Kutscherwohnung eben bis dahin fertig haben. Agnes ist ja heute extra zu Hause geblieben, um Frieda und Lotte helfen zu können.«

»Das ist sicher eine gute Idee gewesen.« Irma räusperte sich und unterdrückte ein Lächeln, als sie aufstand und nach Minas Tasse griff. »Ob sie allerdings eine große Hilfe ist, möchte ich mal anzweifeln.«

Mina lachte. »Du meinst, weil sie keine Ahnung hat, wie man ein Fenster putzt?«

Irma nickte.

»Woher soll sie das auch können? Es hat ihr niemand beigebracht, und im Gegensatz zu mir hat sie nie Zeit bei Frau Kruse in der Küche zugebracht. Von ihr habe ich einiges über Haushaltsführung gelernt. Ich kann sogar kochen.«

»Wirklich?«, fragte Irma erstaunt.

»Für den Hausgebrauch sollte es reichen. ›Man weiß nie, wofür das mal nützlich sein kann, Deern‹, meinte Frau Kruse immer, wenn ich ihr beim Kochen zugeschaut oder geholfen habe. ›Wenn's mal schlimme Zeiten gibt, wirst du wenigstens nicht verhungern.‹« So gut sie konnte, ahmte Mina die breite

Sprechweise der alten Köchin nach. »›Man bloß nicht, dass die Gnädigste davon Wind bekommt, sonst wird sie fünsch mit mir.‹«

»Und? Weiß deine Großmutter, dass du bei der Köchin in die Lehre gegangen bist?«, fragte Irma.

»Nein, zum Glück nicht. Frau Kruse hatte recht, meine Großmutter wäre furchtbar aufgebracht gewesen, wenn sie erfahren hätte, dass ich so was Profanes erlerne. Feine Näh- oder Stickarbeiten – so etwas schickt sich für höhere Töchter, aber doch nicht Putzen oder Kochen. Dafür hat man Personal, das man beaufsichtigt und anleitet, und genau das hat sie meiner Schwester beigebracht. Wenn Agnes den Mädchen in der Kutscherwohnung nicht helfen kann, so kann sie sie immerhin beaufsichtigen und anleiten.«

»Ob es wirklich schneller vorangeht, wenn Agnes Anweisungen gibt?« Irma lachte kopfschüttelnd. »Aber wenn wir zwei den Dienstmädchen heute Nachmittag ein bisschen zur Hand gehen, sollten wir mit den Zimmern fertig werden, oder was denkst du? Heiko möchte nämlich …« Irma stockte und schien nach den richtigen Worten zu suchen.

Mina warf ihrer Freundin einen fragenden Blick zu. »Heiko möchte was?«

»Er hat vorhin angedeutet, dass er uns am Samstag gern zum Tanzen einladen möchte, als kleines Dankeschön sozusagen.«

»Uns?«, fragte Mina unschuldig.

»Ja, uns drei: Agnes, dich und mich. Er sagte, es gebe da am Samstag einen Tanztee im Ruderclub an der Alster, in dem Agnes Mitglied ist.«

»Ich kann doch unmöglich zum Tanzen gehen.«

»Warum denn das nicht?«

»Das liegt doch auf der Hand, Irma. Ich bin verheiratet und könnte nur in Frederiks Begleitung gehen.«

Irma zog die Augenbrauen in die Höhe. »Warum? Du kannst doch auch die Firma ohne ihn leiten. Und nun sag nicht, die Leute könnten über dich reden. Das hat dich sonst auch nie an irgendetwas gehindert. Und was Frederik angeht, ich kann mir nicht vorstellen, dass er in Berlin lebt wie ein Mönch.«

»Mag sein. Gut möglich«, erwiderte Mina. »Trotzdem halte ich es für keine gute Idee.«

»Und wenn ich dich bitte mitzukommen? Uns ist doch schon damals der gemeinsame Ball im Pensionat entgangen. Eigentlich bist du mir den noch schuldig. Stell dir vor, was für einen Spaß wir haben werden!«

Mina seufzte. Natürlich hatte Irma recht. Mina war damals Hals über Kopf abgereist, weil ihr Vater krank war, und hatte den Hausball im Pensionat verpasst. Auch wenn ihr eigentlich gar nicht nach einer Tanzveranstaltung im Ruderclub war, bei der sich Agnes sofort zu ihren Freunden absetzen würde und sie allein bei Heiko und Irma bleiben und sich wie das fünfte Rad am Wagen fühlen würde, wollte sie doch kein Spielverderber sein.

»Also gut, ich überleg es mir«, sagte sie. »Unter der Bedingung, dass wir wirklich mit allem fertig sind.« Sie zog eine Grimasse und griff nach der Liste der Banken. »Und dass ich mir um die Finanzierung der Kaffeefracht keine Gedanken mehr machen muss.«

Irma strahlte übers ganze Gesicht. »Das ist doch mal ein Wort. Abgemacht. Wenn wir mit Edos Unterkunft fertig werden und du eine Bank findest, kommst du mit uns tanzen. Deine Hand drauf!« Sie streckte Mina ihre Rechte entgegen.

Mina ergriff Irmas Hand wie bei einem Geschäftsabschluss und nickte förmlich, ehe sie der Freundin zuzwinkerte. »Dann werde ich mal weiter mein Glück versuchen«, sagte sie und streckte ihre Hand nach dem Telefon aus. Ihre Finger hatten den Hörer noch nicht ganz erreicht, als es losschrillte. Mina fuhr vor Schreck zusammen und starrte das Telefon entgeistert an. »Was zur …?«

»Soll ich nebenan rangehen?«, fragte Irma und deutete auf die Tür zum Vorzimmer.

»Nein, lass nur, ich nehme es entgegen«, sagte Mina und hob den Hörer ab. »*Kopmann & Deharde*«, meldete sie sich.

»Guten Morgen, Fräulein!«, hörte sie eine tiefe Männerstimme sagen. »Klemm ist mein Name. Könnten Sie mich bitte mit der Geschäftsführung verbinden?«

»Das sind Sie schon«, erwiderte Mina. »Lohmeyer ist mein Name, ich bin die Chefin von *Kopmann & Deharde*. Was kann ich für Sie tun?«

Ein kurzes Lachen erklang aus dem Hörer. »Die Frage sollte eher lauten, ob ich etwas für Sie tun kann, Frau Lohmeyer.«

Mina zog die Augenbrauen zusammen. »Wie meinen Sie das?«, fragte sie, während sie fieberhaft überlegte, ob und, wenn ja, woher sie diesen Herrn Klemm kennen müsste.

»Nun, mir ist zu Ohren gekommen, dass Sie auf der Suche nach einer Finanzierung für einen Geschäftsabschluss sind und dass Sie Schwierigkeiten haben, eine Bank zu finden, die Ihnen das Geld gibt.«

»Ihnen ist zu Ohren gekommen?«, wiederholte sie überdeutlich und mit einer Schärfe in der Stimme, die sie sofort bereute. Sie holte tief Luft, bevor sie weitersprach. »Lieber Herr Klemm, ich fürchte, da sind Sie einem Gerücht aufgesessen, das jemand böswillig ausstreut. *Kopmann & Deharde* ist eine alteingesessene Kaffeeimportfirma mit bestem Ruf. Wir arbeiten schon seit Jahrzehnten mit unserer Bank zusammen.«

»Mit *Schmidt und Partner*, ja, ich weiß. Und ich weiß auch, dass man Ihnen dort keinen Kredit geben will.«

»Woher wissen Sie das?«

Wieder erklang das leise Lachen aus dem Hörer. »Sagen wir, ich habe meine Quellen, und die sind sehr zuverlässig. Wenn man im Bankgeschäft den Fuß in die Tür bekommen will, dann muss man schnell sein, gut informiert und vor allem einen guten Riecher für jedes Geschäft haben, das sich bietet. Vielleicht könnten wir uns gegenseitig behilflich sein, um voranzukommen.«

»Wie darf ich das verstehen?«

»Ganz einfach«, sagte der Mann. »Ich bin darüber im Bilde, dass Sie eine gewisse Summe benötigen, um die Fracht für eine Ladung Kaffee bezahlen zu können. Ich hingegen habe es mir in den Kopf gesetzt, mit meinen Partnern zusammen eines der führenden Bankhäuser Hamburgs zu werden, und dazu brauche ich Kontakte zu den Kaffeehändlern. Wir könnten beide von dem Geschäft profitieren, das ich Ihnen vorschlagen möchte.«

»Ich bin nicht sicher, ob …« Mina brach ab.

Dieses ganze Telefonat hatte etwas Unwirkliches an sich. Dass jemand völlig Unbekanntes bei einem altehrwürdigen Kaffeekontor anrief, um ein Geschäft anzubieten, das die Banken eine nach der anderen ablehnten, ließ in Minas Hinterkopf sämtliche Alarmglocken klingeln. Ging das mit rechten Dingen zu? Was konnte dieser Herr Klemm vorhaben?

»Sehen Sie, das haben wir gemeinsam. Ich bin auch nicht sicher«, hörte sie die fremde Stimme sagen. »Darum würde ich vorschlagen, dass wir uns erst einmal persönlich kennenlernen, um zu sehen, ob wir uns verstehen und miteinander Geschäfte machen wollen.«

Irma, die noch immer neben Minas Schreibtisch stand, machte ein fragendes Gesicht. Mina winkte ab.

»Ein persönliches Gespräch wäre sicherlich gut«, sagte Mina so geschäftsmäßig wie möglich. »Könnten Sie bei uns im Kontor vorbeikommen?«

»Dass ich zum Sandtorkai komme, wäre sicher keine gute Idee, ebenso wenig, dass Sie meine Geschäftsräume aufsuchen. Mein Vorschlag wäre, wir begegnen uns auf neutralem Grund. An der Alster vielleicht? Dort ist es ruhig, und wir können alles bereden, ohne dass jemand die Ohren spitzt. Treffen wir uns heute Nachmittag gegen drei Uhr am Grand Hotel, gehen ein Stück spazieren, und wenn wir handelseinig werden, lade ich Sie ins Café ein.«

»Aber wie erkenne ich Sie?«

»Ich werde Sie erkennen, Frau Lohmeyer, machen Sie sich keine Sorgen. Wir sehen uns dann um drei Uhr.«

Noch ehe Mina zu- oder absagen konnte, hatte der Mann das Gespräch beendet.

»Aufgelegt!«, sagte Mina entgeistert und schüttelte den Kopf. Sie nahm den Hörer vom Ohr und legte ihn nachdenklich zurück auf die Gabel.

»Wer war denn das?«, fragte Irma. »Du bist ja richtig blass geworden.«

»Ich habe keine Ahnung, aber möglicherweise war das unser künftiger Geldgeber.«

Mina parkte die Limousine direkt am Grand Hotel, stellte den Motor ab und war im Begriff, die Tür zu öffnen, als sie Irmas Gesicht sah.

»Ich bin immer noch der Meinung, dass es eine dumme Idee ist«, sagte ihre Freundin stirnrunzelnd. »Du kennst den Mann doch gar nicht. Was, wenn er Übles im Schilde führt, was, wenn …«

»Es wird schon kein Frauenmörder sein«, erwiderte Mina spöttisch. »Der hätte sich kaum in einer so belebten Umgebung mit mir treffen wollen, meinst du nicht?«

»Mach dich nicht über mich lustig. Ich habe nur deine Sicherheit im Sinn.«

Die ganze Zeit über ging das schon so. Seit Mina ihrer Freundin vom Inhalt des Gespräches mit Herrn Klemm erzählt hatte, versuchte Irma, ihr das Treffen mit dem Unbekannten auszureden. Dabei hatte sie immer wildere Vermutungen geäußert, was dieser wohl vorhabe. Als alles Unken nichts half, hatte Irma darauf bestanden, Mina wenigstens zum Treffpunkt zu begleiten.

»Ganz im Ernst, Mina, du bist viel zu vertrauensselig. Das ist ein Mann, und Männer sind nun einmal …« Sie stockte kurz. »Vielleicht hättest du Heiko anrufen sollen, damit er mitkommt.«

»Heiko ist auch ein Mann.«

»Heiko ist ein Freund. Das ist ein Unterschied.«

Mina wandte ihrer Freundin das Gesicht zu und lächelte. »Ich bin durchaus in der Lage, auf mich selbst aufzupassen, Irma. Ich brauche keinen Wachhund. Aber wenn es dich beruhigt, dann kannst du gern zum Treffen mitkommen. Gegen uns zwei kommt kein Fremder an.«

Irmas finstere Miene hellte sich auf. »Darauf kannst du

wetten!«, sagte sie und stieg aus dem Wagen. Sie klemmte ihre Handtasche fest unter den Arm und hakte sich bei Mina unter. »Also gut, dann wollen wir uns diesen Herrn mal ansehen.«

Zügigen Schrittes marschierten die beiden jungen Frauen an der hochaufragenden weiß gestrichenen Fassade des Hotels entlang auf den Eingang zu. Das Hotel war noch recht neu – es war erst vor zehn Jahren fertiggestellt worden und galt als erstes Haus am Platz. Hier stiegen die Passagiere der ersten Klasse der Hapag ab, die die Atlantikroute der Reederei nutzten. Vor dem säulengeschmückten Eingang stand ein Page in Livree – bereit, ankommende Gäste im Hotel zu begrüßen. Ein hochgewachsener Mann um die vierzig in dunklem Geschäftsanzug und Bowler stand neben ihm und schien sich angeregt mit ihm zu unterhalten. Dabei ließ er den Bürgersteig vor dem Hotel nicht aus den Augen. Als Mina und Irma sich dem Eingang näherten, nickte der Mann dem Pagen zu, kam ihnen entgegen und lüftete kurz seinen Hut. Kurzgeschnittenes graues Haar mit Geheimratsecken kam für einen Moment zum Vorschein.

»Frau Lohmeyer?«

Mina nickte. »Und Sie sind Herr Klemm, nehme ich an?«

»Christoph Klemm, genau.« Er griff nach ihrer ausgestreckten Hand und schüttelte sie, ehe sein fragender Blick hinter den randlosen Gläsern seiner Brille sich Irma zuwandte.

»Darf ich vorstellen? Meine Freundin Comtesse Irma von Gusnar war so nett, mich zu begleiten.«

Sein Lächeln vertiefte sich, als er eine Verbeugung andeutete. »Sehr erfreut, Comtesse.« Er machte eine Handbewegung in Richtung der Alster, deren weite Wasserfläche im Sonnenlicht schimmerte. »Machen wir ein paar Schritte am Wasser entlang?«

»Gern«, erwiderte Mina höflich.

Nachdem sie die belebte Straße überquert hatten, wandten sie sich nach rechts dem Spazierweg zu, der direkt an der Wasserlinie entlangführte. Eine Weile schwiegen alle drei, bis sie schließlich zu einer Stelle kamen, an der das Ufer breiter wurde und unter ein paar Bäumen Parkbänke aufgestellt worden waren. Vor dort aus hatte man einen wunderbaren Blick über die Alster auf das gegenüberliegende Ufer mit seinen prächtigen Villen.

Christoph Klemm blieb stehen, schirmte seine Augen gegen die Sonne ab und schaute über das Wasser, das von etlichen Segelbooten bevölkert war. In der Ferne zog ein weißer Dampfer der Alsterschiffffahrt seine Bahn.

»Wissen Sie, ich liebe diesen Fleck Erde. Gebürtig komme ich vom Niederrhein. Verstehen Sie mich nicht falsch, da ist es auch schön, aber ich habe schon vor langen Jahren mein Herz an diese Stadt verloren.« Er sog die Luft tief in die Lungen ein und drehte sich zu Mina und Irma um. »Nehmen wir doch einen Moment Platz und unterhalten uns.«

Irma, die den Fremden die ganze Zeit nicht aus den Augen gelassen hatte, setzte sich auf die äußerste Kante der Parkbank, auf die Klemm deutete, während Mina stehen blieb und ihn herausfordernd musterte.

»Zuallererst hätte ich eine Frage an Sie, Herr Klemm«, sagte sie. »Woher wissen Sie so erstaunlich genau über *Kopmann & Deharde* und mich Bescheid?«

Christoph Klemm hielt ihrem Blick stand, dann lächelte er. »Wie ich Ihnen am Telefon schon gesagt habe, ich bin auf der Suche nach einem Geschäftspartner unter den Kaffeehändlern, und das schon seit einigen Monaten. Was lag da näher, als Erkundigungen über die verschiedenen Firmen einzuholen? Ich habe beste Beziehungen zu allen möglichen

Banken und etlichen Behörden, und als die Sekretärin von Direktor Schmidt mich anrief und mir mitteilte, dass man Ihnen dort keinen Kredit geben wollte, war ich sofort interessiert. *Kopmann & Deharde* ist eine Traditionsfirma, die ich gern als Kunden gewinnen würde.«

»Und wenn ich eine andere Bank finde?«

»Das bezweifle ich sehr. Die Hamburger Banken haben den Markt unter sich aufgeteilt und stehen in gutem Kontakt miteinander. Von Schmidts Sekretärin weiß ich, dass der Junior alle Hebel in Bewegung gesetzt hat, andere Banken davon abzuhalten, Ihnen Geld zu geben.«

»Hat die Sekretärin Ihnen auch den Grund dafür gesagt?«, fragte Irma.

Klemm sah zu ihr hinüber. »Es hat wohl mit einem Gefallen zu tun, den er Frau Lohmeyers Mann noch schuldig ist. Sie haben zusammen gedient.«

»Wusste ich es doch!«, rief Irma aufgebracht. »Frederik ist wirklich ein …« Sie brach ab.

Klemm zuckte mit den Schultern. »Darüber kann ich mir keine Äußerung erlauben, schließlich kenne ich Herrn Lohmeyer nicht persönlich.«

Mina richtete sich kerzengerade auf.

Haltung, sagte sie sich. Keine Schwäche zeigen.

»Und was veranlasst Sie dazu, mir das Geld zu leihen, wenn keine der anderen Banken es tun will?«

»Zwei Dinge – oder eigentlich sogar drei. Erstens gewinne ich einen Kunden mit einem Kontor in der Speicherstadt, zweitens spekuliere ich für meine Partner und mich auf einen ordentlichen Gewinn. Und drittens ist es mir ein inneres Bedürfnis, diesem arroganten Schnösel von Juniorchef einmal ordentlich in die Suppe zu spucken.«

»Sie kennen ihn?«

»Ich hatte das zweifelhafte Vergnügen, ja. Ich habe einige Jahre im Bankhaus Schmidt gearbeitet und auf sein Betreiben meine Stellung verloren.«

»Wie klein doch die Welt ist …«, sagte Irma.

»Das ist sie in der Tat.« Klemm nickte ihr zu.

»Noch eine Frage«, sagte Mina. »Zehntausend Reichsmark sind für einen ehemaligen Bankangestellten eine stattliche Summe. Wie wollen Sie die aufbringen, und zu welchen Konditionen muss ich sie zurückzahlen?«

Klemm sah Mina direkt an. »Sehen Sie, das hatte ich gehofft, als ich Sie um ein Treffen gebeten habe: jemandem zu begegnen, mit dem man offen sprechen kann, ohne die üblichen Floskeln und höflichen Umschreibungen. Klar und einfach ›Butter bei die Fische‹.« Er lachte leise. »Ich werde Ihnen nicht die ganze Summe anbieten können. Mein Maximum sind sechstausend Reichsmark, mehr geben meine Geschäftspartner in einem ersten Geschäft nicht frei. Das Geld steht Ihnen ab Montag zur Verfügung, der Zinssatz ist natürlich etwas höher als üblich, aber da kann ich sicher noch ein wenig für Sie herausschlagen. Die Rückzahlung erfolgt, wenn Sie den georderten Kaffee verkauft haben.«

»Wie viel höher ist etwas höher?«, hakte Mina nach.

»Das, liebe Frau Lohmeyer, liegt bei meinen Partnern.«

»Und die wären?«

»Leute, die ins ehrbare Geschäftsleben wollen und über ausreichende Mittel verfügen.«

Minas Augen wurden schmal. »Wie darf ich das verstehen?«

Christoph Klemms Mundwinkel zuckten amüsiert. »Muss ich das erklären?«

»Ich bitte darum.«

Er seufzte und verschränkte die Arme. »Sagen wir mal so: Zum einen haben nicht alle Geschäftsleute den besten Leumund, und zum anderen haben nicht alle im Krieg Geld verloren.«

»Kriminelle und Kriegsgewinnler!«, stieß Irma hervor.

Klemm zuckte mit den Achseln. »Wenn Sie es so ausdrücken wollen.«

Irma sprang auf die Füße. »Aber das wirst du doch nicht machen, Mina!«, rief sie entrüstet. »Du wirst dich damit in Teufels Küche bringen!«

Mina presste die Lippen zusammen und schluckte. Kriminelle und Kriegsgewinnler … Sie dachte an Heikos zerschossene Hand und an Edo, der sein Augenlicht verloren hatte und jetzt so sehr zitterte, dass er nicht einmal mehr sein Besteck halten konnte. Beide hatten sie in einem Krieg für ihr Vaterland gekämpft, bei dem einige windige Geschäftsleute Profit daraus geschlagen hatten. Wenn sie jetzt zusagte, würde sie mit diesen Menschen gemeinsame Sache machen und wäre nicht einen Deut besser als sie.

Aber wenn du das Angebot ausschlägst, kannst du das Kontor gleich schließen, sagte eine Stimme in ihrem Kopf. Und wenn die Firma pleitegeht, wovon soll deine Familie dann leben? Du hast eine Verantwortung. Soll Ella etwa in Armut aufwachsen? Sie straffte die Schultern und sah Klemm unverwandt an. »Geben Sie mir bis morgen Zeit, über Ihr Angebot nachzudenken?«

»Selbstverständlich. So etwas will gut durchdacht sein. Schlafen Sie ruhig eine Nacht darüber.«

Mina nickte und streckte ihm die Hand entgegen. »Abgemacht.«

Klemm nahm die Hand und drückte sie. »Ich werde mich

morgen telefonisch mit Ihnen in Verbindung setzen.« Er lächelte ihr zu, und sie konnte keinerlei Falschheit in seinen Augen erkennen. »Ich freue mich schon sehr darauf, mit Ihnen Geschäfte zu machen.«

»Wir werden sehen«, antwortete sie knapp.

Auf dem Rückweg zur Villa in der Heilwigstraße redete Irma ohne Unterlass auf Mina ein und warnte sie in immer eindringlicheren Worten davor, mit diesem »dubiosen Herrn Klemm«, wie sie ihn nannte, Geschäfte zu machen. Mina antwortete nur einsilbig und gab vor, sich auf die Straße zu konzentrieren.

»Du musst verrückt sein, wenn du das auch nur in Erwägung ziehst«, sagte Irma schließlich. »Wenn dieser Kerl sein Geld von Verbrechern bekommt, hast du diese Leute irgendwann im Kontor stehen, und Gott weiß, was dann passieren wird.«

»Noch ist nichts entschieden, Irma. Ich werde mir alles gut durch den Kopf gehen lassen. Tatsache ist aber, dass ich dieses Geld dringend brauche, sonst wird die Firma nicht überleben.«

Sie lenkte den Wagen in die Einfahrt zur Villa und stellte ihn vor der Garage ab. Als sie ausstiegen, hörten sie aus den geöffneten Fenstern der Kutscherwohnung zweistimmigen Gesang tönen.

»Lotte und Frieda sind schon fleißig«, sagte Mina. »Und Agnes ist nicht bei ihnen, sonst würden sie nicht singen. Wir sollten uns rasch umziehen und den beiden helfen.«

Ohne eine Antwort von Irma abzuwarten, ging Mina schnellen Schrittes zum Eingang der Villa hinüber. Kaum hatte sie die Haustür geöffnet, erklang auch schon die Stimme ihrer Großmutter aus dem Salon.

»Wilhelmina? Bist du das?«, rief sie. »Könntest du bitte einmal zu mir kommen?«

Mina stöhnte leise. »Was will sie denn jetzt von mir?«, flüsterte sie. Irma, die hinter ihr eingetreten war, zuckte die Achseln.

Mina seufzte. »Sofort, Großmutter, ich muss nur noch schnell meinen Mantel ablegen«, rief sie. Einen Augenblick später öffnete sie die Tür zum Salon, die nur angelehnt gewesen war.

»Was kann ich für dich tun, Großmutter?«, sagte sie beim Eintreten. Erst jetzt bemerkte sie, dass Hiltrud nicht allein war. Ihr gegenüber auf dem Sofa saßen Agnes und Fräulein Brinkmann.

Überrascht runzelte Mina die Stirn. Dass Fräulein Brinkmann ihrer Großmutter am Nachmittag im Salon Gesellschaft leistete, war noch nie vorgekommen.

»Setz dich, Kind«, sagte Hiltrud und deutete auf den leeren Sessel, der früher der Lieblingsplatz ihres Vaters gewesen war. »Ich möchte ein paar Worte mit dir reden.«

Irma, die hinter Mina hereingekommen war, nahm neben Agnes Platz. Als Mina fragend zu ihr hinübersah, zuckte sie mit den Schultern. Fräulein Brinkmann lächelte ihr zu, Agnes hingegen wich dem Blick ihrer Schwester aus.

Mina ließ sich ganz vorn auf der Sesselkante nieder und faltete die Hände im Schoß, um ruhig zu erscheinen.

»Worum geht es denn, Großmutter?«, fragte sie bemüht freundlich und machte ein höflich interessiertes Gesicht dazu, während sie versuchte, die aufsteigende Nervosität in den Griff zu bekommen.

Wie kam es nur, dass sie sich sofort wieder fühlte wie ein Kind, das irgendeine von Großmutters dummen Regeln übertreten hatte und jetzt auf seine Strafe wartete? Inzwischen war sie erwachsen und sollte doch über solchen Dingen stehen, aber dieses Gefühl der Machtlosigkeit war sofort wieder da, sobald Großmutter ihren herablassenden Gesichtsausdruck aufsetzte.

»Deine Schwester hat mir heute Morgen erzählt, dass du für die Firma eine größere Summe Geld benötigst und vorhast, dafür den Schmuck deiner Mutter zu verkaufen.«

Minas Blick schoss zu Agnes hinüber, die die Augen gesenkt hatte und deren Wangen tiefrot geworden waren.

»Das kommt natürlich überhaupt nicht infrage«, fuhr Hiltrud fort.

Mina holte tief Luft und sah ihre Großmutter an. »Es ist richtig, dass ich Geld brauche, um die Fracht für den Kaffee von meinem Schwiegervater zu bezahlen. Aber ich würde Mamas Schmuck nur im äußersten Notfall als Sicherheit in einem Pfandhaus hinterlegen. Davon, ihn zu verkaufen, war nie die Rede.«

Hiltrud warf ihr einen mitleidigen Blick zu. »Den Schmuck in ein Pfandhaus zu bringen ist nicht wesentlich besser, als ihn gleich zu verkaufen. Stell dir nur einmal vor, das Frachtschiff geht verloren oder irgendetwas anderes Schlimmes passiert, sodass du nicht in der Lage bist, den Schmuck pünktlich wieder auszulösen. Dann ist er unwiederbringlich verloren. Und damit auch das Einzige, was eure Mutter euch hinterlassen hat.«

»Aber …«, begann Mina, doch die erhobene Hand ihrer Großmutter ließ sie innehalten.

Hiltrud schüttelte traurig den Kopf. »Mina, mein Kind, warum bist du denn nicht zu mir gekommen?«

»Ich dachte …«

»Nein«, unterbrach ihre Großmutter sie. »Gedacht hast du

nicht. Nicht eine Sekunde lang. Du hast entschieden, was du für richtig hieltest.« Die alte Dame seufzte. »Immer mit dem Kopf durch die Wand, immer alles allein schaffen wollen – das ist nun einmal deine Art. So warst du schon als Kind. Lieber würdest du dir die Finger brechen lassen, statt um Hilfe zu bitten. Ich weiß, dass du mich und alle anderen in diesem Haus nicht mit deinen Sorgen ums Geschäft belasten willst, aber das ist nicht der richtige Weg. Wir sitzen alle im selben Boot, und du willst es ganz allein rudern? Wie soll das gehen?«

Mit offenem Mund starrte Mina ihre Großmutter an. Dass das Gespräch diese Richtung nehmen würde, hätte sie in ihren kühnsten Träumen nicht vermutet. Sie schaute in die Runde. Agnes wich noch immer ihrem Blick aus, Irma zuckte mit den Schultern, doch Fräulein Brinkmann nickte ihr lächelnd zu. Ihre Augen strahlten vor Stolz. Hiltrud seufzte, ehe sie fortfuhr.

»Als dein Vater starb, hat er dir die ganze Last der Verantwortung für die Familie auf die Schultern gelegt. Vielleicht ahnte er bereits damals, dass dein Mann in geschäftlichen Dingen nichts taugt, auch wenn seine Hoffnung eine andere war. Doch du hast die Zügel in die Hand genommen und damit begonnen, die Firma zu leiten. Dann brach der Krieg aus, und du warst ganz allein mit der Arbeit und all den Sorgen. Nicht einmal nach Ellas Geburt hast du dir eine Pause gegönnt. Du hast dich nie beklagt und immer versucht, alles von uns fernzuhalten.« Großmutter beugte sich ein Stückchen vor und deutete mit dem Zeigefinger in ihre Richtung. »Und das alles, weil du deinem Vater das Versprechen gegeben hattest, dich um uns zu kümmern, damit Agnes und ich ein sorgenfreies Leben haben. Ich war schon immer der Meinung, er hätte nie so viel von dir verlangen dürfen.«

Mina hatte plötzlich wieder das schmale Gesicht ihres Vaters vor Augen, und ihre Kehle war auf einmal wie zugeschnürt.

»Ich wollte es so«, sagte sie heiser.

»Das weiß ich, und ich bewundere dich dafür«, sagte Hiltrud mit warmer Stimme. »Wir alle tun das. Aber das bedeutet nicht, dass du alles allein schaffen musst. Wir …« Sie deutete auf Agnes und Fräulein Brinkmann. »… haben uns hier zusammengesetzt und beraten, wie wir dir helfen können. Agnes?«

Agnes fuhr sichtbar zusammen, als ihr Name genannt wurde. Sie sah zu Mina auf. »Ich habe vorgeschlagen, dass ich künftig ebenfalls im Kontor arbeite und lerne, Schreibmaschine zu schreiben, und Großmutter ist damit einverstanden.«

Irma, die neben ihr saß, stieß sie mit dem Ellbogen an. »Wir werden viel Spaß miteinander haben, glaub mir, Agnes.«

Minas Schwester nickte nur.

»Und ich werde in Zukunft die Haushaltsbücher führen, sodass du dich nicht mehr darum kümmern musst«, meldete sich Fräulein Brinkmann zu Wort. »Wenn du zu Hause bist, sollst du mit Ella spielen und dich erholen können.«

Mina lächelte ihr dankbar zu. Die Haushaltsbücher der Villa zu führen hatte sie zwar nie wirklich gestört, aber an jedem Sonntag saß Mina für mindestens eine Stunde im Arbeitszimmer, listete die Ausgaben der Küche auf und rechnete sie gegen.

»Und ich …« Hiltrud richtete sich kerzengerade auf. »Ich werde dir das Geld beschaffen, das du brauchst.«

»Aber …« Mina war so verblüfft, dass sie nach Worten suchen musste. »Wie willst du das anstellen? Ich lasse nicht zu, dass du das Haus belastest.«

»Die Villa? Nein.« Abwehrend hob Hiltrud die Hand. »Das habe ich nicht vor. Aber deine Absicht, Elises Schmuck zu verkaufen, hat mich auf eine Idee gebracht. Da sind noch mehrere Uhren deines Großvaters, etliche Paare goldener Manschettenknöpfe und einige Schmuckstücke, die er mir geschenkt hat und die ich niemals trage. Die können verkauft werden.« Sie lachte, als sie Minas überraschtes Gesicht sah. »Ich weiß, was du sagen willst«, sagte sie. »Warum sollten wir all das verkaufen, aber den Schmuck deiner Mutter nicht? Ganz einfach, weil die Sachen mir nichts bedeuten. Und wenn ich der Firma mit dem Geld weiterhelfen kann, umso besser. Dann dienen sie wenigstens einem guten Zweck.«

Mina machte eine Bewegung, aber ehe sie etwas sagen konnte, schüttelte Hiltrud abwehrend ihren Kopf. »Keine Widerrede, Mina. Das ist beschlossene Sache. Und wenn die Uhren und mein Schmuck nicht reichen sollten, das ganze Haus ist voll unnützem Kram, den niemand vermissen wird.«

Sie erhob sich von ihrem Sessel und breitete ihre Arme aus, so wie sonst, wenn sie einen Gutenachtkuss erwartete.

Mina sprang auf, lief zu ihr und umarmte sie stattdessen ganz fest.

»Danke, Großmutter!«, sagte sie mit erstickter Stimme. »Ich weiß gar nicht, was ich sagen soll.«

Hiltrud schob sie ein Stück von sich weg, um ihr ins Gesicht schauen zu können. »Da gibt es nichts zu danken. Wie ich schon sagte, wir sitzen alle in einem Boot, wir Kopmann- und Dehardefrauen, und keine von uns ist sich zu schade mitzurudern.« Sie lächelte, und ihre sonst so harten Züge wurden weich. »Und wenn das Boot wieder mal in stürmische See kommt, dann rede bitte gleich mit mir und lass das nicht deine Schwester für dich machen.«

NEUN

»Klemm, sagst du?« Heiko, der Mina am Tisch gegenübersaß, strich sich nachdenklich über den Bart. »Doch, den Namen habe ich schon mal gehört.«

»Und?« Irma beugte sich etwas vor, um ihn besser hören zu können. Durch das laute Stimmengewirr um sie herum konnte man sich nur schlecht unterhalten. Sie warf Heiko einen gespannten Blick zu. »Lass mich raten, dieser Kerl hat bestimmt schon einige Leute über den Tisch gezogen.«

»Nein, so würde ich das nicht sagen«, erwiderte Heiko. »Zwei der Quartiermeistereien, die ich kenne, haben Geld von ihm geliehen, und mir ist nicht bekannt, dass es Probleme gegeben hätte. Er versucht wohl, seine Kunden unter den kleineren Firmen in der Speicherstadt zu finden. Dabei geht er sehr vorsichtig vor und vergibt seine Kredite erst, nachdem er sich die Kreditnehmer genau angesehen hat. Die beiden konnten das Geld pünktlich zurückzahlen und waren zufrieden.«

»Du meinst also, ich kann ihm vertrauen?«, wollte Mina wissen.

»Du fragst Sachen!« Heiko lehnte sich zurück und blies beim Ausatmen die Wangen auf. Statt eine Antwort zu geben, wich er Minas forschendem Blick aus und schaute sich um.

Der kleine Saal, den der Ruderclub für den Tanztee angemietet hatte, war bis auf den letzten Platz gefüllt. Gerade machte die Kapelle, die aus einem Klavierspieler, zwei Geigern und einem Sänger bestand, eine Pause, und die Tanzfläche hatte sich geleert. Nach langem Zögern hatte sich Mina doch entschlossen, Irma, Agnes und Heiko zu begleiten, hauptsächlich, weil sie mit Heiko reden wollte. Agnes war sofort an den Tisch ihrer Freundesgruppe umgezogen und schien sich prächtig zu amüsieren. Jetzt saß sie neben einem jungen Mann und lachte über irgendetwas, das er gesagt hatte. Mina konnte sie im Profil sehen und musste wieder einmal feststellen, wie bildhübsch ihre Schwester doch war. Ihr dunkles Haar schimmerte im Abendlicht mit rötlichen Reflexen, die makellose Haut ihrer Wangen war leicht gerötet, und die grünen Augen leuchteten auf, als sie dem Musiker einen spielerischen Knuff versetzte. Was er ihr wohl erzählt hatte?

Heiko riss sie aus ihren Gedanken.

»Wie gesagt, keine Ahnung, ob du ihm vertrauen kannst. Dieser Klemm ist ein bisschen undurchsichtig, doch er scheint viele gute Kontakte zu haben. Aber da die Summe, die du leihen willst, überschaubar ist und die Banken nicht mit dir zusammenarbeiten wollen, denke ich, dir bleibt nichts anderes übrig. Außer natürlich, du nimmst das Angebot an, das deine Großmutter dir gemacht hat.«

»Du meinst, die Villa nach Wertgegenständen zu durchstöbern, die man außer den Uhren und dem Schmuck von Großvater noch verkaufen kann? Nein, danke.« Mina schüttelte entschieden den Kopf. »Die rund dreitausend Reichsmark, die mir Großmutters Juwelier angeboten hat, reichen doch zusammen mit dem Geld von Klemm für die Fracht aus

Südamerika. Und da du auch nichts Schlechtes über ihn gehört hast, werde ich das Risiko eingehen. Vor allem behalten wir so noch etwas in der Hinterhand, falls wirklich etwas mit der Ladung passieren sollte.«

»Mal nicht den Teufel an die Wand.« Heiko grinste. »Ich rechne schon fest mit dem Kaffee aus Guatemala. Endlich *richtige* Arbeit! Du hast keine Ahnung, wie sehr sich meine Leute darauf freuen, wieder Kaffee einlagern und veredeln zu können.«

»Ich kann es mir vorstellen. Uns geht es ebenso, nicht wahr, Irma?«

Ihre Freundin nickte, dann wandte sie sich zur Bühne um. »Ich glaube, die Musik macht weiter.«

Es stimmte, die Musiker hatten ihre Plätze wieder eingenommen und begannen zu spielen.

»Darf ich dich dann um diesen Tanz bitten?«, fragte Heiko in Minas Richtung, doch die schüttelte den Kopf.

»Tanz doch lieber mit Irma«, sagte sie. »Ich habe leichte Kopfschmerzen, mir tut von der Putzerei jeder Knochen weh, und ich bin todmüde. Ich werde mich lieber gleich auf den Heimweg machen.«

»Jetzt schon?«, fragte Irma enttäuscht.

»Das heißt doch nicht, dass du mich begleiten musst, Irma. Heiko kann dich bestimmt nachher nach Hause bringen.« Sie warf Heiko einen fragenden Blick zu, den er mit einem Nicken beantwortete.

»Ich sag nur noch schnell Agnes Bescheid.« Sie stand auf und schob ihren Stuhl an den kleinen runden Tisch, an dem Heiko und Irma jetzt allein saßen. »Ich wünsche euch noch viel Spaß!«

Ohne abzuwarten, ob Irma erneut protestieren würde,

drehte Mina sich eilig um und ging zu dem Tisch hinüber, an dem Agnes mit ihren Freunden aus dem Ruderclub feierte. Eine große Runde von vielleicht zehn oder zwölf jungen Leuten saß um drei zusammengeschobene Tische zusammen, trank, redete und lachte. Ein paar der Stühle waren gerade frei, auch der, auf dem der junge Mann vorhin gesessen hatte. Mina berührte ihre Schwester an der Schulter und beugte sich zu ihr hinunter, damit Agnes sie über die Musik hinweg hören konnte.

»Ich fahre nach Hause«, sagte sie.

Agnes drehte sich erstaunt zu ihr um. »Was? Gefällt es dir hier nicht?«

»Doch, schon, aber zum einen bin ich ziemlich erledigt, und zum anderen möchte ich nicht im Weg sein.« Mina deutete unauffällig zur Tanzfläche hinüber, wo Heiko und Irma miteinander tanzten und sich dabei angeregt zu unterhalten schienen.

»Im Ernst? Glaubst du, dass Heiko Absichten hat?«, fragte Agnes mit großen Augen.

»Gut möglich. Irma hat jedenfalls ganz sicher welche.«

»Ja, das ist mir auch aufgefallen. Sie scheint ein Auge auf ihn geworfen zu haben.«

»Wie dem auch sei, ich möchte nicht das fünfte Rad am Wagen sein. Außerdem sind beide alt genug, dass sie keine Anstandsdame mehr brauchen.« Mina suchte Agnes' Blick. »Aber was ist mit dir? Wer war denn der Mann, der eben bei dir saß? Du schienst sehr vertraut mit ihm zu sein.«

Agnes wurde rot. »Das war Anton, Anton Rose. Er gehört zu den Musikern, siehst du?« Sie deutete zur Bühne hinüber. »Der, der die zweite Geige spielt. Ich hatte eigentlich vor, ihn dir heute Abend vorzustellen.«

Mina sah zur Musikkapelle. Anton Rose stand ein wenig im Hintergrund. Er war groß, schlank und gut aussehend. Sein dunkles, gewelltes Haar schien ein wenig lang für den gängigen Geschmack und wurde an den Schläfen bereits heller. Mina schätzte ihn auf mindestens Ende dreißig.

Sie stutzte. »Vorzustellen?«, wiederholte sie.

»Ja«, erwiderte Agnes sichtlich verlegen. »Wir kennen uns schon über ein halbes Jahr und …«

»Und?«

»Du musst mir unbedingt helfen, Mina. Wir haben uns verliebt und wollen heiraten, Anton und ich. Aber Großmutter wird nie im Leben damit einverstanden sein.«

»Aber warum sollte sie etwas dagegen haben?«

»Das fragst ausgerechnet du? Weil er nichts hat und sein Geld als Geiger verdient. Er ist keine gute Partie, gehört nicht zur Kaufmannschaft, ist über zwanzig Jahre älter als ich. Er war als junger Mann schon einmal verheiratet. Außerdem ist er Jude, und du weißt, was Großmutter davon halten wird.« Agnes sah zu ihr hoch. In ihren Augen schimmerten Tränen. »Aber ich liebe ihn nun einmal, ich kann doch nichts dafür. Bitte, Mina, du musst mir helfen, dass sie ihre Zustimmung gibt.«

Mina nahm auf dem Stuhl neben Agnes Platz und griff nach den Händen ihrer Schwester. »Ach, Agnes …«

»Bitte, Mina. Ich habe dich noch nie um etwas so Wichtiges gebeten.«

Der flehende Ausdruck in Agnes' Augen führte dazu, dass sich alles in Mina vor Mitleid zusammenzog. Sie konnte ihre Schwester so gut verstehen. Trotzdem wusste sie, dass es schwer, ja nahezu unmöglich sein würde, Großmutter Hiltrud von der Notwendigkeit zu überzeugen, ihre Zustimmung zu einer Ehe mit einem weitaus älteren Mann jüdischen Glaubens zu geben, der zudem noch Musiker war.

»Also gut. Aber zuerst möchte ich selbst mit deinem Anton sprechen. Ich muss doch wissen, ob er es wert ist, die Hand meiner kleinen Schwester zu bekommen.«

Stürmisch zog Agnes Mina an sich. »Das ist er. Ganz sicher ist er das. Warte, bis die Musik wieder Pause macht, dann stelle ich ihn dir vor.«

»Immer sinnig mit de jungen Peer!«, sagte Mina lachend. »Hier zwischen Tür und Angel kann man doch kein richtiges Gespräch führen. Nein, bring ihn in den nächsten Tagen mit ins Kontor, und dann können wir uns in Ruhe kennenlernen.«

»Oder wir treffen uns morgen Nachmittag ganz zufällig bei einem Spaziergang an der Alster. Das wäre doch auch eine gute Gelegenheit, oder?«

Mina zwinkerte Agnes zu. »Meinetwegen auch das, wenn du es nun gar nicht abwarten kannst.« Sie wurde wieder ernst. »Meine Entscheidung, ob ich dir dabei helfe, Großmutter zu überzeugen, mache ich aber von dem Verlauf des Gespräches abhängig, das ist dir doch hoffentlich klar?«

»Wenn du ihn erst einmal kennengelernt hast, wirst du von ihm ebenso angetan sein wie ich, da mache ich mir gar keine Sorgen.«

»Aber falls nicht, wirst du meinen Rat annehmen? Du wirst nichts Unbedachtes tun, versprichst du mir das?«

Jetzt wurde auch Agnes ernst. »Das kann ich nicht, Mina, wie sollte ich auch? Aber ich kann dir versprechen, dass ich mir deine Meinung anhören werde und erst dann entscheide, was ich tun werde.«

Mina sah ihr forschend ins Gesicht. Dann nickte sie. »Das

soll mir für heute genügen«, sagte sie. »Ich fahre jetzt nach Hause. Hab noch einen schönen Abend mit deinem Anton.«

Sie beugte sich vor und küsste ihre Schwester auf die Wange, ehe sie sich erhob und den Saal verließ.

Am folgenden Sonntagmorgen stand Mina früh auf, frühstückte allein und ging dann zur Kutscherwohnung hinüber, wo Lotte bereits damit beschäftigt war, die letzten Arbeiten zu erledigen. Der neue Gast sollte bereits am folgenden Morgen dort einziehen. Gemeinsam bezogen sie das Bett und hängten die frisch gewaschenen Gardinen auf.

»Das ist wirklich hübsch geworden, nicht wahr?«, fragte Mina, während sie sich im fertigen Zimmer umschaute. »Richtig wohnlich.«

»Stimmt, Fräulein Mina. Das ist ein Ort, an dem man gesund werden kann.« Lotte strich mit den Fingern über die hölzerne Fensterbank. »Ich werde mir von Frau Kruse nachher eine Vase geben lassen, dann stelle ich noch einen Strauß Blumen hier herein, das macht es noch ein bisschen freundlicher.«

»Er wird die Blumen nicht sehen können. Du weißt doch, dass er blind ist.«

»Ja, aber ihren Duft kann er riechen. Und wer weiß, vielleicht kommt sein Augenlicht ja doch zurück. Man soll die Hoffnung nie aufgeben, heißt es doch. Vor ein paar Monaten hätte ich auch nicht für möglich gehalten, je wieder glücklich zu sein. Und jetzt habe ich einen Platz, wo ich hingehöre, wo es meiner Gerda gut geht und wo ich eine Aufgabe habe.« Lotte drehte ihr Gesicht, das wie immer von einem eng gebundenen Kopftuch umrahmt wurde, in Minas Richtung und lächelte ihr schüchtern zu. »Ich weiß, Sie wollen das nicht hören, aber ich werde Ihnen immer dankbar dafür sein.«

»Ich freue mich, dass ich helfen konnte und dass du hier glücklich bist, Lotte. Hoffen wir, dass es mit deiner neuen Aufgabe so bleibt.«

»Da bin ich mir sicher, Fräulein Mina.«

»Sehr gut.« Mina nickte der jungen Frau zu. »Und nun sehen wir zu, dass wir in die Villa zurückkommen. Frau Kruse vermisst dich bestimmt schon in der Küche.«

Als Mina das Haus betrat, hörte sie aus dem Esszimmer helles Lachen tönen. Offenbar waren Agnes und Irma in der Zwischenzeit aufgestanden und zum Frühstück heruntergekommen. Mina, die eigentlich zu Fräulein Brinkmann hinaufgehen wollte, um Ella Guten Morgen zu sagen, besann sich eines anderen und betrat von Neugier getrieben das Esszimmer.

»Guten Morgen, ihr Schlafmützen!«, rief sie fröhlich. »Na, was habe ich gestern noch verpasst?« Sie ging zum Geschirrschrank hinüber, holte sich eine Tasse samt Untertasse heraus und setzte sich an den Tisch. Sie griff nach der Kanne, nahm den wollenen Kaffeewärmer ab und schenkte sich ein.

»Gott, Kind.« Großmutter Hiltrud schüttelte entrüstet den Kopf. »Du hättest doch nach Frieda läuten können.«

»Genauso gut kann ich mir auch selbst eine Tasse nehmen. Ich weiß ja, wie es geht.«

Hiltrud verdrehte die Augen gen Himmel und seufzte bloß.

»Na, nun sagt schon, ihr zwei. War es noch schön?«, fragte Mina in Richtung ihrer Schwester und ihrer Freundin.

»Sehr schön«, erwiderte Irma undeutlich wegen ihres vollen Mundes. Sie hatte gerade von ihrem Stuten abgebissen.

»Wir sind noch bis Mitternacht geblieben, dann hat Heiko uns nach Hause begleitet. Ich habe geschlafen wie ein Baby, aber jetzt tun mir die Füße weh, und ich humple wie eine Achtzigjährige.« Bei diesen Worten warf sie Hiltrud einen entschuldigenden Blick zu, doch die schien nicht so genau hingehört zu haben.

»Du bist eben nicht in Übung, meine Liebe.« Agnes zwinkerte Irma zu. »Wenn du jeden Samstag zum Tanztee gehst, dann verliert sich das ganz schnell. Ihr beide gebt übrigens ein schönes Paar ab, Heiko und du.«

»Ach was, schönes Paar!«, wehrte Irma hastig ab. »Heiko ist doch eher so etwas wie ein guter Bekannter. Er hat gefragt, ob wir heute Nachmittag zusammen Hagenbecks Tierpark besuchen wollen.« Sie griff nach einer weiteren Scheibe Stuten aus dem Brotkorb und fing an, sie dick mit Butter zu beschmieren.

»Guter Bekannter, also … Na, wenn du das sagst«, meinte Agnes mit einem süffisanten Lächeln.

Irma antwortete nicht, und einen Augenblick lang lastete Stille im Raum.

»Ich dachte, du wolltest heute zur Kirche«, sagte Mina nach einer Weile in Richtung ihrer Großmutter. Diese bedachte sie mit einem so entsetzten Blick, als hätte ihre Enkelin behauptet, Hiltrud plane, im Morgenmantel den Gottesdienst zu besuchen.

»Bei diesem kalten Wind? Nein, ich habe nicht vor, heute das Haus zu verlassen.«

»Findest du es kalt? Ich hatte nicht den Eindruck, als ich vorhin draußen war.«

»Für mich ist es in jedem Fall zu kalt. Außerdem schlägt das Wetter um, ich merke es an meinem Rheumatismus.«

Mina nahm eilig einen Schluck aus ihrer Tasse und machte dabei ein möglichst unschuldiges Gesicht.

Aus irgendeinem Grunde war Großmutter der Meinung, in ihrem Alter gehöre eine Krankheit einfach zum Leben. Sie war stets kerngesund, verfügte über einen guten Appetit und bewegte sich noch immer behände die Treppen auf und ab, ohne je über Schmerzen zu klagen. Vater hatte schon vor Jahren immer gesagt, mit ihrer Konstitution würde Hiltrud mindestens hundert Jahre alt werden.

»Wenn Irma den Zoo besucht und Großmutter das Haus nicht verlassen möchte, weil es ihr zu kalt ist, könnten wir zwei doch später einen Spaziergang zur Alster hinunter machen, oder, Mina?«

Mina warf Agnes einen amüsierten Blick zu. Es erstaunte sie immer wieder, wie leicht es ihrer Schwester fiel, sich zu verstellen. Nichts in ihrem Auftreten ließ vermuten, dass der Vorschlag mehr als eine spontane Idee von ihr war. Sie saß in legerer, aber eleganter Haltung auf ihrem Stuhl, eine Hand neben ihrem Frühstücksteller, während sie sich mit der anderen eine Locke ihres halblangen Haars hinters Ohr zurückstrich. Sie suchte Minas Blick und lächelte. Nichts ließ darauf schließen, dass sie bei diesem Spaziergang wie zufällig einem Geiger namens Anton Rose begegnen würden, von dem sie behauptete, ihn zu lieben. Jetzt zuckte in ihrem Augenwinkel ganz kurz ein Muskel, und es sah aus, als würde sie ihrer Schwester zuzwinkern.

»Ja, das klingt nach einer guten Idee«, sagte Mina, so beiläufig sie nur konnte. »Ein bisschen frische Luft wird uns guttun.«

»Ihr werdet euch noch den Tod holen, wenn ihr bei solch einem Herbststurm draußen herumspaziert.« Hiltrud nahm ihre Serviette vom Schoß, faltete sie zusammen und legte sie neben ihren Teller, ehe sie sich von ihrem Stuhl erhob. »Wie dem auch sei, ich werde jedenfalls schön in meinem Salon bleiben und das schlechte Wetter von drinnen betrachten.«

So schlecht ist das Wetter wahrhaftig nicht, dass man nun im Haus bleiben muss, dachte Mina, als sie sich einige Stunden später zusammen mit Agnes zu ihrem Spaziergang aufmachte. Zwar war der Himmel weitgehend bedeckt, aber gelegentlich gelang es der Sonne doch, durch die Wolkenlücken ein paar wärmende Strahlen hinunterzuschicken, die das verfärbte Laub der Chausseebäume in Gelb und Ocker aufleuchten ließen.

»Ich bin so gespannt, was du von Anton halten wirst«, sagte Agnes und hakte sich bei Mina unter. »Wir treffen uns an der Krugkoppelbrücke und fahren von dort mit dem Dampfer. Da können wir uns auf eine der Bänke setzen und schippern gemütlich übers Wasser, während du dich mit ihm unterhältst.«

Mina seufzte. Sie sah diesem Gespräch mit sehr gemischten Gefühlen entgegen. Wie sollte sie entscheiden, ob dieser Mann der Richtige für ihre Schwester war? Woran machte man so etwas fest? Agnes liebte ihn offenbar, aber würde das reichen, um ein glückliches Leben mit ihm zu führen?

»Erzähl mir doch ein bisschen was über Anton«, sagte sie. »Dann bekomme ich ein besseres Bild von ihm.«

»So viel gibt es da gar nicht zu erzählen. Ich habe ihn im letzten Winter kennengelernt, als ich zum ersten Mal zum Tanztee des Ruderclubs gegangen bin. Hermann, der Bruder von Astrid Meyer, mit der du im Pensionat warst, hat mich damals mitgenommen.«

Mina nickte nur, um ihre Schwester nicht zu unterbrechen.

»Hermann hat die Musiker an den Tisch gebeten und ihnen was zu trinken ausgegeben, und so kam ich neben Anton zu sitzen, und wir haben uns eine ganze Weile gut unterhalten. Auch bei den nächsten Tanzveranstaltungen war das so, und schließlich haben wir uns auch außerhalb davon getroffen. Wir sind spazieren gegangen oder er hat mich zum Tee eingeladen, und wir haben lange geredet. Alles immer ganz harmlos, denk bitte nicht schlecht von mir. Erst vor ein paar Wochen hat er mich zum ersten Mal geküsst und mir gesagt, dass er mich gern heiraten würde.« Agnes warf ihrer Schwester einen kurzen Seitenblick zu. »Ich habe Ja gesagt.«

»Ohne irgendjemandem davon zu erzählen?«

»Es ist doch mein Leben. Ich möchte bestimmen, mit wem ich es verbringe.«

Das zu hören war wie ein Echo von Minas eigener Stimme, als sie darum gekämpft hatte, Edo heiraten zu können. Auch sie hatte versucht, über ihr eigenes Leben zu bestimmen, und war damit gescheitert, und bei ihrer Hochzeit hatte sie sich geschworen, dass es Agnes einmal anders und besser machen sollte.

»Das ist schon richtig«, sagte Mina vorsichtig. »Aber wenn man verliebt ist, dann verklärt man die Dinge um einen herum, sieht sie nicht so, wie sie wirklich sind. Ich möchte nur verhindern, dass du mit offenen Augen in dein Unglück rennst.«

»Das werde ich nicht. Nicht mit Anton an meiner Seite. Das wirst du sehen, wenn du ihn kennenlernst. Er hat mir gesagt, dass er lange gezögert hat, mich um meine Hand zu bitten, weil ich noch so jung bin. Aber er meint, ich hätte eine alte Seele, daran ändere das Datum auf der Geburtsurkunde auch nichts, und er habe nie zuvor jemanden getroffen, der seiner Seele so nah sei.«

»Hm«, machte Mina nur. »Das Datum sagt aber etwas darüber aus, ob du eine Zustimmung benötigst, wenn du heiraten willst. Noch bist du nicht volljährig, Agnes.«

»Das weiß ich selbst. Vor allem möchte ich mich nicht mit Großmutter überwerfen. Auch wenn du deine Schwierigkeiten mit ihr hast, aber ich mag sie sehr und möchte sie nicht enttäuschen. Es ist mir wichtig, dass sie mit Anton einverstanden ist, darum bitte ich dich ja auch, sie davon zu überzeugen, dass er der Richtige ist.«

»Der Richtige ...«, murmelte Mina nachdenklich. »Das sagt sich so leicht.«

Agnes antwortete nicht. Sie ließ Minas Arm los und reckte den Hals, um besser sehen zu können. »Da ist Anton!«, rief sie, reckte den Arm in die Luft und winkte. Dann lief sie zu dem Mann hinüber, der an einen Zaun gelehnt mit verschränkten Armen gewartet hatte. Der geöffnete Mantel gab den Blick auf einen dunklen Dreiteiler frei, zu dem er eine flache Schirmmütze trug, die auf seinen welligen Haaren saß und die er tief in die Stirn gezogen hatte. Als er Agnes erkannte, löste er sich von dem Zaun und kam mit geöffneten Armen auf sie zu. Sie fiel ihm stürmisch um den Hals und küsste ihn in aller Öffentlichkeit auf den Mund.

Mina zog die Augenbrauen in die Höhe. Wenn Großmutter das wüsste! Agnes hakte sich bei dem Mann unter und zog ihn zu Mina herüber.

»Darf ich vorstellen? Das ist meine Schwester Wilhelmina, kurz Mina genannt. Mina, das ist Anton.«

Mina nickte ihm knapp zu, ehe sie ihm die Hand reichte. »Herr Rose, es freut mich, Sie kennenzulernen.«

»Ach was, ›Herr Rose‹ ... Das ist Anton«, sagte Agnes entrüstet. »Ich hoffe doch, dass ihr zwei gute Freunde werdet.«

»An mir soll es nicht scheitern«, sagte Mina. »Also gut. Anton. Ich bin Mina.«

Anton lächelte, und in seinen Augenwinkeln bildeten sich dabei kleine Fältchen. Jetzt sah man, dass er deutlich älter war, als es zunächst den Anschein gehabt hatte. Was hatte Agnes gestern gesagt? Anton war über zwanzig Jahre älter als sie. Von Weitem hätte Mina ihn nicht so alt geschätzt, aber aus der Nähe war sein Alter von etwa vierzig nicht zu leugnen.

»Ich bin sehr erfreut, die Schwester meiner Agnes endlich kennenzulernen.« Anton nahm seine Mütze ab und deutete eine knappe Verbeugung an. »Wie steht es, wollen die Damen mir aufs Schiff folgen?«

Am Steg hatte gerade eines der Dampfschiffe haltgemacht, und zusammen mit ein paar weiteren Passagieren bestiegen die drei das Deck.

»Gehen wir doch nach hinten, da können wir im Freien sitzen!«, rief Agnes und ging voraus. Sie fanden eine freie Bank an der Reling und nahmen dort nebeneinander Platz. Die anderen Fahrgäste waren wegen des frischen Windes, der hier auf dem Wasser herrschte, in der Kabine geblieben.

»Also, was möchten Sie von mir wissen, Mina?«, fragte Anton geradeheraus, nachdem das Schiff abgelegt hatte. »Ich bin bereit, Ihnen alles zu beichten.«

Mina musterte ihn kurz, ehe sie antwortete. Er hatte einen offenen Blick, der ihrem nicht auswich – das sprach für ihn.

»Um eine Beichte geht es hierbei nicht«, sagte sie schließlich. »Eigentlich ist es die Aufgabe des Brautvaters, solch ein Gespräch mit dem möglichen Bräutigam zu führen. Da mein Vater aber leider nicht mehr unter uns ist, fällt die Aufgabe wohl mir zu.«

Anton neigte zustimmend den Kopf.

»Die erste Frage wäre also: Lieben Sie meine Schwester?«

Ein breites Lächeln flog über sein Gesicht. »Von ganzem Herzen.« Er beugte sich zu Agnes hinüber und küsste sie auf die Wange. »Und sie sagt, sie erwidert meine Gefühle.«

Mina ging nicht darauf ein. »Wenn Sie Agnes heiraten, wovon wollen Sie dann leben?«, fragte sie. »Können Sie sie ernähren? Können Sie ihr das Leben bieten, das sie gewohnt ist?«

»Das Leben will ich doch gar nicht«, warf Agnes ein, bevor Anton zu einer Antwort ansetzen konnte. »Mir ist nur wichtig, mit Anton zusammen sein zu können. Ich brauche keine Villa, keinen Schmuck und keine modischen Kleider.«

»Und kein Dienstmädchen, keine Köchin, niemanden, der dich durch die Stadt kutschiert?«, fragte Mina mit spöttischem Lächeln.

»Nein. Ich kann auch gut ohne das alles auskommen.«

Anton hob beschwichtigend die Hände. »Immer langsam«, sagte er. »Lasst mich doch auch etwas sagen.« Er wandte sich Mina zu. »Ich bin Musiker, habe einige Jahre im Orchester der Oper gespielt, bis der Krieg kam. Danach habe ich mit der Tanzmusik angefangen, weil ich glaubte, dass es da mehr Geld zu verdienen gab, und weil ich es im wahrsten Sinne des Wortes satthatte, immer nur die zweite Geige zu spielen. Ich bin mit meinem Verdienst zufrieden, aber es könnte mehr werden, wenn ich wieder in einem der Hamburger Orchester zu spielen beginne oder Unterricht gebe. Für beides habe ich Angebote.«

»Sie sind nicht sehr ehrgeizig, oder?«, hakte Mina nach.

Anton sah sie nachdenklich an. »Ich arbeite, um zu leben, das ist meine Art. Ich lebe nicht, um zu arbeiten. Aber ich kann und werde für Agnes sorgen, wenn es das ist, was Sie wissen wollen. Ihr Wohl ist mir wichtiger als alles andere.«

»Das war es, was ich hören wollte«, sagte Mina. »Doch ich bin nicht diejenige, die Agnes die Erlaubnis geben kann, jetzt schon zu heiraten. Das wäre meine Großmutter. Und die wird sicherlich noch ein paar Einwände dagegen haben. Zum Ersten ist da die Tatsache, dass Sie doppelt so alt sind wie Agnes. Ein gewisser Altersunterschied ist durchaus üblich, aber über zwanzig Jahre ist ein Altersabstand, über den sie nicht so einfach hinweggehen wird. Zudem erzählte Agnes, Sie seien bereits verheiratet gewesen?«

»Ja, das ist richtig. Aber das liegt schon lange Jahre zurück. Eine Jugendsünde sozusagen. Wir waren verliebt, mussten aber schließlich feststellen, dass wir nicht zusammenpassten. Ich habe die Schuld auf mich genommen, und wir wurden geschieden. Ich habe meine damalige Frau längst aus den Augen verloren.«

»Gibt es Kinder aus dieser Ehe?«

»Nein, das war uns nicht vergönnt.«

»Das erleichtert natürlich alles«, sagte Mina mit einem knappen Nicken. »Noch eine Frage, die meine Großmutter sicherlich auch stellen würde. Erwarten Sie von Agnes, dass sie Ihren Glauben annimmt?«

Anton sah Mina verdutzt an, dann runzelte er kurz die Stirn. »Sie meinen, wegen meines Namens? Meine Familie ist jüdischer Herkunft, das ist richtig, aber ich selbst bin nicht religiös. Wenn Agnes gern eine Zeremonie in der Kirche hätte, bitte sehr, soll mir recht sein. Auch wenn meine Mutter vermutlich nicht begeistert davon sein wird«, fügte er hinzu. »Aber sie wird ihre Schwiegertochter lieben, davon bin ich überzeugt. Denn Agnes wird mich sehr glücklich machen.«

Mina sah, wie er nach Agnes' Hand griff und sie drückte,

ehe er sie an seine Lippen zog. »Alles, was mich glücklich macht, macht auch sie glücklich.«

Anton wandte seinen Blick wieder Mina zu und schaute sie gespannt an. »Werden Sie uns helfen?«

Mina sah von seinem in Agnes' Gesicht und wieder zurück. Die Liebe, die in beider Augen leuchtete, gab ihr einen heftigen Stich. War es etwa Neid, was sie empfand? Sie fühlte Scham in sich aufsteigen. Nein, Agnes verdiente es, ihre Wahl selbst treffen zu dürfen. Ob sie dann glücklich werden würde, stand auf einem anderen Blatt, aber Mina durfte ihr diese Chance nicht verwehren.

»Es wird nicht einfach werden«, sagte sie vorsichtig. »Ich glaube nicht, dass Großmutter so leicht zu überzeugen sein wird, ihre Zustimmung zu eurer Verbindung zu geben. Ich fürchte sogar, sie wird sich mit Händen und Füße dagegen wehren. Aber ich will alles versuchen, was in meiner Macht steht.«

Sosehr Agnes auch darauf drängte, das Gespräch mit Hiltrud so schnell wie möglich zu führen, so schwierig gestaltete es sich für Mina, ihre Großmutter allein zu erwischen. Weder am Abend noch am darauffolgenden Montagmorgen ergab sich eine Gelegenheit dafür. Als Agnes vorschlug, Hiltrud doch um eine Unterredung unter vier Augen zu ersuchen, antwortete Mina, dann werde Großmutter vermutlich argwöhnisch und missmutig reagieren. Besser sei es, einen Moment abzupassen, in dem die alte Dame gut gelaunt und daher nachsichtiger sei. Dann sei die Gefahr geringer, dass sie Agnes' Vorhaben kategorisch ablehnen würde. Agnes müsse leider noch etwas Geduld haben. Seufzend gab Agnes nach.

Am Montagmorgen fuhr Mina allein in die Speicherstadt,

nachdem sie Agnes am Rathausmarkt abgesetzt hatte, wo sie sich mit Anton treffen wollte.

»Endlich hat die Geheimniskrämerei dir gegenüber ein Ende«, sagte sie beim Aussteigen. »Du glaubst nicht, wie sehr mir das gegen den Strich gegangen ist, immer irgendeine Geschichte erfinden zu müssen, nur um aus dem Haus zu kommen.« Sie beugte sich noch einmal hinunter und warf Mina einen fragenden Blick zu. »Und es reicht, wenn ich gegen Mittag im Kontor bin?«

»Natürlich. So viel zu tun ist sicher nicht. Ich erwarte nur einen Anruf, und wenn das Telefonat wie gewünscht verläuft, muss ich nur noch ein paar Briefe schreiben und ein Telegramm für meinen Schwiegervater auf den Weg bringen. Also nichts, was ich nicht auch allein erledigen könnte.«

Irma hatte sich erboten, Heiko zum Hospital zu begleiten, wenn dieser Edo abholte, sodass Mina heute keine Gesellschaft im Kontor haben würde.

»Sehr gut! Bis später dann!« Agnes warf Mina eine Kusshand zu und schlug die Autotür zu.

Eigentlich hätte Mina Heiko begleiten sollen, aber sie hatte das wichtige Telefonat mit Herrn Klemm vorgeschoben und sich entschuldigt. Edo zu treffen und sich damit ihrer Vergangenheit und den damit verbundenen Wunden zu stellen schien Mina unter den jetzigen Umständen unmöglich. Sie musste derzeit ihre ganze Kraft und Konzentration in die Rettung des Kontors stecken und konnte sich keine Ablenkung leisten. Sobald Edos schmales Gesicht vor ihrem inneren Auge auftauchte, drängte sie jeden Gedanken an ihn zurück. Für die Klärung dessen, was zwischen ihnen stand, war später noch Zeit. Irgendwann …

Mina hatte die Tür zum Kontor noch nicht einmal aufgeschlossen, da hörte sie auch schon das Telefon klingeln. In Mantel und Handschuhen lief sie zum Schreibtisch von Herrn Becker hinüber und riss den Hörer von der Gabel.

»*Kopmann & Deharde*«, meldete sie sich atemlos.

»Guten Tag, Frau Lohmeyer«, hörte sie die dunkle Stimme von Herrn Klemm. »Ich hoffe, ich störe Sie nicht.«

»Nein, gar nicht, Herr Klemm. Ich bin nur gerade erst ins Kontor gekommen und die Treppe hinaufgelaufen, als ich das Telefon gehört habe. Ich wollte doch auf keinen Fall Ihren Anruf verpassen.«

Ein herzhaftes Lachen erklang aus dem Hörer. »Schön zu hören, wenn man so beliebt ist, dass junge Frauen wegen einem ins Laufen geraten«, sagte er glucksend. »Das erwärmt mein eitles Männerherz. Aber Scherz beiseite. Ich habe gute Nachrichten für Sie, Frau Lohmeyer. Ich habe mit meinen Partnern gesprochen, und wir sind bereit, Ihnen die sechstausend Reichsmark zu leihen. Und als kleinen Bonus habe ich sogar noch die Zinsen auf unter zehn Prozent drücken können. Allerdings hätte ich dafür eine kleine Bedingung.«

»Bedingung?«, fragte Mina stirnrunzelnd. »Welche denn?«

»Nichts Ehrenrühriges, falls Sie das befürchten.« Wieder erscholl das dunkle Lachen. »Ich weiß, Sie gehören einer ehrwürdigen Hamburger Kaufmannsfamilie an. Nein, ich bitte Sie im Gegenzug lediglich um einen kleinen Gefallen.«

»Nun?«

»Wenn Ihr Handel abgeschlossen ist, lösen Sie all Ihre Konten bei *Schmidt & Söhne* auf – und wenn Sie das tun, möchte ich Sie gern begleiten.«

»Wie bitte?«, fragte Mina verständnislos. »Wozu?«

»Ganz einfach. Ich möchte meinen Triumph über meine ehemaligen Arbeitgeber in dieser Bank in vollen Zügen auskosten. Allein die Vorstellung, in die säuerlichen Gesichter der Herren Schmidt zu schauen, wenn sie einen ihrer besten Kunden an mich verlieren, ist mir ein innerer Fackelzug mit Blasmusik.«

Mina lachte. »Wenn es weiter nichts ist, das können wir gern arrangieren.«

»Sehr schön! Dann sind wir uns einig. Soll ich den fraglichen Betrag in bar im Kontor vorbeibringen oder lieber anweisen lassen?«

»Wenn Sie es anweisen, erspart mir das einen ganzen Tag, und wie Sie wissen, ist Zeit Geld. Eine Sekunde, ich suche schnell die Bankverbindung der Reederei heraus, an die das Geld gehen soll.« Mina legte den Hörer neben den Apparat, lief ins Chefzimmer hinüber und holte von dort das Angebot der Reederei. Nachdem sie die entsprechenden Daten vorgelesen hatte, versprach Herr Klemm, die sechstausend Reichsmark sofort anzuweisen, und verabschiedete sich.

Mina hängte den Hörer in die Gabel und ging mit dem Angebot ins Chefzimmer hinüber, wo sie es bestätigen wollte, um den Frachtauftrag zu erteilen. Als sie sich hinter den alten Nussbaumschreibtisch setzte, schweifte ihr Blick über die Gemälde ihres Vaters und ihres Großvaters, die von der gegenüberliegenden Wand auf sie heruntersahen. Eine Sekunde lang hielt sie sich an den Augen ihres Vaters fest.

»Es geht wieder los, Papa. Endlich geht es wieder los, und wir bekommen Kaffee«, sagte sie halblaut und genoss das Gefühl des Triumphs, das ihre Brust ganz weit machte und ihre Hände zittern ließ. »Wünsch mir Glück.«

ZEHN

»Nun, was gibt es Neues, Kind?«, fragte Hiltrud, während sie zusah, wie Frieda ihr eine Kelle Gemüsesuppe in den Teller tat. Sie blickte kurz hoch und dankte mit einem kurzen Nicken. »Hast du schon Nachricht von deinem Schwiegervater erhalten?«

Mina zog den Ring von ihrer Serviette, faltete sie auf und breitete sie auf ihrem Schoß aus. »Ja. Heute kam ein Telegramm von ihm. Er schreibt, dass Frederiks Bruder bereits die Ladung für uns zusammenstellen lässt. Wenn alles läuft wie geplant, ist der Rohkaffee in zwei Wochen hier. Danke, Frieda.« Sie lächelte dem Dienstmädchen zu, das auch ihren Teller gefüllt hatte.

»Das sind doch gute Nachrichten.« Hiltrud tauchte ihren Löffel in die Suppe und führte ihn zum Mund, dann hielt sie inne. »Du denkst daran, dass heute Nachmittag die Damen zum Tee hier sind, nicht wahr?«, fragte sie. »Ich rechne fest mit deiner Anwesenheit.«

»Oh«, entfuhr es Mina. »Das ist heute? Es tut mir leid, aber ich habe heute Nachmittag noch einen Termin.«

Hiltrud zog die Augenbrauen hoch. Sie schluckte die Suppe hinunter, ehe sie antwortete. »Wie kannst du denn einen Termin machen, wenn du weißt, dass heute der Teenachmittag ist?«, fragte sie entrüstet. »Das hatte ich dir doch schon vor Wochen gesagt.«

»Ich weiß, aber mir ist eben etwas dazwischengekommen.«

»Was ist denn so unendlich wichtig, dass du dafür deine Großmutter im Stich lässt?«

Mina spürte Ärger in sich aufsteigen und kämpfte ihn mühsam hinunter. »Ich muss zur Bank«, sagte sie knapp. »Außerdem sind doch Agnes und Irma hier, die mich würdig vertreten können.« Flehend sah sie zu den beiden jungen Frauen hinüber, die ihr gegenübersaßen. Irma presste die Lippen zusammen, um ein Grinsen zu unterdrücken, während Agnes unmerklich den Kopf schüttelte.

»Zur Bank? Wieso das denn?«, fragte Hiltrud. »Ich dachte, es sei alles geklärt und die Fracht bereits bezahlt.«

»Das ist sie auch. Aber ich habe vor, das Konto bei *Schmidt & Söhne* aufzulösen. Wer mich im Stich lässt, wenn ich ihn dringend brauche, mit dem will ich nicht weiter zusammenarbeiten.«

»Ob das wirklich klug ist?«, fragte Hiltrud. »Immerhin ist der alte Direktor Schmidt schon der Bankier deines Großvaters gewesen. Solch lange Geschäftsbeziehungen wirft man doch nicht so einfach weg.«

»Das solltest du besser dem alten Schmidt an den Kopf werfen«, lag Mina auf der Zunge, aber sie schluckte den Satz zusammen mit einem großen Löffel von Frau Kruses französischer Kartoffelsuppe hinunter. »Ich werde den Termin kurz halten und dann etwas später zum Teekränzchen hinzustoßen«, sagte sie.

Großmutter Hiltrud lächelte zufrieden. »Das wäre schön, Kind.«

Der Rest der Mahlzeit verlief schweigend. Mina löffelte

ihre Suppe hinunter, so schnell sie konnte, und erhob sich vom Tisch.

»Entschuldigt mich bitte, ich muss mich noch schnell umziehen, ehe ich mich wieder auf den Weg mache.«

»Ohne Nachtisch?«, fragte Agnes. »Dann musst du es wirklich eilig haben.«

»Den überlasse ich dir gern«, erwiderte Mina. »Ich bin spät dran. Wir sehen uns später.«

Sie schob ihren Stuhl an den Tisch und verließ das Esszimmer. Im Flur entschloss sie sich, noch kurz in die Küche zu gehen, um Ella zu sehen, die dort ihr Mittagessen einnahm.

Als die Kleine Mina eintreten sah, rutschte sie von ihrem Platz auf der Bank hinunter und lief fröhlich auf sie zu. Sie trug ein Küchenhandtuch um den Hals, um ihr Kleid vor Flecken zu schützen. Nach den vielen dunklen Tupfen auf dem Tuch zu urteilen, nicht ohne Grund. »Mama!«

»Hallo, Ella, mein Schatz«, rief Mina und hob das Kind auf ihren Arm. »Bist du schon fertig mit Essen?«

Ella schüttelte den Kopf, dass ihre blonden Locken flogen. »Ich esse Punding. Guck.«

Sie streckte die Hand aus und deutete auf eine halb volle Glasschüssel mit Grießflammeri, die an ihrem Platz auf dem Tisch stand und in der ein Teelöffel steckte.

»Aber wenn du noch nicht mit dem Essen fertig bist, darfst du denn schon vom Tisch aufstehen? Schimpft Frau Kruse dann nicht mit dir?«

»Nein, Frau Kruse schimpft nie. Fräulein Brinkmann schimpft.«

Alle am Tisch lachten.

Verdutzt schaute Ella von einem zum anderen, dann stimmte sie in das Lachen mit ein.

»Das wollen wir natürlich nicht, dass Fräulein Brinkmann mit dir schimpft, nicht wahr, Ella? Dann lauf schnell zurück und iss deinen Pudding auf.« Mina stellte ihre Tochter wieder auf den Boden, doch statt zum Tisch zu laufen, blieb Ella vor ihr stehen und griff nach ihrem Rock. »Spazieren?«, fragte die Kleine und sah so sehnsüchtig zu ihr hoch, dass Mina einen Stich in ihrem Herzen fühlte.

Sie beugte sich zu ihrer Tochter hinunter. »Ich muss noch einmal zur Arbeit, und du machst erst noch ein schönes Mittagsschläfchen. Danach machen wir beide einen Spaziergang im Garten, ja?«

»Gut, Mama.« Ella ging zurück zum Tisch, kletterte wieder auf die Bank zurück und griff nach ihrem Löffel. Mina warf ihr noch eine Kusshand zu. »Bis nachher, Ella!«

»Tsüß, Mama!«, rief Ella mit vollem Mund und winkte ihrer Mutter mit dem Löffel hinterher.

Sehr undamenhaft lief Mina die Treppe hinauf in ihr Zimmer, holte ihr bestes Kostüm aus dem Schrank und legte es aufs Bett.

»Eigentlich viel zu fein«, murmelte sie kopfschüttelnd, während sie den dunkelblauen Wollstoff betrachtete. »Wozu soll ich mich eigentlich auftakeln wie eine Fregatte, wenn ich das Geschäftskonto auflöse?« Auf der anderen Seite hatte sie das Kostüm zuletzt bei einer Beerdigung getragen, und das wiederum schien ihr angemessen. Sie zog Rock und Bluse aus, die sie morgens im Kontor getragen hatte, und schlüpfte in die schlichte weiße Seidenbluse, die sie schon am Morgen an den Kleiderschrank gehängt hatte. Einen Moment lang kämpfte sie mit dem Rock, der ein wenig eng an der Taille war, doch als sie ihr Korsett etwas enger geschnürt hatte, passte er wieder. Jetzt würde sie zwar nur ganz flach atmen können, aber was tat man nicht alles für gutes Aussehen. Sie zog die Kostümjacke über, schloss die Knöpfe und drehte sich vor dem Spiegel.

Der Schnitt des knapp knöchellangen Kostüms streckte ihre Figur und ließ sie beinahe schmal wirken. Zufrieden nickte Mina ihrem Spiegelbild zu, griff nach ihrer Handtasche und ging zur Tür. Gerade als sie die Hand nach der Klinke ausstreckte, hörte sie ein Klopfen. Statt darauf zu antworten, öffnete sie die Tür.

Vor ihr stand Lotte, die Hand noch zum Klopfen erhoben, mit vor Schreck weit aufgerissenen Augen. Sie zuckte sichtlich zusammen, griff sich mit der Hand an die Brust und keuchte. »Gott, haben Sie mich erschreckt, Fräulein Mina.«

»Nanu, Lotte? Ist irgendwas mit unserem Patienten?«, fragte Mina besorgt.

»Nein. Alles in Ordnung. Ich bin nur herübergekommen, um sein Geschirr herzubringen und mit Gerda und den anderen in der Küche zu essen. Und jetzt wollte ich noch schnell in Ihrem Zimmer saubermachen, bevor ich wieder zu ihm rübergehe.«

»Wie geht es ihm denn?«

Lotte wiegte den Kopf hin und her. »Schwer zu sagen, Fräulein Mina. Er schläft viel, aber sehr unruhig, schreckt immer wieder aus Albträumen hoch und weiß dann manchmal nicht, wo er gerade ist. Das Essen scheint ihm zu schmecken, jedenfalls glaube ich das. Ich weiß es nicht wirklich, denn er redet ja nicht viel. Aber mehr als ein paar Löffel bekommt er nicht herunter. Und dann dieses ständige Zittern … Das ist schwer mit anzusehen. Manchmal ist es so schlimm, dass er kaum seinen Löffel halten kann. Ich habe schon überlegt, ob es nicht besser wäre, wenn ich ihn füttere.« Sie sah zu Mina hoch. »Fräulein Irma sagte, Sie kennen ihn von früher. Vielleicht können Sie ja mal mit ihm reden, ob es ihm recht ist, wenn ich ihm beim Essen helfe.«

»Ich?«

»Ja, natürlich. Ich habe mich sowieso schon gewundert, dass Sie Herrn Becker noch gar nicht besucht haben. Er ist doch schon über eine Woche im Haus. Fräulein Irma kommt beinahe jeden Nachmittag und liest ihm ein bisschen vor, was ihm gut zu gefallen scheint. Sogar Fräulein Agnes ist schon da gewesen. Sie sind die Einzige, die noch nicht bei ihm war.«

»Sie wissen doch, wie viel ich um die Ohren habe, Lotte«, sagte Mina hastig. »Jetzt bin ich auch schon wieder auf dem Sprung zu einem Termin. Eigentlich habe ich nicht einmal die Zeit, mit Ihnen zu reden.«

Mina sah die Enttäuschung, die sich ganz kurz in Lottes Gesicht zeigte. Dann nickte das Dienstmädchen und senkte den Kopf.

»Am Sonntag, wenn ich nicht ins Kontor muss, werde ich ihn besuchen, in Ordnung? Und dann werde ich versuchen, mit ihm zu sprechen.«

»Versprochen?«, fragte Lotte.

»Ja, ich verspreche es. Aber jetzt muss ich wirklich los, sonst werde ich mich verspäten.«

Lotte knickste und trat zur Seite, um Mina den Weg frei zu geben.

Christoph Klemm wartete bereits vor dem Eingang der Bank, als Mina eintraf. Er tippte sich an den Hutrand, ehe er ihr mit einer angedeuteten Verbeugung die Hand reichte.

»Frau Lohmeyer, wie schön, Sie zu sehen.«

»Guten Tag, Herr Klemm. Es tut mir leid, dass ich ein bisschen spät bin, aber ich wurde aufgehalten.«

Klemm winkte ab. »Ich bin auch gerade erst gekommen. Wollen wir hineingehen?«, fragte er.

Mina nickte nur.

»Dann auf in den Kampf, Torero«, sagte er lächelnd.

Gemeinsam stiegen sie die Stufen zum Eingang hinauf, wo Klemm die Tür für sie aufhielt und nach ihr die marmorgeflieste Halle des Bankhauses betrat. Wie schon beim letzten Besuch fühlte sich Mina von dem düster-goldenen Prunk der Halle beinahe erschlagen. Sie straffte die Schultern und richtete sich auf, als sie die Sekretärin des Direktors auf sich zukommen sah.

»Frau Lohmeyer«, sagte die junge Frau zu ihr. Dann erkannte sie Minas Begleiter und stutze. »Herr Klemm? Was führt Sie denn hierher?«

»Ich bin nur als Begleitung von Frau Lohmeyer hier, keine Sorge«, sagte Klemm. »Sie möchte mit Herrn Direktor Schmidt sprechen.«

»Ich glaube, es ist keine gute Idee, wenn Sie mitkommen, Herr Klemm. Sie wissen doch, was der Direktor gesagt hat, als Sie zuletzt hier waren.«

»Das ist mir durchaus bewusst, Fräulein Franke.« Christoph Klemm lächelte charmant. »Trotzdem habe ich mir als neuer Finanzier von *Kopmann & Deharde* die Freiheit herausgenommen mitzukommen.«

»Ich denke nicht, dass der Herr Direktor Sie empfangen wird. Es tut mir leid, aber er ist sehr beschäftigt.«

»Und der Juniorchef?«

»Der ebenfalls«, sagte die Sekretärin bedauernd. »Die Herren haben eine Sitzung. Vielleicht kann ich Ihnen in irgendeiner Form …«

»Es wird doch wohl nicht so schwierig sein, unsere Firmenkonten aufzulösen«, unterbrach Mina sie mit Nachdruck. Ihr entging nicht, dass sich hinter den Schaltergittern in der Empfangshalle ein paar Köpfe zu ihr umdrehten.

»Nein, natürlich nicht«, erwiderte Fräulein Franke gedämpft. »Dazu müssen lediglich ein paar Formulare unterschrieben werden. Wenn Sie mir vielleicht folgen wollen? Ich hole dann jemanden, der sich darum kümmert.«

Die junge Frau machte eine Handbewegung in Richtung einer dunklen Eichentür mit geschnitztem Türaufsatz und ging voraus. Sie öffnete die Tür, die in ein kleines, modern eingerichtetes Konferenzzimmer mit einem Tisch und vier Stühlen führte. Nachdem Mina und Herr Klemm eingetreten waren, blieb sie an der Tür stehen.

»Einen Moment, bitte, ich muss nur schnell die Unterlagen holen«, sagte sie mit erhobener Stimme, dann beugte sie sich ein wenig vor und funkelte Klemm böse an. »Bist du von allen guten Geistern verlassen? Hast du auch nur die blasseste Ahnung davon, in welche Lage du mich damit bringst?«

Klemm grinste breit. »Tut mir wirklich leid, Mathilde, aber ich konnte einfach nicht widerstehen. Noch schöner wäre es natürlich gewesen, das Gesicht von Schmidt junior zu sehen, wenn ich zur Tür hereinspaziere und er nichts dagegen unternehmen kann. Aber zu wissen, dass ich ihm seine Kunden vor der Nase wegschnappe, ist mir Genugtuung genug.«

»Du bist unmöglich, Christoph.«

»Ich weiß, Mathilde. Darum schätzt du mich ja auch so.«

Fräulein Franke schüttelte den Kopf, verdrehte die Augen und ließ sie allein.

»Was war denn das für ein Auftritt?«, fragte Mina und setzte sich Klemm gegenüber an den Tisch.

»Mathilde und ich sind alte Freunde. Sie war es, die mich seit meinem Weggang mit Informationen aus der Bank versorgt hat.«

Es dauerte beinahe eine Viertelstunde, bis Fräulein Franke in Begleitung eines Bankmitarbeiters im schwarzen Anzug wieder zurückkam. Er gab Mina die Hand und legte anschließend einen Stapel Handakten auf den Tisch. Obenauf lagen einige Formulare, die er Mina nacheinander zur Unterschrift vorlegte. Je eines der Formulare tat der Angestellte in eine rote Sammelmappe und machte dann einen Vermerk auf dem Aktendeckel, ehe er Mina das Duplikat überreichte, das diese in ihre lederne Aktentasche schob. Schließlich verabschiedete sich der Angestellte und ging mit der Sammelmappe hinaus. Jetzt war nur noch eine Handakte übrig, die Fräulein Franke in der Hand hielt. Sie war deutlich älter und dünner als die anderen.

»Ich bin bei der Suche nach den Unterlagen noch hierauf gestoßen, Frau Lohmeyer. Dies sind die Unterlagen zu einem Tresorfach, das Ihr Großvater für die Firma angemietet hatte.«

»Ein Tresorfach?«, fragte Mina verwundert. »Das ist merkwürdig. Zum einen gibt es im Kontor einen Tresor für die Geschäftsunterlagen, und für die privaten Dokumente hatte er einen zweiten in seinem Arbeitszimmer. Den hat mein Vater auch benutzt.«

»Mag sein, dass das Fach geleert wurde und man nur vergessen hat, die Akte zu löschen. Sehen Sie? Der letzte Eintrag ist bald vierzig Jahre alt.«

Fräulein Franke drehte den Aktendeckel in Minas Richtung. »22. September 1882« stand dort in geschwungenen Buchstaben, dahinter die Unterschrift ihres Großvaters.

»Am besten, wir schauen nach, ob etwas darin ist«, sagte Mina. »Können Sie das Tresorfach für mich öffnen lassen?«

»Es gehört zur Firma Kopmann. Natürlich kann ich es für Sie öffnen lassen.« Fräulein Franke warf Christoph Klemm einen warnenden Blick zu. »Du bleibst besser hier, Christoph. Nicht, dass du noch einem der Herren Direktoren in die Arme läufst.«

Klemm grinste amüsiert. »Wenn dir so viel an deren Wohlergehen liegt, werde ich brav hier warten.«

Fräulein Franke kämpfte augenscheinlich kurz mit sich, entschied sich dann aber, ihm nicht zu antworten. Mina folgte ihr hinaus. Nebeneinander gingen sie zum Treppenhaus im hinteren Teil des Gebäudes und liefen die breiten Stufen zum Keller hinunter.

»Kennen Sie sich schon lange, Herr Klemm und Sie?«, fragte Mina die junge Frau.

»Seit ungefähr zehn Jahren. Ich war eine der ersten Frauen in der Bank und so etwas wie sein Protegé. Der Vater von Herrn Klemm war Teilhaber der Bank gewesen, und so ist auch Christoph früh ins Bankgeschäft eingestiegen und galt als möglicher Nachfolger vom alten Direktor Schmidt. Von Christoph habe ich alles gelernt, was man über das Bankenwesen lernen kann.« Sie machte eine Pause und sprach mit gesenkter Stimme weiter. »Als der Juniorchef von der Front zurückkam und Christoph gehen musste, wollte ich zuerst mit ihm die Bank verlassen, aber er hat mich überredet, als Sekretärin hierzubleiben. Doch wenn alles nach Plan verläuft und er sein eigenes Bankhaus hat, holt er mich nach. Das hat er fest versprochen.«

Fräulein Franke sah Mina von der Seite an. »Er wird es schaffen«, sagte sie. »Jetzt, wo er die ersten Kunden in der Kaufmannschaft hat, wird er es ganz sicher schaffen. Er ist brillant, müssen Sie wissen.«

Mina nickte nur. Fräulein Franke mochte durch ihre Freundschaft zu ihrem ehemaligen Kollegen voreingenommen sein, aber sie schien wirklich überzeugt von dem, was sie über Christoph Klemm sagte.

»Da vorn ist es«, sagte Minas Begleiterin und deutete auf ein vergittertes Tor am Ende des Flures, der von den wenigen elektrischen Leuchten in ein gelbliches Licht getaucht war. Dort saß ein älterer Angestellter mit Ärmelschonern an einem Schreibtisch und kritzelte etwas in ein großes Eintragbuch, das aufgeschlagen vor ihm lag.

»Wenn Sie hier am Tisch warten möchten, dann hole ich Ihnen die Kassette aus dem Tresor«, sagte die Sekretärin.

Sie ließ Mina zurück und ging zu dem Angestellten hinüber, der sich mit einem kurzen Ächzen erhob, nachdem sie ihn angesprochen und die Handakte vor ihn gelegt hatte. Der alte Mann zog aus seiner Tasche einen Schlüsselbund, mit dem er umständlich das Türgitter öffnete. Anschließend verschwand er zusammen mit Fräulein Franke im Inneren des Tresorraums. Kurz darauf kamen sie mit einer länglichen Metallschatulle zurück, die Fräulein Franke im Eintragbuch quittierte, ehe sie sie zu Mina an den Tisch brachte und vor ihr abstellte.

»Leer ist sie offenbar nicht, im Gegenteil, sie ist ziemlich schwer. Soll ich Sie allein lassen?«

»Danke, das wäre nett.« Mina lächelte der jungen Frau zu und wartete, bis sie sich zurückgezogen hatte, danach beugte sie sich vor und hob den Deckel der Schatulle an. Obenauf lagen ein paar Briefe, die mit einer Kordel zusammengebunden waren. Als Mina sie anhob, glänzte im gelblichen Schein der Glühbirnen etwas Goldenes darunter. Mina zog scharf die Luft ein.

»Das erklärt natürlich, warum die Schatulle so schwer war«, murmelte Mina. Sie stieß ein nervöses Lachen aus, als sie die Hand in die Metallkiste steckte und ihren Inhalt vorsichtig herausholte. Schließlich lagen vier Goldbarren und etwa dreißig goldene Münzen unterschiedlicher Prägung auf dem Tisch. Fassungslos starrte sie darauf.

Das muss ein Vermögen wert sein! Ihr Großvater hatte in diesem Banktresor wohl einen Notgroschen für schlechte Zeiten aufgehoben.

Einen Moment lang war sie versucht, das Gold in der Bank auf seinen Wert schätzen zu lassen, doch dann entschied sie sich anders. Sie hob die lederne Aktentasche auf den Tisch, die einst ihrem Vater gehört hatte, und legte die Barren und Münzen ganz unten hinein. Obenauf stapelte sie die zusammengebundenen Briefe. Vorsichtig hob sie die Tasche an. Sie war zwar schwer, aber nicht so sehr, dass das Gewicht auffällig gewesen wäre. Mina würde Großvaters Notgroschen mit nach Hause nehmen und dort im Tresor deponieren.

Eigentlich keine schlechte Idee, die Großvater gehabt hatte. Vielleicht, so dachte Mina, sollte sie von dem zu erwartenden Gewinn aus dem anstehenden Kaffeehandel den goldenen Notgroschen vergrößern. Es herrschten noch immer unruhige Zeiten, und Gold hatte den Vorteil, dass es immer seinen Wert behielt.

Sie nahm die Tasche vom Tisch und ging zu Fräulein Franke hinüber, die sich mit dem Angestellten an der Gittertür unterhielt.

»Ich bin fertig«, sagte sie. »Den Inhalt werde ich mitnehmen, das Fach wird also künftig nicht mehr benötigt.«

Fräulein Franke lächelte höflich. »Dann müssten Sie mir das nur kurz in der Akte quittieren.« Sie schrieb mit schwungvoller Handschrift »aufgelöst« und das Datum in die letzte Zeile und drehte die Akte dann zu Mina um.

»Für *Kopmann & Deharde*, Wilhelmina Lohmeyer, geb. Deharde«, schrieb Mina unter die Unterschrift ihres Großvaters.

»Das wäre dann wohl alles«, sagte sie. »Ich würde mich jetzt gern mit den Unterlagen auf den Weg nach Hause machen, um sie in Ruhe zu sichten. Seien Sie doch so gut und bestellen Sie Herrn Klemm meine besten Grüße.«

»Sehr gern, Frau Lohmeyer«, sagte die Sekretärin und reichte Mina zum Abschied die Hand. »Ich wünsche Ihnen und Ihrer Firma für die Zukunft alles Gute und hoffe, dass wir uns eines Tages wiedersehen. Dann vielleicht ja, um wieder miteinander Geschäfte zu machen.«

»Wer weiß? Es sind moderne Zeiten. Alles scheint möglich, sogar, dass Frauen miteinander Geschäfte machen. Ich würde mich freuen, wenn es dazu käme. In jedem Fall vielen Dank für Ihre guten Wünsche.«

Sie nahm die dargebotene Hand, spürte den kräftigen Druck der jungen Frau, dann nickte sie ihr zu, drehte sich um und ging den Gang entlang bis zur Treppe.

»Was für ein Glück, dass ich Sie noch erwische, junge Frau«, sagte eine Männerstimme über ihr. Auf dem Treppenabsatz stand Direktor Schmidt, gestützt auf einen Gehstock mit silberner Krücke. Neben ihm stand der Angestellte, der die Formulare für die Kontenauflösung bearbeitet hatte. »Mein Mitarbeiter teilte mir gerade mit, dass Sie sämtliche Firmenkonten bei uns auflösen wollen?«

Mina umfasste den Griff der schweren Aktentasche fester und stieg die Treppenstufen zu dem alten Mann hinauf, ehe sie antwortete.

Niemals aus der niedrigeren Position heraus verhandeln, hatte Vater immer gesagt. Immer mindestens auf Augenhöhe bleiben, sonst wirst du übervorteilt.

Jetzt stand sie dem alten Mann gegenüber, aber von Augenhöhe konnte nicht die Rede sein. Er war so klein und krumm, dass sie ihn beinahe um Haupteslänge überragte.

»Das ist richtig, Herr Direktor. Oder besser gesagt, ich habe es bereits getan«, sagte sie mit Nachdruck.

Schmidt schüttelte den Kopf. »Meinen Sie nicht, dass diese Entscheidung etwas überstürzt ist?«, fragte er mitleidig, als spräche er zu einem Kleinkind. »Nur weil wir die Unterschrift Ihres Gatten für diesen einen kleinen Kredit brauchen, müssen Sie doch nicht gleich alle Brücken hinter sich abbrechen. Die Geschäftsbeziehungen zwischen unseren Häusern bestehen doch schon seit gut vierzig Jahren.«

Mina straffte die Schultern und sah zu ihm hinunter. »Das ist mir durchaus bewusst, Herr Schmidt. Ich weiß, dass mein Vater und mein Großvater stets vertrauensvoll mit Ihnen zusammengearbeitet haben, wie es unter Hamburger Kaufleuten üblich ist. Ein Wort, ein Handschlag, ein Vertrag. So heißt es doch, nicht wahr? Dieses Vertrauen setzten Sie in mich jedoch nicht. Und zwar nur, weil ich eine Frau bin, nicht wegen meiner Fähigkeiten als Chefin von *Kopmann & Deharde*.«

»Aber Frau Lohmeyer, ich bitte Sie.«

Da war er wieder, dieser mitleidige, altväterliche Tonfall, der Mina mehr als alles andere zur Weißglut brachte. »Nein, ich bitte *Sie*, Herr Schmidt. Ich bitte Sie, die Augen aufzumachen und sich in der Welt umzusehen. Während des

Krieges waren wir Frauen gut genug, um die Geschäfte zu führen, damit die Männer an die Front gehen konnten, und jetzt im Frieden sollen wir alles wieder aufgeben? Sie können die Zeit nicht zurückdrehen und uns ins Kaiserreich zurückschicken. Wir haben inzwischen nicht mehr nur Pflichten, sondern auch Rechte. Vielleicht ist Ihnen zu Ohren gekommen, dass wir Frauen jetzt sogar wählen dürfen. Stellen Sie sich vor, und die Welt ist immer noch nicht untergegangen. Natürlich wird es immer Leute geben, die uns Knüppel zwischen die Beine werfen und die die neue Zeit aufhalten wollen, aber es gibt auch andere. Leute, die an uns Frauen glauben und uns etwas zutrauen. Ich habe das benötigte Geld anderweitig bekommen und konnte den Handel erfolgreich abschließen, und zwar ganz ohne die Unterschrift meines Mannes.«

Schmidt starrte sie mit offenem Mund an. Mina spürte, dass ihre Hände zu zittern angefangen hatten. Sie umklammerte den Griff der schweren Tasche noch fester und legte ihre Rechte an die Naht ihres Rockes.

»Vielleicht könnte ich Ihnen um der alten Zeiten willen ein Angebot machen …«, begann der alte Mann.

»Danke, aber das wird nicht nötig sein«, unterbrach Mina ihn eisig. »Selbst die besten Konditionen können mangelndes Vertrauen nicht aufwiegen. Mein Entschluss ist endgültig. Alle Konten wurden gekündigt, und die Geschäftsbeziehungen sind von heute an beendet. Guten Tag, Direktor Schmidt.«

Sie nickte knapp und lief an ihm vorbei die Treppe hinauf. Ohne sich noch einmal umzusehen, verließ sie hocherhobenen Hauptes das Bankgebäude.

Als sie kurz darauf die Eingangstür zur Villa öffnete, hörte sie Klavierspiel aus dem Musikzimmer dringen. Vermutlich hatte Großmutter für die Teegesellschaft die Schiebetür zwischen Esszimmer und Musikzimmer öffnen lassen. Wer dort die Gäste erfreute, wusste Mina nicht, doch sie tippte auf Agnes, die kleinen Verzögerungen und falschen Töne in dem Mozart-Menuett kamen ihr sehr bekannt vor.

Sie war sehr froh über die musikalische Darbietung, denn währenddessen würde wohl kaum eine der Damen aus dem Zimmer kommen, und sie konnte mit der schweren Aktentasche ins Arbeitszimmer gehen, ohne lästige Fragen beantworten zu müssen. Ohne ihren Hut abzunehmen, ging sie auf Zehenspitzen ins Arbeitszimmer und schloss leise die Tür hinter sich. Nach kurzem Zögern drehte sie den Schlüssel um. Von dem Gold musste niemand wissen.

Nachdem sie die schwere Aktentasche auf dem Schreibtisch abgestellt hatte, holte sie den Tresorschlüssel aus dem versteckten Fach hinter der Seitentür des Schreibtisches und ging zum Geldschrank hinüber, der hinter einer der drei Türen des Bücherschrankes verborgen war. Wie immer, wenn sie den Schlüssel ins Schloss steckte, empfand sie eine gewisse Scheu, so als dringe sie in einen verbotenen Bereich ein, in dem sie nichts zu suchen hatte. Dabei war sie jetzt schon seit über sechs Jahren für die Firma verantwortlich.

Mina holte tief Luft, drehte den Schlüssel und zog die schwere Eisentür des Tresors auf. Hier wurden inzwischen nur noch einige wichtige Papiere der Firma und die rote Samtschachtel mit dem Diamantschmuck ihrer Mutter aufbewahrt. Früher hatte ihr Vater darin immer ein Bündel Bargeld gehabt, mit dem er den Lohn der Angestellten und Frau Kruses Haushaltsgeld ausgezahlt hatte. Minas Finger strichen liebevoll über den Samt der Schmuckschatulle, ehe sie sich wieder umwandte und zum Schreibtisch zurückging. Vorsichtig hob sie die Barren aus der Tasche heraus und legte sie nebeneinander auf die Tischplatte. Eintausend Gramm Feingold stand auf dem größten, zwei waren mit fünfhundert und einer mit zweihundertfünfzig Gramm geprägt. Allein das war schon ein Vermögen. Hinzu kamen vierunddreißig Goldmünzen unterschiedlicher Herkunft. Bei den meisten handelte es sich um amerikanische Golddollar, aber auch ein paar Mariatheresientaler, Gulden und sogar zwei Goldrubel waren dabei. Nacheinander trug sie alles zum Tresor hinüber und verstaute es ganz hinten, anschließend deponierte sie die Schmuckschachtel davor. Ein richtiger Schatz, den sie da besaß.

Sie überlegte, Herrn Klemm von ihrem unerwarteten Goldfund zu erzählen und ihm den gewährten Kredit vorzeitig zurückzuzahlen, aber dann besann sie sich anders. Sie hatte mit ihm ein Zahlungsziel von zwei Monaten ausgehandelt. In dieser Zeit sollte der Rohkaffee mit gutem Gewinn verkauft und bezahlt sein, sodass sie mit der Zahlung keine Schwierigkeiten haben würde. Besser, wenn niemand etwas davon wusste. So viel Gold würde nur Begehrlichkeiten wecken.

Sorgfältig verschloss sie die Tresortür und legte den Schlüssel in sein Versteck zurück. Als sie die Aktentasche, die noch immer auf dem Schreibtisch stand, schließen wollte, fiel ihr Blick auf den Stapel Briefe. Sie holte ihn heraus und löste den Knoten der Kordel, mit der er verschnürt worden war.

Die Briefe waren an ihren Großvater adressiert, mit dem Vermerk »privat« gekennzeichnet und an die Adresse des Kontors geschickt worden. Neugierig blätterte Mina durch den Stapel. Keiner der Umschläge hatte einen Absender vermerkt, aber alle waren in ein und derselben Handschrift beschrieben worden. Mina zögerte kurz, dann zog sie einen der Briefe heraus und begann zu lesen.

Mein lieber Gerhard,

nur ein paar kurze Zeilen, um dir mitzuteilen, wie es uns in der Zwischenzeit ergangen ist. Die Wohnung hier in Arendsee ist wirklich sehr angenehm, wenn auch etwas klein und einfach ausgestattet, aber für unsere Zwecke mehr als ausreichend. Vom Wohnzimmerfenster aus haben wir einen schönen Blick aufs Meer und die Strandpromenade. Jeden Tag machen wir lange Spaziergänge am Wasser, und die Kleine hat sogar schon ein wenig zugenommen. Jetzt gerade liegt sie nebenan in ihrem Bettchen und schläft, darum wollte ich die Zeit nutzen und dir eine kurze Nachricht zukommen lassen, dass wir uns gut eingelebt haben und uns sehr auf deinen Besuch im August freuen. Kannst du es einrichten, etwas länger zu bleiben? Nur für ein Wochenende lohnt doch die lange Fahrt gar nicht.

Herzliche Grüße von
Deiner Luise

»Luise?«, murmelte Mina stirnrunzelnd. »Wer zum Teufel ist Luise?«

Weder im Familien- noch im Freundeskreis hatte es eine Luise gegeben, von der sie gewusst hätte. Sie war schon im Begriff, den nächsten Brief aus dem Umschlag zu ziehen, als die Kaminuhr, die auf dem Rauchtisch stand, erst sirrte und dann viermal läutete.

Das Teekränzchen … Mina hatte ihrer Großmutter versprochen teilzunehmen. Die Briefe dieser Unbekannten an ihren Großvater mussten warten. Sie waren mindestens dreißig Jahre alt, da kam es auf einen weiteren Tag nicht an. Hastig wickelte sie die Schnur wieder um den Stapel herum und legte ihn in die oberste Schublade des Schreibtisches.

Als Mina möglichst unauffällig ins Esszimmer schlüpfte, hatte Agnes ihre musikalische Darbietung gerade beendet. Der große, lang gezogene Raum, der durch die weit geöffnete Flügeltür zum Musikzimmer entstanden war, war mit Stühlen, kleinen Tischen und den Sesseln aus dem Salon gefüllt, auf denen sich ungefähr zwanzig Frauen beinahe jeden Alters tummelten. Sie saßen in kleinen Gruppen, steckten die Köpfe zusammen, tranken Tee oder Likör und tratschten und lachten, sodass es beinahe klang, als würde Mina einen Stall voll schnatternder Gänse betreten.

Irma, die neben der Mutter von Astrid saß, mit der die beiden im Pensionat gewesen waren, entdeckte Mina, kaum, dass sie eingetreten war, und winkte sie zu sich.

»Da bist du ja endlich, Mina!«, sagte sie. Die Erleichterung, die sie empfand, war ihrem Tonfall deutlich zu entnehmen. »Stell dir vor, die liebe Astrid hat inzwischen schon ihr drittes Kind bekommen. Wieder ein strammer Junge.«

An der Art und Weise, wie Irma die Lippen zusammenpresste, und ihrem betont unschuldigen Augenaufschlag konnte Mina erkennen, dass ihre Freundin sich nur mühsam das Lachen verkneifen konnte. Irma wandte sich an Frau Meyer, eine würdige Matrone mit rot gefärbtem Haarschopf, und sagte mit todernster Stimme: »Wie die Geburt vonstattengegangen ist, müssen Sie unbedingt Mina erzählen, Frau Meyer. Das wird sie bestimmt ebenso brennend interessieren wie mich. Oh, ich glaube, Agnes braucht mich dort drüben.« Sie machte eine Kopfbewegung in Richtung von Minas Schwester, die ein Stückchen entfernt bei Großmutter Hiltrud saß, und erhob sich von ihrem Stuhl. »Sie entschuldigen mich, Frau Meyer?« Ehe Mina auch nur den Mund öffnen konnte, um zu widersprechen, drehte sich Irma um und zwinkerte Mina schadenfroh zu, während sie Astrids Mutter den Rücken zuwandte.

So blieb Mina nichts anderes übrig, als sich neben Frau Meyer zu setzen, die sogleich begann, ihr in allen Einzelheiten zu schildern, wie ihr dritter Enkelsohn das Licht der Welt erblickt hatte. Mina versuchte anfangs noch, der Erzählung der stolzen Großmutter zu folgen, nach ein paar Minuten ließ sie die Worte jedoch einfach an sich abperlen, hing ihren eigenen Gedanken nach und nickte bloß ab und zu, wenn Frau Meyer sie erwartungsvoll anschaute.

Der Brief dieser Luise an ihren Großvater ging ihr immer noch durch den Kopf. Großmutter hatte vor einiger Zeit erwähnt, er habe Affären gehabt. Ob diese Luise eine von diesen Frauen gewesen war? Ob Großmutter von ihr wusste? Vielleicht sollte sie ihr von den Briefen erzählen, sie nach der unbekannten Frau fragen. Andererseits, warum alte Wunden aufreißen, die in den letzten dreißig Jahren hoffentlich vernarbt waren?

Frau Meyer riss sie aus ihren Gedanken.

»Wie bitte?«, fragte Mina.

»Ich habe gefragt, wann bei dir denn wieder mit Nachwuchs zu rechnen ist. Ihr habt doch bisher nur ein Mädchen.«

Mina schluckte den Ärger, der bei der Aussage »nur ein Mädchen«, in ihr aufstieg, schnell hinunter und rang sich ein höfliches Lächeln ab.

»Das wird sicher noch ein Weilchen dauern. Mein Mann ist noch in Berlin beim Militär.«

»Ach, immer noch?« Frau Meyer griff nach der silbernen Zange, die neben dem Zuckertopf auf dem Tischchen neben ihr lag, und bugsierte ein Stück Würfelzucker in ihren Tee. »Die anderen jungen Männer sind doch inzwischen alle wieder zurück. Ich muss ja sagen, ich finde es nicht richtig, dass er dich mit dem Kontor so im Stich lässt.« Sie rührte ihren Tee um und trank einen Schluck, wobei sie Mina erwartungsvoll ansah.

»Er ist bei der Heeresleitung«, erwiderte Mina knapp. Sie konnte es nicht leiden, wenn man versuchte, sie auszuhorchen. Das war einer der Gründe, weshalb sie die Teegesellschaften ihrer Großmutter herzlich verabscheute und sich gerne davor drückte. Was hier geredet wurde, machte sofort die Runde in der gesamten besseren Gesellschaft Hamburgs, und man musste höllisch aufpassen, wem man was erzählte.

»Das ist natürlich auch wichtig, meine Liebe.« Frau Meyer beugte sich ein wenig vor und tätschelte Minas Hand. »Du musst nur aufpassen, dass du dich mit dem Geschäft nicht übernimmst. Deine Großmutter hat auch schon gesagt, dass du immer so müde bist und dir die Zeit fehlt, dich am gesellschaftlichen Leben zu beteiligen. Es wäre doch ein Jammer, wenn du noch krank würdest.« Sie blinzelte Mina verschwörerisch zu. »Weißt du, vielleicht solltest du deinem Mann mal deutlich sagen, dass er die Heeresleitung endlich Heeresleitung sein lassen und wieder nach Hamburg zurückkommen soll. Dann kannst du auch wieder deinen gesellschaftlichen Verpflichtungen nachkommen. Erst neulich meinte Astrid, wie gern sie dich mal wieder treffen und über alte Zeiten schwatzen würde.«

»Ja, das wäre schön«, log Mina. »Leider habe ich im Moment gar keine Zeit, Besuche zu machen. Wir erwarten in Kürze eine größere Ladung Kaffee, und da gibt es im Kontor natürlich jede Menge Arbeit. Und da ich außer meiner Schwester und Comtesse von Gusnar keine Hilfe habe …«

»Einen wunderschönen guten Tag, meine Damen!« Die tiefe Männerstimme hinter ihr ließ Mina mitten im Satz abbrechen. Erschrocken drehte sie sich zur Tür um und stellte fest, dass sämtliche Gespräche im Raum verstummt waren und sich alle Blicke der hochgewachsenen Gestalt in Uniform zuwandten, die in der Tür stand und gut gelaunt in die Runde strahlte.

»Frederik!«, entfuhr es Mina.

»Wenn man vom Teufel spricht, kommt er gerannt«, sagte Frau Meyer mit einem bekräftigenden Nicken.

Mina stand von ihrem Stuhl auf und starrte ihn mit offenem Mund an, während er auf sie zukam. Er nahm die Offiziersmütze ab und klemmte sie sich unter den Arm, bevor er sich zu ihr beugte und sie auf die Wange küsste.

»Wie ich sehe, ist meine Überraschung gelungen«, sagte er lächelnd. »Hallo, Mina.«

»Frederik, wo kommst du denn her?«, stieß sie hervor.

»Vom Bahnhof, woher sonst?« Er lachte, als hätte er einen guten Witz gemacht. »Dort habe ich mir ein Taxi genommen. Natürlich hätte ich vorher anrufen können, aber ich wollte mir doch nicht den Spaß verderben, eure verblüfften Gesichter zu sehen.«

Mina entging nicht, dass er aus den Augenwinkeln die Damen im Zimmer genau im Blick hatte. Er wusste ganz genau, wie gut er in der Uniform aussah und wie seine Erscheinung auf Frauen wirkte. Das, was er jetzt zeigte, war das Bild des perfekten Offiziers und Ehemannes – groß, blond, mit athletischer Figur und strahlenden grauen Augen. Alle Frauenherzen flogen ihm zu, und er sonnte sich in ihrer Bewunderung.

Oder wohl eher die Herzen der Frauen, die ihn nicht gut kennen, dachte Mina. Die nicht wissen, wie sehr sein Gesicht sich zur grausamen Fratze verzerren kann, wenn er wütend ist. Ihr Rücken versteifte sich.

»Das meine ich nicht«, sagte sie laut. »Was führt dich so plötzlich her?«

Sein Lächeln wirkte auf einmal wie eingefroren, und etwas Raubvogelartiges blitzte in seinen Augen auf. »Die Verhältnisse in Berlin haben sich geändert. Die Truppe soll in Kürze verkleinert werden, daher werden meine Dienste nicht mehr gebraucht. Außerdem habe ich mir überlegt, dass ich hier nützlicher bin. Du kannst doch bestimmt jede Hilfe im Kontor brauchen, jetzt, wo das Geschäft langsam wieder anläuft. Und wenn ich helfen kann, lasse ich natürlich alles stehen und liegen und fahre sofort nach Hamburg zu meiner Familie.«

Er musterte sie mit seinen kalten grauen Augen, und sie wich seinem Blick nicht aus.

»Das ist sehr …« Sie zögerte einen Moment, bis sie das richtige Wort gefunden hatte. »… sehr großmütig von dir, Frederik.«

Ihre Worte trieften von beißender Ironie, aber ob eine der anwesenden Damen das bemerkte, war Mina im Moment herzlich egal.

»Ich sehe, wir verstehen uns«, sagte Frederik mit einem schmalen Lächeln und neigte den Kopf. »Lass mich nur schnell den Rest der Familie und deine Gäste begrüßen, dann werde ich mich zurückziehen, um die Damenrunde nicht weiter zu stören. Alles Weitere können wir später besprechen, meine Liebe.«

Ohne eine Antwort abzuwarten, drehte er sich um und ging zu dem Tisch hinüber, an dem Hiltrud zusammen mit Agnes, Irma und zwei weiteren Frauen saß. Stocksteif schaute Mina zu, wie er Irma die Hand gab, Agnes auf die Wange küsste und sich galant vor Hiltrud verbeugte. Von dem Gespräch hörte sie nichts, sah nur, wie seine Lippen sich bewegten. Ihr Kopf raste, und die Gedanken schossen durcheinander wie Feuerwerkskörper, in die jemand ein brennendes Streichholz geworfen hatte.

Was zur Hölle hatte dieser Auftritt zu bedeuten? Was führte er im Schilde? Und vor allem, was hatte er damit gemeint, dass seine Dienste in Berlin nicht mehr gebraucht wurden?

Mina beobachtete mit versteinerter Miene, wie Frederik durch den Raum schlenderte und mit einigen Damen ein paar Worte wechselte, ehe er den Raum verließ, wie er es angekündigt hatte. Sie war versucht, ihm hinterherzugehen, um ihn zur Rede zu stellen, aber das würde nur die Neugier der Anwesenden erregen. Die meisten der Damen gehörten einer der bekannten Kaufmannsfamilien der Speicherstadt an. Wenn Mina eines nicht brauchen konnte, dann dass in der Kaufmannschaft über sie oder gar die Firma getratscht wurde.

Jetzt kam es darauf an, ruhig und gelassen zu erscheinen und Haltung zu wahren, bis die Teegesellschaft zu Ende war. Sie warf einen Blick zu Großmutter Hiltrud hinüber, die kerzengerade in ihrem Sessel saß und in eine angeregte Unterhaltung mit ihrer guten Freundin Frau Rüther vertieft zu sein schien. Sie hatte sich wie immer vollkommen im Griff.

Als habe Hiltrud ihren Blick gespürt, sah sie unvermittelt

hoch, und ihre Blicke trafen sich. Sie lächelte und nickte Mina unmerklich zu, als wolle sie sagen: »Gut gemacht, Kind«, ehe sie sich wieder ihrer Freundin zuwandte.

Mina holte tief Luft, dann setzte sie sich wieder auf ihren Stuhl neben Frau Meyer.

»Bitte entschuldigen Sie«, sagte sie höflich lächelnd.

»Da gibt es nichts zu entschuldigen, meine Liebe.« Frau Meyer winkte ab und nahm sich noch ein Biskuit vom Gebäckteller. »Es ist doch kein Wunder, dass du etwas durcheinander bist, wo doch dein lieber Mann auf einmal vor dir steht.« Sie biss von dem Keks ab und pflückte ein paar heruntergefallene Krümel aus den Rüschen ihrer gestärkten Musselinbluse. »Du wirst sehen, Kind, jetzt, wo er wieder das Ruder in die Hand nimmt, wird alles gut werden.«

Erst gegen Abend brachen die letzten Damen der Teegesellschaft auf. Lotte und Frieda richteten das Esszimmer wieder her, während Hiltrud mit den jungen Frauen in den Salon hinüberging.

»Und du hattest wirklich keine Ahnung, dass er herkommt?«, fragte Großmutter zum wiederholten Mal.

»Nein, Großmutter«, antworte Mina, wie auch schon die letzten Male.

»Unbegreiflich.« Hiltrud schüttelte den Kopf und legte die Zeitschrift, die sie in der Hand gehabt hatte, beiseite. »Und unhöflich noch dazu. Er hätte doch wenigstens ein paar Zeilen schreiben können, damit sein Zimmer vorbereitet ist. Das wäre doch das Mindeste gewesen.« Sie warf Mina einen scharfen Blick zu. »Hat er dir denn in letzter Zeit überhaupt geschrieben?«

»Nein. Nicht mehr, seit er zuletzt hier war und es diesen

Streit zwischen ihm und seinem Vater gab.« Mina rieb sich mit den Fingern der rechten Hand die Stirn, hinter der sich ein hartnäckiger Kopfschmerz breitgemacht hatte. »Und vorher …«, begann sie, brach dann aber ab.

»Vorher auch nur, wenn er Geld brauchte«, ergänzte Agnes. »Entschuldige, Mina, aber Großmutter sollte wissen, wie es wirklich steht.«

Zu Minas Erstaunen schien Hiltrud nicht überrascht. »So in etwa habe ich mir das schon gedacht«, sagte sie mit einem Nicken. »Warum hast du mir denn nichts davon erzählt, Mina?«

»Ich weiß doch, wie sehr du es hasst, wenn jemand jammert«, sagte Mina.

»Das hat doch mit Jammern nichts zu tun«, sagte Hiltrud entschieden. »Wenn eine Frau Sorgen in ihrer Ehe hat, wendet sie sich gewöhnlich an ihre Mutter. Da du das bedauerlicherweise nicht mehr kannst, bin ich wohl diejenige, mit der du deine Nöte besprechen und die du um Rat fragen solltest.«

»Natürlich, Großmutter. Aber ich wollte dich nicht damit belasten.«

»Unfug, du belastest mich doch nicht«, sagte Hiltrud. »Im Gegenteil! Wenn ich mir Gedanken um dich machen muss, belastet mich das viel mehr. Also merk es dir für die Zukunft, wir Kopmann-Frauen, wir gehören zusammen, wir stehen zueinander und helfen einander.« Sie wandte den Blick Agnes zu und deutete mit dem Zeigefinger auf sie. »Das gilt auch für dich, junge Dame! Keine Geheimnisse zwischen uns.«

Agnes wurde rot, senkte den Kopf und nickte gehorsam. »Ja, Großmutter«, sagte sie, dann warf sie Mina einen fragenden Blick zu, den diese mit einem Schulterzucken beantwortete. Bislang hatte sie noch nicht mit Großmutter über Agnes und ihre Pläne, Anton zu heiraten, sprechen können. Ob und woher die alte Dame etwas erfahren haben konnte, war Mina ein Rätsel.

In diesem Moment klopfte es an der Tür, und Frieda kam herein, die mit einem Knicksen verkündete, das Abendessen sei bereit.

»Danke, Frieda«, antwortete Hiltrud. »Bitte geben Sie auch Major Lohmeyer Bescheid, dass er zum Essen herunterkommen möchte.«

Frieda knickste erneut und verließ das Zimmer.

»Nun, meine Lieben, wollen wir hinübergehen?«, fragte Hiltrud und erhob sich von ihrem Sessel. »Vielleicht ergibt sich ja gleich die Gelegenheit, etwas über die Beweggründe deines Mannes herauszufinden.«

Sie hatten sich kaum am Esstisch niedergelassen, als Frederik hereinkam. Er hatte sich umgezogen und trug jetzt einen modisch geschnittenen Dreiteiler aus hellgrauem Wolltweed, der ihm gut stand, perfekt saß und sicher nicht billig gewesen war. Er schien ausgezeichneter Laune zu sein, denn er pfiff vor sich hin, während er zu seinem Platz ging. Einen Augenblick lang sah er sich suchend auf dem Tisch um, dann drückte er die halb gerauchte Zigarette zwischen seinen Fingern in einer leeren Dessertschüssel aus.

Mina entging nicht, dass Hiltrud missbilligend die Augenbrauen zusammenzog, doch sie ging nicht auf diese Unhöflichkeit ein.

»Es war wirklich eine ziemliche Überraschung, als du vorhin so plötzlich im Raum standest«, sagte sie stattdessen. »Was verschafft uns die Ehre deines unerwarteten Besuchs?«

Die Frage ihrer Großmutter war höflich formuliert, aber Mina entging der ironische Unterton nicht, den sie in den zweiten Satz einfließen ließ. Auch Frederik schien ihn bemerkt zu haben.

»Was heißt hier unerwarteter Besuch? Ich wohne doch hier.« Er beugte sich vor und bediente sich an der Platte mit belegten Schnittchen, die Frau Kruse vorbereitet hatte. »Gibt's nichts Warmes zum Abendessen?«, fragte er.

»Frau Kruse war mit den Vorbereitungen für die Teegesellschaft so beschäftigt, dass ich sie gebeten habe, nur ein paar belegte Brote zu reichen«, erwiderte Hiltrud kühl. »Falls dir das nicht genügt, kann ich sie bitten, dir etwas vom Mittagessen zu wärmen.«

Frederik winkte ab. »Das ist nicht nötig.« Er griff nach seinem Besteck und schnitt sich ein Stück von seinem Schinkenbrot ab, das er dann in den Mund beförderte. »Das ist immer noch weit besser als das, was man uns im Offizierskasino vorsetzt.«

Mina sah ihm zu, wie er kaute. Während Irma, Agnes und Hiltrud ebenfalls zu essen begannen, war Mina der Appetit gründlich vergangen. Inzwischen hämmerte der Kopfschmerz zwischen ihren Schläfen. Sie schob ihren Teller ein Stück von sich weg, lehnte sich zurück und verschränkte die Arme.

»Und? Wie lange gedenkst du diesmal hierzubleiben?«, fragte sie Frederik.

»Hm?« Er ließ die Gabel sinken und sah sie an.

»Ich meine, wann du wieder nach Berlin zurückfährst.«

»Gar nicht«, erwiderte er. »Ich fahre nicht zurück. Wie ich dir schon sagte, ich werde in Berlin nicht mehr benötigt, weil die Truppe verkleinert wird. Darum habe ich den Dienst quittiert und werde jetzt hier in Hamburg bleiben. Du hast mir doch einmal vorgeworfen, dass ich meinen Teil des Ehevertrages nicht erfülle. Nun, ich habe vor, das zu ändern.« Ein schmales Lächeln erschien auf seinen Lippen, aber es reichte nicht bis zu seinen hellgrauen Augen hinauf. »Denk daran, wir führen das Kontor gemeinsam. Ich kann dir in vieler Hinsicht Wege ebnen.«

»Wege ebnen? Was willst du denn damit sagen?«

»Nun, ich könnte Verhandlungen für dich führen, wie ich es früher schon gemacht habe. In der Bank vielleicht oder an der Börse. Ist die Börse schon wieder geöffnet?«

»Nein, noch nicht. Der Kaffeeverein verhandelt noch mit den Behörden, wann es dort wieder losgehen soll.«

»Na, siehst du. Und wenn die Börse wieder öffnet, wirst du mich brauchen, weil du dort nicht akkreditiert bist. Aber ich denke, ich kann auch vorher schon ganz nützlich sein.«

Minas Lippen wurden zu einem schmalen Strich. »Bei Bankgeschäften«, sagte sie knapp.

»Zum Beispiel. Es muss doch für dich schwierig sein, an Gelder heranzukommen.«

»Wie kommst du denn auf diese Idee?«, fragte Mina. Sie fühlte, dass die Blicke aller Anwesenden auf ihr lagen.

»Ich … ähm …«, stammelte er. »Das war nur so ein Gedanke.«

»Nur so ein Gedanke, wie? Ein Gedanke, auf den dich vermutlich dein Kriegskamerad Schmidt gebracht hat.«

»Wer?«

»Der Enkel des Bankdirektors, der mir den Kredit nicht geben wollte, mit dem ich die Fracht für den Kaffee von deinem Vater bezahlen wollte.« Mina konnte ihre Wut nicht mehr zurückhalten. »Gib es doch zu!«, rief sie. »Der junge Schmidt hat sich mit dir in Verbindung gesetzt, und dann habt ihr die Köpfe zusammengesteckt, um einen Weg zu finden, mir das Leben schwer zu machen.«

»Mina, ich bitte dich. Was ist das für ein Unfug?«, sagte Frederik ruhig und mit einem derart überheblichen Tonfall, als würde er mit einem Kind sprechen. »Da redest du dir etwas ein.«

»Ich rede mir etwas ein?« Mina schlug mit der flachen Hand auf den Tisch, dass das Geschirr klapperte. »Es ist doch sehr merkwürdig, dass dieser Herr Schmidt, der unter dir gedient hat, dafür sorgt, dass die Bank für den Kredit auf einmal deine Unterschrift benötigt. Und nur ein paar Tage später stehst du vor der Tür wie der weiße Ritter Lancelot, der das Fräulein in Not retten will. Nein, mein Lieber, das ist bestimmt kein Zufall. Aber sei ganz unbesorgt, ich brauche deine Hilfe nicht. Inzwischen habe ich einen anderen Financier gefunden und alle Geschäftsbeziehungen zu dieser Bank abgebrochen. Jetzt bin ich nicht mehr von dir abhängig.«

»Mina, bitte …« Seine Stimme war immer noch ruhig und kontrolliert. Nur an dem Glitzern in seinen Augen konnte man erkennen, wie viel Mühe es ihn kostete, nicht die Selbstbeherrschung zu verlieren. »Das besprechen wir am besten später unter vier Augen.«

»Warum denn?«, rief Mina aufgebracht. »Das können ruhig alle hören. Großmutter und Agnes gehören zur Familie, und Irma ist nicht nur meine Freundin, sondern arbeitet auch im Kontor mit. Ich habe keine Geheimnisse vor ihr.«

»Wie du möchtest.« Frederik beugte sich ein wenig vor und funkelte seine Frau böse an. »Du brauchst mich nicht, Mina? Wenn du dich da mal nicht täuschst. Du gehörst nicht zur Kaufmannschaft, hast keinen Zugang zur Börse, niemand hört auf dich. Niemand vom Kaffeeverein nimmt dich ernst. Ohne mich bist du gar nichts. Wir beide haben einen Vertrag unterschrieben, bevor wir geheiratet haben, erinnerst du dich? Du hast Rechte und Pflichten genauso wie ich. Ich werde meinen Teil der Verpflichtung einhalten, und ich erwarte, nein, ich fordere von dir, dass du das Gleiche tust.« Seine Rechte, die flach auf dem Tisch gelegen hatte, ballte sich zur Faust. »Verstehst du, was ich meine?«, fragte er bedrohlich leise.

Auf einmal flatterte Angst in Minas Innerem. Sie sah die Faust, seine bösen Augen und erwartete beinahe, dass sich das Gesicht wieder zu der Fratze wandelte, die sie schon einmal gesehen hatte.

Mina sprang auf. Ihre Hände zitterten, doch dann bekam sie sich wieder in den Griff.

»Bitte entschuldigt mich!«, sagte sie heiser. »Ich habe furchtbare Kopfschmerzen und werde lieber gleich zu Bett gehen.«

Ohne jemandem die Gelegenheit zu einer Antwort zu geben, drehte sie sich um, verließ das Esszimmer und hastete die Treppe hinauf in ihr Zimmer, als seien die Geister der Vergangenheit hinter ihr her. Erst als sie sich vergewissert hatte, die Tür verriegelt zu haben, hatte sie das Gefühl, wieder Luft zu bekommen. Sie setzte sich auf ihr Bett und starrte auf die weiß lackierte Tür, die zum Flur führte, als erwarte sie, das jemand die Klinke hinunterdrückte.

In ihrem Hals bildete sich ein trockenes Schluchzen, dass sich nicht mehr zurückhalten ließ. Mina ließ sich nach hinten auf ihr Bett fallen und begann zu weinen, bis sie irgendwann vor Erschöpfung in den Schlaf fiel.

ELF

Auch wenn Mina wusste, dass es unrealistisch war, so hatte sie doch diese winzige Hoffnung im Herzen, dass Frederik das Haus bereits wieder verlassen hatte, als sie am nächsten Morgen zum Frühstück hinunterging. Aber er saß bereits am Tisch, gekleidet in die Uniform der Hamburger Kaufleute: einen schlichten schwarzen Anzug, darunter ein weißes Hemd mit gestärktem Kragen und schwarzer Seidenkrawatte. Er hatte die Morgenzeitung aufgeschlagen vor sich, trank Kaffee und rauchte. Sein Frühstück schien er bereits beendet zu haben.

»Guten Morgen«, sagte er gut gelaunt. »Hast du gut geschlafen?«

Mina warf ihm einen erstaunten Blick zu. Offenbar hatte er nicht die Absicht, auf das gestrige Streitgespräch auch nur mit einem Wort einzugehen. Stattdessen versuchte er an die Zeit vor fünf Jahren anzuknüpfen, als er sich freiwillig zur Armee gemeldet hatte. So als sei in all den Jahren gar nichts passiert.

Unwillkürlich runzelte Mina die Stirn, beschloss dann aber, das Spiel mitzumachen.

»Danke der Nachfrage. Ich habe sehr gut geschlafen«, log sie. »Und selbst?«

»Einigermaßen.« Frederik lachte. »Ich bin so breite, weiche Betten gar nicht mehr gewohnt. Aber das kommt sicher schnell wieder.« Er faltete einen Teil der Zeitung zusammen und legte sie neben seinen Teller. »Wie sehen denn die Pläne für heute aus? Fahren wir ins Kontor?«

»Ich ganz sicher und Irma vermutlich ebenfalls. Ob Agnes heute auch mitkommt, weiß ich nicht.«

»Dann ist ja noch Platz im Automobil«, bemerkte er zufrieden und nahm den nächsten Teil der Zeitung in die Hand. »Ich bin mit ein paar Mitgliedern des Vereins im Restaurant der Börse verabredet. Es ist bestimmt von Vorteil, wenn wir die alten Kontakte wiederaufleben lassen.« Er schüttelte die Zeitung, um eine Falte zu entfernen, und vertiefte sich wieder in seine Lektüre.

Verrückt. Er tut wirklich so, als sei er nie weg gewesen, dachte Mina, während sie zu ihm hinüberschaute. Warten wir mal ab, wie lange es dauert, bis ihm das Dasein als Kaufmann zu langweilig wird. Ich muss nur Geduld haben, dann wird er von ganz allein die Segel streichen und wieder nach Berlin zu seiner geliebten Armee zurückkehren.

Aber mit Geduld war die Sache nicht getan, wie Mina im Laufe der nächsten Tage feststellen musste. Frederik machte nicht den Eindruck, sich zu langweilen, und erst recht machte er keine Anstalten, Hamburg wieder zu verlassen. Jeden Morgen fuhr er zusammen mit Mina, Irma und Agnes in die Speicherstadt, blieb für etwa eine Stunde im Kontor, ehe er dann aufbrach, um – wie er es nannte – alte Kontakte zu pflegen.

Manchmal fuhr er mit den Frauen zurück zur Villa, häufig ließ er sich aber auch von anderen Kaufleuten in die Heilwigstraße kutschieren. Jedenfalls so lange, bis sein Cabriolet wieder fahrbereit war, das er in die Werkstatt hatte bringen müssen, weil es ewig nur gestanden hatte und daher nicht mehr ansprang. Von dem Tag an, als sein Wagen wieder mit auf Hochglanz poliertem Lack und blitzenden Chromleisten vor der Garage stand, fuhr Frederik grundsätzlich allein in die Stadt und kam zurück, wann es ihm passte.

Was er genau tat und wen er traf, wusste Mina nicht, und sie fragte auch nicht nach. Tatsächlich wechselte sie kaum ein Wort mit Frederik, jedenfalls nicht, wenn sie mit ihm allein war. Sein stechender Blick und die geballte Faust waren ihr Warnung genug gewesen, ihm aus dem Weg zu gehen. Die Erinnerung an sein Verhalten in jener einen Nacht vor etwa drei Jahren brachte sie außerdem dazu, jeden Abend die Tür ihres Zimmers sorgfältig abzuschließen, bevor sie zu Bett ging.

Am frühen Sonntagnachmittag, als Großmutter sich für ein Stündchen zurückgezogen hatte, um ein Nickerchen zu machen, und es ganz still im Haus war, nahm Mina endlich all ihren Mut zusammen und ging zur Garage hinüber, um Edo zu besuchen, wie sie es Lotte versprochen hatte.

Eine ganze Weile stand sie unschlüssig vor der Eingangstür und starrte nach oben zu den Fenstern hinauf. Sie spürte die kühle Luft, die über ihr Gesicht strich, und hörte, wie über ihr der Herbstwind in den trockenen Blättern der Linde rauschte und sie mit sich davontrug.

Alles in ihr sträubte sich, zu Edo hinaufzugehen, und am liebsten hätte sie auf dem Absatz kehrtgemacht und wäre wieder in die Sicherheit ihres Zimmers geflüchtet. Sie hatte keine Ahnung, was sie zu ihm sagen sollte … Wie sollte sie ihm erklären, warum sie Frederik geheiratet hatte, statt zu ihm nach Amerika zu kommen? Für den Erhalt der Firma hatte sie ihre Liebe zu Edo geopfert. Damals war ihr das richtig erschienen, weil ihr die Verantwortung für ihre Familie wichtiger gewesen war als ihr persönliches Glück.

Sie hatte dafür gebüßt, oh ja, das hatte sie wirklich. Aber würde Edo das reichen, um ihr verzeihen zu können, was sie ihm angetan hatte?

Du wirst es sicher nicht herausfinden, wenn du hier stehen bleibst, Mina, sagte sie zu sich selbst. Du warst noch nie feige, also fang jetzt nicht damit an. Geh zu Edo und versuch mit ihm zu reden. Aber sei vorsichtig, denn er ist krank und verletzt. Du darfst es nicht schlimmer machen, als es ohnehin schon ist.

Mina holte tief Luft, öffnete die Eingangstür und trat ein. Leise stieg sie die Treppe zu der winzigen Kutscherwohnung hinauf und klopfte an die Tür des Schlafzimmers, das sie selbst mit eingerichtet hatte. Als keine Antwort kam, schob sie die Tür, die nur angelehnt war, vorsichtig ein Stück auf.

Es dauerte einen Moment, ehe sie sich an das schummrige Licht im Raum gewöhnt hatte. Durch die zugezogenen Vorhänge am Fenster drang nur wenig Licht, und das elektrische Licht im Zimmer war ausgeschaltet. Auf Zehenspitzen ging Mina auf das Bett zu.

Rötliches Narbengewebe überzog seine linke Gesichtshälfte. Es reichte über die Stirn hinweg bis auf den Schädel und verschwand unter seinem dunklen Haar, das in der Zwischenzeit etwas nachgewachsen war. Über dem linken Auge trug er eine Klappe, das rechte war einen Spalt geöffnet und auf die Wand neben dem Bett gerichtet.

»Edo?«, flüsterte sie. Er rührte sich nicht.

Sie beschloss, sich wieder aus dem Zimmer zu schleichen, in der Annahme, er schliefe. Doch da drehte er den Kopf in ihre Richtung. »Wer ist da?«, fragte er und lauschte. »Lotte?«

»Nein, ich bin es. Mina.«

Seine Augen glitten über sie hinweg zur Tür. »Wer?«

»Mina. Mina Loh…« Sie stockte kurz. »Mina Deharde«, sagte sie dann.

Sein Blick streifte wieder durch den Raum, blieb neben ihrem Kopf hängen. »Es tut mir leid, ich kenne keine Mina.«

Er wirkte so schmal und hilflos, wie er da zwischen den gestärkten Laken des Bettes lag. Er war sehr verändert, ja. Aber Mina erkannte ihn ohne jeden Zweifel wieder. Das hier vor ihr war Edo. Ihr Edo. Oder jedenfalls war er das einmal gewesen. Sie spürte ihre Kehle eng werden.

»Wir haben uns früher mal sehr gut gekannt. Aber das ist schon lange her«, sagte sie.

»Ich kann mich an so vieles nicht mehr erinnern«, sagte er leise. »Es tut mir leid. Alles, was vor der Dunkelheit kam, ist nur noch ganz verschwommen und durcheinander.«

»Es braucht seine Zeit, bis die Erinnerungen wiederkommen.«

Sein Blick wanderte zurück zu dem Fleck an der Wand, an dem er geruht hatte, als sie eingetreten war. »Wenn man sie denn zurückhaben will. Manche Erinnerungen sind zu schlimm, um sie ertragen zu können.«

Sie wusste einen Augenblick nichts zu erwidern. Sachte berührte sie seine Hand, die auf der Bettdecke lag. Er zog seine Finger ein Stück zurück, blieb aber ganz ruhig liegen.

Nicht voreilig sein, Mina, sagte sie sich. »Und manche Erinnerungen sind es wert, dass man auf ihre Rückkehr wartet«, fügte sie mit warmer Stimme hinzu.

Minas Blick fiel auf das Buch, das auf dem Nachttisch lag und in dem ein Lesezeichen steckte. Sie nahm es in die Hand und drehte es um, um den Titel auf dem Rücken zu lesen. *»Der Graf von Monte Christo?«*, fragte sie. »Das ist Agnes' Buch. Stimmt, Lotte hat mir erzählt, dass Irma und Agnes dir vorlesen, wenn sie dich besuchen. Darf ich auch?«

Edo antwortete nicht.

Mina nahm sein Schweigen als Zustimmung. Sie öffnete den Vorhang einen Spalt, setzte sich auf den Stuhl neben seinem Bett und begann zu lesen.

Von diesem Sonntag an kam Mina in die Kutscherwohnung, sooft sie sich unbemerkt aus der Villa stehlen konnte. Sie saß bei Edo am Bett oder neben seinem Lehnstuhl, las ihm vor oder erzählte ihm, was gerade vor sich ging. Obwohl Edo sehr teilnahmslos wirkte und kaum auf ihre Anwesenheit reagierte, taten ihr diese Besuche bei ihm gut. Einfach dazusitzen, Seite um Seite vorzulesen oder mit leiser Stimme von der Arbeit im Kontor oder dem Treiben in der Speicherstadt zu erzählen, wirkte beruhigend und ließ sie ihre Ängste und Sorgen in einem anderen Licht sehen. Es war, als würden sich dadurch, dass sie sie in Worte fasste, bereits die Lösungen für die Probleme in ihrem Kopf bilden, ohne dass Edo ihr nur einen einzigen Rat gegeben hätte.

Sie blieb selten länger als eine halbe Stunde bei ihm, schlich sich durch die Küche ins Haus zurück, und wenn Großmutter oder Frederik sie fragten, sagte sie, sie sei im Garten gewesen oder ein Stück spazieren gegangen. Die Einzige, mit der sich Mina ausgiebig über Edos Zustand austauschte, war Lotte. Die beiden saßen oft zusammen am Küchentisch und redeten über Edo, während Gerda und Ella auf der Bank hockten und aßen.

»Ich mache mir langsam Sorgen«, sagte das Dienstmädchen. »Der Herr Becker mag kaum etwas essen, und langsam gehen Frau Kruse und mir die Ideen aus, wie man seinen Appetit anregen könnte. Ich weiß ja selbst, wie das ist, wenn man lange Zeit krank ist und das Gefühl hat, es wird nie wieder besser werden. Da wird man irgendwann trübsinnig und will nur noch, dass alles ein Ende hat. Mir hat dann der Gedanke an Gerda geholfen. Um ihretwillen durfte ich nicht aufgeben. Was hätte denn sonst aus der Lütten werden sollen? Sie wäre im Waisenhaus gelandet und wie das ausgeht … Ich hab da Geschichten gehört, da sträuben sich einem die Haare.« Lotte schüttelte traurig den Kopf. »Aber wie dem auch sei. Ich glaube ja, bei Herrn Becker liegt es an etwas anderem. Es ist ihm peinlich, dass ich ihm beim Essen und Trinken helfen muss, weil er so furchtbar zittert.«

»Ja, und hinzu kommt, dass er nichts sieht«, sagte Mina.

»Da bin ich mir nicht so sicher.« Lotte zog die Schultern hoch und wiegte den Kopf hin und her. »Ich hab so das Gefühl, dass er wenigstens hell und dunkel schon ganz gut unterscheiden kann. Als vorgestern die Sonne durchs Fenster auf sein Bett fiel, hat er mich gebeten, den Vorhang zuzuziehen.«

»Vielleicht hat er auch nur die Wärme gespürt«, sagte Mina zweifelnd.

»Mag sein, aber wir sollten dennoch Hoffnung haben, Fräulein Mina. Hoffnung ist das Allerwichtigste. Und auch er muss anfangen zu hoffen, damit er sich nicht unnütz fühlt und denkt, er sei nur eine Belastung für uns alle. Sobald es ihm etwas besser geht, sollten Sie ihm irgendeine Aufgabe geben.«

»Hm«, machte Mina nachdenklich. »Was für eine Aufgabe meinst du?«

»Ich weiß nicht, Fräulein Mina. Das hängt ganz davon ab, was er gut kann. Vielleicht könnte er sich um den Garten kümmern?

»Den Garten?« Mina zog skeptisch die Augenbrauen zusammen. »Ich glaube nicht, dass meine Großmutter damit einverstanden wäre, wenn er ihre Rosen schneidet.«

Mina sah, dass Lotte ein Grinsen unterdrücken musste, und zwinkerte ihr zu. »Ich habe eine bessere Idee. Wir werden es ausprobieren, wenn der neue Kaffee eintrifft.«

Ein paar Tage später kam Heiko ins Kontor gestürzt, als Mina gerade dabei war, mit verschiedenen Kaffeeröstereien im Rheinland zu telefonieren, mit denen schon ihr Vater gute Geschäfte gemacht hatte.

»Der Frachter ist da!«, rief er, ohne darauf zu achten, dass sie noch immer den Hörer in der Hand hielt. Seine blauen Augen blitzten. »Einen ganzen Tag früher als angekündigt. Ich habe einen Anruf vom Hafenmeister bekommen, ob wir Platz im Quartier haben. Also habe ich den Ewerleuten Bescheid gegeben, dass sie anfangen sollen, den Kaffee zu löschen.« Er nahm seine Prinz-Heinrich-Mütze vom Kopf und tat so, als wollte er sie nach Mina werfen. »Ich wollte dich anrufen, aber die Leitung ist ja dauernd besetzt.«

Mina winkte energisch ab, ehe sie den Finger an die Lippen legte. »Entschuldigen Sie bitte, Herr Weber«, sagte sie dann entschuldigend zu ihrem Gesprächspartner am Telefon. »Hier ist es gerade ein bisschen laut. Wie viel, sagten Sie, soll ich für Sie vormerken?«

Sie notierte ein paar Zahlen auf einem Zettel, den sie anschließend umdrehte und Heiko hinschob. Der junge Mann stieß einen leisen Pfiff aus. Mina grinste.

»Ich schicke Ihnen also wie besprochen das Angebot gleich morgen zu«, sprach sie in den Hörer. »Ich erfahre soeben, der Frachter ist heute im Hafen eingetroffen, und ich werde den Kaffee persönlich prüfen, sobald er im Lager liegt. Dann könnte die Lieferung noch Ende der Woche bei Ihnen sein. Allerdings sollten Sie nicht zu lange überlegen – wie Sie sich vorstellen können, ist die Nachfrage sehr groß, und ich kann nichts für Sie reservieren. Wer zuerst kommt, mahlt zuerst.«

Herr Weber, der Einkäufer einer großen Kölner Kaffeerösterei, versprach, sich sofort zu melden, wenn das schriftliche Angebot bei ihm einging, und verabschiedete sich.

Mina wünschte ihm noch einen schönen Tag und hängte den Hörer ein. Sie lehnte sich im Stuhl zurück und rieb sich zufrieden die Hände.

»Es läuft wie am Schnürchen!«, sagte sie. »Wenn die Kölner die hundertfünfzig Sack abnehmen, die ich ihnen anbiete, dann sind nur noch fünfzig Sack frei. Vor allem haben wir dann mehr als genug Geld verdient, um die komplette neue Ernte meines Schwiegervaters und seiner Nachbarn zu kaufen. Wir sind wieder im Geschäft, würde ich mal behaupten wollen.«

»Das klingt doch gut«, sagte Heiko. »Hast du einen Moment Zeit, um die Lieferung anzusehen? Ich will ein paar Proben ziehen.«

»Dafür habe ich immer Zeit!« Mina lachte und sprang auf. »Ich sage nur Agnes und Irma Bescheid, dann können wir los.« Sie hielt inne und zwinkerte Heiko zu. »Oder soll ich Irma bitten mitzukommen?«

»Beim nächsten Mal vielleicht«, sagte er ernst und drehte seine Mütze in den Händen. »Da gibt es etwas, das ich mit dir besprechen möchte.«

»Vor Irma habe ich keine Geheimnisse«, sagte sie lächelnd.

Seine Miene blieb unergründlich. »Trotzdem.«

»Also gut, wie du möchtest.« Damit öffnete Mina die Tür zum Vorzimmer und sagte den beiden jungen Frauen an den Schreibtischen, dass sie kurz mit Heiko ins Quartier hinübergehen würde, schlüpfte in ihren Mantel und setzte ihren Hut auf, ehe sie mit ihm zusammen das Kontor verließ.

»Also, was gibt es so Geheimnisvolles?«, fragte sie, kaum, dass sie im Treppenhaus waren.

»Wo steckt dein Mann?«, fragte Heiko geradeheraus.

»Er wollte zu Hullmanns hinüber, um mit dem Juniorchef zusammen zu frühstücken.«

»Glaubst du ihm das?«

»Warum sollte er mich anlügen?«

»Weil er dir die Wahrheit kaum erzählen kann, Mina.« Heiko setzte seine Mütze auf seine feuerroten Locken und öffnete dann die Tür für sie.

Mina blieb abrupt stehen. »Was meinst du denn damit?«

Heiko holte tief Luft, bevor er antwortete. »Es gibt Gerüchte über ihn, Mina, üble Gerüchte. Die ganze Speicherstadt redet schon darüber.«

»Wenn es in der Speicherstadt nichts mehr zu tratschen gibt, geht die Welt unter«, sagte Mina leichthin. »Jedenfalls hat das mein Vater immer gesagt.«

Inzwischen gingen sie nebeneinander her den Bürgersteig neben den hochaufragenden Speichergebäuden entlang. Heiko steckte die Hände in die Hosentaschen und sah nachdenklich zu Boden.

»Da hatte dein Vater durchaus recht. Aber normalerweise tratschen die Kaufleute untereinander, und es dringt selten etwas bis zu den Quartiersleuten durch. Jetzt ist das anders. Man hört es überall.«

»Was hört man denn?«

»Dass Major Lohmeyer verzweifelt versucht, irgendwie an Geld zu kommen. Er ist schon bei so gut wie jedem der Kaffeehändler und auch bei einigen anderen Kaufleuten gewesen, um sich größere Summen zu leihen.« Heiko warf ihr einen Blick von der Seite zu, dann sprach er weiter. »Außerdem zieht er über dich her.«

»Das wundert mich nicht wirklich.« Mina lachte bitter. »Er versucht, den Chefsessel an sich zu reißen. Was liegt da näher, als die anderen Kaufleute davon zu überzeugen, dass ich als Chef nichts tauge.«

»Wenn es nur das wäre«, sagte Heiko leise. »Da sind wohl noch einige andere Begriffe gefallen, von denen ›Mannweib‹ noch das Harmloseste ist.«

Mina presste die Lippen fest zusammen. Auch wenn sie genau wusste, dass Frederik sie nicht liebte, und es sie keinesfalls überraschte, dass ihr eigener Mann schlecht über sie redete, kränkte sie das mehr, als sie vermutet hätte.

»Mannweib ...«, murmelte sie.

Die Demütigung verwandelte sich in Wut, als sie das Wort aussprach. Dass er sie nicht wegen ihrer Anmut und Schönheit geheiratet hatte, war Mina immer klar gewesen. Ihm war es nur um den Zugang zu einer etablierten Firma gegangen, die Stellung als Kaufmann in Hamburg. Und um ihr Geld.

»Hast du eine Ahnung, was er mit dem Geld tut, das er sich leiht?«

»Das ist das, was mir am meisten Sorgen macht«, sagte Heiko. »Er sagt zwar, dass er es für irgendwelche Geschäfte braucht, aber das scheint nur ein Vorwand zu sein. Tatsächlich wirft er mit dem Geld nur so um sich, lebt auf großem Fuß, soll sogar was mit leichten Mädchen haben. Er geht fast jeden Tag auf die Rennbahn und wettet, als gäbe es kein Morgen. Dabei hält er alle möglichen Leute frei, und nicht nur die von der harmlosen Sorte. Es geht die Rede, dass er ein paarmal in St. Pauli in gewissen Kreisen gesehen wurde, wo es

Kokain zu kaufen gibt, aber ob das wirklich wahr ist, kann ich natürlich nicht sagen.«

Inzwischen waren die beiden vor dem Gebäude eingetroffen, in dem sich das Quartier von *Peters & Cons.* befand. Heiko blieb vor der Tür stehen und sah Mina eindringlich in die Augen.

»Du musst aufpassen mit diesem Kerl, Mina. Ich hab es dir schon vor Jahren gesagt, und ich sag es dir jetzt wieder: Er taugt nichts. Ich traue ihm nicht weiter, als ich spucken kann, und ich würde dir dringend raten, es ebenso zu halten.«

Mina hielt seinem Blick stand und lächelte. »Ich verspreche dir, vorsichtig zu sein.«

Oben auf dem Speicherboden waren sechs Arbeiter damit beschäftigt, die schweren Hieven mit Kaffeesäcken, die mit einer Winde von dem Ewerboot unten auf dem Kanal heraufgezogen wurden, durch die Luke hereinzuziehen und dann auf dem Holzboden des Speichers sauber aufzustapeln.

»Na, Männer?«, rief Heiko. »Endlich wieder ordentlich was zu tun, was?«

Gelächter schallte ihm entgegen.

»Jo, Chef. Dat is wat anners als dat ewige Rumsitten bi Muttern too Hus«, sagte der Vorarbeiter, ein Hüne von vielleicht vierzig oder fünfzig Jahren. Als er Mina erkannte, tippte er an seine Mütze. »Moin, Frollein Deharde.«

»Moin, Gustav«, erwiderte Mina mit einem Lächeln. »Wir wollten euch nicht aufhalten, sondern nur schnell ein paar Proben ziehen.«

»Jo, denn man tau!«, erwiderte Gustav und reichte ihr seinen Probenzieher. Sie nahm das lange Messingrohr, das an einem Ende abgeschrägt und geschärft war, vorsichtig am Griff entgegen und ging damit zu dem Stapel Kaffeesäcke hinüber, wo sie es vorsichtig in die grobe Jute eines der Säcke bohrte und langsam und vorsichtig mit der Probe wieder herauszog. Sie schüttete die Bohnen in ihre offene Hand und roch daran.

»Der sieht genau aus wie der, den mein Schwiegervater mitgebracht hatte«, sagte sie und zeigte die Probe Heiko.

»Große, gut getrocknete Bohnen. Kaum Bruch dabei«, sagte er mit einem Nicken. »Der ist sein Geld wert gewesen.«

»Allerdings!« Mina lachte aus vollem Herzen. »Der erste Nachkriegskaffee. Der ist nicht nur jedes Geld wert, der ist pures Gold.«

Ein so großes Glücksgefühl durchfloss sie, dass sie am liebsten losgeweint hätte. Was war dagegen schon die Demütigung, die Frederik ihr beibringen wollte? Sie hatte wunderbaren Kaffee, und sie handelte damit. Das war alles, was zählte. Sollte er sie ruhig für ein Mannweib halten.

»Sag mal, kannst du mir ein Pfund von diesem Sack abfüllen, Heiko? Ich möchte Edo den Kaffee probieren lassen.«

»Sicher kann ich das. Aber warum willst du Edo den Kaffee geben?«

»Er hat mir erzählt, dass es ihm schwerfällt, sich an früher zu erinnern. Vielleicht kann der Duft des Kaffees dabei helfen.«

Der Geruch des frisch gerösteten Kaffees hing noch immer im ganzen Haus, als Mina spät am Nachmittag mit einem Tablett, auf dem eine Kanne und zwei Tassen standen, durch den Flur ging. Lotte, die für sie die Türen geöffnet hatte, blieb an der Eingangstür stehen.

»Soll ich nicht doch mit Ihnen kommen, Fräulein Mina?«, fragte sie.

»Das wird nicht nötig sein, Lotte«, erwiderte Mina. »Ich werde das Tablett einfach auf dem Boden abstellen und dann die Tür zur Kutscherwohnung öffnen. Außerdem braucht Frau Kruse in der Küche deine Hilfe, auch wenn sie das nie zugeben würde.«

Mina wollte mit Edo allein sein, wenn seine Erinnerungen zurückkamen, aber das sagte sie dem Dienstmädchen natürlich nicht.

»Wie Sie meinen, Fräulein Mina«, sagte Lotte und knickste, ehe sie die Eingangstür öffnete und dann vor Schreck zusammenfuhr. Vor den beiden Frauen stand Frederik in Hut und Mantel, den Schlüssel in der Hand.

»Aber, aber, Lotte«, sagte er übertrieben freundlich. »Kein Grund, sich zu erschrecken. Ich bin es doch nur.«

»Entschuldigen Sie, gnädiger Herr«, sagte Lotte und knickste erneut. »Ich war nur nicht darauf gefasst, dass jemand vor der Tür steht.«

Frederik lächelte. »Schon gut, Lotte.« Sein Blick fiel auf Mina, die das Tablett mit dem Kaffee fest umklammert hielt. »Nanu, Mina, was wird das denn? Begrüßt du mich neuerdings mit Kaffee an der Tür?«

»Nein, der ist für unseren Kranken.« Sie wollte sich an ihm vorbeischieben, aber er verstellte ihr den Weg.

»Der bekommt Kaffee? Ist das nicht etwas übertrieben?«

Mina hatte weder Zeit noch Lust, mit Frederik zu diskutieren. »Nein, keineswegs«, sagte sie knapp.

»Sag mal, das wollte ich dich schon längst fragen: Wer ist das überhaupt? Er muss ja ziemlich wichtig sein, wenn er echten Bohnenkaffee bekommt.«

Mina wich Frederiks fragendem Blick nicht aus. »Sein Name ist Edward Becker.«

»Becker?« Frederik runzelte die Stirn. »Hieß nicht der alte Bürovorsteher so?«

»Ja. Edward ist sein Sohn.«

»Und warum kümmert sich dann seine Familie nicht um ihn?«

»Sie haben nicht die Mittel, darum haben wir angeboten, ihn aufzunehmen.«

Ein spöttisches Lächeln flog über sein Gesicht. »Wie überaus großzügig von euch, den Sohn eines ehemaligen Angestellten aufzunehmen und zu pflegen.«

»Dass man als Hamburger Kaufmann eine Verantwortung für das Wohl seiner Angestellten hat, scheint dir wohl nicht geläufig zu sein.«

»Doch, durchaus! Allerdings nicht, dass man als solcher auch einen wildfremden Schmarotzer durchfüttern muss.«

»Schmarotzer?« Die Tassen auf Minas Tablett begannen zu klirren. »Was für eine Unverschämtheit von dir, ihn so zu nennen. Der junge Becker ist ein Soldat, der im Feld schwer verwundet wurde. Ich hätte gedacht, dass gerade du verstehen würdest, warum wir ihn gesundpflegen.«

»Ich habe eher den Eindruck, dass es sich um einen Hochstapler handelt. Soweit ich weiß, war der alte Becker nicht verheiratet. Jedenfalls hat er damals nie einen Ehering getragen. Woher also soll er einen Sohn haben?«

Mina funkelte Frederik einen Moment lang wütend an, dann hatte sie sich wieder unter Kontrolle. »Ja, woher wohl?«, sagte sie kalt. »Du entschuldigst mich, der Kaffee wird sonst kalt.« Damit ging sie erhobenen Hauptes an Frederik vorbei und trug das Tablett zur Garage hinüber. Erst als sie das Tablett vor der Tür abstellte, drehte sie sich um und schaute zurück. Frederik war nicht mehr zu sehen und die Eingangstür verschlossen.

Ob er ahnte, wer der Mann in der Kutscherwohnung in

Wirklichkeit war? Vermutlich nicht, beruhigte sie sich. Woher sollte er das wissen? Nur Heiko, Irma, Agnes und sie waren eingeweiht. Mina beschloss, ihrer Freundin und auch ihrer Schwester noch einmal einzuschärfen, dass sie sich nicht verplappern durften. Es war wichtig, dass sie alle bei der Geschichte blieben, Edo sei der Sohn des ehemaligen Bürovorstehers. Sie mochte sich nicht vorstellen, was Frederik tun würde, wenn er herausfände, dass es sich um ihren ehemaligen Verlobten handelte.

Mina öffnete die Tür und trug das Tablett vorsichtig die Treppe hinauf.

»Edo?«, rief sie gedämpft. »Bist du wach?«

Sie drückte die angelehnte Schlafzimmertür mit der Schulter auf. Heute war der Vorhang nicht zugezogen, und das Licht fiel auf das ordentlich gemachte Bett. Statt wie sonst im Bett zu liegen, saß Edo mit einem Bademantel bekleidet im Lehnsessel.

»Du bist aufgestanden?«, fragte Mina erstaunt. »Wie schön, dass es dir besser geht.«

»Lotte hat darauf bestanden«, antwortete Edo müde. »Sie war der Meinung, es sei nicht gut für mich, wenn ich mich gehen lasse.«

»Sie ist ein kluges Mädchen.« Mina lächelte.

»Ja, das ist sie wirklich.«

»Du siehst heute gut aus, Edo. Nicht so blass wie sonst.«

Sein Gesicht wandte sich ihr zu, aber sein verbliebenes Auge fand ihren Blick nicht. »Findest du?«

»Ja, ganz bestimmt. Es geht voran.« Sie stellte das Tablett auf der Kommode ab und zog sich einen Stuhl heran. »Es geht wirklich voran, Edo. Heute ist der Kaffee gekommen, von dem ich dir erzählt habe, von der Plantage aus Guatemala. Ich glaube, er ist ganz gut, aber ich würde gern deine Meinung hören.«

»Meine Meinung?«

»Ja.«

»Wozu?«

»Er ist viel zu gut, um ihn unverschnitten zu verkaufen. Ich brauche deinen Rat, mit welchen Bohnen ich ihn verschneiden lassen soll. Dafür hast du früher schon ein gutes Händchen gehabt. Und jetzt ...«

»Jetzt, wo ich blind bin, kann ich besser riechen, willst du sagen.«

Die Bitterkeit, die in seinen Worten mitschwang, schmerzte Mina so sehr, dass sie sich auf die Lippen biss. »Wenn du es so ausdrücken willst?«, sagte sie leise.

Sie füllte eine der Tassen auf dem Tablett mit Kaffee und trug sie zu ihm hinüber. »Hier, riech mal.«

Mina hielt ihm die Tasse vors Gesicht. Edo beugte sich ein Stückchen vor und sog den Duft, der von der heißen Flüssigkeit aufstieg, tief ein. Zu Minas grenzenloser Verblüffung streckte er die Hände aus und griff nach der Tasse.

Während seine Finger sonst unkontrollierbar zitterten, waren sie auf einmal ganz ruhig. Er umfasste die Tasse mit beiden Händen, und Mina ließ sie los. Langsam hob er die Tasse an den Mund und nahm einen Schluck. Er verschüttete nicht einen einzigen Tropfen.

Mina presste die Hand vor den Mund, um nicht aufzuschluchzen.

»Der ist wirklich gut. Schokolade und viel Vanille als Aromen. Sind das die Bohnen von Paul Lohmeyer?«

Mina nickte, dann fiel ihr ein, dass Edo das ja nicht sehen konnte. »Ja«, sagte sie heiser. »Du hast wirklich nichts verlernt!«

Edo lächelte traurig, dann nahm er einen weiteren Schluck von dem Kaffee. »Den solltest du gar nicht verschneiden. Lass ihn so, wie er jetzt ist. Verschicke Proben an die Röstereien und sag ihnen, dass es davon nur eine kleine Menge gibt. Glaube mir, die zahlen jeden Preis, den du dafür verlangst.«

Er leerte die Tasse und hielt sie dann in ihre Richtung, wobei seine Hand wieder zu zittern begann. Mina nahm die Tasse und hielt seine Hand dabei fest. Er zog sie nicht zurück.

»Das hab ich so vermisst, Edo«, sagte sie. »Jemanden zu haben, mit dem ich reden kann. Der weiß, wovon ich spreche, und der mir einen Rat gibt, wenn ich ihn brauche.« Sie ließ sich vor ihm auf die Knie nieder, wobei sie seine Hand fest in ihrer hielt. »Ich brauche dich, Edo. Ich brauche dich so dringend.«

»Mich?«, fragte er. Mina wurde auf einmal bewusst, dass er zum ersten Mal zugegeben hatte, wirklich Edo Blumenthal zu sein.

»Ja, dich, Edo«, versicherte sie.

Langsam schüttelte er den Kopf, während sein verbliebenes Auge nach ihr zu suchen schien.

»Mach dir nichts vor, Mina. Du brauchst mich doch nicht. Was willst du mit einem blinden Krüppel anfangen, der nicht einmal eine Tasse richtig festhalten kann? Du hast deine Familie, deinen Mann und – so wie Lotte erzählt hat – eine hübsche und aufgeweckte kleine Tochter. Du darfst dich nicht mit einem Wrack wie mir belasten. Es wäre für alle einfacher, wenn ich nicht mehr da wäre.«

Jetzt hatte sein Blick ihren gefunden, und Mina war sich ganz und gar nicht sicher, ob er sie wirklich nicht sah.

»Das ist doch Blödsinn, Edo, und das weißt du auch. Du belastest niemanden von uns, am wenigsten Heiko oder mich«, sagte sie. »Wenn ich sage, ich brauche dich, dann meine ich das ernst. Ich brauche deine feine Nase für den Kaffee, dein gutes Verhandlungsgeschick, deinen scharfen Verstand. Aber am meisten brauche ich dich als Freund.«

Er zögerte, ehe er antwortete. »Als Freund?«

»Ja. Wir waren früher schon mal gute Freunde. Meinst du nicht, wir könnten wieder welche werden?«

»Das ist Jahre her, und seitdem ist so viel passiert. Nach allem, was geschehen ist, glaube ich nicht …« Er stockte und senkte den Kopf. »Erst Amerika, dann der Krieg. Wir haben so unterschiedliche Leben geführt, du und ich. Wir sind andere Menschen als damals.«

Mina nahm ihm die Tasse ab und stellte sie auf den Boden. Dann griff sie mit beiden Händen nach seiner Rechten und hielt sie fest.

»In diesen Jahren sind wir erwachsen geworden, Edo, aber das bedeutet nicht, dass wir völlig andere Menschen geworden sind. Glaubst du nicht, dass es nicht wenigstens einen Versuch wert ist, wieder an unsere alte Freundschaft anzuknüpfen?«

»Glaubst du denn, dass das möglich ist?«, fragte Edo leise. »Nach allem, was geschehen ist?«

»Ja, ich bin sogar ganz sicher. Du brauchst nur ein bisschen Mut.« Sie drückte seine Hand, die zitternd in ihrer lag. »Meinst du, dass du den aufbringen kannst?«

Er schwieg, zog seine Hand jedoch nicht zurück, als sie sie zärtlich streichelte.

»Ich kann es dir nicht versprechen, Mina. Ich habe das Gefühl, ich habe all meinen Mut im Krieg verloren.«

»Der wird wiederkommen«, sagte Mina. »Spätestens dann, wenn du wieder besser sehen kannst. Du musst nur Geduld haben.«

Auf Edos vernarbtem Gesicht erschien ein schmales Lächeln. »Geduld war leider nie meine Stärke.«

»Das stimmt«, erwiderte Mina. »Aber du hast Freunde, die dir helfen und die sich auf dich verlassen. Es wird alles gut werden, wenn du nur daran glaubst.«

»Glaubst du denn daran, dass alles wieder gut wird?« Seine Stimme war voller Zweifel.

Mina hob die Hand und strich mit den Fingerspitzen behutsam über seine Wange.

»Ja, von ganzem Herzen«, sagte sie fest. »Wenn wir nur wieder Freunde sind, können wir es mit der ganzen Welt aufnehmen.«

ZWÖLF

In den nächsten Tagen und Wochen war im Kontor so viel zu tun, dass Mina kaum noch zum Luftholen kam. Die erste Ladung des Kaffees aus Guatemala war ihr geradezu aus den Händen gerissen worden, und das zu so guten Preisen, dass sie nicht nur Herrn Klemm seinen Kredit vorzeitig zurückzahlen konnte, sondern auch noch bei Paul Lohmeyer und seinen Nachbarn eine Option auf deren gesamte nächste Ernte abgeben konnte. Es blieb sogar genug für Fracht und Versicherung übrig, sodass sie nicht zwingend auf einen weiteren Kredit angewiesen sein würde.

Während Agnes meist nur vormittags im Kontor arbeitete, fuhren Mina und Irma auch nach dem Essen wieder in die Speicherstadt, um all die vielen Bestellungen, Lieferscheine und Rechnungen abzuarbeiten.

Mit Irma Hand in Hand zu arbeiten war ein wahres Vergnügen. Endlich jemand, der mitdachte, dem man nicht alles doppelt und dreifach erklären musste und auf den man sich blind verlassen konnte. Von Frederik konnte man das wahrlich nicht behaupten. Wenn er überhaupt ins Kontor kam, dann am späten Vormittag und stets nur auf eine Stippvisite. Er trank einen Kaffee, entschuldigte sich anschließend mit »wichtigen Verabredungen« – und verschwand wieder.

Mina war das ganz recht so. Er störte sowieso nur, schäkerte mit Agnes oder manchmal auch mit Irma herum und hielt alle von der Arbeit ab. Vor dem Abend bekam Mina ihn in der Regel nicht mehr zu Gesicht, häufig kam er erst sehr spät in die Villa zurück, häufig mit glasigen Augen und einer Alkoholfahne, eine Tatsache, die Großmutter Hiltrud mit strafenden Blicken und empörtem Kopfschütteln kommentierte. Vor Frederik sagte sie kein Wort, fragte aber Mina, ob sie wisse, wo er seine Abende verbringe.

»Keine Ahnung«, war ihre Antwort. »Und es interessiert mich ehrlich gesagt auch nicht.«

»Ach, Mina. Ich hätte dir so gewünscht, dass du mit ihm glücklich wirst.« Großmutter griff nach Minas Arm und tätschelte ihn ein wenig unbeholfen. »Aber was Frederik angeht, da haben wir uns damals wohl alle blenden lassen.«

Mina warf ihrer Großmutter einen erstaunten Blick zu. Sie konnte sich nicht daran erinnern, dass Hiltrud je so schlecht von einem Mann gesprochen hatte, doch dann besann sie sich eines Besseren. Kurz nach ihrer Hochzeit mit Frederik hatte sie ihr gestanden, dass Großvater jedem Rock in Reichweite hinterhergestiegen war. Mina fielen wieder die Briefe von dieser unbekannten Luise ein, die noch immer ungelesen in der Schublade im Arbeitszimmer lagen. Sie hatte einfach noch keine Zeit gehabt. Ob Großmutter von dieser Frau wusste? Oder hatte sie es ebenfalls nicht interessiert, was Großvater tat?

Solange andere Personen anwesend waren, verhielt sich Frederik Mina gegenüber höflich und zuvorkommend, so als wolle er das Bild des ritterlichen Offiziers abgeben, und Mina achtete darauf, ihm keine Gelegenheit zu geben, allein mit ihr zu sein.

Doch am meisten fürchtete sie, dass er nachts in ihr Zimmer kommen könnte, wie er es vor Jahren schon einmal getan hatte, als er ihr Gewalt angetan hatte. Daher achtete sie darauf, vor ihm nach oben zu gehen und immer ihre Tür abzuschließen, bevor sie zu Bett ging. Trotzdem schlief sie unruhig, wachte oft auf und horchte lange in die Dunkelheit, ehe sie wieder einnickte. Es dauerte Wochen, bis sich ihre Anspannung etwas löste und sie wieder einigermaßen ruhig durchschlief.

Der November kam und ging mit kaltem Westwind, der den Regen gegen die Fensterscheiben trieb. Ende des Monats traf der Kaffee der neuen Ernte aus Guatemala in Hamburg ein. Inzwischen hatte sich herumgesprochen, dass *Kopmann & Deharde* eine zuverlässige Quelle für gute Bohnen war, und obwohl die Preise weit über Vorkriegsniveau lagen, fand der Kaffee reißenden Absatz, was vermutlich auch am bevorstehenden Weihnachtsfest lag.

Für Vorfreude auf Weihnachten blieb Mina leider nicht viel Zeit. Sie hatte das Gefühl, förmlich in Arbeit zu ersticken. Da half es auch nicht viel, dass sie damit begann, sich nach dem Abendessen für ein oder zwei Stunden an den Schreibtisch im Arbeitszimmer ihres Vaters zu setzen. Hinzu kam das permanente schlechte Gewissen. Mit Ella zu spielen oder spazieren zu gehen war ein Luxus, den sie sich viel zu selten gönnte, und wenn sie sich doch die Zeit nahm, hatte sie wiederum das Gefühl, ihre Arbeit zu vernachlässigen.

Edo hingegen besuchte sie regelmäßig. Sobald sie aus der Speicherstadt zurückkam und den Wagen vor der Garage abgestellt hatte, schaute sie schnell in der Kutscherwohnung vorbei, um Edo zu erzählen, was es Neues gab. Mina blieb für eine halbe Stunde bei ihm, erzählte von der Arbeit und teilte den neuesten Klatsch mit ihm.

An den Sonntagen besuchte sie Edo nach dem Frühstück und nahm dabei häufig Ella mit. Auch wenn die Kleine Fremden gegenüber eher zurückhaltend war, schien sie zu Edo doch schnell Zutrauen gefasst zu haben. Kaum hatten Mina und ihre Tochter Edos Zimmer betreten, lief sie auf ihn zu, ließ sich von ihm auf den Schoß setzen und hörte am Daumen nuckelnd ihrer Unterhaltung zu.

Mina und Edo sprachen über Gott und die Welt, nur ein Thema vermieden beide: was in der Zeit geschehen war, seit er das Schiff nach Amerika bestiegen hatte. Es war wie eine unausgesprochene Abmachung zwischen ihnen, ihre neu gefundene Verbindung nicht dadurch zu zerstören, indem sie in alten Wunden stocherten. Eines Tages würden sie über diese Jahre reden müssen, das war Mina klar, aber sie wusste, dass dieser Impuls von ihm ausgehen musste. Edo musste erst so weit gesund werden, dass er darüber reden konnte, ohne dass die Erinnerung ihn wieder in das tiefe Loch zurückwerfen würde, aus dem er sich gerade erst zu befreien begann.

Man merkte deutlich, dass es ihm besser ging. Zwar hatte das Zittern seiner Hände nur wenig nachgelassen, aber die Sehkraft auf seinem verbliebenen Auge kehrte allmählich zurück. Bislang konnte er nur schemenhaft sehen, aber der Arzt, den Mina hinzugezogen hatte, war zuversichtlich, dass sich sein Zustand im Laufe der nächsten Monate weiter bessern werde. Heiko hatte eine Brille für ihn besorgt mit einem schwarzen Glas für das fehlende linke Auge und einem Brillenglas, das der Stärke seiner früheren Brille entsprach. Auch wenn er enttäuscht war, damit noch immer nicht lesen zu können, trug Edo die Brille jetzt jeden Tag und übte. Kurz vor Weihnachten überraschte Mina ihn, wie er sich mit einer

Lupe in der Hand tief über die Zeitung beugte, die direkt unter der Stehlampe auf seinem Tisch lag.

»Was machst du denn da?«, fragte sie ihn von der Tür aus. Edo fuhr herum und richtete sich auf.

»Gott, Mina, hast du mich erschreckt!« Beinahe wäre die Lupe Edos zitternder Hand entfallen.

»Tut mir leid, das wollte ich nicht«, sagte sie und trat ein.

»Stell dir vor, ich kann die Überschriften entziffern! Da steht: ›Nationalversammlung verabschiedet die Reichsabgabenordnung‹.« Ein Lächeln erschien auf seinem narbigen Gesicht. »Lotte hat mir diese Lupe mitgebracht, und damit geht es, wenn es hell genug ist.«

»Wirklich?« Minas Herz machte einen kleinen Sprung. »Edo, das ist ja großartig!«

Sie lief zu ihm und umarmte ihn, ohne nachzudenken. Sie fühlte, wie sich seine Arme um sie schlossen. Einen Augenblick hielten sie einander ganz fest, und Mina kam es vor, als würde die Zeit in sich zusammenschrumpfen.

Wieder stieg diese Sehnsucht in ihr auf, die sie zuletzt empfunden hatte, als Edo und sie am Pier Abschied genommen hatten. Beinahe glaubte sie, wieder den Wind in ihrem Haar zu spüren und den Geruch des Hafens wahrzunehmen.

Sie schloss die Augen und gab sich dem Moment hin. Für diesen einen Augenblick fügte sich alles zusammen und war genau so, wie es sein sollte. Wie es vielleicht vorbestimmt war: Edo war bei ihr und hielt sie ganz fest. Es war wie ein Wunder.

Doch so schnell, wie dieser Moment gekommen war, war er auch wieder vorbei. Mina hörte das leise Ticken der Uhr an der Wand und fand unvermittelt in die Realität zurück. Das hier war nicht der junge Mann, von dem sie sich vor langer Zeit am Pier verabschiedet hatte, und all die Jahre, die zwischen ihr und Edo standen, waren auf einmal wieder da und lasteten zentnerschwer auf ihr.

Sie öffnete die Augen und ließ die Arme sinken. »Es tut mir leid, Edo«, sagte sie leise. »Ich hab mich so sehr für dich gefreut, dass ich mich ganz vergessen habe.«

Sein Gesicht war ganz dicht vor ihrem. Zuerst nahm sie nur das schwarze Glas in seiner Brille und die Narben wahr, die das Schrapnell in seinem Gesicht hinterlassen hatte. Dann zwang sie ihren Blick zu seinem rechten Auge, das ihren Blick suchte. Wenn sie sich nur auf diese Hälfte seines Gesichts konzentrierte und die andere ausblendete, sah er beinahe aus wie früher – wie damals, als sie ihn so sehr geliebt hatte.

»Ich weiß«, sagte er. »Dabei bin ich es wohl, der sich entschuldigen muss. Du bist immerhin eine verheiratete Frau.« Damit trat er einen Schritt zurück und legte die Lupe, die er noch immer in der Hand hielt, auf die Zeitung. Eine Weile war außer dem Ticken der Uhr nichts zu hören.

»Vielleicht gehst du jetzt besser hinüber in die Villa. Die werden sich sonst wundern, wo du bleibst«, sagte Edo dann mit rauer Stimme. »Ich würde mich jetzt gern einen Augenblick hinlegen. Das Lesen hat mich doch sehr angestrengt.«

»Ja, natürlich. Ich … ich geh schon«, stammelte Mina völlig verwirrt von den widersprüchlichen Gefühlen, die sie empfand. »Ich komme dann morgen wieder. Das heißt, wenn du das möchtest.«

Im gleichen Moment, in dem sie das ausgesprochen hatte, hätte sich Mina am liebsten geohrfeigt. Was, wenn er jetzt Nein sagte?

Doch er lächelte nur dünn. »Das wäre schön, Mina. Bis morgen dann.«

Das Letzte, was sie sah, ehe sie ging, war, dass er sich auf dem Bett ausstreckte und mit den Händen sein Gesicht verbarg.

Minas Befürchtung, Edo könne ihr ihr Verhalten übel nehmen, traf nicht ein. Am nächsten Tag war er freundlich distanziert wie immer und tat so, als habe die Umarmung zwischen ihnen nie stattgefunden.

Mina war erleichtert. Das war auch besser so, denn sie konnte und wollte nicht auf seine Erfahrung im Kaffeegeschäft und seinen Rat verzichten. Also sprach auch sie diesen Moment nicht wieder an, und nach ein paar Wochen kam er ihr so unwirklich und fern vor, als habe es ihn nie gegeben.

Kurz vor Weihnachten saßen die beiden in Edos Kammer am Tisch und gingen die Vorbestellungen der Kaffeeröstereien für die Frühlingsernte durch, die Mina wieder komplett abzunehmen gedachte, da seufzte Edo auf einmal und schob den Stapel Papiere beiseite.

»Gut, dass der neue Kaffee erst im April kommt, dann ist Heiko bestimmt wieder zurück. Keiner seiner Konsorten kennt sich so gut mit der Behandlung und dem Mischen der Bohnen aus wie er. Ihm kannst du blind vertrauen. Bei seinen Partnern wäre ich mir nicht so sicher, dass die Qualität des Kaffees gleichbleibend gut ist.«

»Heiko, wieder zurück? Was meinst du? Fährt er weg?« Mina runzelte die Stirn, während sie weiter die Papiere ordnete. Sie legte die Bestellungen in einen Aktendeckel, den sie mit einer Schleife verschloss.

Edo sah zu ihr hoch. »Hat Irma nicht mit dir gesprochen?«

»Irma? Was hat sie damit zu tun?«

Durch die Narben auf seiner linken Wange wirkte sein Lächeln immer etwas schief und sarkastisch, aber am Leuchten in seinem Auge erkannte sie, dass es echt war. »Er will um ihre Hand anhalten.«

»Er will was?« Minas verblüffter Gesichtsausdruck brachte Edo richtig zum Lachen.

»Er will Irma heiraten. Ich weiß es schon seit ein paar Tagen. Als er mich Anfang der Woche besucht hat, hat er mir von seinen Plänen erzählt.«

»Heiko und Irma?«, fragte sie. Das klang vertraut, aber gleichzeitig auch irgendwie falsch. Sie schüttelte den Kopf.

»Was ist so abwegig daran?«

»Gar nichts«, sagte Mina. »Ich hätte eigentlich damit rechnen müssen. Die beiden sind schon seit Wochen jeden Samstag zusammen tanzen gegangen. Dass Irma in Heiko verliebt ist, ist mir nicht entgangen, aber dass Heiko es ebenso ernst ist, war mir nicht klar. Ich dachte …« Sie brach ab und schwieg. Ihre Vermutung, Heiko könne in sie selbst verliebt sein, war nichts, was sie Edo auf die Nase binden wollte.

»Was dachtest du, Mina?«, fragte er.

»Ich hätte nicht für möglich gehalten, dass Heiko sich selbst als Junker auf einem ostpreußischen Gut sieht.«

»Heiko? Sicher nicht. Wenn man den aus seinem Hamburg verpflanzt, geht er doch ein wie eine Primel.«

»Da magst du recht haben.« Mina lachte, wurde aber gleich wieder ernst. »Ich frage mich nur gerade, was Irmas Mutter dazu sagen wird, wenn ihre einzige Tochter einen Bürgerlichen aus Hamburg heiratet und damit ihre ganzen Hoffnungen zunichtemacht, dass sie die Verwaltung des Gutes antritt.«

»Deshalb will Heiko ja mit Irma nach Ostpreußen fahren und persönlich mit ihrer Mutter sprechen. Wenn ich Irma richtig verstanden habe, ist ihre Mutter ja selbst bürgerlich geboren und eigentlich ganz vernünftig. Und selbst wenn sie Nein sagt, wenn Heiko sie um Irmas Hand bittet: Irma ist volljährig und kann heiraten, wen sie will.«

»Das stimmt natürlich. Aber ob Irma sich wirklich für Heiko mit ihrer Mutter überwerfen will?«, sagte Mina und schaute Edo fragend an.

»Ich kenne Irma zwar noch nicht lange, aber ich verstehe, warum du so eng mit ihr befreundet bist. Irma ist jemand, der mit beiden Beinen fest im Leben steht und dabei aus seinem Herzen keine Mördergrube macht. Wenn sie etwas für richtig oder für falsch hält, dann sagt sie das ganz offen und handelt danach. Das mag nicht immer diplomatisch sein, aber es ist ehrlich und kommt aus ihrer tiefsten Überzeugung heraus. Ich mag Irma sehr gern. Sie ist ein patentes Mädchen, und ich hoffe, die beiden werden sehr glücklich miteinander. Sie haben es beide verdient.«

»Glücklich miteinander sein …«, sagte Mina leise. Nachdenklich spielte sie mit der Schleife des Aktenordners herum. »Hat das nicht im Grunde jeder verdient?«

Sie hob den Kopf und sah direkt in Edos verbliebenes Auge, das auf ihr ruhte. Er streckte seine zitternde Hand aus und legte sie auf ihre Rechte. »Verdient schon«, sagte er warm. »Aber nicht jedem gelingt es.«

Am folgenden Sonntag war der dritte Advent. Irma kam so spät zum Frühstück herunter, dass bereits alle am Tisch saßen. Sie murmelte eine Entschuldigung, bei der sie sichtlich rot wurde, und nahm dann eilig auf ihrem Stuhl Platz und ließ sich von Frieda Kaffee einschenken.

»Lange Nacht gehabt, was?«, fragte Frederik mit einem Grinsen im Gesicht.

»Das sagt ja der Richtige«, sagte Agnes und nahm einen Schluck aus ihrer Tasse. »Als wir um kurz nach ein Uhr nach Hause gekommen sind, stand dein Auto noch nicht wieder vor der Garage.«

»Was geht es dich an, wann ich nach Hause komme?«, fragte Frederik gereizt.

»Ebenso viel, wie es dich angeht, wann wir nach Hause kommen!«, gab Agnes zurück.

»Mich geht es durchaus an, wann du nach Hause kommst, Kind!«, sagte Hiltrud mit erhobener Stimme und warf Agnes einen ihrer strafenden Blicke zu. »Noch bist du nicht volljährig, und ich habe die Verantwortung für dich. Es war abgemacht, dass du bis spätestens Mitternacht zurück bist. Also, wo warst du, und warum bist du erst so spät zurückgekommen?«

Agnes verdrehte kurz die Augen in Minas Richtung, ehe sie Hiltrud antwortete. »Ich hatte dir doch erzählt, dass wir zum Tanztee des Ruderclubs gehen, Großmutter«, sagte sie. »Wir hatten etwas zu feiern, und das war wichtiger, als um Mitternacht zurück zu sein.«

»Ich verstehe dich nicht,« sagte Großmutter streng. »Was war denn so wichtig, dass du dein Versprechen, pünktlich zu sein, nicht einhalten konntest?«

Agnes sah zu Irma hinüber und lächelte. »Soll ich, Irma?«

Irma nickte nur.

»Irma hat sich gestern verlobt, und das musste natürlich ausgiebig gefeiert werden. Da ist es eben etwas später geworden.«

Alle Augen wandten sich Irma zu, die daraufhin bis an den Haaransatz errötete. Erst jetzt bemerkte Mina den schmalen goldenen Ring an ihrer linken Hand. Sie sprang auf, lief um den Tisch und umarmte ihre Freundin herzlich. Dass sie schon von Edo erfahren hatte, was Heiko vorhatte, ließ sie sich nicht anmerken.

»Das sind doch mal schöne Nachrichten, liebe Comtesse.« Hiltrud nickte huldvoll in Irmas Richtung. »Und wer ist der glückliche junge Mann, den Sie heiraten werden?«

»Er heißt Heiko Peters und kommt hier aus Hamburg«, antwortete Irma, der der Verhörton von Minas Großmutter sichtlich unangenehm war. »Er ist einer der Miteigentümer von *Peters & Cons.*«

»Das sind die Quartiersmänner, die auch schon für Vater und Großvater gearbeitet haben«, sprang Mina ihrer Freundin bei. »Außerdem ist Heiko Abgeordneter in der Bürgerschaft.«

»Oh, ein Bürgerlicher also«, meinte Hiltrud spitz. »Was Ihre liebe Frau Mutter wohl dazu sagen wird?«

»Ja, Heiko ist bürgerlich.« Irma schaute auf und sah Hiltrud mit blitzenden Augen an. »Genauso wie meine Mutter, bevor sie meinen Vater geheiratet hat. Ich glaube nicht, dass eine adlige Herkunft meiner Mutter so wichtig ist wie sein Charakter.«

»Ich kenne Heiko schon seit Jahren«, warf Mina ein. »Er ist wirklich ein feiner Kerl.«

Jetzt war Mina an der Reihe, einen strafenden Blick von Hiltrud zu bekommen. »Das mag ja sein«, sagte sie. »Aber wird das auch reichen, um eine gute Ehe zu begründen?«

»Ich glaube, das ist das Allerwichtigste«, sagte Mina voller Überzeugung. »Was nützt ein großer Name oder eine gute Familie, wenn sich der Ehemann als Hallodri herausstellt?«

»Was soll das denn heißen?«, fragte Frederik empört.

Mina ignorierte seinen Einwurf einfach. »Dann lieber jemand, der zwar aus einfachen Verhältnissen kommt, aber zu arbeiten versteht und der seine Frau anständig behandelt«, fuhr sie fort.

»Das muss ich mir nicht anhören«, sagte Frederik und warf Mina einen vernichtenden Blick zu. Er warf seine Serviette auf den Teller und erhob sich. »Darüber werden wir uns noch unter vier Augen unterhalten, Mina«, knurrte er und deutete mit dem Zeigefinger auf sie, dann verließ er erhobenen Hauptes das Esszimmer.

»Nicht, wenn ich es vermeiden kann«, sagte Mina düster, nachdem die Tür geräuschvoll ins Schloss gefallen war.

»Aber Mina, was sollte denn dieser Auftritt?«, fragte Hiltrud kopfschüttelnd. »Wenn du ihn derartig reizt, wirst du wohl oder übel die Konsequenzen deines Verhaltens tragen müssen.«

»Die trage ich doch ohnehin schon«, sagte Mina seufzend. »Darum sage ich ja, wie wichtig es ist, bei der Wahl des Ehemannes nicht nur auf Status und Namen zu schielen, sondern vor allem darauf zu achten, was er für ein Mensch ist.«

»Mina hat recht, finde ich«, ließ sich Agnes vernehmen, die bislang geschwiegen hatte. »Wenn ich heirate, dann jemanden, der mich um meiner selbst willen liebt und nicht nur wegen meiner Mitgift. Ob er jetzt ein Kaufmann ist oder sonst irgendwas, ist mir dabei ganz einerlei.«

Sie warf Mina einen eindringlichen Blick zu, als wolle sie sagen: »Nun los, rede mit Großmutter, wie du es mir versprochen hast.« Doch Hiltrud kam ihr mit einer Antwort zuvor.

»Wir Kopmann- und Deharde-Frauen haben immer nur Kaufleute aus den allerbesten Häusern geheiratet. Dabei werden wir es auch zukünftig belassen – jedenfalls, solange ich dabei ein Wörtchen mitzureden habe.«

»Aber …« Mit verzweifeltem Gesichtsausdruck drehte sich Agnes zu Mina um. »Nun sag doch auch mal was dazu, Mina. Ich will nicht mit irgendeinem Idioten verheiratet werden.«

Mina holte tief Luft. »Das sollst du ja auch nicht. Glaub mir, das will Großmutter ebenso wenig wie ich. Nur, du bist noch so jung, dass du dir ruhig noch ein paar Jahre Zeit mit der Entscheidung lassen kannst. Du warst noch nicht einmal im Pensionat.«

»Wozu auch?«, rief Agnes aufgebracht. »Ich kann mich bereits wie eine vollendete Dame benehmen, da brauche ich nun wirklich keinen Unterricht mehr. Und ich weiß auch jetzt schon ganz genau, wen ich heiraten werde. Ich werde Anton heiraten, und ich werde mit ihm glücklich werden, ganz egal, was ihr gegen ihn einzuwenden habt.«

Sie sprang von ihrem Stuhl auf und stürmte aus dem Zimmer.

»Anton?«, fragte Hiltrud. »Wer in Gottes Namen ist denn nun wieder dieser Anton?«

»Anton ist Agnes' Freund. Ich sollte vielleicht eher sagen, ihr heimlicher Verlobter. Er ist Musiker, und sie hat ihn bei einem der Tanztees kennengelernt.«

»Heimlicher Verlobter?« Hiltrud zog langsam die Augenbrauen hoch. Ihre Augen wurden immer größer. »Und du weißt von der Sache? Und niemand hält es für nötig, mir davon zu erzählen? Unfassbar.«

»Agnes hatte Sorge, du könntest mit ihm nicht einverstanden sein, und hat mich gebeten, ein gutes Wort für ihn einzulegen.«

»Und warum hast du bislang nicht mit mir gesprochen?«

»Es hat sich in den letzten Wochen nicht die Gelegenheit

ergeben, mit dir ruhig unter vier Augen eine Unterhaltung zu führen.«

»Kind, das ist doch Unfug. Ich war immer hier. Hättest du mit mir reden wollen, hättest du mich nur um eine Unterredung bitten müssen. Ich hätte mich da ganz nach dir gerichtet.«

»Du hast recht, Großmutter«, gab Mina zerknirscht zu. »Ich bin diejenige, die selten zu Hause ist. Ich schätze, ich habe das Gespräch immer weiter vor mir hergeschoben, weil ich nicht wusste, wie ich dir die Tatsache beibringen sollte, dass Agnes sich in den Kopf gesetzt hat, einen Musiker zu heiraten.«

»Nun hören Sie sich das an, Comtesse. Als wäre ich nun so ein Ungeheuer, dabei ist das Einzige, was ich im Sinn habe, dass meine Enkeltöchter ein gutes Leben haben.« Hiltrud schüttelte seufzend den Kopf, ehe sie Mina in die Augen blickte. »Würde Agnes das mit diesem Anton haben?«

»Sie glaubt, ja.«

»Und du? Du hast den jungen Mann doch schon kennengelernt, oder?«

Mina nickte. »Mir scheint er nett zu sein, und er hat mir versichert, Agnes zu lieben.«

»Agnes oder ihre Mitgift?«, fragte Hiltrud mit einem schmalen Lächeln auf den Lippen.

»Er sagt, Geld sei ihm nicht wichtig.«

»Dann ist er ein Kindskopf. Wie wichtig Geld ist, weißt du am besten, Mina.«

»Zugegeben.« Mina nickte und überlegte einen Moment, ehe sie mit Bedacht weitersprach. »Anton ist so anders als die Leute, die wir kennen. Ein Künstler eben, mit ganz anderen Wertvorstellungen. Ob Agnes wirklich mit ihm glücklich werden kann, kann ich nur schwer einschätzen. Zum einen ist er deutlich älter als sie, und er hat nun einmal einen ganz anderen Hintergrund.«

»Inwiefern einen anderen Hintergrund?«

Mina holte tief Luft. Sie erinnerte sich noch daran, dass ihr Vater einige Kämpfe mit ihrem Großvater ausgefochten hatte, um Edo als Lehrling einstellen zu dürfen.

Auch wenn Edo nach dem Tod seiner Eltern von der Familie Peters wie ein Sohn aufgezogen worden war, blieb es eine Tatsache, dass sein Name Blumenthal auf seine jüdische Herkunft hinwies, und Juden hatten, wenn es nach Minas Großvater ging, in der Firma nichts zu suchen. Ob ihre Großmutter die Einstellung ihres verstorbenen Mannes geteilt hatte, konnte sie nur mutmaßen. Aber es half nichts, die Wahrheit musste ans Licht.

»Sein Nachname ist Rose«, antwortete sie schlicht.

»Er ist doch nicht etwa ein Jude?« Hiltruds Augen wurden groß.

»Er sagt, Religion ist ihm einerlei.«

»Unfug, um Religion geht es nicht. Es geht darum, dass ich keinesfalls dulde, dass meine Enkelin einen Juden heiratet.«

»Aber …«

»Nichts aber! Allein der Gedanke! Dein Großvater würde sich im Grab umdrehen, und in diesem Fall bin ich ausnahmsweise ganz seiner Meinung!« Sie nahm ihre Serviette vom Tisch und tupfte sich energisch die Mundwinkel ab. »Das ist alles, was ich zu diesem Thema zu sagen habe. Ihr entschuldigt mich, ich werde mich auf mein Zimmer zurückziehen. Diese ganze Streiterei hat mir Kopfschmerzen verursacht.« Damit erhob sie sich und ging hocherhobenen Kopfes hinaus.

Einen Augenblick war es still im Raum.

»Na großartig, Mina!«, sagte Mina mit einem Seufzen. »Jetzt hast du es dir wirklich mit allen verdorben.« Sie hob den Kopf und sah Irma entschuldigend an. »Es tut mir leid, Irma. Ich habe dir deinen großen Moment verdorben.«

Irma winkte ab. »Um mich mach dir mal keine Sorgen, meine Liebe. Aber ich fürchte, das wird ein angespanntes Weihnachtsfest für dich werden, wenn alle böse mit dir sind und ich nicht da bin, um dich aufzuheitern.«

Mina schaute ihre Freundin fragend an. »Ich dachte, du wolltest die Feiertage hier mit uns verbringen, damit wir die Inventur vorbereiten können.«

»Das hatte ich auch vor. Bis gestern Abend«, fügte Irma hinzu und blickte auf ihre linke Hand hinunter. Sie drehte den goldenen Ring mit Zeigefinger und Daumen der Rechten hin und her. »Aber dann …« Sie sah zu Mina hoch, und ein strahlendes Lächeln überflog ihr schmales Gesicht. »Heiko hat vorgeschlagen, über Weihnachten nach Ostpreußen zu fahren, damit er Mama kennenlernen und sie um meine Hand bitten kann. Weißt du, ich kann es immer noch nicht glauben, dass er mich wirklich heiraten will.«

»Warum sollte er nicht?«

Irma zuckte mit den Schultern. »Zu Anfang schien er mir ziemlich ablehnend mir gegenüber. Und ehrlich gesagt war mein erster Eindruck, dass er eher ein Auge auf dich geworfen hatte.«

»Heiko und ich sind wirklich nur gute Freunde.«

»Ja, das hat er auch gesagt. Und dass er dich sehr mag. Vor allem aber bewundert er, wie du es geschafft hast, das Kontor am Laufen zu halten, trotz all der Steine, die man dir in den Weg gelegt hat. Er hat übrigens nichts dagegen, dass ich weiter bei dir im Kontor arbeite, wenn wir verheiratet sind.«

»Ich hatte schon befürchtet …« Mina brach ab und biss sich auf die Lippen.

»Was hattest du befürchtet, Mina?«

»Dass du mit Heiko in Ostpreußen bleiben und das Gut verwalten würdest. Aber ich kann mir Heiko unmöglich auf einem Bauernhof vorstellen.«

»Nein, das wäre wirklich nichts für ihn, fürchte ich.« Sie lachte, wurde aber sofort wieder ernst. »Das ist der Zahn, den ich meiner Mutter ziehen muss. Sie hofft ja noch immer, dass ich irgendwann an ihre Stelle trete. Vermutlich wird sie sehr enttäuscht sein. Aber ich werde ihr sagen, sie soll die Vorteile sehen: Sie bekommt einen wunderbaren Schwiegersohn, den ich von ganzem Herzen liebe. Und wenn sie erst mal die ersten Enkel auf dem Arm hat, ist sowieso alles vergeben und vergessen.« Irma seufzte. »Apropos vergeben und vergessen: Du solltest jetzt zu Agnes hinaufgehen und mit ihr reden. Versuch ihr gut zuzureden, dass sie sich noch ein bisschen Zeit mit ihrer Hochzeit lassen soll. Mit dem Kopf durch die Wand zu wollen ist noch niemandem gut bekommen.«

Irma fuhr zwei Tage vor Heiligabend, einen ganzen Koffer voller Geschenke aus der großen Stadt mit im Gepäck, den Heiko trug, als sie in den Eisenbahnwaggon stiegen.

»Falls du Fragen hast, wendest du dich an Piet Lienemann, den hab ich in alles eingeweiht, was deinen Kaffee angeht«, sagte er zu Mina, die sie zum Bahnhof gefahren hatte. »In der zweiten Januarwoche sind wir sowieso wieder hier. Es sei denn natürlich, die Gräfin setzt mich gleich wieder vor die Tür, weil ihr der sozialdemokratische Schwiegersohn nicht zusagt.«

Irma knuffte ihn mit ihrem Pelzmuff. »Mach dich doch nicht so verrückt, Heiko«, sagte sie. »Meine Mutter ist wirklich nett. Du sagst doch immer, ich sei eine patente Deern. Was glaubst du wohl, von wem ich das habe?«

Mina lachte. »Nun steigt schon ein, ihr zwei! Gute Fahrt, und bestell deiner Mutter schöne Grüße, Irma!«

Heiko stellte den Koffer auf den Boden und zog Mina kurz, aber fest in seine Arme. »Halt die Ohren steif, Mina. Und pass gut auf meinen Bruder auf.«

»Das mache ich immer!«

»Vor allem pass gut auf dich selbst auf. Versprochen?« Auch Irma umarmte Mina. »Diesem Frederik traue ich nicht, so weit ich spucken kann.«

»Fest versprochen!«

Die beiden bestiegen den Zug und winkten Mina aus ihrem Abteilfenster zu, bis der Zug außer Sicht war.

Dass Weihnachten trotz Minas Befürchtungen nicht trostlos und still, sondern ein fröhliches Familienfest wurde, lag in erster Linie an Ella, die mit ihren zwei Jahren in diesem Jahr alt genug war, das Fest wirklich mitzufeiern. Den ganzen Tag war sie aufgedreht wie ein Uhrwerk und hüpfte laut »Schneeflöckchen, Weißröckchen« singend durch den Flur, Lottes Tochter Gerda an der Hand im Schlepptau. Erst als Mina sie am Abend ins Esszimmer führte, wo der geschmückte Weihnachtsbaum stand, war sie vor Staunen auf einmal ganz still und andächtig. Sie bewunderte die vielen Bienenwachskerzen, die den Raum in goldenes Licht tauchten und betörend nach Honig dufteten, das Lametta, das glitzernd von den Zeigen der Tanne hing, die silbern glänzenden Kugeln spiegelten sich in ihren weit aufgerissenen Augen wider, und aus ihrem Mund kam lediglich ein lang gezogenes »Oooh, wie schön!«.

Mina, Agnes und Großmutter Hiltrud lachten. Frederik

lächelte beim Anblick seiner verzückten Tochter, die wie gebannt auf den Tannenbaum starrte. Er hob sie hoch und wirbelte sie in die Runde, bis sie vor Lachen quietschte. Dann setzte er sie wieder ab und beugte sich zu ihr hinunter.

»Schau mal dort, Ella, was der Weihnachtsmann für dich gebracht hat.«

Dass auch noch lauter hübsch verpackte Geschenke unter dem Baum lagen, war Ella bisher noch gar nicht aufgefallen.

Sie drehte sich um, griff nach Minas Hand und wollte sie mit sich ziehen. »Komm, Mama!«, rief Ella.

»Wo willst du denn hin, Ella?«

»Küche gehen, Gerda holen!«

Mina ging vor ihrer Tochter in die Knie und sah ihr in die Augen. »Aber Ella, in der Küche feiern sie auch Weihnachten. Frau Kruse, Fräulein Brinkmann, Lotte und Frieda und Gerda.«

»Gerda soll den Baum sehen«, beharrte das Mädchen.

»Das kann Gerda ja auch. Aber morgen!«

»Nicht morgen! Jetzt!« Ella schob die Unterlippe vor und zog trotzig die Augenbrauen zusammen. Dabei verschränkte sie die Arme vor der Brust. »Jetzt gleich«, wiederholte sie und stampfte dazu mit dem Fuß auf.

»In der Küche ist doch auch ein Baum«, sagte Mina beschwichtigend. »Den hast du doch vorhin schon gesehen.«

»Kleiner Baum.« Sie hielt ihrer Mutter die ausgestreckte Hand mit drei erhobenen Fingern entgegen. »Vier Kerzen. Komm, Mama, Gerda soll unseren Baum gucken.« Damit griff sie wieder nach Minas Hand und zog daran.

Mina sah sich zu ihrer Familie um und stellte fest, dass Hiltrud lächelte, während Agnes sich ein Lachen verkneifen musste. »Nun geh schon, hol die Dienstboten für einen

Moment hier herein, sonst gibt die Lütte ja doch keine Ruhe, starrköpfig, wie sie ist«, sagte Agnes.

»Darf ich?«, fragte Mina ihre Großmutter.

Hiltrud nickte nur.

Mina nahm Ella hoch und lief eilig zum Küchentrakt, ehe es sich jemand anders überlegen konnte. Hier fand sie die Bediensteten und Fräulein Brinkmann vor, die um den großen Küchentisch herumsaßen, Frau Kruses Kekse futterten und im Schein einiger Kerzen auf dem Tisch einen Punsch tranken. Am liebsten hätte Mina bei ihnen auf der langen Küchenbank Platz genommen, statt in die steife Pracht des Esszimmers zurückzugehen.

»Siehst du, Mama? Kleiner Baum!« Ella deutete auf das geschmückte Bäumchen, das auf Frau Kruses Beistelltischchen seinen Platz gefunden hatte.

»Fröhliche Weihnachten«, sagte Mina lächelnd. »Ella würde gern Gerda unseren Baum zeigen, und da habe ich gedacht, Sie könnten doch alle auf ein Glas mit hinüber ins Esszimmer kommen und mit uns anstoßen.«

»Aber Fräulein Mina, das geht doch nicht. Was wird die Gnädigste dazu sagen?«, fragte Frau Kruse kopfschüttelnd.

»Stellen Sie sich vor, Frau Kruse, sie ist damit einverstanden.«

»Den Düwel oak!«, rief die Köchin kopfschüttelnd. »Es geschehen noch Zeichen und Wunder.«

Mina lachte. »Ja, so was habe ich auch gedacht. Es muss wohl am Fest liegen.«

Frau Kruse schaute in die Runde. »Dann man fix, Deerns! Wollen wir uns das Weihnachtswunder fix ansehen, ehe es wieder vorbei ist.«

Mit erstaunlicher Geschwindigkeit war sie auf den Füßen und lief zur Tür hinüber, Frieda, Lotte und Sophie Brinkmann, die Gerda an der Hand hielt, folgten ihr, doch an der Küchentür blieb Lotte stehen und drehte sich zu Mina um, die den anderen folgte.

»Was ist denn, Lotte?«, fragte Mina.

»Meinen Sie, wir sollten Herrn Becker später noch in die Küche holen, Fräulein Mina?«, fragte sie vorsichtig. »Ich weiß, er gehört nicht zum Haushalt, aber er sollte Weihnachten nicht allein sein. Das wäre nicht gut für ihn.«

Mina seufzte. »Ich hatte ihm das schon vorgeschlagen, als ich heute Nachmittag bei ihm war, um ihm das Bäumchen ins Zimmer zu stellen, aber da wollte er nichts davon wissen. Aber du hast recht, Lotte, es wäre sicher nicht gut für ihn.« Sie lächelte der jungen Frau zu. »Vielleicht gehst du nachher zu ihm hinüber und versuchst ihn zu überreden, zu euch zu kommen. Mag sein, dass er eher auf dich als auf mich hört. Weihnachten sollte niemand allein sein, schon gar nicht die, die sonst niemanden haben.«

Sie folgten den anderen ins Esszimmer, wo Frieda für alle Gläser holte und den Erwachsenen Punsch einschenkte. Ein bisschen verlegen standen die Bediensteten im Halbkreis herum, niemand wusste etwas zu sagen, bis Mina die Initiative ergriff.

»Vielleicht sollten wir zusammen ein Weihnachtslied singen, und dann kann Ella ihre Geschenke auspacken.«

»Mit Gerda!«, sagte Ella fest.

»Wenn Gerdas Mama damit einverstanden ist?« Sie sah zu Lotte hinüber, die errötend nickte.

»Aber nur, wenn sie nicht stört«, sagte diese. »Vielleicht kann Fräulein Brinkmann dabeibleiben und aufpassen.«

Sophie nickte lächelnd.

Lotte sah zu Frieda hinüber, und die beiden begannen zweistimmig »Oh, du fröhliche« zu singen. Alle anderen im Raum fielen nach und nach ein. Sogar Frederik brummelte schließlich mit. Dann erhoben sie ihre Gläser, wünschten eine frohe Weihnachtszeit in die Runde und leerten sie auf das Wohl der Familie. Danach bedankte Frau Kruse sich bei Großmutter Hiltrud für die Einladung und scheuchte ihre »Deerns«, wic sie Lotte und Frieda gern nannte, mit dem Hinweis, morgen sei mehr als reichlich zu tun, wieder zurück in die Küche.

Während Fräulein Brinkmann sich auf einen der Stühle setzte, blieb die Familie stehen und sah zu, wie Ella ihre Freundin Gerda mit zu den Geschenken zog und mit ihrer Hilfe begann, die zahlreichen Päckchen zu öffnen, die unter dem Baum lagen. Binnen Sekunden waren sie so sehr ins Spiel mit Ellas neuer Puppe vertieft, dass sie ihre Umwelt gar nicht mehr wahrnahmen.

Mina schaute eine Weile lächelnd zu, dann ging sie zu Sophie hinüber, die am anderen Ende des Raumes saß, und ließ sich neben ihr nieder. »Frohe Weihnachten, Sophie«, flüsterte sie ihr zu.

»Für dich auch, Mina!«, gab diese ebenso leise zurück.

»Hast du etwas von meinem Schwiegervater gehört?«, fragte Mina. »Wir haben ein Päckchen mit geschnitzten Holzklötzen für Ella und eine Karte bekommen.«

Sophie nickte. »Er hat mir geschrieben. Paul scheint ja sehr zufrieden mit dem Verlauf der Geschäfte mit dir zu sein.«

»Das freut mich zu hören. Ich bin auch sehr glücklich damit.« Sie beugte sich ein bisschen weiter zu Sophie hinüber. »Ihr schreibt euch oft?«

Sophie lächelte. »Oft genug. Aber das geht dich nichts an, liebe Mina.«

»Nein, natürlich nicht.« Mina zwinkerte ihrer ehemaligen Erzieherin zu. »Ich wollte nur wissen, ob er Grund hat, uns erneut zu besuchen.«

»Den hat er allein schon deswegen.« Sophie deutete auf die beiden Mädchen, die auf dem Boden saßen und spielten. »Aber es ist auch möglich, dass ich seinem nächsten Besuch zuvorkomme. Er hat mich eingeladen, ihn und seinen Sohn auf der Plantage zu besuchen.«

»Wirklich? Oh, ich beneide dich! Ich würde Guatemala auch gern einmal sehen.«

Sophie warf ihr einen erstaunten Blick zu. »Tatsächlich? Ich wusste gar nicht, dass du so reiselustig bist.« Sie lächelte. »Ich war immer der Meinung, du seist in deinem Kontor am allerglücklichsten.«

Plötzlich stand die kleine Gerda vor den beiden Frauen, im Arm eine von Ellas neuen Puppen, die sie fest an ihr Herz drückte. »Schau, Tante Brinkmann, die hat Ella mir geschenkt«, sagte sie mit strahlenden Augen.

Sophie beugte sich zu dem Mädchen hinunter. »Aber Gerda, das geht doch nicht. Die Puppe hat Ella doch gerade erst vom Weihnachtsmann bekommen.«

»Aber sie hat sie mir gegeben.«

»Ich weiß, Gerda. Aber sie kann sie nicht einfach so weiterverschenken.«

»Aber …« Die blauen Augen des kleinen Mädchens füllten sich mit Tränen.

»Du kannst die Puppe heute mit nach oben in dein Bett mitnehmen, Gerda«, sagte Mina entschieden. »Ella hat so viele Puppen, da wird sie diese bestimmt nicht vermissen. Und morgen schauen wir dann nach einer Puppe, die nur für dich ist, ja?«

»Aber das ist die Puppe, die die gnädige Frau …« Sophie warf Mina einen warnenden Blick zu.

»Ich weiß«, sagte Mina leise. »Aber für Ella sind alle Puppen Geschenke vom Weihnachtsmann. Da macht sie keinen Unterschied. Und wenn sie eine davon an ihre beste Freundin verschenken will, dann spricht das nur für ihren selbstlosen Charakter, nicht wahr? Das sollten wir ihr nicht verbieten. Und damit es nicht noch böses Blut gibt, bringst du die Kinder jetzt am besten ins Bett, Sophie.«

Sophie nickte lächelnd. Sie erhob sich, griff nach Gerdas Hand, doch dann drehte sie sich noch einmal um und küsste Mina auf den Haaransatz. »Eine gute Entscheidung, Mina«, sagte sie. Dann ging sie zum Weihnachtsbaum hinüber und nahm Ella auf den Arm. »Zeit fürs Bett, Ella. Nun wink noch einmal und sag artig Gute Nacht!«

Ella hob einen Arm, winkte gehorsam und rief laut »Gute Nacht!« über Fräulein Brinkmanns Schulter, während sie von ihr hinausgetragen wurde.

»Nun, das ist dann wohl auch für mich das Zeichen zum Aufbruch.« Frederik drückte seine Zigarette im Aschenbecher aus und leerte sein Glas. »Ich bin noch zu einem Umtrunk verabredet und möchte nicht zu spät kommen.«

»Umtrunk? Heute?« Hiltrud runzelte die Stirn. »Wir haben doch Weihnachten.«

»Eben. Ein paar meiner Freunde werden froh sein, dem Kreis der lieben Familie entfliehen zu können.« Er kräuselte die Lippen zu einem Lächeln. »Ich übrigens auch.« Er stellte sein Glas auf dem Tisch ab und nickte den Anwesenden knapp zu. »Wartet morgen nicht mit dem Frühstück auf mich. Es wird sicher spät werden. Gute Nacht.«

Ohne sie auch nur eines weiteren Blickes zu würdigen,

ging Frederik hinaus. Kurze Zeit später schlug die Eingangstür zu.

Hiltrud schnaubte. »Was für ein unverschämter Kerl!«, sagte sie. Mina und Agnes wechselten einen erstaunten Blick. Mina konnte sich nicht erinnern, dass Großmutter je so über jemanden gesprochen hatte – noch dazu über jemanden, mit dem sie unter einem Dach lebte.

»Also gut, dann lasst uns die Kerzen am Baum löschen und in den Salon hinübergehen. Mir steht der Sinn nach einem großen Glas Sherry.«

Trotz – oder vielleicht gerade wegen – Frederiks Abwesenheit wurde es noch ein schöner Abend. Sie saßen noch lange gemütlich beisammen und ließen das Weihnachtsfest friedlich ausklingen. Mina, Agnes und Hiltrud leerten zusammen eine ganze Flasche Sherry und tratschten ausgiebig über die Damen des Teekränzchens, bis Hiltrud kurz nach Mitternacht verkündete, jetzt ins Bett gehen zu wollen. Als sie den Salon verlassen hatten, erhob sich Agnes und holte noch eine Flasche Sherry aus dem Schrank und füllte die Gläser noch einmal.

»Du willst mich betrunken machen, gib es zu«, sagte Mina lächelnd.

»Um das zu verhindern, hätte ich schon vor einer Stunde aufhören müssen nachzuschenken.« Sie zuckte mit den Schultern. »Was soll's? Es ist nur einmal Heiligabend im Jahr.« Sie nahm einen Schluck aus ihrem Glas und sah nachdenklich auf die goldene Flüssigkeit darin. »Frederiks Auftritt vorhin hat mir noch einmal deutlich gemacht, wie wichtig mir meine Familie ist – du und auch Großmutter. Ich will sie nicht vor den Kopf stoßen, aber ich liebe Anton nun einmal. Ich habe mit ihm gesprochen, und wir sind übereingekommen, die Hochzeit nicht zu überstürzen. Wir werden damit warten, bis ich volljährig bin. Ich hoffe, dass Großmutter sich bis dahin an den Gedanken gewöhnen wird, dass mein Ehemann jüdisch ist, und zu meiner Hochzeit ihren Segen gibt.« Agnes wandte sich zu Mina um. »Wenn schon unsere Eltern nicht dabei sein können, auf Großmutter will ich nicht verzichten. Ohne sie wäre es einfach nicht dasselbe.«

Mina rückte ein Stück näher an Agnes heran und zog sie an sich. »Das ist eine gute Entscheidung, Agnes«, sagte sie. »Und Anton ist damit einverstanden?«

»Er ist natürlich nicht begeistert, aber er versteht, warum ich warten möchte.«

»Das spricht für ihn. Er scheint dich sehr zu lieben.«

»Das tut er. Jedenfalls mehr, als Frederik dich liebt. Der setzt doch nur alles daran, dich zu blamieren.«

»Das mag sein, aber ich kann damit umgehen.«

»Wirklich?« Agnes' Blick war voller Sorge.

»Wirklich.« Mina legte so viel Zuversicht in ihre Stimme, wie sie konnte. »Aber jetzt werde ich auch mal nach oben in mein Bett gehen, ehe ich hier noch ganz versacke und sentimental werde.« Sie umarmte Agnes fest. »Ich freue mich sehr für dich, das musst du mir glauben. Und eines verspreche ich dir: Du wirst die schönste Hochzeit bekommen, die man sich nur wünschen kann – mit einem wunderschönen Kleid, Blumen und lauter glücklichen Gästen, so wie wir uns das als Kinder immer vorgestellt haben. Dafür werde ich sorgen.«

Agnes schluchzte auf und klammerte sich an Mina fest. »Ich danke dir, Mina! Ich wünschte … ich wünschte …«

»Ich weiß!«, sagte Mina und strich ihrer Schwester über den Rücken. »Du wünschtest, meine wäre auch so gewesen. Aber was hilft es, über verschüttete Milch zu weinen? Was gewesen ist, lässt sich nicht ändern. Lass uns in die Zukunft schauen und bei deiner Hochzeit alles besser machen.«

Sie machte sich los, gab Agnes einen Kuss, wie sie es als Kind immer gemacht hatte, wenn sie ins Bett gegangen waren, und ging nach oben in ihr Zimmer. Todmüde schälte sie sich aus ihren Kleidern und warf sie achtlos auf den Stuhl neben ihrem Schrank, schlüpfte in ihr Nachthemd, legte sich ins Bett und löschte das Licht. Nur Augenblicke später war sie fest eingeschlafen.

Mitten in der Nacht schrak sie hoch und setzte sich im Bett auf. Irgendetwas hatte sie aufgeweckt, aber sie konnte nicht einordnen, was es gewesen war. Jetzt war es still und dunkel im Raum, nur durch den Spalt in den Vorhängen fiel ein schmaler Streifen Mondlicht herein. Die Möbel an den Wänden waren nur als vage Schatten zu erkennen, zwischen denen die Dunkelheit sich zu sammeln schien.

Alles war wie immer, und doch schlug ihr Herz bis zum Hals hinauf. Sie zwang sich, einen Moment die Luft anzuhalten, um besser lauschen zu können. Nichts, alles war still.

Du siehst schon Gespenster, Mina!, dachte sie. Sie ließ sich auf ihr Kissen zurücksinken und griff nach dem Wecker auf dem Nachttisch. Die selbst leuchtenden Zeiger und Ziffern glommen in fahlem Grün und zeigten halb vier an. Mina stellte den Wecker wieder hin und zog die Decke über ihre Schultern hoch, da hörte sie das Geräusch erneut. Ein leises Knarren, so als würde jemand auf Zehenspitzen über die gebohnerten Dielen schleichen.

Angst erfasste sie. Und dann fiel es ihr ein.

Sie hatte nicht abgeschlossen!

Jeden Abend seit Frederiks Rückkehr hatte sie daran gedacht, den Schlüssel umzudrehen, ehe sie zu Bett ging. Nur heute, ausgerechnet heute hatte sie es vergessen. Sie war zu müde und zu betrunken gewesen, um daran zu denken abzuschließen. Und jetzt war Frederik in ihrem Zimmer, war gekommen, um sein Recht einzufordern. Er wollte sich holen, was ihm als Ehemann zustand. Sich Mina gefügig machen. Ihr eine Lektion erteilen. Ihr beibringen, wie sie sich als Ehefrau ihm gegenüber zu verhalten hatte.

»Frederik?«, stieß sie tonlos hervor. »Frederik, ich …«

Im gleichen Moment war er auch schon bei ihr und presste seine Hand auf ihren Mund. Sein Atem roch nach Schnaps und kaltem Rauch, als er sich über sie beugte.

»Was denn, was denn, Mina?«, flüsterte er ganz dicht an ihrem Ohr. »Jetzt bist du nicht mehr so hochmütig und von oben herab, wie? Vielleicht besteht ja doch noch Hoffnung, dass du endlich lernst, wie du dich zu benehmen hast.«

Mit seinem ganzen Gewicht drückte er sie hinunter aufs Kissen. Sein Daumen bohrte sich in ihren Unterkiefer, während seine Finger ihre Nase zur Seite bogen und verschlossen. Verzweifelt versuchte sie ihn abzuschütteln, aber es war vergeblich. Mina war alles andere als ein zartes Geschöpf, aber gegen seine rohe Kraft hatte sie keine Chance. Sie wollte schreien, aber das führte nur dazu, dass er noch fester zudrückte.

»Halt den Mund, du Dreckstück!«

Panik schoss in ihr hoch. Je mehr sie sich wehrte, desto größer war die Wahrscheinlichkeit, dass er sie erdrosselte. Vielleicht, wenn sie so tat, als würde sie ihn gewähren lassen … dann …

Ihre Sinne vernebelten sich. Undeutlich nahm sie wahr, dass er die Bettdecke auf den Boden warf und ihr Nachthemd nach oben zerrte.

Nicht, wollte sie schreien. Bitte, Frederik! Nicht noch einmal!

Aber sie war nicht in der Lage, einen Ton herauszubringen. Sie kämpfte verzweifelt darum, Luft zu bekommen, doch er drückte immer fester zu, bis sie schließlich lauter helle Punkte auf sich zufliegen sah und kurz das Bewusstsein verlor.

Als sie zu sich kam, konnte sie wieder atmen. Frederik hatte die Hand von ihrem Gesicht genommen, stattdessen umklammerte er jetzt ihre Handgelenke. Mina rang nach Luft, begann zu husten und zu keuchen. Frederik lag auf ihr und zwang mit seinem Körpergewicht ihre Schenkel auseinander. Ein stechender Schmerz durchfuhr sie, als er in sie eindrang.

Nicht schreien, dachte sie. Alles, nur das nicht! Gönn ihm diese Genugtuung nicht!

Sie biss sich heftig auf die Unterlippe, konnte aber nicht verhindern, dass sie aufwimmerte. Angestachelt von dem Geräusch begann er sich in ihr zu bewegen, immer schneller und heftiger. Es fühlte sich an, als würde jemand ein Messer zwischen ihre Beine stoßen – wieder und wieder und wieder. Schließlich, nach einer gefühlten Ewigkeit, stöhnte er, gab ein kehliges Ächzen von sich, erzitterte und sank dann erschlaffend auf ihr zusammen.

Mina wagte nicht, sich zu rühren. Frederik ließ ihre Handgelenke los und erhob sich auf die Knie. Sein Schatten ragte hoch über ihr auf und verdeckte das wenige Licht vom Fenster her.

»Das wird dir hoffentlich endlich eine Lehre sein, mich mit Respekt zu behandeln!«, knurrte er und stieg vom Bett hinunter.

Mina konnte nur erahnen, dass er seine Hose schloss, dann

wandte er sich um, und sein Schatten wankte zur Tür. Als er sie öffnete, fiel vom Flur helles Licht ins Zimmer. Geblendet drehte Mina den Kopf weg und schloss die Augen. Mit einem Klacken fiel die Tür ins Schloss, und Mina hörte, wie seine Schritte sich entfernten.

Sie sprang aus dem Bett, rannte zur Tür und drehte den Schlüssel im Schloss um. Schwer atmend blieb sie einen Moment mit dem Rücken an das Türblatt gelehnt stehen, erleichtert, dass es vorbei war und sie noch lebte. Dann wurde ihr plötzlich schlecht. Sie stürzte zu ihrem Schreibtisch hinüber und übergab sich in den Papierkorb. Die Übelkeit hörte erst auf, als sie nur noch bittere Galle spuckte und glaubte, nicht einmal mehr die Kraft zu haben, erneut zu würgen.

Mit zitternden Händen wischte sie sich über den Mund und stolperte zu ihrer Waschkommode hinüber. Sie schaltete die kleine Lampe über dem Spiegel an und starrte sich an wie eine Fremde.

Ihr Nachthemd aus bestickter Baumwolle war zerrissen und hing von ihrer Schulter herunter. Ihr Haar war zerzaust und stand in wirren Locken von ihrem Kopf ab, ihre Augen waren blutunterlaufen, und die Abdrücke ihrer Zähne zeichneten sich blutrot unterhalb ihrer Lippen ab, wo sie sich selbst gebissen hatte. Dort, wo sich Frederiks Finger in die Haut ihrer Wangen gedrückt hatten, bildeten sich bereits bläuliche Flecken.

Sie sah armselig aus. Ein Opfer, zu schwach, sich selbst zu helfen.

Doch auf einmal änderte sich der Ausdruck in den Augen der Person, die sie aus dem Spiegel heraus anstarrte, wurde hart und entschlossen.

»Nie wieder! Hörst du, Mina? Das wirst du nie, nie wieder

zulassen. Niemand darf dich so behandeln. Hörst du? Niemand! Am allerwenigsten Frederik.«

Mina griff nach dem Wasserkrug und goss den Inhalt in die geblümte Porzellanschüssel, die auf der Waschkommode stand. Aus der obersten Schublade holte sie Waschlappen und Seife hervor und begann damit, sich Frederik vom Körper zu schrubben.

DREIZEHN

Mina erwachte mit stechenden Kopfschmerzen. Es fühlte sich an, als versuche jemand Nadeln durch ihr Hirn zu treiben. Geblendet von dem hellen Sonnenlicht, das durch den Spalt in den Vorhängen hereinfiel, schloss sie die Augen wieder und stöhnte leise, während sie die Handballen gegen ihre Schläfen presste. Es dauerte einen Moment, bis sie realisierte, was das Geräusch war, das sie geweckt hatte. Es klopfte an der Tür.

»Herein«, sagte sie und wunderte sich, wie heiser ihre Stimme in ihren eigenen Ohren klang.

Es klopfte erneut.

»Herein«, wiederholte Mina, diesmal etwas lauter, und richtete sich ein wenig im Bett auf.

»Es ist abgeschlossen, Fräulein Mina.« Das war Friedas Stimme hinter der Tür.

Abgeschlossen …

Schlagartig kam die Erinnerung an die vergangene Nacht zurück. Sie war so gegenwärtig, als sei das alles gerade erst passiert. Frederiks Gewicht, das sie hinunterdrückte, seine Hand, die ihr die Luft abschnürte, der Schmerz, der sie durchfuhr. Wieder hatte sie das Gefühl, ihr Magen würde sich umdrehen, und sie holte tief und zitternd Luft, um der Übelkeit Herr zu werden.

»Fräulein Mina?«, erklang es wieder von der Tür her. »Die gnädige Frau lässt fragen, ob Sie gar nicht zum Frühstücken kommen wollen. Es ist schon beinahe elf Uhr.«

»Ich habe dich gehört, Frieda. Richte meiner Großmutter bitte aus, dass ich Migräne habe und deshalb nicht frühstücken möchte.«

»Gern, Fräulein Mina. Soll ich Ihnen vielleicht ein Aspirin bringen?«

»Das wird nicht nötig sein. Ich möchte einfach noch einen Augenblick schlafen, dann wird es bestimmt besser werden. Zum Mittagessen komme ich herunter.«

»Wie Sie wünschen, Fräulein Mina. Ich richte es der gnädigen Frau aus.«

»Danke«, sagte Mina und rieb sich mit Daumen und Zeigefinger über die Stirn. »Und, Frieda?«

»Ja, bitte, Fräulein Mina?«

»Kannst du bitte Lotte in einer Stunde zu mir schicken, damit sie mir beim Ankleiden hilft?«

»Sehr gern, Fräulein Mina.«

Mina hörte, wie sich die Schritte des Dienstmädchens auf dem Flur entfernten, und lehnte sich erleichtert in die Kissen zurück. Ganz allmählich ließen die Kopfschmerzen und die aufsteigende Übelkeit etwas nach. Lotte hatte sie früher schon oft geschminkt und ihr die Haare hochgesteckt. Sie würde am besten wissen, was man tun konnte, um die Spuren der vergangenen Nacht zu verbergen. Großmutter und Agnes mussten nichts davon wissen, was ihr in der letzten Nacht zugestoßen war. Sie schloss die Augen wieder und versuchte noch einmal in den Schlaf zu finden, aber es gelang ihr nicht.

Schließlich streckte Mina den Arm aus, drehte den Wecker in ihre Richtung und verfolgte die Runden des Sekundenzeigers, bemüht, an nichts anderes zu denken, als ruhig ein- und auszuatmen.

Schließlich klopfte es erneut an die Tür.

»Fräulein Mina?«, fragte eine leise Stimme. »Ich bin's, Lotte.«

Mina kämpfte sich aus dem Bett, ging zur Tür hinüber und schloss auf. Sie machte die Tür einen Spalt breit auf und sah direkt in Lottes erschrockenes Gesicht.

»Mein Gott, Fräulein Mina, was ist denn pass…?«

»Leise!« Mina legte den Zeigefinger an die Lippen und zog das Dienstmädchen schnell ins Zimmer.

»Was ist passiert?«, fragte Lotte und starrte Mina mit weit aufgerissenen Augen an. »Sie sehen zum Fürchten aus.«

»Ich sollte wohl sagen, dass ich mich gestoßen habe oder hingefallen bin.« Mina schnaubte bitter. »Aber das würdest du mir doch nicht glauben.«

»War er das etwa?«

»Er?«

»Der gnädige Herr!« Mina hatte nicht gewusst, wie viel Verachtung Lotte in »gnädiger Herr« legen konnte.

»Ja, das war er! Wie sagt man so schön? Er hat auf die Erfüllung meiner ehelichen Pflichten bestanden.«

»Oaspans!«

Obwohl ihre Lippe wie Feuer brannte, musste Mina beinahe lachen. »Ich wusste gar nicht, dass du plattdeutsche Schimpfwörter kennst«, sagte sie.

»Von Frau Kruse gelernt! Die sagt so etwas öfter.« Lotte grinste, wurde aber gleich wieder ernst. »Wir sollten die Polizei rufen, Fräulein Mina. Sie sind schlimm zugerichtet worden.«

»Nein, keine Polizei. Die könnte sowieso nichts machen. Es ist immerhin sein Recht als Ehemann.«

»Dann wenigstens den Arzt.«

Doch Mina schüttelte den Kopf. »Allein die Vorstellung, dass das jemand erfährt … Nein! Und so schlimm ist es gar nicht. Mit ein bisschen Schminke wird man es gar nicht sehen.«

»Oh doch, da wird Schminke nicht viel helfen. Haben Sie noch nicht in den Spiegel geguckt, Fräulein Mina?«

Mina drehte sich zur Waschkommode um, in deren Spiegel sie zuletzt gestern Nacht geschaut hatte. Lotte hatte recht. Sie sah zum Fürchten aus. Ihre Augen waren blutunterlaufen, ihr Gesicht voller Prellungen, ihre Unterlippe war geschwollen, und um ihren Hals herum lagen Würgemale wie ein violett-blaues Halsband.

»Mein Gott, so kann ich unmöglich ins Kontor gehen«, murmelte sie. »Was sollen denn die Leute denken?«

»Zum Glück haben wir Weihnachten, und das Kontor ist noch zwei Tage geschlossen. Vielleicht sind die blauen Flecken und die Schwellung bis dahin ein bisschen zurückgegangen. Außerdem ist es doch ganz egal, was die Leute denken.«

Mina drehte sich zu Lotte um. »Weißt du, was das Schlimmste ist? Dass alles meine Schuld ist.«

Verständnislos runzelte Lotte die Stirn. »Ihre Schuld?«

»Wenn ich nicht vergessen hätte, die Tür abzuschließen, wäre das nicht passiert.«

»Das ist doch Blödsinn!«, rief Lotte. Die Empörung stand ihr ins Gesicht geschrieben. Sofort hatte sie sich wieder im Griff und senkte den Kopf. »Entschuldigen Sie bitte.« Sie deutete einen Knicks an, ehe sie fortfuhr. »Aber es ist doch wahr! Sie sind nicht daran schuld, sondern er, und zwar er ganz allein! Es ist eine Schande, dass Sie sich einschließen müssen, um vor Ihrem eigenen Ehemann sicher zu sein. Kein anständiger Mann tut so etwas einer Frau an. Schon gar nicht seiner eigenen.«

Mina wandte sich wieder ihrem Spiegelbild zu und strich sich über die geschwollene Unterlippe. »Kein anständiger Mann? Damit könntest du wohl recht haben, Lotte. Mein Mann ist vieles, aber anständig ist er wirklich nicht.«

Eine halbe Stunde später ging Mina die Treppe hinunter und öffnete die Tür zum Salon. Lotte hatte ihr beim Ankleiden geholfen, ihre Haare zu einem Knoten im Nacken frisiert und sie geschminkt, sodass man die blauen Flecken nur noch erahnen konnte. Gegen die geschwollene Lippe und die blutunterlaufenen Augen hatte sie nicht viel ausrichten können, aber Mina hoffte, dass es den anderen Familienmitgliedern nicht auffiel. Falls doch, würde sie ihr Aussehen auf die schlimme Migräne schieben.

»Es tut mir leid, dass ich jetzt erst komme«, sagte sie beim Eintreten. »Ich bin mit furchtbaren Kopfschmerzen aufgewacht.«

Zu ihrer Erleichterung waren nur Hiltrud und Agnes im Raum, die beide einen Stickrahmen in den Händen hielten. Großmutter hob den Kopf und sah Mina forschend in die Augen.

»Kopfschmerzen?«, fragte sie. »Damit hast du doch sonst nichts zu tun.«

»Vielleicht der Sherry gestern Abend«, erwiderte Mina leichthin. »Ist Frederik noch nicht auf?«

»Der ist schon wieder weg«, sagte Agnes. »Er hat nicht mal gefrühstückt. Keine Ahnung, was er schon wieder vorhat.«

Erleichtert ließ Mina die Luft aus den Lungen entweichen und setzte sich neben Agnes auf das Sofa. Bei dem Geräusch sah Agnes auf, legte den Stickrahmen aus der Hand und musterte sie genauer.

»Was ist dir denn zugestoßen?«, fragte sie.

»Nichts, warum?«

»Weil du aussiehst, als seist du in eine Schlägerei geraten. Du hast blaue Flecken im Gesicht.«

»Ach was! Das muss an der Migräne liegen.«

Agnes zog die Augenbrauen in die Höhe und wischte, ehe Mina es verhindern konnte, mit dem Finger über Minas geschminkte Wange. »Dachte ich's mir doch. Der Puder hilft nicht viel.«

»Was ist passiert, Mina?«, fragte Hiltrud scharf und sah ihre Enkeltochter prüfend an.

Einen Moment lang war Mina versucht, weiter alles abzustreiten, wie sie es geplant hatte, doch dann holte sie zitternd Luft und ließ sie langsam durch den Mund entweichen. Welcher Sinn lag darin, ihrer Schwester und Großmutter gegenüber das Gesicht wahren zu wollen?

»Frederik hat mich heute Nacht aufgesucht«, sagte sie leise und vermied es dabei, irgendjemandem in die Augen zu sehen.

»Was hast du da am Hals?«, hörte sie Agnes entsetzt rufen. »Das sieht ja aus wie …«

»Als ich mich gewehrt habe, hat er mich gewürgt«, erwiderte Mina. Sie hob die Hände zum Nacken, öffnete den Kragen ihrer hochgeschlossenen Bluse und zog ihn ein Stück nach unten.

Agnes schnappte nach Luft, während Hiltrud sich die Hand vor den Mund hielt.

»Agnes, Liebes, vielleicht solltest du jetzt lieber rausgehen«, sagte sie dann.

»Aber ich …«

»Tu bitte, was ich dir sage. Ich habe mit deiner Schwester zu reden.« Hiltruds Stimme duldete keinen Widerstand. Agnes erhob sich, berührte Mina sanft an der Schulter und ging dann hinaus.

Hiltrud setzte sich auf den Platz neben Mina, von dem Agnes gerade aufgestanden war, und nahm Minas Hände in die ihren.

Merkwürdig, dachte Mina. Ich kann mich nicht erinnern, dass sie das schon einmal gemacht hat.

Sie sah hinunter auf ihre Hände, die kraftlos in den faltigen und altersfleckigen Händen ihrer Großmutter lagen.

»Das war nicht das erste Mal, dass er das getan hat, nicht wahr?«, fragte Hiltrud behutsam.

Mina schüttelte den Kopf. Sie brachte es immer noch nicht fertig, ihre Großmutter anzusehen.

»Hast du ihn herausgefordert? Oder hast du ihm Vorwürfe gemacht? Ich meine, habt ihr euch gestritten?«

»Nein, nichts von alledem. Er muss bemerkt haben, dass ich die Tür nicht abgeschlossen hatte, und da ist er hereingekommen. Und dann hat er …«

»Dann hat er was?«

»Er sagte, er wolle mir Respekt beibringen.«

»Zeigen, wer der Herr im Hause ist.« Großmutter stöhnte.

Mina nickte. »So in etwa.«

»Aber sonst, wenn ihr zusammen wart, dann war es anders? Dann hat er nicht …«

»Wir waren ja nie zusammen«, rief Mina. In ihrem Hals bildete sich plötzlich ein Knoten, und Tränen tropften auf ihre Bluse, ohne dass sie es verhindern konnte. »Er hat nie einen Hehl daraus gemacht, dass er mich abstoßend findet. Dass er mich nur wegen des Vertrages und des Geldes geheiratet hat. Nur dieses eine Mal im Krieg, in der Nacht, als Ella entstanden ist, war er bei mir im Schlafzimmer … und da …« Sie verlor nun gänzlich die Fassung und konnte vor Schluchzen kaum weitersprechen. »Es war ebenso wie heute Nacht, nur dass er mich damals nicht gewürgt hat, bis ich bewusstlos geworden bin.«

»Ach, Mina! Meine arme Mina.« Unbeholfen streichelte sie Minas Hände. »Warum hast du mir nicht früher davon erzählt? Ich mache mir solche Vorwürfe, dass ich mich von diesem …« Sie schien einen Augenblick nach einem geeigneten Ausdruck zu suchen. »… diesem Lump so habe blenden lassen. So etwas hast du nicht verdient, Mina. Niemand hat das.« Sanft hob sie Minas Kinn an und zwang sie, ihr in die Augen zu sehen. »Hörst du, Mina, das hast du nicht verdient. Und du musst das auch nicht ertragen – Ehe hin oder her. Ich hätte zwar nie gedacht, dass ich so etwas jemals sagen würde, aber wenn du dich von Frederik scheiden lassen möchtest, dann stehe ich hinter dir.«

»Scheiden lassen?«, fragte Mina entgeistert. »Aber wie soll das gehen? Das Geschäft … Wir brauchen für das Kontor einen Kaufmann, der an der Börse zugelassen ist, wenn sie wieder öffnet. Ich kann mich unmöglich von Frederik scheiden lassen, weil ich ihn für das Börsengeschäft brauche.«

»Vergiss jetzt mal einen Moment das Geschäft, Mina. Das ist bei Weitem nicht so wichtig wie deine Gesundheit und dein Glück. Du hast jedenfalls etwas Besseres verdient als Frederik. Und überleg doch mal, Kind, selbst wenn du allein bleibst und einen Geschäftsführer vom Kaffeeverein vor die Nase gesetzt bekommst, bist du viel, viel besser dran als jetzt.«

Es klopfte an der Tür, und Frieda trat ein. Mina beeilte

sich, ihr Gesicht abzuwenden, damit das Dienstmädchen nicht sah, dass sie weinte.

»Das Mittagessen wäre dann so weit, gnädige Frau«, hörte Mina Frieda sagen. »Fräulein Agnes ist schon ins Esszimmer hinübergegangen.«

»Danke, Frieda. Wir kommen auch.« Hiltrud wandte sich wieder Mina zu. »Denk über meinen Vorschlag nach, mein Kind. Wie ich schon einmal gesagt habe: Wir sitzen alle zusammen in diesem Boot, und du bist nicht die Einzige, die rudern kann.«

Während der gesamten Weihnachtsfeiertage sah Mina so gut wie nichts von Frederik. Sobald sie seine Stimme irgendwo hörte, ging sie entweder in ihr Schlafzimmer oder zog sich ins Arbeitszimmer zurück und schloss stets sorgfältig hinter sich ab. Sie fühlte sich nicht in der Lage, mit ihm zu sprechen. Auch wenn die blauen Flecken langsam verblassten und die Schwellung an ihrer Lippe zurückging, die Erniedrigung, die er ihr zugefügt hatte, war noch zu frisch, um ihm erhobenen Hauptes entgegentreten zu können.

Hatte Mina ihrer Schwester vor Weihnachten noch zugesichert, diese könne zwischen den Jahren ruhig zu Hause bleiben, bat sie Agnes jetzt doch, ins Kontor mitzukommen. Die Gefahr, dass Frederik dort vielleicht auftauchen könnte, und die Angst, ihm allein zu begegnen, trieben Mina Schauer über den Rücken. Zu ihrer Erleichterung war Agnes sofort einverstanden, sie zu begleiten.

»Ich habe sowieso keine große Lust, den ganzen Tag im Haus zu hocken und Großmutter Gesellschaft zu leisten«, sagte Agnes augenzwinkernd. »In einer Woche habe ich mehr als genug Klatsch und Tratsch über die Nachbarschaft erfahren. Da schreibe ich lieber Rechnungslisten und gehe die Bücher mit dir durch.«

Minas Befürchtungen, Frederik könnte sich im Kontor blicken lassen, erfüllten sich indes nicht. Sie hatte keine Ahnung, wo er sich den ganzen Tag herumtrieb. Wenn sie die Villa verließ, schlief er noch, und wenn sie von der Arbeit zurückkam, war er schon seit Stunden fort. Hiltrud sagte, er lasse sich gegen Mittag das Frühstück aufs Zimmer bringen und verlasse danach das Haus – in »wichtigen Angelegenheiten«, wie er ihr gegenüber behauptete.

»Soll er nur«, gab Mina zurück. »Je weniger ich von ihm sehe, desto besser.«

Großmutter Hiltrud warf Mina einen sorgenvollen Blick zu, sagte aber nichts weiter zu dem Thema.

Zwei Tage vor Silvester bekam Mina unerwarteten Besuch im Kontor. Agnes führte Herrn Klemm und Fräulein Franke ins Chefzimmer. Klemm hatte nach ihrem ersten gemeinsamen Geschäft im Oktober noch einige weitere Kunden in der Speicherstadt gewinnen können und war inzwischen in der Lage gewesen, eine kleine Investitionsbank zu gründen und Fräulein Franke als Mitarbeiterin einzustellen.

»Na, das ist ja eine nette Überraschung«, sagte Mina und begrüßte beide mit Handschlag. »Sind Sie hergekommen, um auf ein erfolgreiches neues Geschäftsjahr anzustoßen?«

Sie deutete auf die kleine Sitzecke unter dem Fenster und bat die beiden, sich zu setzen.

»Wenn es nur das wäre, wäre ich mehr als glücklich«, sagte Klemm mit einem Seufzen, während er Platz nahm. »Aber leider gibt es etwas Unangenehmes zu besprechen.« Er wandte sich zu Fräulein Franke um. »Wärst du so nett, meine Liebe?«

Fräulein Franke hob die lederne Aktentasche an, die sie in

der Hand gehalten hatte, und zog ein paar Blätter heraus, die sie an Mina weiterreichte. »Könnten Sie uns sagen, ob die von Ihnen unterschrieben worden sind?«

Mina blätterte die Papiere flüchtig durch. »Wechsel?«, fragte sie erstaunt.

Klemm nickte. »Zu Lasten Ihres Kontos bei uns. Alles recht kleine Summen, sodass es nicht sonderlich auffiel, als wir sie ausgezahlt haben.« Er zog einen weiteren Zettel aus der Innenseite seines Jacketts. »Bis gestern dieser hier kam.« Damit reichte er den Wechsel an Mina weiter.

»Eintausend Reichsmark?« Mina fühlte, wie das Blut aus ihren Wangen wich.

Klemm nickte. Er atmete tief ein und stieß die Luft durch die Nase aus. »Ich dachte mir schon, dass nicht Sie die Wechsel ausgestellt haben. Mir kam die Unterschrift so merkwürdig vor. Können Sie sich einen Reim auf diese Sache machen?«

»Ich habe einen Verdacht«, sagte Mina. Sie legte die Papiere auf den kleinen Tisch vor ihr und faltete die Hände, um zu verhindern, dass man das Zittern sah. Sie hatte Mühe, ihre Wut im Zaum zu halten. »Aber dem muss ich erst einmal nachgehen, ehe wir etwas dagegen unternehmen können. Darf ich Sie bitten, in der Zwischenzeit die Zahlung weiterer Wechsel abzulehnen oder wenigstens hinauszuzögern?«

»Natürlich. Für ein paar Tage stellt das kein Problem dar, aber im neuen Jahr, wenn das Geschäft wieder anzieht, wird das natürlich schwieriger. Ich hoffe, Sie finden den faulen Apfel so schnell wie möglich. Es wäre in unser aller Interesse.«

Mina stimmte zu. »Sie trinken doch eine Tasse Kaffee, nicht wahr?« Damit erhob sie sich, um Agnes zu bitten, eine Kanne aufzubrühen, aber Klemm winkte ab.

»Ein anderes Mal gern, aber wir haben noch ein paar Termine«, sagte Fräulein Franke und stand ebenfalls von ihrem Sessel auf. Sie gab Mina die Hand. »Bitte rufen Sie uns sofort an, wenn Sie etwas herausgefunden haben.«

Mina versprach es und begleitete die beiden zur Eingangstür des Kontors. Als sie sich verabschiedet hatten und Mina die Tür hinter ihnen geschlossen hatte, lehnte sie sich einen Moment mit der Stirn an das dunkle Holz.

»Mist!«, fluchte sie.

Agnes sah von den Listen auf, an denen sie gearbeitet hatte. »Was ist denn los?«

Mina wandte sich langsam zu ihr um. »Was los ist? Frederik bestiehlt die Firma«, sagte sie tonlos. »Dieser Mistkerl leert unser Konto!«

Agnes' Augen wurden groß. »Was? Bist du sicher?«

»Wer sonst sollte Wechsel auf unser Konto ausstellen und mit ›Lohmeyer‹ unterschreiben? Außerdem kenne ich seine Unterschrift. Er war es, ganz sicher!« Sie schnaubte verächtlich. »Als ob ich für diese Ehe nicht schon genug bezahlt hätte. Jeden Monat hat er pünktlich seine Apanage bekommen, ob ich es mir nun leisten konnte oder nicht. Und jetzt das!«

Eine plötzliche Ahnung traf Mina in der Magengrube wie ein Schlag. Was, wenn die Wechsel nicht Frederiks einziger Versuch gewesen waren, an Firmengelder zu gelangen? Sie holte tief und zitternd Luft und sah zur halb geöffneten Tür des Chefzimmers hinüber, durch die sie eine Ecke des Firmentresors sehen konnte.

»Wir müssen alles durchsehen, Agnes. Jede Rechnung, jede Quittung, jeden Beleg, sämtliche Bücher. Alles muss genau geprüft werden, und zwar ab der Zeit, seit er wieder in Hamburg ist. Und das bis zum Jahreswechsel, damit unsere Bilanz stimmt.«

Agnes schüttelte langsam den Kopf. »Das werden wir nie im Leben schaffen. Wenn Irma wenigstens hier wäre …«

»Die werden wir schön in Ruhe lassen«, sagte Mina entschieden. »Heiko und sie müssen sich jetzt erst einmal um ihre eigenen Probleme kümmern. Nein, ich habe eine bessere Idee. Ich weiß, wer uns helfen kann.«

Als Mina Edo am Abend bei ihrem üblichen Besuch von ihrer Idee erzählte, sah er sie einen Augenblick lang ungläubig an. Er lehnte sich auf seinem Stuhl zurück und verschränkte die Arme vor der Brust.

»Ich weiß nicht, wie du dir das vorstellst, Mina. Das kann nicht funktionieren.«

»Aber du kannst doch schon wieder lesen.«

»So einigermaßen. Jedenfalls, wenn es hell genug ist und ich eine Lupe in der Hand habe. Aber meine Finger zittern so stark, dass ich kaum einen Stift halten, geschweige denn schreiben kann. Wie soll ich etwas nachrechnen, wenn ich das Ergebnis nicht aufschreiben kann?«

»Das Schreiben wird Agnes für dich übernehmen. Oder ich mache es.« Plötzlich musste sie lächeln. »Stell dir vor, es wird so wie früher. Wir beide sitzen nebeneinander an einem Schreibtisch, die Köpfe zusammengesteckt, und brüten über Rechenaufgaben.«

Edo lächelte nicht. Ein bitterer Zug hatte sich um seinen Mund gebildet. »Es ist aber nicht mehr wie früher. Nichts ist mehr so.«

Mina war einen Moment lang versucht, ihn zu fragen, was in den Jahren, über die sie nie sprachen, mit ihm geschehen war, aber ihr fehlte der Mut dazu. Sie glaubte, womöglich nicht ertragen zu können, dass er ihr die Schuld dafür geben würde, dass sein Leben in Amerika gescheitert war und ihm daher nichts anderes geblieben war, als in den Krieg zu ziehen, aus dem er als Krüppel zurückgekommen war.

Ein anderes Mal würden sie darüber reden. Nicht heute.

»Du hast recht«, sagte sie leise. »Wir sind beide andere Menschen als früher. Aber wir sind immer noch Freunde, daran hat die Zeit nichts geändert. Und ich bitte dich als Freund, mir zu helfen.« Sie beugte sich ein wenig vor und berührte seinen Arm. »Bitte, hilf mir, Edo! Ich wüsste niemanden, dem ich mehr vertraue als dir.«

Wieder lag sein zweifelnder Blick auf ihr. Doch dann trat ein weicher Ausdruck in seine Augen, und ein kaum merkliches Lächeln überflog seine Züge. »Warum musst du die Bücher überhaupt prüfen, Mina? Was ist passiert?«

»Frederik stellt Wechsel aus, und ich befürchte, er könnte sich auch an anderen Geldern bedient haben.«

»Dein Mann stellt Wechsel aus?«

Mina nickte.

»Wofür braucht er das Geld?«

»Keine Ahnung, aber Heiko hat mir vor ein paar Wochen erzählt, in der Speicherstadt gingen Gerüchte um, dass er sich überall Geld leiht. Auch von schlechter Gesellschaft, mit der er verkehrt, war die Rede.«

»Wirklich ein feiner Herr, den du da geheiratet hast.« Edo schnaubte durch die Nase. »Aber das weißt du ja inzwischen selbst am besten.«

Mina warf ihm einen fragenden Blick zu. »Wie meinst du das?«

»Lotte hat mir erzählt, dass er dich Weihnachten grün und blau geschlagen hat. Was für ein Feigling, eine Frau zu schlagen.«

»Wenn es nur das gewesen wäre …«, murmelte Mina und bereute sofort, dass sie es ausgesprochen hatte.

Edos Gesicht verzerrte sich vor Abscheu, als er begriff, worauf sie anspielte. »Mieser Schweinehund.« Er griff nach ihrer Hand, die noch immer auf seinem Arm lag. »Es tut mir leid, Mina. Geht es dir gut?«

»Ja, es geht wieder.« Sie versuchte zu lächeln, aber sie wusste, dass Edo sie zu gut kannte, um sich davon täuschen zu lassen. »Die blauen Flecken sind fast nicht mehr zu sehen.«

Sein Daumen fuhr sanft über ihren Handrücken. »Nur die auf deiner Seele werden nicht so schnell verschwinden«, sagte er leise. Er hob ihre Hand an und legte sie an seine Wange, sodass seine Lippen sie berührten. »Ich wollte, ich könnte dich vor ihm beschützen«, flüsterte er.

»Du kannst etwas viel Wichtigeres tun, Edo. Du kannst mir helfen, die Firma vor ihm zu beschützen.«

Am nächsten Morgen stand Edo pünktlich um sieben Uhr neben der Limousine und begleitete Agnes und Mina ins Kontor. Während der ganzen Fahrt in die Speicherstadt sprach er kein Wort. Mina sah im Rückspiegel, dass er mit versteinerter Miene aus dem Fenster starrte.

Als er hinter den Schwestern das Kontor betrat, blieb er an der Tür stehen und sah sich im Vorzimmer um. Schließlich blieb sein Blick an dem Schreibtisch hängen, an dem er früher gesessen hatte.

»Was ist denn?«, fragte Mina ihn und hängte ihren Mantel an die Garderobe.

»Gar nichts. Ich hätte nur nicht gedacht, dass ich je wieder hierherkomme. Das Büro wirkt so viel dunkler als früher.«

»Ich glaube, das kommt dir nur so vor.« Mina lächelte ihm

aufmunternd zu. »Heute ist ein trüber Tag. Wenn die Sonne erst wieder scheint, wird es hier wieder so aussehen, wie du es in Erinnerung hast. Und jetzt lasst uns mit der Arbeit anfangen.«

Edo setzte sich an seinen alten Platz und ging die Geschäftsbücher durch, während Agnes die Schreibarbeit für ihn erledigte. Irgendwann meinte er, das Lesen strenge ihn sehr an, weil die Ecke zu dunkel sei und das künstliche Licht der Glühbirne nicht ausreiche. Die drei entschlossen sich, seinen Schreibtisch direkt unter das Fenster zu schieben, und endlich ging die Arbeit zügiger voran. Am Nachmittag, als es dunkel wurde, fuhren sie zurück und besprachen im Auto die Ergebnisse des ersten Tages.

»Es fehlt definitiv Geld, und zwar nicht wenig«, stellte Edo fest. »Allein in den letzten Monaten sind es mehrere tausend Mark, die verschwunden sind. Aber es sind auch vorher schon Gelder abgezweigt worden, allerdings bin ich da noch nicht sehr weit gekommen. Es scheint jedoch, als sei das über deine ehemalige Bank gelaufen.«

»Das würde mich nicht wundern. Frederik hat offenbar Verbindungen zum Juniorchef.«

»Dann werde ich mir das morgen noch mal genauer ansehen.«

»Ja, das ist eine gute Idee.«

Den Rest der Fahrt über schwiegen alle drei. Mina gingen alle möglichen Gedanken durch den Kopf, während sie das Auto durch den regnerischen Abend lenkte.

Vorrangig war natürlich, dass sie einen sauberen Jahresabschluss bei der Finanzbehörde abliefern konnten – und wenn sie dabei Beweise für Frederiks Untreue der Firma gegenüber finden konnten, umso besser.

Nur, sagte eine gehässige kleine Stimme in ihrem Kopf, was nützt dir das? Wenn man von den Bedingungen im Ehevertrag absieht, die das genau regeln, gehört Frederik ebenso zur Geschäftsleitung wie du selbst. Gut möglich, dass es nicht einmal strafbar ist, was er macht. Wie willst du ihn davon abhalten, wieder und wieder Geld aus der Firmenkasse zu nehmen? Indem du die Tür abschließt? So, wie du auch verhindern willst, dass er dir wieder Gewalt antut?

Sie umklammerte das Lenkrad so fest, dass sich ihre Nägel schmerzhaft in die Handballen gruben.

Ganz ruhig, Mina, sagte sie sich. Immer einen Schritt nach dem anderen. Das Ziel am Ende des Weges ist das, was zählt, nicht, wie steinig der Weg dahin ist.

Und wie sieht dieses Ziel aus?, fragte die Stimme höhnisch. Hast du dir das schon überlegt? Wo willst du hin mit deinem Leben, Mina?

Die Erkenntnis traf sie wie ein Schlag, und um ein Haar hätte sie den Lastkraftwagen vor ihr gerammt, der gerade Zeichen gegeben hatte, in eine Seitenstraße einzubiegen. Nur mit Mühe brachte sie die Limousine mit quietschenden Reifen hinter ihm zum Stehen.

»Du meine Güte!«, rief Agnes neben ihr. »Schläfst du, Mina?«

»Nein!«, sagte Mina. »Im Gegenteil, ich glaube, ich bin gerade aufgewacht.«

Kopfschüttelnd lachte sie und fuhr weiter.

Nach dem Abendessen ging sie ins Arbeitszimmer hinüber, holte den Tresorschlüssel aus dem Geheimfach des Schreibtisches und öffnete den Geldschrank. Mit Mühe zog sie die lederne Aktenmappe hervor, die ganz unten lag und die, wie sie wusste, die wichtigsten Familiendokumente enthielt. Sie setzte sich damit an den Schreibtisch, und schon nach kurzem Durchblättern fand sie, was sie gesucht hatte: ihren Ehevertrag. Sie fing an, sich durch die vielen Paragraphen durchzuarbeiten, auf der Suche nach etwas, das ihr helfen würde, Frederik künftig in Schach zu halten.

Der Silvestertag begann kalt und klar. In der Nacht hatte der Wind gedreht, und ein frostiger Ostwind hatte die letzten Wolken vom Himmel gefegt, an dem noch die Sichel des Mondes über den Dächern der Nachbarhäuser hing, als Mina sich mit Agnes und Edo auf den Weg in die Speicherstadt machte. Sie hatte wider Erwarten tief und fest geschlafen und summte beim Fahren leise vor sich hin.

»Du hast heute aber gute Laune«, stellte Agnes fest.

»Stimmt.« Mina nickte. »Ich glaube, ich habe einen Weg gefunden, wie ich über Frederik die Oberhand gewinnen kann. Ich werde vom Kontor aus ein paar Telefonate führen, um herauszufinden, ob ich recht habe oder auf dem Holzweg bin. So lange will ich mir die gute Laune bewahren. Ich werde euch nachher einweihen.«

Den eigentlichen Grund, weswegen sie so fröhlich war, verriet Mina nicht. Am Morgen hatten ihre Blutungen eingesetzt, und sie hatte vor Erleichterung ein Dankesgebet nach oben geschickt. Sosehr sie Ella auch liebte, war sie doch überglücklich, dass die Nacht, in der Frederik bei ihr gewesen war, diesmal nicht zu einem Kind geführt hatte.

Im Kontor angekommen, ließ sie Agnes und Edo im Vorraum zurück und ging zu ihrem Schreibtisch ins Chefbüro, wo sie sofort nach dem Telefon griff. Zunächst ließ sie sich mit Herrn Klemm verbinden, dem sie mitteilte, dass Frederik die Wechsel ausgestellt hatte, ohne die Berechtigung dafür zu haben, und dass die Bank diese Wechsel künftig keinesfalls mehr auszahlen solle. Danach rief sie den Notar an, der damals den Ehevertrag aufgesetzt hatte. Zu ihrer Verwunderung konnte er sich noch an den Inhalt des Vertrages erinnern, bat aber um einige Tage Zeit, um sich wieder in die genauen Bedingungen einzuarbeiten, ehe er Mina zu einem Gespräch bitten würde.

Bis zum Nachmittag setzte sie sich an die Aufstellung der Rechnungen, die in den letzten Monaten verschickt und bezahlt worden waren. Durch die angelehnte Tür zum Vorzimmer konnte sie hören, wie Edo Agnes Zahlen vorlas, und vermutete, dass die beiden die Kontoabrechnungen der Bank durchgingen.

Minas Gedanken schweiften immer wieder ab. Heute war Silvester, der Tag, an dem man das alte Jahr zu Grabe trug und das neue willkommen hieß.

Was mochte es bringen, dieses neue Jahr? 1920. In jedem Fall wird es eine Menge Arbeit bereithalten, dachte sie. Hoffen wir auf eine gute Ernte in Guatemala und ein florierendes Geschäft. Vielleicht öffnet die Kaffeebörse bald wieder, und der Hafen kommt zu neuer Blüte. Ich will daran glauben, dass alles wieder so wird wie früher, vor dem Krieg. Dass alles wieder gut wird.

Edos Stimme klang ihr plötzlich wieder im Ohr. »Es ist aber nicht mehr wie früher. Nichts ist mehr so.«

»Nein, es wird nicht mehr wie früher«, flüsterte sie. »Es wird besser.«

Das laute Knallen der Eingangstür, die ins Schloss geworfen wurde, ließ Mina vor Schreck zusammenfahren. Agnes rief etwas, das sie nicht verstehen konnte, im gleichen Moment wurde auch schon die Tür zum Chefzimmer aufgerissen, und Frederik stürmte herein.

»Bist du von allen guten Geistern verlassen?«, schrie er und warf einen Zettel auf ihren Schreibtisch. Er stützte sich mit beiden Händen auf der Platte ab und funkelte sie wütend an. »Das kannst du nicht machen!«

»Was kann ich nicht machen?«, fragte sie so ruhig wie möglich, obwohl ihr das Herz bis zum Hals schlug.

»Du kannst meine Wechsel nicht sperren lassen!«

Mina griff nach dem zerknüllten Zettel, der vor ihr lag, drehte ihn um und glättete ihn mit der Hand.

»Natürlich kann ich das machen.« Sie zwang sich dazu, ihm in die Augen zu sehen. »Es ist sogar meine Pflicht, das zu tun.«

»Ich habe ebenso viel Recht an dem Geld wie …«

»Du hast gar kein Recht, über das Geld der Firma zu verfügen«, unterbrach sie ihn mit erhobener Stimme. »Jedenfalls nicht in dieser Form. Nicht hinter meinem Rücken und nicht, wenn es nicht im Interesse der Firma ist.«

»Meine Unterschrift ist ebenso viel wert wie deine. Ich bin genauso Geschäftsführer wie du.«

»Ach ja? Wann bist du denn für das Geschäft tätig, das du angeblich führst? In den letzten Monaten sicherlich nicht.«

»Was ich für die Firma tue und welche Handelsabschlüsse ich für uns an Land ziehe, geht dich gar nichts an, Mina!«

»Oh doch, mein Lieber! Mich geht alles etwas an, was die Firma betrifft.«

»Das wollen wir doch mal sehen!« Abrupt drehte er sich um, ging zur Tür und streckte die Hand in Richtung der Klinke aus.

»Lass ja die Tür offen!«, rief Mina. »Nach dem, was Weihnachten passiert ist, habe ich keinerlei Interesse daran, mit dir auch nur eine einzige Sekunde allein in einem Raum zu sein.«

»Was ich mit dir zu besprechen habe, geht aber niemanden etwas an.« Herausfordernd sah Frederik sie an, die Hand noch immer erhoben.

Plötzlich war Minas Angst vor ihm verschwunden und hatte einer kalten Wut Platz gemacht. Sie hatte auf einmal das Gefühl, es mit der ganzen Welt aufnehmen zu können, wenn sie sich ihr in den Weg stellte. Langsam erhob sie sich.

»Ich warne dich, Frederik! Wenn du die Tür auch nur anfasst, wird Agnes sofort die Polizei rufen und einen Überfall melden. Wem werden sie wohl eher glauben? Dir? Oder doch eher mir und meinen beiden Zeugen?«

Frederik zögerte und ließ seine Hand sinken. Er drehte sich um, kam zum Schreibtisch zurück und ließ sich auf den Stuhl Mina gegenüber fallen. »Wie du willst.« Er zog sein silbernes Zigarettenetui aus der Tasche und entzündete eine Zigarette.

Mina schob den Aschenbecher ein Stück in seine Richtung, setzte sich ebenfalls wieder und legte die gefalteten Hände vor sich auf den Tisch. »Also gut, dann lass uns vernünftig miteinander reden«, sagte sie sachlich. »Wenn du Firmengelder ausgeben willst, dann nur zum Wohle des Kontors. So steht es in unserem Ehevertrag. Und da ich diejenige bin, die in sämtlichen Firmenbelangen das letzte Wort hat, muss ich solche Entnahmen vom Konto gegenzeichnen, wie du weißt. Also, wofür benötigst du so viel Geld?«

Es fiel Frederik sichtlich schwer, seinen Ärger zu kontrollieren. »Wie ich schon sagte: Geschäfte. Geschäfte, die der Firma sehr schnell sehr viel Geld einbringen können«, sagte er gepresst.

»Was für Geschäfte?«

»Geschäfte eben! Handel mit gefragten Gütern. Riskant, aber mit hohem Profit. Mehr musst du nicht wissen.«

Mina zog die Augenbrauen hoch. »Lass mich raten, du steckst schon bis zum Hals drin in diesen Geschäften, nicht wahr?«

»Ich habe investiert, ja. Aber ich muss noch einmal Geld nachschießen, damit das Geschäft über die Bühne geht.«

Mina holte tief Luft und ließ sie langsam wieder durch die Nase entweichen. »Tut mir leid, Frederik, wenn du mir nicht sagen willst, worum es sich bei diesem Geschäft handelt, wirst du von *Kopmann & Deharde* kein Geld dafür bekommen.«

»Es geht um …«, er stockte und schien nach einer Antwort zu suchen, die sie zufriedenstellen würde. »Medikamente. Es geht um Medikamente«, stieß er schließlich hervor.

»Medikamente?«, fragte sie zweifelnd. »Inwiefern ist das ein riskantes Geschäft, mit dem sich hohe Profite machen lassen?«

»Rohstoffe für Medikamente«, sagte er hastig. »Meine Partner und ich haben eine Quelle im Ausland aufgetan, die die Rohstoffe günstig exportiert, die wir dann an die Apotheken verkaufen.«

»Im Ausland? Günstig exportiert? Ihr schmuggelt irgendwas am Zoll vorbei, darum geht es doch, oder?« Mina schüttelte entschieden den Kopf. »Tut mir leid, Frederik, damit will ich nichts zu tun haben.«

»Aber …«

»Nichts aber! *Kopmann & Deharde* ist immer eine Firma gewesen, die nach den Prinzipien der ehrbaren Hamburger Kaufleute gehandelt hat. Ich habe nicht vor, gegen diese Prinzipien zu verstoßen, indem ich dir für irgendwelche Schmuggelgeschäfte Geld gebe.«

»Ich brauche das Geld aber!«, rief er verzweifelt.

Der Ausdruck, der für einen winzigen Moment in seinen

Augen erschien, war neu. Man hätte es für Angst, ja nackte Panik halten können. Doch schnell hatte er sich wieder im Griff.

»Dann zahl mir wenigstens die Apanage für die nächsten drei Monate im Voraus aus. Das hat ja mit dem Firmenkonto nichts zu tun.«

»Alles hat mit dem Firmenkonto zu tun«, erklärte Mina sachlich. »Das Geld ist für den Kauf der nächsten Kaffeeernte fest eingeplant. Ich kann nicht so einfach größere Summen abzweigen, nur um dir die Apanage im Voraus zu zahlen.«

Frederik starrte sie mit offenem Mund an. »Das Geld steht mir zu!«, stieß er hervor. »Ich brauche es dringend.« Wieder hatte er diesen Ausdruck von Panik im Blick.

Mina betrachtete ihn mit einer Mischung aus Mitleid und Abscheu. »Also gut«, sagte sie. »Ich lasse dir das Geld für den nächsten Monat jetzt schon anweisen. Im Gegenzug erwarte ich, dass du dich von mir und der Firma fernhältst.«

»Einverstanden. Für den Moment können wir es so halten. Aber ich hab es dir schon mal gesagt, und ich wiederhole es gern für dich, Mina …« Er deutete mit dem Zeigefinger in ihre Richtung. »Du brauchst mich. Du brauchst einen Ehemann, um in der Hamburger Gesellschaft etwas darzustellen, und du brauchst mich als Kaufmann, der für dich an der Börse handelt, wenn sie wieder öffnet. Du bist händeringend auf mich angewiesen, und es wird höchste Zeit, dass du die Wahrheit endlich einsiehst.« Ein bösartiges Lächeln erschien auf seinem Gesicht. Er drückte die Zigarette aus und stand auf. »Du wirst mich noch auf den Knien anbetteln zurückzukommen und wieder deinen Ehemann zu spielen.«

Hocherhobenen Hauptes lief er zur Tür, riss sie auf und wäre beinahe mit Agnes und Edo zusammengestoßen, die direkt hinter dem Türblatt standen, um besser zuhören zu können. Er warf Minas Schwester einen vernichtenden Blick zu, schob Edo zur Seite und verließ das Kontor, ohne ein weiteres Wort zu verlieren.

Mit einem erleichterten Seufzen ließ sich Mina in ihren Stuhl fallen und verbarg das Gesicht in den Händen. Sie rieb sich mit den Fingern über die Stirn.

»Alles in Ordnung?«, hörte sie Agnes fragen.

Mina nahm die Hände herunter und sah hoch. Agnes und Edo standen vor ihrem Schreibtisch und sahen sie besorgt an.

»Jetzt ja!«, sagte Mina und lächelte. »Oder besser gesagt, ich habe den ersten Schritt auf dem Weg gemacht, der alles wieder in Ordnung bringen wird. Habt ihr alles mit angehört?«

»Das schon. Und ich war kurz davor, dazwischenzugehen und ihn am Kragen aus dem Büro zu werfen, als er anfing, dir zu drohen«, sagte Edo. »Dabei habe ich gar nicht wirklich verstanden, worum es ging.«

»Das wirst du, sobald ich dir alles erklärt habe, aber das müssen wir leider auf ein anderes Mal verschieben. Jetzt ist wichtiger, dass wir die Jahresbilanz abschließen.«

Sie zog die Rechnungslisten wieder zu sich heran und begann weiterzuarbeiten.

Noch am selben Tag wies Mina die Bank an, Frederik die Apanage für den Februar gleich und nicht erst am Fälligkeitsdatum in drei Wochen auszuzahlen. Es war schon später Abend, als die drei mit der Bilanz fertig waren und das Kontor verließen. Agnes, die eigentlich vorgehabt hatte, zu einem Silvesterball zu gehen, sagte, sie sei so erschöpft, dass sie im Stehen einschlafen würde. Sie verkündete, lieber zu Hause zu bleiben und mit Mina und Hiltrud das neue Jahr mit einem Glas Sekt begrüßen zu wollen. Doch nicht einmal dazu kam es.

Nachdem Mina und Agnes ihrer Großmutter ausführlich von Frederiks Auftritt im Kontor erzählt hatten, was die alte Dame mit entrüstetem Kopfschütteln kommentierte, war Mina so müde, dass sie nicht mehr aufhören konnte zu gähnen. Sie trank ihr Glas Wein aus und sagte entschieden, das neue Jahr komme so oder so, ob sie nun darauf anstoße oder nicht.

Sie zog sich auf ihr Zimmer zurück, und als sie am nächsten Morgen erwachte, war es bereits hell, und die Wintersonne schickte fahles Licht zum Fenster herein. Im Nachthemd lief Mina zum Fenster, schob den Vorhang weiter auf und blickte hinaus in den Garten. In der Nacht war Schnee gefallen, der den Rasen, die kahlen Bäume und Büsche und die Dächer der Nebengebäude überzuckert hatte. Ihr Blick blieb an der Garage hängen. Sie konnte sehen, dass sich Eisblumen am Fenster von Edos Schlafzimmer gebildet hatten.

Auch wenn er vielleicht noch nicht über die vergangenen Jahre sprechen wollte, die sie verloren hatten, Mina war bereit dazu. Er sollte erfahren, was sie veranlasst hatte, Frederik zu heiraten. Er musste verstehen, dass sie damals keine andere Wahl gehabt hatte. Oder zumindest keinen anderen Ausweg gewusst hatte. Heute war Neujahr, der Tag der guten Vorsätze und Pläne, ein Tag, Neues zu beginnen. Das Alte, Tote war von Schnee begraben, der es frisch und rein wirken ließ wie ein frisches Bettlaken. Heute war ein guter Tag, um alte Missverständnisse auszuräumen und neu anzufangen.

Nachdem Mina sich angekleidet hatte, lief sie die Treppe hinunter, doch statt ins Esszimmer zu gehen, bog sie in den Küchentrakt ab. Dort saßen Frau Kruse, Lotte und Fräulein Brinkmann noch beim Frühstück, während Ella und Gerda auf einer Decke auf dem Boden mit ihren Puppen spielten.

»Guten Morgen«, rief sie.

»Mama!«, quietschte Ella, stand auf und lief mit ausgestreckten Armen auf sie zu.

Mina hob sie hoch und drückte ihr einen Kuss auf die rosigen Wangen. »Guten Morgen, mein Schatz! Frohes neues Jahr.«

»Nanu, Fräulein Mina?«, fragte Frau Kruse erstaunt. »Was machen Sie denn hier? Frieda serviert doch schon das Frühstück.«

»Ich hab gar keinen rechten Hunger. Außerdem wollte ich euch allen ein frohes neues Jahr wünschen!«

»Frohes neues Jahr!«, antworteten die drei Frauen am Tisch im Chor.

Mina lachte und wandte sich an Lotte. »Hat Herr Becker schon sein Frühstück bekommen?«

Lotte schüttelte den Kopf und deutete auf ein mit einem Küchentuch bedecktes Tablett, das am anderen Ende des Küchentisches stand. »Ich wollte das gerade zu ihm rüberbringen.«

»Das kann ich übernehmen«, sagte Mina. »Der kleine Spaziergang im Schnee wird mir guttun.« Sie setzte Ella auf dem Boden ab und drückte das Mädchen noch einmal an sich. »Und du gehst schön weiter mit Gerda spielen, ja? Guck, sie wartet schon auf dich. Und später bauen wir alle zusammen einen Schneemann, ja?« Ella jauchzte und begann vor Freude auf und ab zu hüpfen. Wie alle Kinder liebte sie Schnee, aber im letzten Winter war sie zum Schneemannbauen noch zu klein gewesen. Stattdessen hatte sie fasziniert die herumwirbelnden Schneeflocken beobachtet und versucht, sie mit den Händen zu fangen. Jetzt nickte sie wichtig und ging wieder zu Lottes Tochter hinüber.

Mina ergriff das Tablett, ließ sich von Lotte die Türen

nach draußen öffnen und trat ins Freie. Trotz der wollenen Strickjacke, die sie über ihrer Bluse trug, schnappte sie nach Luft. Die Luft war schneidend kalt und glitzerte vor winzigen Schneeflocken, die im Sonnenlicht tanzten. Mina beeilte sich, die kurze Strecke bis zur Garage zurückzulegen, öffnete die Tür und erklomm die schmale Treppe zur Kutscherwohnung. Sie stellte das Tablett kurz auf dem Boden ab und klopfte an die Tür.

»Komm herein, Lotte«, hörte sie Edos Stimme von drinnen.

Mina öffnete die Tür einen Spalt breit, hob das Tablett auf und trat ein. Edo lag rücklings auf dem Bett, einen Arm über die Augen gelegt.

»Guten Morgen und ein frohes neues Jahr«, sagte Mina lächelnd.

Ruckartig setzte Edo sich auf. »Mina«, sagte er verblüfft.

»Ich hoffe, du bist nicht enttäuscht, dass ich dir heute ausnahmsweise dein Frühstück bringe.«

»Nein, keineswegs. Ich hatte nur nicht damit gerechnet, dass du mich heute besuchen kommst. Noch dazu um diese Uhrzeit.«

Mina stellte das Tablett auf seinem Tisch ab und zog das Küchentuch herunter. »Belegte Brote und eine Tasse Kaffee. Ich hätte gedacht, zur Feier des Tages hätte Frau Kruse sich etwas mehr ins Zeug gelegt.«

»Das ist mehr als genug für mich«, sagte Edo. Er kam zum Tisch herüber, deutete auf den zweiten Stuhl und setzte sich, als Mina Platz genommen hatte.

»Gibt es einen bestimmten Grund für deinen Besuch?«, fragte er, wählte eine Scheibe Graubrot mit Honig aus und biss hinein.

»Ich glaube, ich bin dir eine Erklärung schuldig«, sagte Mina. »Wegen gestern.«

»Schuldig bist du mir gar nichts.« Es klang nicht vorwurfsvoll, es war einfach nur eine nüchterne Feststellung.

Mina holte tief Luft. »Es steht so viel zwischen uns, was nie ausgesprochen wurde, Edo. Ich für mein Teil möchte reinen Tisch machen. Ich möchte dir erklären, warum ich damals so gehandelt und Frederik geheiratet habe.«

Er legte das Honigbrot auf den Teller zurück und schob ihn ein Stück von sich weg, dann drehte er ihr sein Gesicht zu und sah sie lange prüfend an. »Glaubst du, dass das klug ist, Mina? Reißen wir damit nicht alte Wunden auf?«

»Mag sein. Aber manchmal muss man alte Wunden öffnen, damit sie heilen können.«

»Ich weiß nicht, ob ich so weit bin«, sagte er leise. »Es ist noch zu frisch.« Unwillkürlich berührte er die Narben auf seiner linken Gesichtshälfte.

»Das musst du nicht, Edo. Du musst mir nichts erzählen – nichts über Amerika, nichts über den Krieg. Erst wenn du das Gefühl hast, darüber reden zu können oder zu müssen. Und genau dieses Gefühl habe ich jetzt, und vielleicht kannst du mir ja einfach nur zuhören. Dann verstehst du hoffentlich, warum ich damals nicht anders handeln konnte.«

»Also gut, ich höre dir zu«, sagte er, aber er wich Minas Blick aus.

»Mein Vater war sehr krank, das weißt du ja«, begann sie. »Ich hatte mich mit ihm gestritten und war drauf und dran, zu dir nach Amerika zu fahren, um dich zu heiraten. Aber es ging viel schneller mit ihm zu Ende, als wir gedacht hatten. Ich hatte dir ein Telegramm geschrieben, mit der Bitte, so schnell wie möglich zurückzukommen. Nenn es verrückt, doch ich hatte die Hoffnung, dass ich ihn noch überzeugen könnte, seine Zustimmung dazu zu geben, dass wir heiraten und gemeinsam die Firma führen. Aber dann kam nur eine Nachricht von dir, dass du nicht abkömmlich seist und mir alles in einem Brief erklären wolltest. Verstehst du, ich konnte nicht mehr warten, nicht einmal mehr die wenigen Tage, bis dein Brief gekommen wäre. Es musste eine Lösung gefunden werden, wie es mit der Firma weitergehen sollte. Vater hat mir klargemacht, dass alles von mir abhängt, dass ich die Verantwortung für die Familie zu übernehmen habe. Dass sich alle auf mich und meine Entscheidung verlassen.«

Wieder spürte Mina die Last dieser Verantwortung, die ihr aufgebürdet worden war, wie einen Stein um ihren Hals hängen. Edos Bild verschwamm vor ihren Augen, und sie wischte sich hastig die Tränen ab. »Was blieb mir anderes übrig? Ich hatte eine Entscheidung zu treffen zwischen meinem eigenen egoistischen Glück und dem Wohlergehen aller, die sich auf mich verlassen haben und es immer noch tun. Also habe ich Frederik geheiratet.«

Edo sah auf, und ihre Blicke trafen sich. »Hast du den Brief, den ich dir geschrieben habe, bekommen?«

Mina nickte. »Aber ich habe es nicht über mich gebracht, ihn zu lesen.«

»Das erklärt einiges.« Er starrte wieder geradeaus und ließ langsam die Luft aus den Lungen entweichen. »Und warum ausgerechnet diesen Lohmeyer?«

»Er hatte um mich angehalten. Und er war mit den Bedingungen des Ehevertrages einverstanden.«

»Bedingungen?«

»Er sollte die Firma nach außen vertreten und dafür eine monatliche Apanage erhalten. ›Verkauft für zwanzigtausend

Silberlinge‹ – das waren seine Worte. Im ersten Jahr haben wir uns noch ganz gut arrangiert. Er hat mich in Ruhe gelassen und im Kaffeeverein den erfolgreichen Kaufmann gemimt. Dann brach der Krieg aus, und Frederik ist sofort eingerückt. Er ist schnell im Rang aufgestiegen und hat in der Heeresleitung seinen Dienst versehen. Nach Hause kam er nur selten, und bei einer dieser Gelegenheiten ist ihm aufgefallen, dass er seine ehelichen Rechte einfordern könnte, auch wenn ich das nicht wollte. Aus diesem einen Mal ist meine Tochter entstanden. Damit, dass er einen Sohn erwartet hatte, hat er nicht hinterm Berg gehalten.« Mina lachte bitter. »Mit seiner Abscheu mir gegenüber auch nicht. Er hat keine Gelegenheit ausgelassen, mich zu demütigen oder mir zu sagen, wie abstoßend er mich findet. Ich war froh, dass er fast immer in Berlin war und nur selten nach Hamburg kam. Das vermutlich nur, um Ella ab und an zu sehen. Obwohl er auf einen Sohn gehofft hatte, scheint er sie liebgewonnen zu haben. Das ist aber auch das einzig Gute, was sich über ihn sagen lässt. Ansonsten ging es ihm nur um seine Apanage, die wollte er immer pünktlich haben. Auch nachdem der Krieg vorbei war, kam er monatelang nicht zurück, erst vor ein paar Wochen stand er plötzlich wieder vor der Tür und sagte, er habe seinen Abschied vom Militär genommen. Den Rest der Geschichte kennst du.«

»Ja, den kenne ich. Er ist in irgendwelche krummen Geschäfte verwickelt und braucht dafür dringend Geld – und zwar viel mehr, als du ihm geben willst oder kannst.« Edo sah Mina in die Augen und griff nach ihren Händen, die auf ihren Knien lagen. »Was wirst du jetzt tun, Mina?«, fragte er.

»Das, was ich tun muss – was ich immer getan habe: Ich werde Verantwortung für das Wohlergehen meiner Familie übernehmen. All diese Menschen verlassen sich auf mich – Ella, meine Großmutter, Agnes, aber auch die Dienstboten, einfach alle, die auf den Erfolg der Firma angewiesen sind, wie Heiko Peters und seine Leute zum Beispiel. Wenn Frederik dem im Wege steht, dann ist für ihn weder Platz in diesem Haus noch in meinem Leben.«

Seine Hände umschlossen ihre und hielten sie fest. Sie waren warm, und sie zitterten nicht mehr. »Und was ist mit mir?«, fragte er leise. »Habe ich noch einen Platz in deinem Leben?«

Sie sah in sein Gesicht, in das eine Auge, das ihm geblieben war und das ihren Blick so voller Wärme festhielt. Sie sah die kleinen Fältchen in seinem Augenwinkel, an denen man erkannte, dass er lächelte, auch wenn sein Gesicht ihrem jetzt so nahe war, dass sie es nicht mehr wirklich wahrnehmen konnte, und sie fühlte, wie ihr Herz so weit wurde, dass es keinen Platz mehr in ihrer Brust zu haben schien.

»Natürlich hast du einen Platz in meinem Leben, Edo«, sagte sie mit rauer Stimme und zog ihn an sich. »Ich habe nie aufgehört, dich zu lieben.«

»Oh, Mina«, flüsterte er und schlang die Arme um sie. »Meine Mina!«

Seine Lippen fanden ihre, und Mina schloss die Augen.

Sein Kuss fühlte sich an wie früher, und doch war es ganz anders. Ein Begehren, ein Fordern lag darin, das neu war und nichts mehr mit den Küssen gemein hatte, die sie als Jugendliche geteilt hatten.

Jetzt waren beide erwachsen, hatten Erfahrungen gemacht und Enttäuschungen erlitten. Das Leben hatte sie gezeichnet und ihnen die Illusionen über die rosige Zukunft, die vor ihnen lag, genommen. Doch die Liebe, die Mina jetzt für Edo empfand, ging viel tiefer, als sie es je für möglich gehalten hätte. Was gewesen war, was kommen mochte, all das war unwichtig. Es gab nur noch diesen Moment, in dem sie in seinem Arm lag, seine Lippen über ihr Gesicht wandern fühlte und die Leidenschaft genoss, die durch ihren ganzen Körper strömte und ihre Haut dort in Flammen setzte, wo seine Hände sie streichelten.

»Du musst keine Angst haben«, flüsterte er ganz dicht an ihrem Ohr und hauchte Küsse auf ihren Hals. »Ich werde so vorsichtig sein wie noch nie, um dir nicht wehzutun.«

»Ich habe keine Angst«, erwiderte sie ebenso leise. Sie löste sich ein wenig von ihm und sah ihm ins Gesicht, ehe sie nach seinen Händen griff und ihn mit sich zu seinem Bett führte, wo sie in die Kissen sank und ihn mit sich zog. »Wenn du bei mir bist, gibt es nichts mehr, wovor ich Angst haben müsste.«

VIERZEHN

Dass Glück sich anfühlen konnte wie eine Decke, in die man sich warm und fest einwickeln konnte, hatte Mina noch nie zuvor empfunden, doch jetzt war es so.

Edo war wieder bei ihr, und er liebte sie, so wie sie ihn liebte. Es war beinahe wie früher, bevor er nach Amerika gegangen war, und doch war es völlig anders, weil sie sich beide verändert hatten und reifer geworden waren. Die Leichtigkeit und Selbstverständlichkeit dieses Gefühls fehlten, wurden aber mehr als wettgemacht durch die tiefe Empfindung des gegenseitigen Einvernehmens. Als würden ihre Seelen im gleichen Takt schwingen, dachte Mina oft, wenn sie ihn ansah.

Jeden Tag fuhr er mit ins Kontor, und sie arbeiteten zusammen, so wie früher – sie an ihrem riesigen Schreibtisch aus geschnitztem Nussbaumholz, er neben ihr, an dem kleinen Schreibtisch, an dem Mina früher gesessen hatte, als sie von ihrem Vater ins Geschäft eingeführt worden war. Sie hatte gleich am ersten Arbeitstag des neuen Jahres eine neue elektrische Lampe für seinen Tisch gekauft sowie eine neue Lupe mit größerer Auflösung, sodass er nur noch selten darum bitten musste, dass man ihm vorlas, was in den Schriftstücken stand, die er bearbeitete.

Die Abende verbrachte Mina wie sonst auch mit Großmutter und Agnes, gab aber meist früh vor, müde zu sein und zu Bett gehen zu wollen, doch statt nach oben zu gehen, schlich sie sich durch den Küchentrakt hinaus und lief zur Kutscherwohnung hinüber, um Edos schmales Bett zu teilen.

Die Zärtlichkeit und Leidenschaft, die sie mit ihm teilte, waren so völlig anders als alles, was sie vorher erlebt hatte. Manchmal dachte sie, dass es ein Glück sei, dass sie vor Jahren nicht mit Edo geschlafen hatte. Frederiks Abscheu und seine Brutalität ihr gegenüber wären noch unerträglicher gewesen, wenn sie gewusst hätte, wie erfüllend es war, von einem Mann geliebt zu werden, der sie wirklich begehrte und Rücksicht auf ihre Bedürfnisse nahm.

Von Frederik hörte Mina drei Wochen lang kein Wort. In der ersten Januarwoche sei er einmal kurz da gewesen, um einen Koffer zu holen, erzählte Lotte, die ihn zufällig in der Eingangshalle angetroffen hatte. Ob er sich in einem Hotel einquartiert habe, hatte er nicht gesagt, nur dass er bis auf Weiteres nicht zu erreichen sei.

Mina war es einerlei, sollte Frederik doch bleiben, wo der Pfeffer wächst. Im Gegenteil, seine Abwesenheit war ein klarer Verstoß gegen den Ehevertrag, und je mehr solcher Verstöße es gab, desto leichter würde es für sie werden, sich daraus zu befreien. Der Notar, der den Vertrag damals aufgesetzt hatte, war zuversichtlich, Frederik dazu bringen zu können, einen Auflösungsvertrag zu unterschreiben.

Inzwischen waren Irma und Heiko aus Ostpreußen zurück. Irma strahlte über das ganze Gesicht, als Mina die beiden vom Bahnhof abholte. Sie streckte Mina die rechte Hand entgegen und präsentierte stolz den schlichten Goldring, den sie am Ringfinger trug.

»Mutter hat ihn mir geschenkt. Er hat Vaters Großmutter gehört, und sie war der Meinung, ich solle den Ring tragen, wenn ich heirate.« Sie lachte aus vollem Hals, als sie Minas verblüfftes Gesicht sah. »Ja, Heiko und ich haben geheiratet, ich bin endlich keine Comtesse mehr, sondern nur noch Frau Peters. Es war nur eine ganz kleine Zeremonie im Standesamt, ohne großes Brimborium und ohne Kirche, aber Mutter sagte, dass man die Gelegenheit beim Schopfe packen müsse, wenn man sich erst einmal entschieden hat. Außerdem wollte sie unbedingt bei der Hochzeit dabei sein, und du weißt ja, wie sie ist. Immer unkt sie herum, dass sie bestimmt den nächsten Winter nicht erleben wird, dabei werden alle Frauen in ihrer Familie achtzig Jahre alt.«

Mina umarmte die beiden und gratulierte von Herzen.

»Und? Haben wir in der Zwischenzeit was verpasst?«, fragte Heiko, als er die Koffer vom Wagen des Gepäckträgers in den Kofferraum der Limousine lud. »Ihr habt euch doch sicher furchtbar gelangweilt, was?«

»Das kann man nicht gerade behaupten«, gab Mina zurück. Auf der Fahrt in die Stadt erzählte sie, was mit Frederik vorgefallen war, seit die beiden nach Ostpreußen aufgebrochen waren.

»Ich hab es immer gesagt, ich traue diesem Lump nicht weiter, als ich spucken kann«, sagte Heiko finster. »Sei bloß vorsichtig, Mina, ich habe so das Gefühl, dass wir das Ende von der Geschichte noch nicht gesehen haben.«

»Wenn er seinen Koffer aus der Villa geholt hat, ist er aber doch ausgezogen«, sagte Irma.

»Ich weiß nicht. Einmal Halunke, immer Halunke. Das ist jedenfalls meine Ansicht«, sagte Heiko finster.

»Sag mal, Mina, könnte ich vielleicht noch ein paar Tage

bei euch in der Villa unterkriechen, bis Heiko eine andere Wohnung gefunden hat? Er meint, seine derzeitige Bleibe sei nicht standesgemäß für mich.«

»Nicht standesgemäß?«, fragte Heiko entrüstet. »Blödsinn! Ich habe gesagt, die Bude ist nicht größer als ein Karnickelstall. Aber wenn du gern in einen Karnickelstall einziehen möchtest?«

»Ist es nicht wunderbar, wie leicht man ihn ärgern kann?« Irma kicherte vergnügt, und Mina stimmte ein.

»Ich bin so froh, dass ihr wieder da seid!«, sagte sie aus tiefstem Herzen. »Und natürlich kannst du bei uns in der Villa bleiben, solange du willst, Irma!«, fügte sie hinzu. »Da musst du nicht fragen, du bist immer herzlich willkommen.«

Erst am Nachmittag fanden Mina und Irma Zeit, sich in Ruhe zu unterhalten. Sie machten einen ausgedehnten Spaziergang durch den Eichenpark bis zum Fähranleger der Alsterschifffahrt, bei dem Mina ihrer Freundin von Frederiks Übergriff auf sie und von ihrer neu entfachten Liebe mit Edo erzählte.

»Bist du sicher, dass das gut gehen kann?«, fragte Irma, die sich bei Mina untergehakt hatte.

»Ich weiß es nicht, und ganz ehrlich ist es mir auch völlig egal. Ich bin glücklich mit ihm, so glücklich wie noch nie zuvor. Ich will mir dieses Gefühl nicht dadurch verderben, dass ich darüber nachgrüble, ob es in einem Jahr auch noch so ist.«

»Ich erkenne dich gar nicht wieder, Mina. So planlos und ins Blaue hineinleben? Das klingt gar nicht nach dir.«

Mina lachte leise. »Nein, wirklich nicht. Aber ich bin eben verliebt.«

»Und Edo? Ist er glücklich?«

»Er sagt Ja. Aber da ist etwas, ganz tief in ihm verborgen …« Mina hielt inne.

»Ja?«

»Da ist eine … eine Dunkelheit, an die ich nicht herankomme. Ich weiß nicht einmal, ob er selbst dazu Zugang hat.«

Irma zog Minas Arm dichter an sich heran. »Das ist der Krieg. Glaub mir, das ist bei Heiko auch manchmal so. Nur die Zeit wird zeigen, wie die Männer damit zurechtkommen.«

Der Januar war vorüber, und der Februar kam mit frostigem Ostwind. Die Eisschollen auf der Alster froren allmählich zu einer geschlossenen Fläche zusammen, und am sonntäglichen Frühstückstisch sprachen Irma, Agnes und Großmutter Hiltrud bereits darüber, ob es vielleicht bald ein Alstervergnügen geben würde, bei dem die Eisfläche für Schlittschuhläufer freigegeben werden würde.

Mina beteiligte sich nicht an dem Gespräch. Sie hatte Mühe, ihr Weißbrot mit Marmelade hinunterzuwürgen. Noch hatte sie es niemandem erzählt, nicht einmal Irma, aber sie glaubte, wieder schwanger zu sein. Nicht nur war ihre monatliche Blutung ausgeblieben, die sich sonst immer sehr pünktlich einstellte, seit ein paar Tagen verspürte sie außerdem eine bleierne Müdigkeit, und nach dem Aufstehen war ihr so übel, dass sie kaum etwas hinunterbekam.

Es half nichts, sie würde Edo von ihrem Verdacht erzählen müssen, hatte aber Angst, wie er auf die Nachricht reagieren würde, dass er Vater wurde. Mina legte seufzend die angebissene Scheibe Brot auf ihren Teller zurück und erhob sich.

»Seid mir nicht böse, aber ich habe ein bisschen Kopfweh und werde mich noch einen Moment hinlegen«, sagte sie.

»Du wirst doch nicht krank werden, Kind?« Hiltrud sah sie besorgt an. »Du hast ja so gut wie gar nichts gegessen.«

»Nein, nein, keine Sorge. Es wird bestimmt gleich besser werden, wenn ich mich etwas ausgeruht habe.«

Ehe noch jemand Vermutungen anstellen konnte, was die Ursache für Minas Unpässlichkeit sein könnte, verließ sie eilig das Esszimmer und schlich sich durch den Küchentrakt nach draußen. Sie sog die kalte, klare Luft tief in ihre Lungen und merkte, dass die Übelkeit allmählich etwas nachließ.

Etwas auf die lange Bank zu schieben hatte noch nie jemandem geholfen, es war besser, gleich reinen Tisch zu machen. Das hatte ihr Vater immer gesagt, und sie war bislang auch immer gut mit dieser Regel gefahren. Sie zog ihre gestrickte Wolljacke enger um die Schultern und lief eilig zur Garage hinüber.

Edo saß am Tisch, seine Lupe in der Hand, und las in der Zeitung, als sie hereinkam.

»Was machst du denn hier?«, fragte er überrascht. »Ich hatte dich nicht vor heute Abend erwartet.« Er erhob sich und trat auf sie zu, um sie zu umarmen, aber sie hielt ihn zurück.

»Ich muss etwas mit dir bereden«, sagte sie.

»So etwas Ernstes?«, fragte er lächelnd.

Mina nickte. »Sehr ernst. Und ich weiß nicht, wie ich es dir beibringen soll.«

Sie ging an ihm vorbei und setzte sich auf sein Bett. Nachdenklich zupfte sie an der Decke herum, die ordentlich gefaltet am Fußende lag.

»Dann am besten einfach heraus mit der Sprache.« Er blieb mit verschränkten Armen vor ihr stehen.

Mina sah zu ihm hoch, blickte in sein von Narben gezeichnetes und doch noch immer so anziehendes Gesicht.

»Ich bekomme ein Kind«, sagte sie.

Sein Lächeln erstarb. »Ist es von Frederik?«, fragte er.

»Nein. Es ist von dir.«

»Bist du sicher?«

»So sicher, wie man nur sein kann.« Sie streckte die Hand nach ihm aus, und als er sie ergriff, zog sie ihn neben sich aufs Bett und legte den Kopf an seine Schulter. »Du bist der Vater meines Kindes, Edo.«

»Ich weiß nicht, ob ich das kann, ein Vater sein. Ich meine, sieh mich doch an. Ich bin nur noch ein Wrack.«

Mina drehte den Kopf und suchte seinen Blick. Sie lächelte. »Du wirst ein wundervoller Vater werden, Edo. Glaub mir, ich weiß es genau.«

Sie zog ihn ganz fest an sich und küsste ihn.

Es war bereits früher Nachmittag, als sie sich in die Villa zurückschlich, in der Hoffnung, niemand würde ihre Abwesenheit bemerkt haben. Um diese Zeit war es im Haus sehr still. Großmutter Hiltrud machte nach dem Sonntagsessen immer ein Nickerchen, und keiner der Hausbewohner hätte gewagt, sie durch Lärm dabei zu stören.

Auf Zehenspitzen huschte Mina die Treppe hinauf in den Flur, der zu ihrem Zimmer führte. Vor der Tür blieb sie wie angewurzelt stehen. Sie war sich sicher, die Tür am Morgen geschlossen zu haben, aber jetzt war sie nur angelehnt, und sie hörte Geräusche von drinnen. Es klang, als würden Schubladen und Schranktüren aufgezogen und wieder zugeworfen.

Vielleicht Frieda oder Lotte, die am Vormittag vergessen hatten aufzuräumen?, überlegte sie. Sie trat näher und drückte die angelehnte Tür auf. Wie angewurzelt blieb sie stehen.

Frederik kniete vor ihrer Kommode und durchwühlte eine

Schublade. Unterwäsche und Strümpfe warf er achtlos zu Boden und murmelte dabei leise Verwünschungen. Da er ihr den Rücken zuwandte, hatte er noch nicht bemerkt, dass sie ihn beobachtete.

»Was zur Hölle machst du da?!«, rief sie.

Frederik fuhr herum und ließ das Korsett fallen, das er gerade in der Hand gehalten hatte. Er sprang auf die Füße, und wie der Blitz war er bei ihr und packte ihren Arm.

»Wo ist er?«, knurrte er. »Wo ist der Schlüssel?«

»Au, du tust mir weh!«, keuchte sie und versuchte, sich aus seinem Griff zu befreien.

»Wo der verdammte Schlüssel ist, hab ich gefragt!« Seine Hand umklammerte ihr Handgelenk wie eine Eisenklammer.

»Welcher Schlüssel?«

»Der Schlüssel zum Tresor, welcher sonst?« Er hob die Linke und versetzte ihr eine schallende Ohrfeige.

Für einen Augenblick sah Mina nur noch helle Flecken.

»Ich hab schon das verdammte Arbeitszimmer auseinandergenommen, aber nichts gefunden. Also, wo ist der Schlüssel?«

Mina schnappte nach Luft und schüttelte den Kopf, um wieder klar sehen zu können. »Ich weiß nicht, wovon du redest«, stammelte sie.

»Von dem Tresor deines Vaters natürlich, von dem Geldschrank, in dem er die Wertsachen der Familie aufbewahrt hat. Erzähl mir nicht, du weißt nichts davon!« Wieder hob er die Hand. »Ich prügle dich windelweich, wenn du mir nicht sagst, wo der gottverdammte Schlüssel ist.«

Wieder versuchte Mina, ihren Arm aus seinem Griff zu entwinden, aber er hielt sie fest, und mit einem Ruck verdrehte er ihren Arm brutal auf den Rücken. Der Schmerz schoss durch ihren Körper wie ein Schlag, und sie hatte das Gefühl, ihre Beine würden ihren Dienst versagen.

»Es sind keine Wertsachen in dem Tresor!«, stöhnte sie. »Glaub mir doch!«

»Lüg mich nicht an, du Miststück. Ich weiß, dass dein Vater darin immer die Gehälter für die Angestellten aufbewahrt hat. Also, zum letzten Mal, wo hast du den Schlüssel versteckt?« Sein Mund war so dicht an ihrem Ohr, dass sie fühlen konnte, wie sein Atem über ihre Wange strich. »Oder muss ich dir wieder eine Lehre in Sachen Respekt erteilen?«

Er meinte es ernst, das war Mina klar. Er würde sie aufs Bett werfen und sich wieder an ihr vergehen. Er würde sie verletzen und dabei vielleicht auch das Kind töten, das sie in sich trug. Edos Kind.

Der Gedanke daran, was er ihr antun könnte, verlieh Mina eine Kraft, die sie nie für möglich gehalten hatte. Ein tiefer, kehliger Laut löste sich aus ihrer Kehle, und es gelang ihr, sich für einen Moment aus seinem Griff loszureißen. »Das wirst du nicht tun!«, schrie sie. »Du fasst mich nie wieder an, du verdammtes Schwein! Hörst du? Nie wieder!«

Mina wich einen Schritt von ihm zurück, doch er sprang ihr nach und versetzte ihr einen heftigen Schlag vor die Brust, der sie taumeln ließ. Sie verlor das Gleichgewicht und schlug mit der Schläfe gegen den geschnitzten Pfosten ihres Bettes. Sie spürte noch, dass etwas Warmes über ihre Stirn und in ihre Augen lief, dann wurde alles um sie herum dunkel.

»Ich glaube, sie kommt wieder zu sich«, hörte sie jemanden undeutlich und dumpf wie aus weiter Ferne sagen. Ein stechender Geruch drang in ihre Nase und zwang sie, die Augen zu öffnen. Sie keuchte und hustete, während sie in die besorgten Gesichter schaute, die sich über sie beugten.

»Wie geht es dir, Mina?«, fragte Agnes, die ein rotfleckiges Tuch und die Phiole mit Großmutters Riechsalz in der Hand hielt.

»Alles in Ordnung«, brachte Mina mühsam hervor. »Mir geht's gut.«

Sie wollte sich aufrichten, aber ein scharfer Schmerz durchfuhr ihren Kopf, sodass sie sich sogleich wieder zurücksinken ließ und nach ihrer Stirn tastete. Ihre Finger trafen auf etwas Feuchtes, Klebriges, und sie betrachtete sie erstaunt. Sie waren voll dunkelrotem Blut, das bereits zu gerinnen begann.

»Was zum …?«, murmelte sie.

»Du hast eine Platzwunde an der Stirn, die ziemlich geblutet hat«, sagte Irma. »Wir haben schon nach dem Arzt geschickt. Er kommt gleich.«

»Was ist denn passiert?«, fragte Mina verwirrt.

»Frederik …«, antwortete Hiltrud finster und deutete zum anderen Ende des Zimmers hinüber, wo Frederik an die Wand gelehnt saß, bewacht von Frau Kruse und Lotte. Frau Kruse hatte eine ihrer Bratpfannen in der Hand und sah aus, als sei sie entschlossen, ihm bei der kleinsten Bewegung, die er machte, damit eins über den Schädel zu ziehen. Seine Hand- und Fußgelenke waren fest zusammengeschnürt mit einer Kordel, die, wie Mina mutmaßte, zu einem ihrer Korsetts gehörte.

»Er muss sich heimlich ins Haus geschlichen haben«, sagte Fräulein Brinkmann. »Erst als du so geschrien hast, sind wir alle aufmerksam geworden. Ich war zuerst hier, dann kamen Agnes und Irma, und die haben dann die Dienstboten alarmiert. Alle zusammen haben wir ihn überwältigen können und verschnürt, damit die Polizei ihn mitnehmen kann.«

Langsam und vorsichtig setzte Mina sich auf. Sie atmete

ein paarmal tief ein und aus, um das Schwindelgefühl in den Griff zu bekommen.

»Keine Polizei!«, sagte sie fest.

»Aber Mina!«, sagte Irma. »Das kannst du doch unmöglich …«

»Mina hat recht!«, wurde sie von Hiltrud unterbrochen. »So ein Skandal würde ein schlechtes Licht auf die Firma werfen. Ein Kaufmann ist immer nur so gut wie sein Ruf.«

»Ganz genau, Großmutter«, sagte Mina. »Irma, ruf den Notar an und bitte ihn, mit dem vorbereiteten Vertrag herzukommen, wenn er es irgendwie einrichten kann, jetzt sofort, auch wenn Sonntag ist.«

Irma nickte, erhob sich und ging hinaus.

»Was für ein Vertrag?« Es war das erste Mal, dass Frederik etwas sagte, und Frau Kruse hob ihre Bratpfanne für alle Fälle warnend in die Höhe.

»Wir werden den Ehevertrag auflösen, und du wirst den Auflösungsvertrag entweder jetzt und gleich unterschreiben oder …«

Frederik funkelte sie an. »Oder was?«

»Oder wir rufen doch die Polizei. Überfall, Körperverletzung, vielleicht sogar versuchter Mord … Da würden schnell ein paar Jahre Gefängnis zusammenkommen, denke ich. Und natürlich bedeutet das dann, dass du nicht eine lumpige Reichsmark mehr bekommst. Das war es doch, was du wolltest, nicht wahr? Geld … viel Geld.« Mina sah ihn herausfordernd an. »Was ist passiert, Frederik? Ist aus dem profitablen Geschäft mit den Medikamenten nichts geworden?« Sie legte so viel Spott in ihre Stimme, wie sie trotz des Pochens in ihrer Wunde aufbringen konnte.

»Die Idioten haben sich mit dem Kokain schnappen lassen. Die ganze Ladung ist futsch. Nichts ist mit meinem Profit. Dabei muss ich das Geld, das ich mir geliehen habe, bis morgen zurückzahlen. Falls ich das nicht kann …« Frederik verstummte und schluckte.

»Man sollte immer sehr vorsichtig sein, mit wem man Geschäfte macht, das hat Vater schon immer gesagt.« Mina schloss für einen Moment die Augen und holte tief Luft. »Also gut, Frederik. Wenn du diesen Auflösungsvertrag unterschreibst und auf alle meine Bedingungen eingehst, bin ich im Gegenzug bereit, dir den Rest der Apanage für dieses Jahr zu zahlen, damit du deine Schulden begleichen kannst. Ob es dafür reicht oder nicht, ist mir völlig egal. Mehr wirst du von mir nicht bekommen, und zwar nie wieder. Und du wirst dich künftig aus meinem Leben fernhalten. Ich will dich nicht wiedersehen und nie wieder von dir hören, ist das klar?«

So etwas wie ein schwacher Hoffnungsschimmer war in Frederiks grauen Augen aufgetaucht. Er nickte.

»Falls doch, dann schwöre ich dir, dass dieser ganze Skandal ans Licht gezerrt wird, ob er mir nun ebenfalls schadet oder nicht. Dann wirst du vor Gericht und im Gefängnis landen, sei dir sicher. Es wird von allen hier Anwesenden notariell beglaubigte Aussagen darüber geben, dafür sorge ich. Du wirst deines Lebens nicht mehr froh werden.« Mina sah zu Sophie Brinkmann und Agnes hoch. »Und nun helft mir auf die Füße, damit ich den Arzt nicht in diesem Aufzug und vor allem nicht in diesem Durcheinander hier empfangen muss.«

FÜNFZEHN

»Wer hätte es für möglich gehalten, dass die Börse wirklich schon wieder öffnet?«, sagte Mina. »Es scheint erst ein paar Wochen her zu sein, dass wir Kaffeehändler alle händeringend nach Liefermöglichkeiten für Rohkaffee gesucht haben. Und jetzt? Schaut euch doch um, die Speicherstadt brummt schon wieder.«

Sie deutete mit dem Arm in die Runde und lächelte ihren Begleitern zu, die neben ihr her die Straße am Sandtorkai entlanggingen. Pferdefuhrwerke standen dicht hintereinander vor den hochaufragenden Speicherhäusern und wurden mit Fässern und Säcken beladen, Lastwagen brummten an ihnen vorbei, und mitten durch das Gewimmel zogen Hafenarbeiter ihre Handkarren und schimpften und fluchten, wenn man ihnen nicht schnell genug auswich. Ein sanfter Wind trug die Gerüche des Hafens zu ihnen, Schlick, Teer und Holz vermischten sich mit Kaffee, Kakao und Fisch. Für Mina der schönste Geruch der Welt. Aus der Ferne hörte man das Rufen der Hafenarbeiter und das leise Tok-tok-tok von den Werften, wo endlich auch wieder neue Schiffe gebaut wurden.

»Ich bin so froh, dass ihr alle heute mitgekommen seid.«

»Natürlich begleiten wir dich. Immerhin ist es so etwas

wie ein Ritterschlag für dich!«, sagte Heiko, der seinen Arm um Irmas Taille gelegt hatte.

Seit einigen Wochen arbeitete sie nicht mehr im Kontor, die Geburt ihres ersten Kindes war nur noch wenige Wochen entfernt, und sie war damit beschäftigt, das Kinderzimmer in dem kleinen Haus einzurichten, das Heiko gekauft hatte. Dass er sich einen Teil der Kaufsumme bei Mina geliehen hatte, wussten nur Heiko und sie, und dass er diese Summe als Taufgeschenk für das Kind bekommen würde, wusste noch niemand außer Mina selbst.

Es würde eine Überraschung für den Patenonkel Edo werden. Sie zog seinen Arm, an dem sie sich bei ihm eingehakt hatte, ein wenig enger an sich heran und lächelte ihn zärtlich an. Noch immer war seine Sehkraft nicht vollständig wiederhergestellt und das Zittern seiner Hände nicht verschwunden, aber Schritt für Schritt wurde es besser. Vielleicht würden die Wunden des Krieges bis auf die Narben, die das Schrapnell in seinem Gesicht hinterlassen hatte, doch eines Tages verschwunden sein.

Die Tochter, die sie ihm geboren hatte und von der beinahe alle annahmen, sie sei Frederiks Kind, war jetzt zehn Monate alt. Amelie war Edos ganzer Stolz. Nur wenn er sie im Arm hielt und wenn er Kaffee probierte, hörten seine Hände ganz auf zu zittern. Das gab Mina Hoffnung.

»Da wären wir also«, sagte Agnes, die in ihrem modischkurzen, blauen Seidenkleid und dem tief in die Stirn gezogenen Hut reizend aussah, und schaute zu der goldenen Inschrift über der Tür zwischen zwei in die Ziegelwand eingelassenen Marmorsäulen hinauf. *»Verein der am Caffeehandel betheiligten Firmen«*, stand dort geschrieben. »Sollen wir mit dir hineingehen?«, fragte Agnes.

»Das kann ich schon allein«, sagte Mina lächelnd. »Ihr dürft sowieso nicht mit in den Saal. Ihr müsstet im Vorraum bleiben.«

»Nicht einmal heute, an deinem ersten Tag?«, fragte Irma.

»So lautet nun einmal die Regel. Nur die Kaffeehändler des Vereins dürfen in die Börse«, antwortete Mina. »Es ist eine sehr ausgesuchte Runde.«

»Umso erstaunlicher, dass sie dich tatsächlich aufgenommen haben«, meinte Heiko. »Verknöcherte alte Männer, die sie sind.«

»Die Empfehlung ging von den Hullmanns aus. Auch wenn Onkel Henry, mein Patenonkel, es nicht mehr erlebt hat, aber sein Wort hat den Ausschlag gegeben, dass die alten Männer über ihren Schatten gesprungen sind. Sein Sohn hat sich auch für mich eingesetzt.« Mina warf einen Blick auf ihre Uhr. »Jetzt wird es aber Zeit für mich. Wünscht mir Glück!«

»Das brauchst du nicht. Du hast die richtige Nase fürs Geschäft«, sagte Edo. Er beugte sich zu ihr und küsste sie auf die Wange. Das Lächeln auf seinem Gesicht wurde breiter. »Wenn du es dir vornimmst, kannst du alles schaffen, was auch immer du willst. Darum liebe ich dich.«

Mina erwiderte sein Lächeln. Ihr Herz schlug ihr bis zum Hals, als sie den Messingknauf der Tür ergriff und sie öffnete. Noch einmal nickte sie ihren Freunden, ihrer Schwester und ihrem Liebsten zu, dann schritt sie erhobenen Hauptes durch die Eingangshalle und direkt auf den Börsensaal zu.

Als sie den Saal betrat, der sich hell nach oben öffnete, wo durch eine Glaskuppel Sonnenlicht auf die hölzerne Schranke fiel, um die sich die Kaufleute versammelten, wurde es auf einmal ganz still. Jedes Gespräch verstummte, und alle Gesichter wandten sich ihr zu. Mina spürte, wie ihr das Blut in die Wangen stieg, aber sie blieb nicht stehen, sondern ging zielstrebig immer weiter.

Kannst du mich sehen, Papa?, dachte sie. Stell dir vor, es ist wahr geworden. Der Verein hat beschlossen, mich als Kaufmann aufzunehmen und mich an der Börse handeln zu lassen. Ich wollte, du wärest hier an meiner Seite, um es zu sehen.

Die Herren, die sich vorher angeregt miteinander unterhalten hatten, neigten grüßend den Kopf, als Mina an ihnen vorbeischritt, und sie nickte zurück. Vor ihr hatten sie eine Gasse gebildet, durch die sie direkt auf die hölzerne Schranke zuging, an der sie ihr Platz gemacht hatten. An der Wand hing die große schwarze Tafel, auf der Angebote und Preise verzeichnet wurden, und sie konnte sehen, dass dort auch der Name *Kopmann & Deharde* aufgeführt war.

Ich bin angekommen, wo ich immer hinwollte, Papa, dachte Mina lächelnd, obwohl sie einen Kloß im Hals verspürte.

Eine neue Zeit liegt vor uns, und diese Zeit wird glänzend werden.

Eine Frau und ihr Traum vom Glück in einer zerrissenen Zeit

Eva Völler
EIN TRAUM VOM GLÜCK
Roman
DEU
464 Seiten
ISBN 978-3-7857-2670-9

Essen 1951: Nach der Flucht aus der Kriegshölle Berlin hat die junge Katharina Unterschlupf bei der Familie ihres verschollenen Mannes gefunden. Aber das Zusammenleben mit der barschen, zupackenden Schwiegermutter auf engem Raum fällt der lebenshungrigen Frau schwer. Sie will ein besseres Leben für sich und ihre beiden Töchter. Mit trotziger Entschlossenheit versucht sie, ihrem ärmlichen Umfeld zu entfliehen. Doch dann begegnet sie dem traumatisierten Kriegsheimkehrer Johannes ...

Auftakt der großen Saga aus dem Ruhrpott, dem Ort, wo es immer ein neues Morgen gibt

Lübbe

Ein neuer Anfang und große Träume in der weißen Stadt am Meer

Michaela Grünig
PALAIS HEILIGENDAMM
- EIN NEUER ANFANG
Roman
DEU
576 Seiten
ISBN 978-3-7857-2707-2

Heiligendamm, 1912: Die Berliner Hoteliersfamilie Kuhlmann hat große Pläne, man will dem berühmten Grand Hotel Konkurrenz machen. Doch die High Society steigt lieber weiter bei dem etablierten Rivalen ab. In dieser schweren Zeit zeigt ausgerechnet die junge Tochter Elisabeth kaufmännisches Geschick, während sich der sensible Sohn Paul für Musik begeistert. Als sich die Lage gefährlich zuspitzt, sieht Vater Kuhlmann sich gezwungen, den Emporkömmling Julius Falkenhayn um Hilfe zu bitten. Der hegt recht unkonventionelle Ansichten, was der ehrgeizigen Elisabeth zunächst alles andere als recht ist …

Lübbe